変身のためのオピウム
球形時間

tawada yōko
多和田葉子

講談社文芸文庫

目次

変身のためのオピウム　球形時間

変身のためのオピウム

第一章　レダ

レダは浴槽に入る。浴室のドアは閉まっている。両腕が麻痺しているために、自分で自分の身体を洗うことができない。それでも、人の手は借りたくない。裸の自分を誰の目にもさらしたくない。見るに値するようなものではないから、と彼女は言うのだ。ずっと後になって、わたしはこんなことを考えた。古い家の方が新しい家よりも味がある。三百歳の樹木を見ればみんな感嘆の声を上げるが、三歳の樹木は特に注目されることもない。急須も、書物も、家屋も、古ければ古いほど価値があるのに、なぜ人間だけはそうではないのだろう。

浴槽の中に羽根を広げてすわっていたのかもしれない。その羽根が浴槽の外にだらりと垂れていたかもしれない。水をはじくクリーム色の羽根を、くちばしでつくろう。浴室のドアは、内側から鍵がかかっていた。

前から問題になっていた新しい法案がついに可決され、下半身の治療については保険がきかないことになった。これからは下半身の器官を上半身に移植する手術が増えるだろう、とラジオで社会情勢評論家が言っていた。わたしの爪は汚れている。カレンダーを見ると、今日の日付のところに、「税務署へ行くこと、それからセロテープを買うこと」と書いてある。時間通りに家を出るのは、羽毛のようにやさしい。それでも、到着してみると、いつも遅刻している。入り口のホールに入るともう、曲がった背中がたくさん見える。期限に遅れて、踏みにじられて、パテルノスタと呼ばれる古風な輪鎖式エレベーターに乗り込む背中たち。お役人はね、もう若くはない女の腰つきを軽蔑するものなのよ。レダがわたしにそんなことを言ったことがある。レダもまだ身体が麻痺していなかった頃には時々この建物のパテルノスタに乗り込まなければならなかったのだ。

レダは惑星社のレコードを集めていた。この会社は今はもう存在しないが、六〇年代に、内側から外側に向かって針の動いていくレコードを製造していた。

腕が動かなくても、古びたステレオで音楽を鳴らすことはできる。両脚の膝をつかってレコードを棚から出し、黒光りする盤を乾いたくちびるでジャケットから引き出して、そっと機械の上に乗せる。くちびるの皮が一片剝けて、レコードに張り付いたままだ。くちびるから血が流れる。レダはレコード針を舌で動かす。麻痺を演じる業の完璧さ。

レダは二十の頃には、顔を磨き上げて、心を冷ややかに集め、群衆の間を泳いでいったものだ。子供っぽく見えてはいけない、田舎者のように見えてはいけない、恥ずかしがっているように見えてはいけない、風邪を引いているように見えてはいけない、というようなことが、当時はみんな義務のように感じられた。それから三十年もたって初めて、自分の身体の中から、独特なものを開花させることができた。それは、皮膚のあらゆる場所に入り口があるようなあの感じである。そこを通って、別の空間へ抜け出ることができるような感覚である。

骨ばった椅子、レダは背もたれをしっかりとつかんでいる。今のところ、その椅子には誰もすわっていない。一時間前には、ひとりの看護婦がすわっていた。一日前には、猫が一匹すわっていた。一年前には、音楽家がすわっていた。レダの目の中では、看護婦も猫も音楽家も、今、同時に、同じこの椅子にすわっている。椅子の置かれている部屋は、平凡な市民の居間である。家具の輪郭が次第に薄れていく。部屋には樹木の影が無数にかぶさってくる。ここは書斎なのか、森の中なのか。床は木製だが、その木目が水の渦に姿を変えていく。

浴室の床に、羽根が一本落ちている。人間の手よりも少し長いくらいの。灰色に光る筋の入った白い羽根、見知らぬ身体から折れたばかりの、または、もぎとられたばかりの。その羽根をインクに浸して、会話を書き留めるのは誰か。

「おかあさんの裸を最後に見たのは、いつですか。」

「子供の頃です。」

「つまり、おかあさんと言えば、どこかのデパートで買った、不特定多数のために縫い上げられた服に包まれた姿しか知らない、ということですね。自分の親なのに。」

「どうして裸を見なければならないんですか。じっくり話をすることの方が裸の付き合いよりも大切なのではありませんか。」

「話が裸の代わりになりますか。」


眠れない夜を短くするために、日曜日の朝五時に、レダは魚市場に出かける。レダは食料というものを全般的に軽蔑している。植物も動物もお皿に乗らないうちが美しい。お野菜とかお肉とかいうことになってしまうと悪趣味である。果物には見えない刺があるから食べない。穀物は体内で発酵して毒ガスを生み出すから食べない。サラダを食べれば体温が奪われるし、砂糖は神経をいらだたせるし、酢は悪意の針で心を刺すし、牛乳は見ただけで吐き気を催させる。

レダはよく耳が痛くなることがある。電気製品はみんな、絶えず唸り続けているものだ。人間の耳には聞こえない場合もある。台所の電球は絶え間なく震え、甲虫の羽音のような音をたてている。壁に掛けられた柱時計とハンドバッグの中の腕時計が、ずれて、つまずくように時を刻む。冷蔵庫は夜も昼も愚痴をこぼし続ける。中味が少なければ少ないほど、内なる独り言は大きくなる。レダは時々、家中のプラグを抜いてしまいたくなることがある。壁に沿って歩き、箪笥の上に身をかがめ、ベッドの下を覗き、プラグを引き抜く、引き抜く、引き抜く。しかし、コンセントは人の想像する数の何倍もあるものだ。花瓶の下にも、油絵の裏にも、手のひらにも、頭の上にも。お臍までもがコンセントのように見えてくる。レダは身体中からプラグを抜こうとする。

レダは折々、どこかの芸術家を探し出してきて、崇拝の対象とすることがある。しばらくたつと、それが別の芸術家と入れ替わる。見捨てられた方の芸術家はそれを苦痛に感じることもない。彼らは大抵、もう何百年か前に死んでしまっているので。レダはこの頃、ルーマニア生まれのピアニストの話ばかりしている。彼は、生まれた時、指が六本あった。当時の風習に従って、母親は息子の六本目の指を切り落としてもらった。今日でもまだ彼の青ざめた毛深い肌に硬貨大の赤いしみが見える。不思議なことに、コンサートの途中、この六本目の指が突然戻ってくることがある。音符が厚く茂っているような箇所に来ると、この六本目の指が現れて、電光のようにすばやく鍵盤を叩くのだ。

「どうも分からないの。」

「何が分からないの？」

「才能の量は誰でもみんな同じだけれど、頭蓋骨の上の方に開いた穴が人並み以上に大きい人間がいて、そういう人の頭には、霊が飛び込みやすいということなのかしら。」

生意気なリズムがレダの肩をつかんでゆさぶる。レダはすぐにリズムと一体化してしまう。樹木は風を揺すぶり、病人は咳を揺すぶり、踊りがレダを揺すぶる。ぎゅっと固く閉じられた目のまわりで睫が舞踊空間の間取りを描く。ひらかれたくちびるからは、香辛料の効いた旋律が飛び出し、音階の外にはみ出して、その場で踊り続ける。口紅が空中に残すバラ色の波線。レダのくちびるは成熟している。侮辱を受けたかのようにいつも腫れ上がっている少女のくちびるとは違って、無駄なく成熟している。レダのくちびるはいつもこんなに薄かったのだろうか。薄いけれども、いつも湿っていて、疲れを知らない。くちびるというのは、レダがもう何年も前から飼育している動物なのである。

「一度聞けばどんなメロディーでも弾けてしまう。」

とレダは言う。もしも、この指を動かすことができたならば……できたならば、どうなのか。その後は口にしない。旋律に耳をすますわたし、音楽家の生活を夢見るわたし、その夢の話をするわたし。わたしは毎日、数を増していく。文章をひとつ口にするごとに、少なくとももうひとり、新しいわたしが生まれる。傷口から蚕のように這い出してくる子供たち。生まれてくる子供たちを生みの親たちはビニール袋に入れて誰かにやってしまえばよかったのだ。でも、生みの親は自分の子供を、成熟しきって腐ってしまうまで、保存しておきたいようだ。レダがピアノの鍵盤を触るのは、頭の中だけ。誰にもその話はしない。隣合った白鍵をいくつも同時に叩くのが好き。叩かれた鍵盤はそれぞれ隣の鍵盤に襲いかかる。音たちは、火を噴き、焦がれ合い、焼けただれ、発熱する。レダは、音たちが喧嘩し、空中で爆発するのを聞くのが好きだ。爆発後も音のかけらが空中を漂っているが、それは誰の耳にも聞こえない。

「分からないわ。」

「何が分からないの?」

「一度この世に生まれた音が全く消滅してしまうはずないと思うのだけれど。わたしたちのもとから去った後、いったいどこへ行ってしまうのでしょう。」

ひんまがった生よ、おまえは幾千の廃虚に倒れる。自分の家に戻れ、お花の模様の壁紙は、何度も上から色が塗ってある。そんなものが、おまえには慰めになるだろう。息が激しすぎるぞ。このままでは呼吸に置いていかれるぞ。そのままここに居残って、よく目を見開いて、それから、暖炉の傍に戻って来い。

どんなに母性的に聞こえても、この歌は実は暴力的な内容に満ちている。新聞までもが同じ歌を歌っている。レダは起床したことを早くも後悔している。死んでしまえ。死が早くやってくるといいのだが。生きていても仕方のないのは、わたしではなく、わたしの人生、とレダは答える。ジャムは魚くさい味がする。新聞の中から増加する犯罪についての記事が飛び出してくる。犯罪の原因は貧困にあると書いてある。政治家や銀行員だってよく犯罪を犯すというのに、なぜそんなことを。他人の不幸を喜ぶ声が行間から聞こえてくる。死ね、という声が新聞の中から聞こえてくる。それとも、その声は切断され花瓶にさされた花の茎から聞こえてくるのか。この部屋に声を設置したのは誰なのか。レダはもうずっと前から、部屋に花を持ち込むことを禁止していた。あたしに手を貸したりしないでね、とレダは花に向かって話しかける。

形容詞こそが大切、名詞はどうでもいい。レダに細い友達がいたら、大切なのはその友達が細いことであって、それが友達であることは、どうでもいい。レダの知り合いには、教養高いのや、脂肪で肉の柔らかくなったのや、休暇中のや、石灰みたいなのがいる。彼女たちは、芸術家でも、母親でも、納税者でもない。

みんな、レダに間違ったことを言わないように気を使っている。過ちを犯すまいとして、舌がもつれる。それで話がまどろっこしくなり、結局は絶対に言わないようにしようとしていたことを口にするはめになる。「髪の毛を切りなさいよ。毛先が瘦せてみすぼらしいわよ。」「あなたが朝いつまでも何もしないで寝床でぐずぐずしているのを仕事持った母親が見たら、どう言うでしょうね。」「あなたは身体が麻痺しているおかげで、簡単にお金にありつけるわけね。」

「一番後ろの席にすわってください。」と役人がレダに言う。レダは足をひきずるようにして後ろに行く。部屋には少なくとも三十は列がある。ひと山の女たち、香水をつけた身体の群れ。役人は最前列の女たちとしか言葉を交さない。誰でも一度は番がまわってくることになっているが、どのくらい時間がかかるか分からない。なぜなら、女のひとりひとりについて、完全な数量が算出されなければ、絶対の平等はありえないからだ。ここにいる女たちは奇妙なことに、国家が自分の父親であり、それゆえ自分の生活費を全部出してくれるべきだ、と信じている。血の繋がった父親とはうまく行っていない女たちもいる。その場合、実際の父親は悪い父親で、国家は良い父親、ということになる。

待合室の空気は息が詰まりそうだ。窓際のサボテンが人間の肉でできていることにレダは気がつく。レダは部屋からこっそりと抜け出して、家に帰る。前の列にすわっていなくて、よかった。もし前の列だったら、逃げ出すことはできなかっただろう。女たちはみんな自分の意志で来たのだが、勝手に逃げ出すことは禁止されている。レダは、普通料金の時間外の電車で帰らなければならないはめになり、料金を二倍払わされる。もっとあの部屋に残っていたら、補助をもらえたかもしれないのに。無駄な試みにかかった経費を自分の財布から払うはめになってしまった。翌日もその翌日もずっと、レダは自分の部屋に閉じこもる。見知らぬサボテンが窓の外に立って、トゲの生えた舌でガラスを嘗める。レダは寝室に駆け込む。小さな緑色の光が隅でちかちか光っている。レダはボタンを押す。るす番電話のテープには、植物の熱いため息がたっぷり入っている。

レダがレコードといっしょにまわる。大きな輪を描きながら、まわって、まわって、独楽女の目の前で星がちらちら、粉末状の奇蹟、医者の許可がなくても買うことができる薬。一番外側の円まで押し出されて、速度が速度を生む。事物の縁が生き生きと輝き始める。もう我慢できない。脳の内部の裂け目のひとつひとつが音に変わっていく。もしここで糸が切れたら、飛んでいってしまうだろう。言葉という言葉は皮を剝かれてむき出しに光る。もう響くこともできずに、ただ擦れあうばかりの。ゼロという点に戻ること。レダの跳躍は一回ごとに高さを増し、帰るのがどんどん難しくなる。レコードの針はやっぱり外から内へ動いていった方がいいのだ。そうして、真ん中の穴に落ちるのがいい。ものに憑かれた女が、最後に弟の腕の中に倒れるように。弟は、ゼロの司祭である。弟はレダを腕に受け止めて、レダが自分の力ではたどり着くことのできない反故郷に連れて帰ってくれるはずだ。でも、レダには弟がいない。レダは折り畳まれた紙片を出して、粉薬を飲む。ゆっくりと、しかし激しく、レダは戻っていく。どこへ？　独楽の舞踊は終わった。賢い弟の白い粉。レダの身体は麻袋のようにひっくりかえされる。ひょっとしたら、眠ることができるかもしれない。

第二章　ガランティス

鞠のように半円を描きながら空中に放り上げられ、道路に投げ出される。コンクリートの地面にまず右手が着いて、それから内臓の一杯に詰まった身体という袋、その重さで手首がこきっと折れて、突然、トーテムポールのような激痛が脇にそびえ立つ。鼻の前でちかちかするものがある。両眼がぐっと中心に引き寄せられ、網膜に映像を結ぶことができなくなった。光の渦が、自転車の後輪から溢れ出す。その車輪は誰もこいでいないのに、きらきらと回転し続けているのだった。やがてモーターの音は遠ざかり、のしかかるような田舎の静けさが戻ってきた。鳥のさえずりがこぼれ落ちてくるところを見ると、どうやら空には穴があいているらしい。

わたしはじっと身動きしないでいた。身体の中の糸が切れてしまったのかもしれないが、そんなことはできれば知りたくなかった。骨と肉の間で何か燃えているものがある。すでに痛みを感じているのに、これからもし痛くなったらどうしようと不安に思っているのだった。その時、不思議なことが起こった。肉の中で何かが泡立ち、行き先のない快楽が生まれ、思わず微笑みが漏れたかと思うと、うなじと肘の間をふいに流れ始めた何か、それは下腹、腿、足の爪先に流れ込み、やがて全身に広がった。それから、坂をころがり落ちるように眠り込んでしまった。それまで、こんな気持ちになったことはなかった。

「幸福」という場違いな言葉が浮かんだ。

目が醒めると、モーターの音が聞こえ始めた。車からひとりの女性が降り立ち、大丈夫ですか？　と言いながら、わたしの頭を膝にのせた。

初めは汗のにおいがして、それからイチジクのにおいがした。女は力強い太腿を両方からわたしの耳に押し付けた。頭の中が狭くなり、見えない液体が、口からも、鼻からも、目からも、わたし自身知らない穴からも、漏れてきた。女はわたしをリッセンの病院に連れていってくれた。夜にはもう検査も治療も一通り終わっていて、ギプスに包まれた自分自身の腕を、プレゼントのように胸に抱えたまま、わたしは、その人と電話番号を交換した。ガランティスという名前だった。

わたしは一週間後にまた怪我をしてひとり、シュレースヴィッヒ・ホルシュタイン州の田舎道に横たわっていた。それから、一ヵ月後にはまた同じことになった。時間は繰り返し、わたしは締めくくりの言葉を探すことができなかった。もう少しというところまで来ると、幸福という単語が現われて、思考の流れを絶ち切ってしまう。幸福という言葉ほど無神経な言葉はない。出かかった芽を次々摘み取り、快活さを踏みにじる。

レダは薬局のショーウインドウの前に立って、この春の新製品を眺めていた。金属でできた白鳥が、レダを上から見下ろしていた。数年前から、名前も箱も上品な蒸留酒のような薬が出回っている。しぶくて透明な薬の方が甘くて濁った薬よりも上品だということになっている。液体状の薬品はすたれ、カプセルが流行っている。あまり安いものは副作用が多いそうだ。質の悪いカプセルをのむと、月曜痛に襲われるとも言う。レダは高価なカプセルをのんでも痛みを感じる。それでも安い薬の悪口を言うのは楽しい。

病としての五月。冬の気分が脱ぎ捨てられて生暖かい空中を浮遊し、呼吸管が狭くなり、去年切り倒された樹木の怨念花粉が舞い狂い、年老いた蚊がふらふらと耳の中に迷い込み、身体のあらゆる出口がかゆくなってくる、ぶんぶん唸っているのである。

レダの視線がガラスを突き抜けて向こう側を見ると、そこにもうひとり女性が立って、こちらを見つめていた。

ガランティス、棒のように痩せた木製の女、すっと背が高く、もじゃもじゃと灰色の頭髪。アスピリンありますか、とレダに尋ねる。ガランティスが口を開けると、低い喉を引っ掻くような声が出てくる。自分自身の声に驚き、せかされるようにして、自分自身の話の速度を追い越そうとする。成功する危険のない競争。ガランティスは、せきたてられた言葉たちに刺されて、眉をひそめる。自分で自分の声がだんだん聞こえなくなっていくので、声をどんどん大きくしていく。

非合法に薬屋を営むレダは、患者ガランティスの舌に亜麻の種をのせる。種は湿ると小さな虫のようにむずむずと動き始める。ガランティスが急いでコップの水を飲み、咳込む。

「つまり、わたしたち、孤独だということかしら。」

病人ガランティスが微笑みを浮かべて、そう尋ねると、レダは答える。

「コドクではなくて、ドクダミよ。」

ふたりは笑うこともなく、おままごとをしている五歳の少女たちのように真剣に向かい合ってすわっている。

人形レダは、人形劇の小屋の中で、薬屋さんの役をやっている。売り台の後ろに立って、木の引き出しに囲まれて、傾いた秤の前に立っている。薬屋になったのは、引き出しが好きだからだ。やおやでは、茄子を引き出しにしまっておくわけにはいかない。玉や粉を暗号の背後の暗闇に眠らせておくことの許されるのは薬屋だけだ。レダは、絶え間なく引き出しを開けたり閉めたりする。一種の中毒なのだ。昔は、そのような引き出しや秘密の戸棚が、役所、学校、病院などにもあったものだが、ガラス改革によって、暗い引き出しというものが姿を消してしまった。机や書類棚などの家具の前部はすべて、透明のガラスで作られることになった。役人たちは引き出しを開けて自分だけが中を覗き込んで優越感に浸るということができなくなり、薬屋だけがこの特権を持つ最後の職業となった。

　喉が少し焼けるような感じがする。お腹に圧迫を感じると、もうレダが薬のたっぷり入った箱を手に、わたしの前に立っている。

「これをお飲みなさい。」

　自分以外の女の身体の中に入り込みたいという密かな願望が、錠剤、液、粉に姿を変えて現われる。官能的な麻痺によって、もたれあう、ことへの憧れ。

「ううん、いらない、だって、ほら……」

　自分にはあれがあるから、と言いたいのだが、それが何なのか、言いかけてやめてしまう。拒まれて傷つくレダは気の毒だが、粉を受け入れることはできないし、その理由を教えることもできない。レダの瞳の中に磨きあげられた陶器の冷たさが現われる。

　ある小さな発見が、わたしの日常生活を変えてしまった。どうやら、わたしの身体の中では、名前は分からないけれども、何かが製造されているようなのだ。この物質には傷を治す力がある。極端な場合には、その物質のせいで陶酔状態に陥ることもある。

　ガランティスは、骨格はしっかりしているが、身体の中心に壊れやすい領域がある。内臓たちがそのまま放り込まれてひしめいている領域である。小さな肝臓がいくつもある。大きすぎる肺がある。心臓はひとつ数が多過ぎ、その代わり盲腸が欠けている。

「失業保険をもらうのに証明書が必要なんです。」

ガランティスは興奮し過ぎて、医者の声も自分の声も聞こえなくなり、大声で話してしまう。

「どうしようもない、としか言いようがありませんね。」

いつもの医者は休暇でいなかったので、代わりの医者がそんな風に言った。

「鼻はつまっているし、歯はぼろぼろ、髪の毛は焦げて縮れて、ふくらはぎは腫れている。」

医者は、これはもう治しようがない、と言いかけてやめる。医者はそんなことを言ってはいけないのだ。

「視力の証明書がいるんです。失業保険をもらうのに。」

とガランティスは言い返す。もう若くはないのだから何をしてもどうせ役には立たないだろうに、と医者は心の中でつぶやく。

恐ろしいほど透き通った覚醒の日がある。そういう日、ガランティスは店のショーウインドウを次々調べて歩いて、一日中、棚の前でしゃがんだり身体を伸ばしたり、パンフレットを集めたりして、夜には更に一時間、散歩に出る。

まっすぐな道を歩いて行きたくない日々がある。そういう日、ガランティスは用もないのにオッテンセン区へ行って、ぶらぶらと歩きまわり、訳もなく角を曲がったり、くねくねした路地に迷い込んだりする。ガランティスは「料金所はあちら」と書かれた扉にぶつかる。料金所には自動販売機がひとつあって、ガランティスに入場券を差し出してきた。廊下は薄暗く、かびくさい空気がこもっていた。廊下を奥まで歩いて行くと、人影のない工場のホールに出た。ホールの真ん中にはプールがあった。ガランティスは人さし指を水の中に入れ、その指で額を濡らしてみた。何か期待のようなものが込み上げてくる。誰かがガランティスに何かを約束してくれようとしている。ガランティスは手で水をすくいあげて、頭からかけてみる。濡れた髪が、額と頰にかかる。一口飲んで、それから服を脱ぐ。ズボンを濡れた床に置き、ブラウスと下着も脱いでしまう。

「神を信じますか。」

と急に背後で声がした。ガランティスはあわててブラウスを床から拾い上げ、陰毛を隠した。それから振り返ってみると、そこには誰もいなかった。

ガランティスはいつも歩きまわっているので、靴がすぐだめになってしまう。古い靴は、古い親友のよう。ベッドの上に横になったまま、ガランティスは部屋の隅に置かれた靴を見つめている。靴が置いてある場所が、ガランティスにとっては住処である。つぶれて平らになった靴、灰色の運動靴、膝まで届く長い柔らかいブーツもある。靴はからっぽの時も、それをずっと履いていた人と同じ姿勢で立っている。左足はちょっと外側に反っている。右足の親指の先は、なまいきな感じでよそ見しているが、もう一方の親指の先は機嫌をとるように同僚の方を向いている。

ガランティスは、立っているだけで、汗をかく。倒れまいとして硬くなるのがいけないらしい。歩いている方がずっと楽である。ガランティスは三時間でも早足で歩き続けることができる。

人間はいったい何種類くらいの汗の種類を嗅ぎ分けることができるのだろう。人の嗅覚は、犬のように良くはないが、都会人が思い込んでいるほどひどくもない。恋した脇の下ににじむ湿り砂糖の汗、靴の中で疲れた足のかく汗、中性的なスポーツの汗、恐怖の汗、冷や汗、陶酔状態にある時のリズミカルな湿気。数学的な汗というのもある。難しい数学の問題を解こうとすると、この種の汗をかく。ガランティスは学校の成績は良い方で、特に数学の成績はよかった。それでも、授業中に立って答えを言わなければならなくなると、赤くなった顔を絞った雑巾のようにしかめた。口は機械的に正しい答えを言っていても、まぶたの上に汗の玉が噴き上がってくるのだった。額の汗を手で拭おうとして、手のひらがもっと汗ばんでいることに気づくこともあった。

ガランティスは少女時代はいつも幅の広いズボンをはいて、大きな胸ポケットのついた上着を着ていた。トイレに入って洗いたての下着をポケットから出し、汗に濡れてしまった下着と取り替えた。布には汗の風景画が描かれていた。

目が覚めると、横に看護婦がひとり立っていた。この人が生きている間わたしの目にする最後の人間なのかもしれない、と思いながら、くちびるが速いリズムを刻んでいるのを見つめていた。

「わたしの言うことがわかりますか。痛みがありますか。」

「いいえ、痛みはありませんけれど、でも、分からないことがひとつあるんです。うまく言えなくて困るんですが、わたしの身体が一種の麻薬製造工場であるということはありえますか。何かひどいことが起こると、身体の中である物質が作られて、すぐに気分が良くなるような気がするんですよ。それどころか、高揚状態になってしまって。これは麻薬なんでしょうか。もしご存じでしたら、この物質の名前を教えてください。練習すれば、自分で作りたい時にこの物質を体内で作ることもできるようになるのでしょうか。」

看護婦は白くアイロンのかかった背中を向けて、部屋から出て行ってしまった。どうやら、このことについては話したくないらしい。

ガランティスはよく病院にお見舞に来てくれた。絵葉書も何枚かくれた。絵葉書の白い面が奇妙な具合に字で埋めつくされていた。どうやらガランティスにとっては均整がとれている、ということだけが大切であるらしかった。紙の右の端に何か覚書を書きつけたら、左端にも何か書かないと、紙がひっくりかえってしまいそうに思えるらしい。

面に対するそういうこだわりのせいで、学校に通っていた頃にも、困ることがいろいろあった。ガランティスにとって一番大切なことは、学校のノートをきちんと埋めることだった。文字や表や数字や絵を、紙の左右にバランスよく配分しなければ気がすまなかった。計算をする時にはどんな小さな数も見落とさなかったので、答えはいつも正しかったし、外国語の授業ではどんな文字も決して書き忘れなかった。そのかわり、綴りの均整のとれていない単語はどうしても覚えられなかった。母国語の文法は、自分の花壇と同じくらい念入りに世話をした。ただ、先生に何か聞かれると、かっと身体が熱くなり、めまいがした。汗ばんだ手のひらは、じっと黙っていた。汗にも言葉をしゃべることができたらよかったのに。

ガランティスは手術台に縛りつけられている。明るい青の制服を着た看護婦が、太い針でガランティスの手に皮を一枚縫い付けようとしている。その皮は古い長靴から取ったものである。ガランティスは、

「わたしの手を足にしようとしているのですね。」

と尋ねた。しかし、その声は空中で分解してしまって、意味が分からない。看護婦は胸に「イウノ」という名札を付けている。

「あなた、昔、麻薬をやっていたんじゃないですか。」

と看護婦が尋ねる。

「その通り。でも、もう三十年も前のことです。そのために今になって罰を受けなければなら

ないんですか？」

「これは罰ではなくて、救いなんですよ。手術をしなければ、手が腐って取れてしまいますよ。それでもいいんですか。」

第三章　ダフネ

「幸福」という言葉から解放されて、「オピウム」という言葉を思いついたのは、カール・マルクスのおかげだった。ある日わたしはぼんやりと彼の著作をめくっていた。外はもう暗く、ずるそうに光る文字たちが蚊を次々呼び寄せた。するとその中の一匹が、ふいに文字の狭間に姿を消した。その瞬間、ある文章がわたしの目に飛び込んできた。「宗教は、民衆のためのオピウムである。」わたしはなぜ、それまで、あの物質を物質として捉えようとしなかったのだろう。彼は、「鉄」、「麦」、「コーヒー」、「穀物」、「木綿」、「宝石」、「金」という言葉を書き、それと同じように、「オピウム」という言葉を書いたのだ。

祭壇の上に横たわった聖人の身体に、女たちが一斉に飛びかかっていく。女たちは、その肉を千切って、素早く口に入れる。それから、しばらくすると、オブラートに包まれたような瞳を見開いて、大胆な息を吐き始める。細長いステンドグラスの窓を通して、屋内に光の矢がさし込んでくる。女たちは踊り始める。両手を差し上げて、くるくると回転する。何百もの手が、空中にひらひらはためき、骨と肉でできた蝶の群れは、何かをつかもうとしている。開いたままの手のひらでは我が身を守れないような気がするのか、拳骨を握っている人もいる。拳骨の中には、ファウスト博士のように考え深いのもいるし、いきなり殴りかかっていくのもいる。店の主人は哲学者のようにものを考えないとだめだよ、とささやく声がする。女たちのうち何人かは、どうやら本当は男であるらしい。何か白い軽いものが、手から手へと渡されていった。渡す速度がどんどん速くなり、鞠のように投げては投げ返される。わたしにも手はあるのか。手はたくさんあるけれども、どれが自分の手なのか分からない。柔らかく、生暖かく、焼きたての、まだ香りたつような玉。外側は茶色で、中は白い。手に脂を吸い取られて、パン玉は乾いて、ぼろぼろ壊れ始め、ばらばらになってしまう。白い粉が裸足の足の上に落ちる。麻薬？　どこかから本を朗読する声が聞こえてくる。「パン屋から消費者の手に渡っていく過程で、パンはパンとしての本質を変えることはない。」しかし、手から手へ渡る度にパンは変化していくではないか。

ダフネはコーヒー茶碗をふたつ朝食のテーブルの上に置く。ガウンは、さわやかな香りがし、ジャムのビンには「さわやかなチェリー」というレッテルが貼ってある。朝六時、ベッドはすでに整えられ、中庭のごみ箱の蓋は音をたてて閉まり、夜の痕跡はすっかり掃き清められている。ダフネの夫である科学者は家を出て、研究所に向かう。彼は、排気ガスが樹木に及ぼす影響をもう何年も研究しているのだが、いつの間にか、実は排気ガスは樹木に良い影響を及ぼすという結論に近づいてきてしまっていた。こんなつもりではなかった。

彼が家を出るとすぐに、ダフネは自分の書斎に入る。今、文学における税関役人の像についての本を書いている。その同じ机の上で、ダフネは、大学の勉強をし、修士課程を終え、博士号を取り、毎年、税金の申告書を書いてきた。生きているうち、あと何回くらい税金の申告をするのだろう。十五回くらいだろうか。

午後の四時には、こっそりと家を抜け出し、アイムスビュッテル区とエッペンドルフ区の間の境界を越える。背後で日が暮れる。近くに誰もいないことを見届けてから、さっと細い路地に飛び込む。路地の名前は何でもいい。どんな路地でも何歩か入ると、みんな、ある特定の路地になる。もうとっくに取り壊されたことになっているはずの崩れかけた人気のない古い学校の建物が現われる。

その教室のひとつに、ふわふわと漂う者たちがいる。埃の雲か、眼鏡のレンズに指で触った時できる汚れのようだ。ダフネは何度か瞬きしてから、大きな声ではっきりと挨拶する。まるでそうすれば、相手の姿形がはっきりと見えてくるとでも言うように。少女たちが、ここそこに集まっている。もう地図には載っていないこの建物に毎晩集まってくる。足りないのは後は予算だけだ、と役人たちは口々に言う。建物を取り壊すのには、新しい建物を建てる以上に経費がかかる。だから、古い建物をそのままにして、地図の上から消してしまうのが一番簡単だ、と言うのだ。これが、いわゆる消しゴム政治である。少女たちの名前もまた紙の上から消される。だから彼女たちは、生きているわけではなく、死んでしまったわけでもなく、そのまま、誰も費用を出してくれない葬式の日を待ち続けるしかない。少女たちの髪の毛は短く、毛先が揃っていない。肘や膝は、骨が浮かび上がっている。花模様の夏用ワンピースを着ている。母親が自分の手で縫ってくれたのだ。古いミシンの針が上へ下へ、はねあがって、つまずいて、どもって、それでも目的地をしっかりと見極めて。ミシンは今でも校舎の裏で、かたかたと音をたて続けている。

教師ダフネは教室の前に立って、少女たちのために持ってきた本を開く。開けてみると、マルクスの本だった。詩集を鞄に入れてきたはずなのに、どうしてこうなってしまったのだろう、と不思議に思う。

映画が終わって、わたしは、筒形に巻いたパンフレットを手に、シュテルンシャンツェ駅に向かう。映画館のすわりにくい椅子のせいで背中が痛い。これまで通ったことのない道に入ってみたのは、ほんの気紛れに、華やいだ植物性の大気をもう少し吸っていたいと思ったからだ。と言っても、花も夏も、特に好きではない。こんな通りはこれまで見たことがない。店もない、ショーウインドウもない、家もない。ただ照明の消えた工事現場と、長々と続く黙りこくった塀と。鉄橋の方に進むと、右手に急に門が開く。門から覗きこんで見ると、小さな人気のない校庭があった。窓があり、教室があり、ろうそくの小さな灯がいくつも見える。女性の声が話しかけてきた。

「どうぞ、あなたもお入りなさい。今、とても面白い本について話し合っているところなんですよ。」

痩せた背の高い女が目の前に立っている。どうやらクラスの先生らしい。わたしは一番後ろの席に腰をおろして、この先生の話に耳をすました。

「世界の物質性を重んじる作者は、比喩を使わないものです。そういう作者が、わたしの妻は白鳥です、と書いたら、奥さんは本当に白鳥なのです。」

窓ガラスが震え、暗い空が忘れられた建物に向かって頭をさげる。雷を予告する風の音。

「でも、亡霊は、どうなんですか。これも比喩ではないんですか。この作者は本当に亡霊がいると思っていたんですか。」

と尋ねる少女の声がした。ダフネは樹木の姿勢でそこに立ったまま微笑んだ。わたしは答えが待ちきれない。銀色の筋の入ったまっすぐな髪の毛が、そよ風に揺れる。

「もちろん、亡霊は存在しますよ。例えば、本の中に。」

ダフネはバターケーキをお皿に切り分けながら、そんなことをつぶやく。

「今、何か言った？」

ちょうど遊びに来ている弟が尋ねる。廊下では、その弟の妻が、五歳になる息子と話している。八歳になる娘は庭で歌っている。このふたりがもう少し大きくなったら、この女性もまた親戚の女たちと同じように、博士号を取りたいと思っている。

ダフネの兄や弟たちはみんな、科学技術方面の才能があって、それぞれの分野で出世し、もう子孫も作ってしまった。余裕があるので、家政婦を雇い、妻や女のきょうだいに学問をさせて、その勉強の内容を純粋精神科学などと呼んでいる。ダフネは大学で、哲学と美術史を専攻し、後になって文学にも手を伸ばした。親戚たちは、みんな広々とした一階建ての家を持っていた。暇つぶしに詩や音楽について話をするのが嫌いなのは、親族の中ではダフネだけだった。

ダフネの育ったのは小さなカソリックの町で、この町は、口をきく石像があるというので話題になったことがあった。口を半分あけ、遠くを睨んでいる老女の像だった。この女性の顔にはどこか異国的なものがあったが、それはどこか特定の外国から来た感じがするというのとは違っていた。この像のあるチャペルは、旅行者たちの喜んで訪れる巡礼地となった。像にほんの少し触れただけでリュウマチが治る、と言う人たちがいた。チャペルの内壁は戦争中、有害な物質で塗られたから、入らない方がいいと言う人たちもいた。ダフネは早熟な子供で、小学生の頃にすでに、この像についての社会学的研究を試みたことがあった。旅行者たちはこの像についてどのように語っているのか。この像に魅せられる旅行者たちは、どのような社会階級に属するのか。女性の抑圧に繋がるか。この像をめぐる観光ブームは環境破壊に繋がるかどうか。人種差別的であるか。当時ダフネはこのような問いを立てて調査しようとしたのだった。当時のダフネが最終的に達した結論は、観光はどうやら宗教にとって代わろうとしたができなかったらしい、ということだった。観光に欠けていたのは、陶酔か恍惚か。

ダフネはもう、この研究のことは冗談でしか口にしない。それでも、ひとつだけ、今でも気になることがある。それは、あの像は本当に口をきいたんだろうか、ということだった。自然科学者の隣に横たわり、眠れない夜などは、この疑問がふいに心に蘇ってくる。

お茶を入れるつもりで火にかけたお湯が沸くまで、ダフネは商店の立ち並ぶ通りを窓から見下ろしている。色のない、アイロンのよくかかった服を着ている人たちがほとんどで、ズボンにはつぎなど当ててないし、しみもない。背中をまっすぐに伸ばして、足を規則正しく動かして歩く。子供の頃から、きんきん声で話さないことや、笑いすぎないことを学んできた人たち。口数の少ない、背筋の伸びた、身体の大きい人間たち。カシの木の枝にとまったリスではなく、カシの木そのもののような人たち。昔、リスのような顔をした女の子がいたことをふいに思い出す。その子は落ち着きがなく、走り回っては、つまずいて、ものをこぼし、めそめそ泣いていた。この少女の髪の毛は時々、牛乳と汗のにおいがした。どういうわけか、ダフネはこの子を見ると、これが自分だったかもしれないと思うのだった。だからこそ、自分はこの子とは全く違った風に見えなければ困る、とも思った。身体は常に乾いていなければいけないし、しみなどがあってはいけない。肌は樹皮のようでなければいけない。誰にも攻撃されないように。

白樺は白い包帯でぐるぐる巻きにされている。その後ろにはテニスコートがある。

「あなたも、テニス、おやりになるんでしょう?」

白い樹皮をテニス・ウェアと間違える人がよくいる。ダフネは時々、親戚の誰かに、テニスがすごく好きなんです、と言ってみる。本当は白樺の木になりきって、テニスコートの隅に立ち、優雅なる奴隷たちのレクリエーションをあきれながら眺めているのが好きなのだ。

ダフネは浴槽に身を浸して、目を閉じる。浴室は膨張する。鳥が一羽、タイル貼りの床の上をタップタップと歩いて来る。その足音がどんどん大きくなってくる。白鳥だろうか。ダフネは目を閉じたままでいる。白鳥が浴槽に入ってくる。ダフネはそっと脇に寄って、場所を開ける。湯がさっと冷えるが、ダフネは浴槽から外へ出ようとはしない。白鳥の羽が腿に軽く触れると、ダフネはびくっとする。

ダフネが旅に出てしまうと、あのおんぼろ校舎の中では授業が行われない。ダフネはよく旅に出る。親戚たちはダフネが国際学会などで、どこそこの町へ行っている、と聞くとむしろほっとする。そういう時は、ダフネの不在を、町の名前で置き換えることができるからだ。しかし、ダフネが人に不在感を与えるのは、実は旅に出ていない時、つまり家にいる時なのだ。

ダフネは、リュックサックというものは持っていない。貧乏を誇りと喜びに変換してしまう若い旅人たちの一人として旅したことは一度もなかった。リュックサックを持てば、気が重くなりそうな気がする。トランクというものも持ったことがない。皮のトランクは、なんだか、飼い主の後を嫌々付いて歩く老いぼれ犬のようで嫌いだった。合成樹脂でできたトランクは重過ぎる。布でできたトランクは、液体が染み込んでいるかもしれないので、気持ちが悪い。雨に濡れた飛行場に飛行機が着地する。汚れた水に機械油が混ざる。荷物を飛行機から運び出す男たちの手は、汗に濡れているかもしれない。そして、その汗には、少し血が混ざっているかもしれない。あんなにたくさん知らない物をさわって、金属でできたものも多いのだから、怪我をしないはずがない。ダフネはある時、彼らが作業用手袋をはめているのを見たが、それでも、安心することはできなかった。あの手袋の布地は湿っているにちがいない、と思ってしまう。

不思議なことに、誰もダフネにふさわしい旅行鞄を思い浮かべることができない。

第四章　ラトナ

丘の上から、火柱の立っているのが見えた。また新しい原子力発電所が建つのだろうか。似たようなポスターは何度も見たことがある。それが原発反対のポスターであることを疑ってみようとさえしなかったのは、そのせいかもしれない。

ラトナがわたしの隣に来て、並んで立ち、先週チベット仏教についての週末セミナーに出たらとても面白かったわ、と言った。そう言われた途端、同じポスターの中にまったく別の絵が現われた。丘だと思ったのは、剃り上げられた瞑想者の頭であり、その頭から火柱が立っているのだった。

膣から頭髪の分け目まで、身体を貫いて、毎秒一本の管が伸びる。それは、解剖学者たちが色分けした内臓を押し込んだあの身体ではない。毎日、鏡に映るあの身体でもない。毎月、生命保険会社が売りつけにくるあの身体でもない。それにしても、たくさんの身体が次々配達されてくるものだ。いったい、いくつ身体を引き受けろと言うのだろう。中には、未登録の身体もある。たとえエロスに満たされていても、性行為には不便な身体もある。そういう身体は法に反しているのかもしれないが、目に見えないので罰せられることもない。そういう身体たちの中のひとつを、管が貫通し、下から上へ、強い風が吹き抜けようとする。胸のあたりに栓がつまっているので、風は頭蓋骨までは届かない。風は一定の強さで繰り返し吹き上げてくるが、そのままでは栓を押しあげることができない。そこで、勢いを集めて、一気に上に押し上げる。すると、栓は外れ、燃え上がり、頭蓋骨を突き抜けて、上空に飛び上がる。

天候はつかまりどころのない冷気と湿った太陽の間で揺れている。曲がったインゲン豆の生えた畑に、褒め言葉などばらまきながら見てまわっているうちに、わたしは、スキラとラトナが同じ赤い色の靴を履いていることに気がついた。

「二人とも靴の先に炎がくっついているのね。」

と言うと、ラトナは足を持ち上げて、

「昔は男の人しか赤い靴を履くことができなかったのよ。赤は戦いの色で……」

「そう、そう、それはね……」

とスキラはラトナを遮って、渦巻く舌でしゃべり始める。ラトナは黙ってしまった。スキラはいつも咳込むように焦って人の言葉に反応する。まるで、そうしなければ何かを奪われてしまうとでもいうように。ラトナとスキラはお互いのことを知らないのだ、ということを急に思い出す。だから、この場面は、後でテキストから削除されなければならない。

ラトナと知り合ったのは、グリュックシュタットという町の近くの芝生の上でのことだった。わたしが到着した時にはすでに、田舎道に沿って自転車がたくさん止めてあった。風のない穏やかな日曜日だった。アラファット風スカーフを首に巻いて、時々くしゃくしゃになった鼻紙をポケットから出して鼻をかんでいる人たち。机の上にはすでにチーズとジャムが並んでいて、その上を蜂が飛びまわっていた。仕事の話をする人間も休暇の話をする人間もいなかった。何か他にみんなを結び付ける話題があるらしい。しかし、その話題を誰もおおっぴらに口にはしないので、わたしには訳が分からないままだった。それが、自転車と蜂と鼻紙とグリュックシュタットと黒パンとてんとう虫を結ぶ一種の政治的な話題であることは確かだった。てんとう虫を見つけると、みんな声を上げて喜んだ。そのうち知らない人が急に話しかけてきたが、その声には厚かましいところが全くなかった。それがラトナだった。

そのうち風が出てきて、灰の色をした雲が北の方から滑り落ちてきた。申し合わせたように、そこに居合わせた人たちがおしゃべりをやめた。流行りの服を着た派手な女が、前置きもなしに、何かについて詳しい説明をし始めた。一列に並んだその粒子の特徴は、外部から熱や力が加わらなくても、自分の力で別種の粒子に変身することができることだ、と言うのである。しかし問題は、はたして自然界にも自発的に何かを行うということがあるのか、それとも政治的な意図が裏で動いているのに、それにわたしたちが気付かないだけなのか、ということだと言う。女の話は終りなく続いた。彼女の言うことは、ほとんど全部わたしの耳の脇を吹き抜けていくだけだったが、ひとつだけ分かったことがあった。それは、ある種のエネルギーは、解放されると光と熱とを生み出し、人を殺すこともあるということだった。

ラトナは演説中の女の極端に短いスカートを指さして、わたしに、労働者階級の生活の実態を明るみに出すのにスカートの材料である布を節約する必要があるのかしら、とささやいた。女の演説は、材料不足に悩むどころではなく、それから更に一時間、話が続いた。やっと演説を終えると、女はラトナの方へ近づいてきて、何か挑発的な口調で言った。ラトナは、そのニオベという名前の女の向けてくる槍先をかわそうとして、曖昧に受け答えした。二人のまわりに別の女たちが数人集まってきた。大半がラトナの方に共感を持っているようだった。ニオベの声は高くかすれてきて、そのうち、さよならも言わずにその場を去っていってしまった。

「誰かが寝ている間に髪の毛をむしり取ろうとするの。妬みかしら。誰か、あたしに嫉妬している人がいるのかしら。」

ラトナには誰かを妬むということがなかったが、嫉妬というものに憧れていて、その憧れはほとんど中毒の域に達していた。嫉妬できたらどんなにいいだろう。チベット仏教についての週末セミナーで、ラトナはイウノという人と知り合ったが、この女性は嫉妬という芸術に熟達していた。

この秋、ラトナはたくさんの毛髪を失った。眠っている間に毛髪が痛みもなく簡単に抜けてしまう。まるで初めから根など生えていなかったとでもいうように。朝になると、ラトナの頭は、自分の毛髪で編まれた魚網に捕えられている。

長い討論の結果、ついに毛髪税が導入されることになった。導入のきっかけを作ったのは、全国ハムスター愛好会らしい。そもそもの始まりは、この愛好会の人たちが、ハムスターのように小さな動物についてもシェパードと同じ額の哺乳動物税を払うのはおかしい、と言い出し、動物の身体の表面積によって税の額を定めるようにしてはどうか、という提案を提出した。政府はこの提案を受け入れたが、表面積という表現を使っては、肥満体の人を差別することになりかねないので、これは避けなければならないと言い出した。表面積などという言葉を平気で口にする人間には、政治的センスが欠けているというわけだ。そこで、「毛に覆われた表面」という言い方をすることになった。こういう言い方をすることで、人間ではなく、動物が対象になっているのだということをはっきりさせようという意図もあった。ところが、その際、最近は毛の生えた事物もあるということを、すっかり忘れていた。遺伝子組み替えによって、毛の生えた机や椅子やベッドを作ることができるようになってからは、出世を目指す若い世代の間に、たちまち新しい家具文化が広まった。彼らはやっと、撫でたり抱きしめたりできるけれども、世話が簡単で、愛情に飢えていない相手を見つけたのだった。いずれにしても、新しい税制によれば、毛の生えた表面には税金がかかるのだから、この税制改革は毛の生えた家具の愛好者にとっては不利なものだった。そのうちに、新しい税制に従えば、婦人の脚なども、毛が生えていれば、課税の対象になると言い出す役人たちが出てきた。退職した役人たちの中には、ボランティアで、海水浴場を回って歩き、毛の生えた脚がないかどうか、調べてまわる者たちまで現われた。お金のない女の大学生たちは、税を取られないように、腕も脚もつるつるに剃り上げるようになった。しかし、頭の髪の毛は剃らなかった。頭は免税の対象になっていた。男の大学生たちも体毛は剃るようにしていた。男子は滅多に取り調べを受けなかったが、しかし危ない橋は渡りたくない、という気持ちが誰にもあった。大学へ行くということがすでに危ない橋渡りを意味する世の中、それ以上に危ないことはしたくなかった。金のある事業家や政治家やその配偶者たちは、熊のように体毛に包まれて海岸に寝そべっていた。体毛が金持ちのトレードマークになった。貧乏人は、裸でつるつるとして柔らかかった。管理職のビジネスマンたちの間では、腕時計や計算機やクレジットカードからも、自分の体毛と同じ色の毛を生えさせることが流行した。その際、必要となるホルモン注射は経費として税金から落とせることになっていた。

ラトナは時々、家具のカタログをめくってみる。そういうカタログは、ラトナよりも二、三十年若い人間たちのために作られているようだった。彼らは、からっぽの空間をこれから新鮮な木材の香りで満たそうとしている。ラトナは、写真を一枚一枚じっくりと眺めた。まるで、そうすれば、そこに自分のために残されたからっぽの空間が見つかるとでもいうように。まぶしいほど明るい部屋の写真があった。空中に揺れる数字。に、きゅう、きゅう、コンマ、ダッシュ。こんなに安いのだから、と語りかけてくる価格を表わす数字の丸みがかった背中、色っぼくさえ見える。後ろの方には、箪笥と靴箱の間に女が一人、写っている。顔の部分だけピントがずれて、ぼやけている。

身体などというものは、空中にいくらでも浮いているけれども、その中には、わたしたちの所有すべき身体はひとつもない、とセミナーの講師は言うのだ。それでも、人はたまにはひとつくらい身体が欲しいと思うことはある。たとえば月曜日だけは身体が欲しい人もいるし、春の間だけは身体が欲しい、と言う人もいる。ラトナは憧憬をこめて何度も振り返る。気に入りそうな身体がいくつか落ちている。ラトナが捨ててしまった身体、忘れるつもりだった身体。ひょっとしたら、捨てたのではなくて、盗まれてカタログの中に閉じ込められてしまったのではないか、という疑いが湧いてくる。ほっそりとした顔、まっすぐな繊細な髪、小さな乳房、細い腰、長い指。ラトナはカタログをめくっているうちに、身体の部品を注文したくなって、受話器に手を伸ばす。注文価格がある額を超えると、配達料がただになるそうだ。だから、できるだけたくさん注文した方がいい。その時、ラトナは又、セミナーの講師の言葉を思い出した。目に見えるような身体はすでに過ぎ去った身体である、過ぎ去ったものにしがみついているのは愚かなことである。ラトナは受話器を置いて、爪を切り始める。

チベット仏教は、東西ドイツが統一した結果、できたものだと新聞に書いてあった。統一によって西側諸国と東側諸国の間の国境が東にずれたために、急に近くなった中国が、危険な隣人であるように見えてきた。左寄りの人たちは、チベット人の皮をつるっとかぶって、こう言い出した。われわれがこれまで望みを託してきた中国は、京劇の厚化粧に過ぎなかったのだ、我々は今チベット人の素顔の価値を認識するに至った、と。

ラトナは新聞で見かけた写真を切り抜く。炉の中で赤い布の燃えている写真。僧衣かもしれないし、旗かもしれない。

開かれた炉の扉の隣に、中国の新しい車のブランド「最後の皇帝」が見える。仏教には大きく分けてふたつの流派があって、片方は大きい自動車、もう一方は小さい自動車と言うのだ、とラトナは習った。

頭を動かす。痛い。二日前から肩も凝っている。

「どうして、あなたは肩が凝るのだと思いますか。」

とセミナーの講師が尋ねる。

「おそらく働きすぎで、自分のことをあまり考えなかったからではないでしょうか。」

とラトナが答える。

「そうではなくて、インドの草原に一本の木が立っていて、その木の片側だけに重さがかかっているからですよ。目を閉じてごらんなさい。痩せ細った木が一本見えるでしょう。枝にカラスが七羽すわっているでしょう。反対側の枝には一羽もとまっていないでしょう。」

「どうしてインドの木なんですか。あたしの痛みなのに、あたしと関係ないんですか。」

「ないんですよ。自分のことなど考えなくてもよろしい。あなたのことは他の人たちが考えてくれるのだから、それで充分です。この木というのは、眠りの木なのです。まず、頭の中にこの木を思い浮かべてください。それから、カラスを一羽ずつ、今いる側から反対側に移してください。」

セミナーの講師はにやっとした。ラトナには、自分の頭の中に浮かび上がったカラスたちが、なんだかコンピューター・グラフィックスのように見えてきた。

「どうです？ 頭の皮、どんな具合です？ たるんできましたか、張っていますか？」

と教祖が尋ねる。ラトナは突然、瞑想室に貼ってある絵に腹がたってくる。鼻の下にくるくる巻いた髭を生やした小太りの仏様、白い象、あぶらぎった蓮。これはアジアの伝統芸術です、と講師は言い張る。ラトナにはそれが信じられなくなってきた。コンピューター・ゲームから取ってきたに違いない。ラトナは、物や人の形をはっきりと見極めることのできないくらい暗い、真面目そうな絵が見たいと思う。深さというものは明るく色とりどりではなくて、暗くなければおかしい、とラトナは思う。瞑想が始まる。

初めの試みはうまくいかない。二回目もうまくいかない。教祖はもう何年も前から、精神統一しても、煙草に火をつけられる程度の光と熱さえ生み出せなくなっている。煙草にさえ火をつけられない人間が、どうしてお客の心に火をつけることができるだろうか。困り果てた結果、教祖は物理学者のところへ行って、シャクティーという女神と、アグニという男神の像を制作させる。アグニの燃える身体の背中にシャクティーがまたがって、出発する。ジャーナリストたちはもうカメラを構えて待機している。シャクティーは決してしくじることはないだろう。シャクティーの打ち上げ写真が新聞に出る。

「つまり身体というものはない、ということですか？」

「身体はこの世に無数にありますよ。ふわふわ浮いていたり、空を飛んだり、揺れたり、跳ねたり、震えたりしています。でも彼らは誰にも所属していないんです。」

複数の人間に同時に属する物は、他にもいろいろある、とラトナは思う。傘とか、自動車とか、本とか、自転車のタイヤに空気を入れるポンプとか、壁に穴を開ける機械とか。こういう物はみんなでいっしょに使うものだ。バスタブもまた、この類である。ラトナは二十年前、オッテンセン区に住んでいた頃、自宅に風呂のない女友だちがたくさんいて、よく入りに来たものだった。

その中に一人、月の初めの日に必ず来る女性がいた。いったいどこで知り合ったのか、自分でも思い出せなかった。お腹が妙に平らな人だった。腸が短かったのかもしれない。腕は力なく垂れ下がり、麻痺しているかのようだった。爪だけはしっかりしていて、それがよく磨かれて、血の色に塗ってあった。口数は少なかった。しかし、この女が浴室に入ると、中から翼をばたばたさせるような音が聞こえた。それを聞いて、風呂場がびしょびしょになってしまうのではないかと心配になったが、そんなことは一度もなかった。床も鏡もタブも、女が家に帰った後は、まるで磨かれたように光っていた。

ラトナはどんな仕事も習い始めて最後まで続いたことがない。職業訓練の道もいろいろ歩き出してみるが、めでたくゴールインの鐘の鳴る前に見放してしまう。挫折した、などと言うのは、英雄きどりで嫌だ。試験が難しいと感じたことはこれまで一度もなかった。ラトナは、指先が器用で、耳もよく、記憶力には伸縮性があった。だから、いろいろな職業の庭を軽々とまわって、役に立ちそうな花を摘み取って歩く。疲れを感じることはめったになかった。ただひとつだけ、気になっていることがあり、それは、年金生活者になったらどんな風に生きようかということだった。生前と死後を抜かして考えれば、年金生活者として生きる時間が一番長いのだから、この問題は真面目に考えなければならない。子供の頃よく叔母さんに、大きくなったら何になりたいかと聞かれた。「煙突掃除の人」とラトナはいつも答えた。叔母さんはその度に笑って、どうして煙突掃除人になりたいの、と尋ねた。少女はそんなことは当然だとでも言うように、「他人の家に自由に出入りできるからよ、テントウ虫みたいに。」と答えた。

彼女の電話の隣には、住所カードを入れた長い箱が置いてある。時々、何も探す気はないのに、指が名前や住所をめくっていくことがある。ふたつの名前を繋げた名字、母音の多い名前、男の名前のような名字。名前の鎖ができるが、ラトナはそんな鎖には繋がれない。名前たちは指の間に現われて、指の間に消える。わたしもまた、この鎖の輪のひとつだったのだろう。

十年前には、ラトナの部屋はまだぎっしりと物がつまっていた。机の上には洗いたての下着がスウェーデンの小説といっしょに置いてあった。物を引き出しの中に入れたり出したりしている暇がなかったのだ。どうして、そんな隠れんぼをしなければならないのか、理解できなかった。机には引き出しが付いていたが、そこに入れるのは、役所から来た、二度と読みたくない手紙くらいだった。

当時、ラトナのだらしなさには、快活な軽やかさがあった。カップなど洗ったこともなく、カビの生えてくる前に煮え立つような紅茶をまた注いで飲んだ。大学でスカンジナビア文学を専攻していた頃は、何人かの友達といっしょに暮らしていたのだが、何かを隠したりするのは恥ずかしいことだとみんな思っていた。特に下半身に関することはそうだった。便器の上にすわっていても、ドアはしめないというしきたりまであった。みんなで五年間住んでいたアパートにラトナは一人残ることになった。父親がその部屋を買い取ってくれたのだ。いっしょに住んでいた友だちは、卒業するとミュンヘンやストックホルムへ行ってしまった。アジアへ行ってしまった女友だちさえいる。その人からは時々、手紙がきた。「やっと阿片戦争が終わってよかったと思いませんか。」と北京から手紙が来た。「阿片戦争はとっくの昔に終わってしまっていると思い込んでいる人たちがたくさんいますが、私の考えではそうではないと思います。

この戦争は今やっと終わったのです。今はチベットが陶酔を受け持つことになって、工業国である中国は、阿片中毒者の役を演じなくてもよくなったのです。」ラトナはあきれて首を振った。この女はよく地球の裏側にたった一人で生きているものだ。人々が逆立ちをして暮らし、雨が土の中から降ってくるような地で。

ある日、ラトナはひどく寝過ごしてしまったような気分で目を覚ます。ひとつの夜の背後に長く止まり過ぎた。それも二時間、三時間、五時間、長すぎたというのではなく、何十年も眠ってしまったような気がした。鏡の中を見ると、ほっそりとした顔がある、雪に洗われ、皮下脂肪は落ちて、繊細な線が目のまわりや額に走り、口の中の闇は深まり、眼球はより深く潤い、銀色に光る新しい頭髪がみっしりと生え揃っていた。

第五章　スキラ

スキラはアルトナの喫茶店に腰かけて、コーヒーカップの底に残ったミルクの泡をスプーンですくい取っている。スプーンの冷たい表面で、口紅の赤と白い泡とが混ざりあう。それが、スキラの口の中に次々消えていく。カップの中の泡はどんどん少なくなり、スキラの手が空中に描く輪は一回ごとに大きくなっていく。スキラは突然、手の動きをとめる。ゴミ箱の隣に痩せた女が立っているのが窓ガラスを通して見えた。横縞のブラウスを着て、縦縞のズボンに登山靴を履いている。頭の上には立派な婦人帽、手には子供用の雨傘を持っている。窪んだ頬としぼんだ唇が、信号のような赤い色に塗ってある。女は傘の先でゴミ箱のブリキのふたを開けて、中を覗き込んだ。その瞬間、ゴミ箱の中から蜂が一匹飛び出して、女の頭上をぐるぐる飛びまわった。女は傘を振り回して、ずうずうしい蜂を追い払おうとした。

「この悪魔が！　あっちへ行け！」

と女は叫んだ。

「あっち行けったら。あんたの正体は、ちゃんとお見通しだよ。」

蜂は空中に8の字を描き、雨傘がその後を追う。はち、はち、気をつけて！　輪舞はいつまでも続く、スキラは目を閉じる。ふらふらする。蜂がやっと8という名の永遠のルートから離れて飛んでいってしまうと、女はゴミ箱の蓋を閉めて、その場を立ち去る。

「その人、結局ゴミ箱から何も取り出さなかったのなら、どうして蓋を開けたのかしら。」
「貧乏人なんていうものは、自分のやっていることが自分でもよく分かっていないものよ。」
「貧乏だからということで、その人の行動が説明できるかもしれないって、まだ信じているの?」

スキラのアパートの隣人イフィスは突然ベルを鳴らす。いつまでも鳴らし続ける。他の人たちの場合は、まず足音が聞こえてからベルを鳴らすから、いったい誰だろう、と考える余裕がある。ところがイフィスの場合は、台所から飛び出してきて、ベルに飛びついていきなり鳴らす。スキラがほんの少しドアを開けると、イフィスの細い指がその隙間から滑り込んできて、部屋に入り込み、そこにあるものを何でもさわる。壁、箪笥、洗濯物、手紙、茶碗。白い壁はぞっとして鳥肌がたっている。中国製の茶碗がかたかたと震える。スキラは、イフィスを追い出すことができない。そうする理由がないのだ。それに、何か隠し事があるのではないかなどとイフィスに思われては困る。

会話は穏やかに始まる。天気について、流行について、新しい映画について、無害な意見を交しあう。しかし、しばらくすると、イフィスが急に前触れもなく、

「準備はできたの？」

と尋ねる。スキラは唾をのみ、黙ってしまう。

「あなた、あたしにくれるつもりの物があったでしょう？　今すぐちょうだい。」

スキラは混乱し、何のことを言われているのか、聞き返す余裕さえない。イフィスはスキラの指が震えているのを嬉しそうに眺めている。

「あれから、ずっと、いったい何してたの？　あなた、もう下の方は、つまり何て呼んだらいいのかしら、下の層は完了したけれども、真ん中と頭がまだだって言っていたでしょう。違う？」

スキラは借金などしていないのに、隣人の声を聞いていると、罪の意識がこみあげてくる。「やましさ」というのが何のことなのか自分でもよく分からないのに、やましさを感じる。やましさというのは、もしかしたら、山師らしさということか。いや、やましさとは、喉と心臓の間にある小さな骨のことだ。その骨が今、圧迫されて痛い。イフィスが操っているのだ。

「それなら、せめて一番下の部分だけでも見せてよ。もうできたんでしょう。全部一遍にくれとは言わないから。」

「一番下？」

スキラは微笑んでみせようとする。これは、教育を受けていない人たちに接する時に取る寛容な態度だった。自分で自分の言っていることもよく分からないような人達。隣人イフィスは教育を受けていない階級に属するのだと思ってみると、スキラは少し気が落ち着いてきた。イフィスは二十年くらい前には大学に通っていたことがあるが、両親は工場労働者だった。本当は学校の先生だったのが、亡命して職を失い、工場労働者になったのだった。彼らがヨソモノであることは、名字を聞けば分かる。スキラはヨソモノではない父親の名字をひきずって生きているが、この名字があるおかげで、どこでも通用する。スキラの場合、父親の名字はこの地にしっかり根をおろしているのに、父親自身はある日、突然、姿を消してしまった。イフィスはあまり両親の話をしたがらない。スキラは微笑みを絶やさぬまま、話題をわざとイフィスの両親のことに持っていってしまえばよかったのだ。しかし、スキラはそうはせずに、蠟燭のようにまっすぐな態度を取り続ける。ねじ曲がった取り引きをするのが嫌なのだ。

「今日は悪いけれど時間がないの。来週、電話するから。」

スキラが堅い態度をくずさないので、隣人はますますいらだってきたようだ。このままでは、明日、またやってくるかもしれない。三日後にまた現われるかもしれない。あるいは、二年になるかもしれない。それがたとえ十年後だとしても、次の瞬間に現われるかもしれないことを思うと、スキラは束の間も心を休めることができない。

新聞に、女の手の写真が載っている。ほっそりとして、小麦色に日焼けした手。爪は曲がり、一部が潰れ、黒みがかった灰色に腐っている。患者の指を写したのだろうか。あるいは死人の指かもしれない。スキラは新聞を日の光にかざして、写真をじっくり観察した。親指の先は肉が一片欠けている。見出しには「中世並みの残虐さ」と書いてある。写真の女性が爪にマニキュアを塗っていたので、原理主義者がその指先を切り落としてしまったのだそうだ。スキラは怒って新聞を脇に投げた。新聞は事実だけを報道してくれればいいのに、なぜこのようにずれた比喩を使うのだろう。どうして、これが中世のようなのか。中世のことなど何も知らないくせに。スキラは檻の中に閉じ込められた猛獣のように、台所を行き来する。新聞の編集者が化粧品会社の社長と結託して、マニキュアを自由と民主主義の象徴として売り出そうとしているのかもしれないわ。もう何週間も前から、スキラは新聞の購読をやめたいと思っていた。新聞を読むと、朝から神経をすりへらされる思いがする。すりへらされた神経の分だけ、購読料を返してほしい。この見出しは切り抜いて、証拠として取っておこう。隣の女だけではなくて、新聞までもがいったい何が話題になっているのかを隠そうとしている。ハサミはどこへ行ったのかしら。スキラはハサミの置いてある机の方に急いだ。早く、早く、急がないと、何を切り抜こうとしていたのか忘れてしまう。椅子の上に前に探していた絵葉書が載っていることに気がつく。でも、今はハサミの方が大切なのだから。絵葉書はそのままにして、ハサミのある方へ。そうしないと、何をしようとしていたのか忘れてしまう。水道の栓がよく閉まっていない。でもそれは後でどうにかするとして、まずハサミを探さないと。部屋の中が暗過ぎる、明りをつけないと。でも、ハサミは。三十年前にはスキラは自分の身体の動きに注意を払っている余裕がなかった。起きて、大学へ行って、じゃがいものスープを食べて、音大の学生と寝て、それだけで一日が終わってしまって、自分の姿勢のことなど考えてもみなかった。当時どんな風に立ち、どんな風に横たわっていたのか全く思い出せない。最近は、どんなところに立っていても、いやでもいつも自分の身体が見えている。まるで、映画館にすわってスクリーンに自分の身体が映し出されるのを見ているかのよう。それで困惑して、又つまずきそうになる。椅子がそのスクリーンに映っている。目の前にも椅子はある。どちらの椅子を避ければいいのか。それに、ハサミはいったいどこへ行ってしまったのか。

「これ、すごく昔のあたしの写真。」
「三十年前よりも、今の方が綺麗ね。」
「あの頃はまだ、綺麗に見えることなんか、どうでもよかったの。若かったから、それだけで充分だった。と言うか、若いということだけで、充分大変だったの。」

スキラは鏡や花瓶やハンドバッグや古い木の小物入れや皮やガラスや石やその他いろいろなものを売っている。前世紀の物もあるし、二〇年代のものもあるし、それ以外の時代の物もある。買い手は、友だちや知り合い。この商売だけでは暮らしていかれないので、役所に助けを求めに行かなければならなくなる。役所では、お金を乞うわけではない。スキラには本当は物乞いの才能があるのかもしれないが、物乞いは禁止されている。乞う代わりに、あらゆる尺度で自分の寸法を計らせ、人生の大きさを決めてもらうことになっている。まず裸にならなければいけないのだが、その際、服を脱ぐことは禁止されている。スキラにとっては、本当に服を脱いで、血行のいい肉の締まった身体を役人たちに見せる方がどれだけいいか分からない。そうではなくて、言葉を脱いで、人生観を剝き出しにし、自分の怠惰さをさらけ出さなければならない。スキラが机の上におとなしく手をのせると、役人はその指に視線を落として、スキラが人材市場で売れるかどうか、検査する。もし爪が伸び過ぎていて、しかも汚れて、割れて、波打ってでもいたら、大変だ。週末セミナーに強制的に参加させられる。みんなに笑われ蔑まれることを恐れることを、そこで学習するのだ。

翌日、スキラはイウノと逢う約束をしていた。それでスキラは着て行く上着を選ばなければならなかった。どんなデパートでも売っているような上着では困るし、あまり目立つのもよくない。厳しすぎるのはよくないし、だれ過ぎているのもよくないし、健康指向も困る。きつく締めつける所があったり、丈が短すぎたりして、ほんのちょっとマゾヒストの雰囲気をほのめかすようなのもよい。しかし、いやらしいのはだめで、たとえば内側から肉がむくむくと盛り上がって見えるようなラテックスは失格。スキラの客たちは、まともな小市民の域を超える人たちではない。それでも自分たちが当然、芸術を理解する側に立っていると思いたがっている。だから、主婦や秘書のように見える上着も困る。

スキラは耳たぶに青い大きなイヤリングをぶらさげている。いつだったか、自分の娘は鼻にリング用の穴を開けるつもりらしい、とイウノがこぼしたことがあった。イウノは絶対反対だったが、その理由を娘にきちんと説明することができなかった。そのうちにイウノは怒り出し、身体中にリングなど下げているのは野蛮人だけだ、と叫んでしまった。娘は、おかあさんは人種差別をしているのね、と言い返した。学校の生徒たちの間では、人種差別者と言うのが最大級の侮辱だった。

　スキラはお気に入りの箪笥の前でため息をつく。どの上着も不合格。人に笑われないようにそれなりの服を着ること。それだけでも大変なことなのに。服を選ぶために、人は毎日どれほど労力を費やすことか。いつどんな服を着たらいいのかがはっきり決まっている時代が早く来ればいいのに、とスキラは思う。規則が欲しい。月曜日には青い服を着ること、火曜日には丸い物をブラウスに付けること、水曜日には絹を身につけてはいけない、木曜日には派手なズボンを穿くこと、金曜日は家を出ないで裸のままで過ごすこと、土曜日には庭師の格好をすること、日曜日に着る服にはチャックが付いていてはいけない。そんな規則があったらどんなに楽だろう。

　陶酔状態にあると、視覚的なものにひどく困惑させられる。外見は全く変化していないのに、何かが変わってしまって、それが元のままではないのが分かる。沈黙に刺されながら。

　できれば部屋には家具がひとつも置いてないのがいい。もしも空気に形があって、棚に物を載せるように空気の層に物を載せることができたらいいのに、と思う。家具は重荷になる。家具はショーウインドウの中に置かれているのがいい。わたしは夜、散歩に出て、彼らに挨拶する。それでも時には、家具がわたしの部屋に入り込んでくることもある。贈り物という名の暴力によって。そうなったら、わたしは毎日その家具に視線を送らなければならなくなり、送られる視線の総量を返済してもらえることはまずない、と言っていい。

それでも、床の上の滅茶苦茶が嫌になる日もある。本や手紙や鉛筆が決まった所に置いてあるというのも悪くないかもしれない。たとえば眠りにつく前の一時間だけのために作られたある特定の平面の上に。ナイトテーブルなるものを持つのも悪くないかもしれない。スキラのところで家具を買うといいわよ、と教えてくれた人がいた。あそこには面白い家具があるし、値段も手ごろだし、買ってあげればスキラを助けることにもなるし。何しろスキラはいろいろできる人なのに、いつもお金がなくて困っているから。


スキラの眉毛は勢いのいい弓型をしていて、唇は力強い楕円形。彼女は美しい、と言うことができるだろう。もちろん、そういう言い方がしたい場合は、ということだ。そういう言い方がしたいならば、それをスキラに当てはめて、スキラは美しい、と言えばいい。でも、実際にそう言う人はいない。彼女の顔はそういうことを言われる前に、そういう言い方を拒んでいる。その顔は自分自身に関わりきっていて、観客は常に余計者なのだ。彼女の美しさもまた余計者である。ただ、迷いのようなものがその顔の中に流れ込み、目や口の線が混乱した時のみ、何か人を惹きつけるものがその顔に表われる。

このテーブルの真直ぐな足や簡潔な形は大変美しいと思いますが、とスキラは言う。でもあのテーブルのモダンでありながら冷たくはない抽象性も美しいと思います。でも、そちらのテーブルがオリエント風のスタイルを控えめに引用しているところなども美しいと思います。わたしはもうそれ以上、美しさについては知りたくなかった。スキラが早く美しさの話をするのをやめて値段の話でも始めてくれたら、と思った。

小さなテーブルがひとつ、わたしの目にとまった。スキラはそのテーブルについてはどう褒めたらいいのか、分からないようだった。

「このテーブルは誰から買い取ったんだったかしら。確か、これは線路の枕木でできていたのだと思ったけれど。インドネシアのどこかで、ある鉄道が廃線になって、その時に不要になった枕木でナイトテーブルを作ったとか、そんなようなことだったと思うけれど。」

スキラは自信なさそうに口ごもる。わたしは、そのテーブルを買うことにする。

今、そのテーブルがわたしの部屋に置いてある。まるで、誰かが忘れていったかのように。脇に焦げたようなところがある。家具は自分自身の欠点の内部に安らぐ。この暗い跡のおかげで、家具全体を受け入れたい気持ちになる。どういうわけか、わたしは壁の黒いしみをひとりじっと見つめたりする癖がある。

このテーブルが来てから、夜眠りにつきやすくなった。わたしの視線はテーブルの黒い点を掘り続ける。わたし自身が眠りに飲み込まれてしまうまで。多分わたしは昔、不眠症に悩まされていたのだろうと思うようになった。わたしは、苦しいことは、それが終わってしまわないと気がつかないらしい。

一度、スキラに頼まれて、彼女の寝室に花瓶を取りに入ったことがあった。枕に血痕が付いていたので、ぎょっとした。そう言えばわたしも眠っている間に乳歯が抜けて、朝、枕に血痕が付いていたことがよくあったな、と思った。

アルトナ区の屈折した路地。地面に女がひとりしゃがんでいた。黄昏が庭の片隅を飲み込み始めていた。通り過ぎる時に、影になった女の顔が見えた。その顔は、どこかで見たことがあった。どこで見たことがあるのか思い出す前に、似ているところは消えてしまった。夕暮れの日の傾きが時に、戯れに、人と人とを似せて見せることがある。女の脚の間に犬が一匹すわっていることに気がついた。まるで、女が子犬を生んでいるように見えた。いや、女の下半身が、犬なのだった。痩せ細った犬が急に歯をむき出して吠え始めたので、わたしは急いでその場を去った。

一度、ある展覧会場で、スキラと偶然出逢ったことがある。絵を展示していた女性画家については、わたしはほとんど何も知らなかった。新聞によると、この人は劇作家として有名だったのが、三年前に劇の仕事をやめてしまったそうだ。劇場というのは人を食う怪物です、もうそういうカニバリズム的な仕事をするのはご免です、ということだったらしい。熟れすぎた果実を描いた巨大な絵、みずみずしく、すっぱく、真ん中で割れている。それは女性だけにある口だった。

「吐き気がするわ。」

とつぶやいて、スキラは顔を背けた。わたしは自分のことを言われたかのように、びくっとした。

隣の女がスキラの指を口にくわえて、しゃぶろうとしたことがある。喧嘩の後、仲直りの印におしゃぶりをしゃぶろうとでも言うのだろうか。しかしあれは本当に喧嘩だったのか。スキラが指を引っ込めようとすると、イフィスはその指に嚙みついた。スキラは叫ぼうとしたが、その代わりに、教師のような口調でこう言った。他の女の哺乳ビンの役目を果たすのはご免よ。イフィスは泣きながら、スキラを非難し始めた。あなた果物を乗せるお皿をあたしにくれるって、約束したじゃないの、それなのにどうしてまだくれないの、きっと他の人にあげてしまったんでしょう、指を嘗めるのは浮気をした罰よ。スキラはおだやかに、それでもきっぱりとイフィスを押し返そうとする。イフィスはしかしそれに対抗して、最後の試み。服を脱ぎ捨てて、重たい乳房を両手で支える。大きな乳房を見ると、誰でも黙り込んでしまうものだ。スキラは後退さりして、簞笥に身体を押し付ける。口がきけない。イフィスが更に身を寄せてきたので、もうそれ以上逃げることができなくなった。その瞬間、ドアの呼び鈴が鳴った。イフィスはもう来ているのに、いったい誰が鳴らしたのかしら。隣の女がもうひとりいるということ？　二人いるものなら、三人いるかもしれない。みんな、次々、わたしのところの呼び鈴を鳴らして、交代に、互いに示し合わせて、あるいは、全員、同時に。あんまりだわ。スキラはしゃがんで泣き始めた。イフィスは驚いて、どうしたの、と尋ねる。スキラは、イフィスがきちんと服を着ていることに気がつく。

スキラはどの家具を見てもちょっとしたエピソードを思いつく。スキラの売っているのはそのエピソードで、家具はその付け足しに過ぎないと言うこともできる。スキラの祖父はよく、スキラがまだ子供だった頃、不思議な人間たちの話をしてくれた。あの頃のスキラはふたつの耳になりきって聞いていたが、今はひとつの口となって一方的に話す。スキラは一人っ子で、母親は無口で、父親はあまり家に居着かず、たまに家に帰ってきても、お客様のようにしていた。古い石油ランプの光が食卓を照らし出し、蝿の羽音が雨の音に混ざった。家族の者たちは、じゃが芋を食べながら、コーヒーを飲んでいた。「じゃが芋にコーヒーでは変に思われるかもしれませんがね、ゴッホの絵を見てもらえれば分かりますが、貧しい人たちの間では、よくこの組み合わせが見られたんですよ。」とスキラが言った。客たちはスキラの話に魅せられて耳を傾けながら時々、ふいを襲われたような感じを持つ。客が話に割り込んできて何か言おうとすると、スキラは「その通りなんです。」「全くおっしゃる通りなんですよ。」「そうなんですよ。」「ええ、だから、わたしが思うにはね、」と言って、遮ってしまう。頭を激しく上下に振って、客を黙らせてしまうこともある。客の中には自分の幼年時代の話を始めようとする人もいる。が、彼らの故郷、両親、学校についてさえも、スキラの方がよく知っているのであ

など何もない、というのがスキラの考え方である。世の中は謎に満ちている、などというのはる。スキラには知らないことなど何もない。と言うよりは、知りたいと思えば分からないこと

スキラには、魔女信仰か、怠慢かのどちらかから来ているとしか思えない。もちろん、これからまだ情報を注ぎ込まなければならない領域はある。たとえば、アグニとシャクティーというのは、良い神なのか悪い神なのか。インドの核兵器がそういう名前だということは、それを持っている持ち主にとっては良い神であるが、他のみんなにとっては悪い神であるということか。ある時インド学者が家に来たので、スキラはこのことを質問してみた。が、スキラはインド学者の話を始終、遮らずにはいられなかった。スキラは自分の質問に対する答えだけを聞きたかった。ポケットに入るようなすっきりした答えが欲しかった。それなのにインド学者は「ヴェーダ」の中から「アグニ」の出てくる箇所を次々引用し始めた。こういう一節もある、ああいう一節もある、と学者の話は長々と続き、アジア学の知識の雲が、スキラの空を覆い始めた。スキラがあまり何度もこの学者の話を遮ったので、学者は怒って家に帰ってしまった。他人の話に耳を傾けても何の役にもたたないわ、聞いているうちに、分からないことがますます多くなっていって、前よりももっと訳が分からなくなってしまう。

スキラは時々、お客の顔をくわしく描写してくれることがある。目はこうで、鼻はこうで、髪の毛はこうでと言って、最後に、この人は美しくはないけれども、若い頃には美しかったかもしれない、と付け加える。人は年とともに美しさを失うが、調度品だけは美しさを保ち続け

ることができるだけでなく、その美しさを年月とともに磨き上げていくことができると考えているらしい。わたしは箪笥に向かって、ねえ本当にそうなの、と意見を聞いてみたいような気になる。

スキラは牛乳とコーヒーを買うために家を出る。埃を被った古い形に囲まれて、次第に暗くなっていくのに、スキラは戻ってこない。もし、スキラが全く戻ってこなかったら、どうしよう。スキラがいつも話してくれていた客たちが現われたら、わたしが迎え入れて、相手をしなければいけないのだろうか。涙の代わりにホクロのふたつある女。決して瞬きしない女。もしかしたら、彼女たちはわたしが想像しているのとは全く違った外見をしているのかもしれない。もしかしたら、そういう客など実際には全く存在せず、スキラの想像の作り出した幻なのかもしれない。それでも、ひとつだけ確かなことは、スキラは、自分の客たちが年をとりすぎていることが不満であり、逆に客たちはスキラの売っている調度品が年をとりすぎているからこそ、来るということである。

ある日、隣の家からドリルで穴を開けるような音が聞こえてきた。その音は次第に高くなり、しかもうるさくなっていく。それから、ゆっくり坂を降りるように小さくなっていくが、消えてしまうことはなく、しばらくすると又、大きくなっていく。近づいてきては又遠ざかっていくオートバイのように。わたしの耳は、円形の競走場の縁となった。音がまわりこんできて、わたしを乗り越えるようにして、過ぎ去っていく。スキラはわたしに微笑みかけた。そんな騒音など苦にはならない、ということをわたしに見せつけたかったらしい。

「いつになったら、止むのかしら。」

「お隣の人がね、新しく木の床を作ってもらっているのよ。」

「お隣の人が何をしようとしているのかなんて、どうでもいい。こんなうるさい音たてるところから美しいものが生まれるはずないもの。」

「そうかしら。新しい建物が建たなければ、経済は死に絶えると言うわよ。だから、ものも食べずに、眠らずに、なんでもいいからみんな建てるのよ。そういう風に戦後あたしたちみんな習ったの。」

「耳で聞いて、嫌だと思うものは、嫌なものに決まってるわ。何かきれいなものを作っているんだって言うけれど、本当は何か壊そうとしているんじゃないの？　人間は嘘をつくことがあるけれど、音は嘘をつかないものよ。」

ある時、学生がひとりスキラのところでアルバイトすることになった。親友イウノの息子だった。職をひとつ手につけたいと言い出したのだ。だから、見習いをやりたいのだと。スキラは、見習いという言葉がすっかり気に入ってしまった。スキラはまだ秘書とか助手とかそういったものを置いたことがなかった。スキラのような女にとって、これは大変困ったことである。若い人たちがまわりにいて、スキラから仕事を学び、スキラの手伝いをしながら、できれば、スキラの人格を崇めてくれる。そういうことがなければ、自分が進歩し、登り詰めてきたのだ、という実感を持つことができない。

しかし、見習いをしたいというこの学生にはひとつ問題があった。彼は太ってはいなかったが、物を詰めた袋のようなところがあった。そして、袋などというものは大抵そうだが、この袋がいつもスキラの通り道にあって邪魔になって困った。

「ちょっと、ここを通らせてくださいね。」

初めはスキラも礼儀正しく尋ねた。

「ちょっと横にどいてくれる？　すみませんね。」

スキラは、気短かにならないように気をつけた。

「ちょっとあけてくださいね。」

学生はすぐにスキラの言う通りに動いた。しかし、次の瞬間にはもう、スキラが行かなければならない場所に立っていた。

「他のところへ行ってくれない？」

スキラはそう簡単に腹をたてたりはしなかった。ただ、同じ文章を二度繰り返すのがきらいで、丁寧な言い方の蓄えがだんだん減ってきてしまった、というだけのことだった。

「どうして又そこに立ってるわけ？」

袋はとうとう、どこに立っていればいいのか分からなくなり、黙り込んでしまった。

「その辺に突っ立って邪魔している暇があるなら、あたしの手伝いをしてちょうだい。」

立っていることの許されない者はすわるしかない。

「この大事な椅子にはすわらないでちょうだい。これは売り物なんだから。」

本当はすわってはいけない椅子などなかった。スキラはどんなお尻でも支えることのできる椅子しか扱っていないのだから。腹をたてたのは全く別の理由からだった。学生が椅子に腰かけると、途端にその椅子が彼の所有物のように見えてしまう。それとは反対に、スキラはどんな椅子も自分の物ではないような感じに悩まされていた。たとえば居間に置いてあるソファーは彼女個人の所有物であり全く売るつもりなどなかったが、客なら誰でも持って帰っていいように見えてしまうのだった。

「悪いけど、どこか別の所に立ってくれる？　そこに立たれると、カレンダーが見えないの。あの日のあれを見ないと……」

あらゆる物がすぐに彼の背後に隠れて見えなくなってしまう。

「どうして窓のところに立っているの？　この部屋、ただでさえ暗いのに、もっと暗くなってしまうじゃないの。」

学生はどうしていいのか分からなくなって元気をなくしていったが、身体だけはますます膨張していくのだった。

女の子を雇えばよかった。空中を蝶のようにひらひら舞う身軽な女の子、とスキラは思う。スキラの祖母の世代はまだ、自分より年の若い同性はライバルであると信じていた。しかし若い異性が邪魔になることについては、祖母は何も教えてくれなかった。

学生は夜店でしか見かけることのないような派手な色の組み合わせの青っぽいワイシャツを

着ていた。彼にはそんなものを着ていても、どこか人の尊敬を呼び起こすところがあった。客は大抵、この見習いの男を一人前扱いした。スキラは時々いらだちのあまり、この男を殴りたくなることがあった。もちろん、丸めた包装紙で殴るに過ぎないが。しかし、殴られた方が微笑みながらこう答えたらどうしよう。

「まあまあ、落ち着いて、ここにでも腰掛けてくださいな。今お茶を入れますから。お茶を飲めば少し気が落ち着きますよ。」

彼はまだ二十五歳だったが、ふっくらとした身体で、すでに父親のような振る舞いをし始めていた。兵役はもうすましていたが、その話は絶対にしなかった。今は経営学を勉強中で、自分にとって一番大切なのは家族だ、と言うのだった。女の学生だったら、そんなことは決して口にしないだろう。家族が一番大切？　スキラは我が耳を疑った。学生はスキラが疲れた様子をしている午後など、勝手にハーブ茶を入れて勧めたりした。リラックスできるような音楽をかけましょうか、と尋ねることもあった。スキラはそんな療養じみたことをするくらいなら、ウォッカを飲み、何も食べず、肺一杯に煙草の煙を吸い込んで、徹夜をした方がましだと思った。どんな人間にも、病気になる権利、癒されない権利、意地悪をする権利があるはずなのだ、と思った。

スキラの友達はみんな、スキラが滅多に病気にならないと思っている。スキラがあまり病気の話をしないからかもしれない。しかし、スキラは身体の妙な部分に病気を持っている。例えば、脇の下の痛いことがよくある。傷があるわけでなく、腫れているところも固くなっているところもない。それでも痛みがひどくて、腕を下に垂らすことができないくらいだった。指の爪が痛むこともある。いつも気をつけていないと、爪が外側に反り返って伸び、肉から自立しようとするのだった。スキラは爪を短く切る。一番ひどいのは、目の病である。目を左から右へ早く動かすと、数秒間、前が見えなくなってしまう。以前は一晩で一冊本を読み上げてしまうことができた。最近は、行から行へ注意深く移っていかなければならない。かかりつけの目医者は、そんなのは年のせいだ、と言う。道で急に振り返るのも非常に危険である。町に出ると、必ず後ろから呼びとめられる。振り返ったとたんに、目が見えなくなり、よろめく。いつも後ろから人に姿を認められるというのも不思議な話である。

わたしがイヤリングも首飾りもつけないので、スキラは自分が批判されているように感じるらしい。

「どうしてアクセサリー付けないの？」

「金属を身体に付けるのは嫌なの。石も嫌。身体が重くて、繋がれているように感じるから。わたしは空気と親戚なのよ。」

スキラは傷ついたような表情をして、イヤリングをはずす。スキラは、自分と同じことをしない同性に心を許すことのできない種類の人間なのだ。

「イヤリングを付けている女の人は好きなんだけれど、自分は付けられないの。」

「自分を飾るのは、いやらしいこと？」

「そうは思わないわ。」

「あたし何か付けていると馬鹿みたいに見えるでしょう？」

「そんなことないわ。」

　スキラは部屋を出ていってしまう。わたしには本当はアクセサリーを付けることのできないはっきりした理由があるのだが、それを人に話すことはできない。宝石や金属が作り出す磁気界が身体の作り出す麻薬の力を弱めてしまうのだ。どうしてそうなのか、わたしには分からない。科学者ではないので、磁気を調査してみることもできない。


　スキラは自分の身体を白いガーゼに包んでいく。まず手の関節を、それから、上へ上へ、身体が包帯に包み隠されていく。どこへ行くの？　とわたしは、スキラの後を追っていく。彼女はもう、かつていたところにはいない。ずっと遠くの方から微笑んでいる。多分わたしには話したくないのだろう、特にあのソファーの上で過ごした夜のことは。包む、というのがスキラの新しいコンセプトである。本能に従って作品を作り上げていくなんてとんでもないわ、コンセプトがなければだめよ、もうおじいちゃんの語りに流されていくのはごめんん、コンセプトに従うのよ。そう言うスキラの一番新しいコンセプトは、包むということなのらしい。包まれたスキラの肉はもう誰の思いのままにもならない。もしベールを被ることが許されるならば、顔も布でくるんでしまうことができるのに。

夜になると、涙が若い瞳から溢れ出た。こんなに鈍くておっとりした人間でも泣くことがあるのかと、スキラは驚いた。スキラは自分が見習いの学生に何を言ったのか、もう思い出せない。気がつくと、薄暗い部屋の中、ふたつの箪笥の真ん中で涙が光っていた。スキラはあわてて彼の隣に腰をかけ、腕を肩にかけて謝った。傷つけようと思ったわけじゃないのよ、と言い訳した。学生はやがて乾いて、急ぐというのでもなく、無理やりというのでもなく、ゆっくりと、まるでひとりでにそうなったというように、彼の髪の毛がスキラの髪の毛にすり付けられていったのだった。彼はスキラの腿に指を置いた。と、その途端に、スキラは大きな袋に飲み込まれてしまった。赤ん坊の汗のにおいがし、袋の内部は絹のようになめらかで、ああ、なんて風変わりな性交だろう、とスキラは時々思った。男が女体を飲み込んでしまうなんて、いったいどうしたら、そんなことが可能なんだろう。そう言えば、男が処女を飲み込む話があったっけ。なんていうお話だったかしら。ある少女が老女と寝るために、老女を訪ねていく。すると老女の代わりに、知らない男がベッドに横たわって老女のふりをしている。少女が近づいていくと、彼は少女を飲み込んでしまう。それから男はそのまま眠ってしまう。しばらくすると、狩人がひとり、家に入ってきて、男の腹を切り開いて少女を助け出す。人間をそっくり飲み込んでしまうなんて。そういう性交の仕方は昔から禁じられていたに違いない。

第六章　サルマシス

毎朝サルマシスは生まれ変わったような気持ちで真っ白な服を着る。雪になったり、雪に覆われた紙になったり、砂糖をまぶした雪になったり、修正液を塗った綿飴になったり。鏡に向かって一度頷き、顎をぐいと上に突き上げる。それから、大声ではっきりと、五つの母音を発音する。顔から皺を追放するために。壁の時計は、関心なさそうに時を刻み続ける。まだ稽古は終わっていない。サルマシスは「リア王」の独白部分を練習する。どの言葉の角もはっきりと発音されなければ。言葉たちが集まって立派な建物の前景を形作るように。もちろん大理石の。でも、そのうちサルマシスも真面目なふりをし続けることができなくなってくる。家でラテン語の宿題をさせられている子供のようになってくる。うっかりしていると、役たたずの言葉が独白の中に忍び込んでくる。あたし、お母さん、もらったの、高いわ、幸福で。サルマシスではなく、姉がしゃべっている。姉はちょうど母の財布からお金を引き出しているところだった。無理に引き出すのではなく、取り入って、嘆いて、引き出すのだ。ふたごを幼稚園に迎えに行くのにはどうしても車が必要だというわけだ。ふたごのうちひとりはそのうちカメラマンになるため専門学校に通い始めて、高価なカメラレンズが必要になる。もうひとりは医学を勉強するために大西洋の向こうにマンションをひとつ買ってもらうことになる。サルマシスは居間に飛び込んで叫ぶ。

「あたしも買ってほしいものがあるの。鉱物学の新しい辞書がどうしても要るの。」

ふたりの女はびっくりしてその場に立ちつくす。まさか白いワンピースの少女がまだ家に住んでいるとは思わなかったのだ。

「あたし、新しいのが要るの。」

サルマシスは耳のよく聞こえないふりをすることのある家族に向かって、もう一度はっきりと自分の欲しい物を繰り返す。姉が急に笑い出し、母親も笑い出す。

「まだ、ここにいたの。もうとっくに出ていったのかと思ったわ。」

サルマシスの目の下に陰ができる。

「いやだ、ほら、見て、あの子、顔の皺を伸ばしている暇もないのね。」

「好きなようにさせておきなさいよ。あの子は前から、みんなとは違った風にしたがっていたんだから。」

その瞬間、サルマシスは自分の母親が二年前から存在していないことを思い出す。でも、姉はどうしたんだっけ。姉に関するデータは頭の中から抹消されてしまっていた。


早く家を出なければ、と思うのに、お金を忘れたことを思い出す。戻って、お金を持って、ちょうど来たバスに急いで飛び込む。しかし、その瞬間、書類を忘れたことに気がつく。次のバス停で降りて、歩いて家に戻り、ふと時間表を見ると、もう何ヵ月も前から、火曜の授業に出るのを忘れていたことに気がつく。もう遅い。きょうが試験の日なのだから。わたしは、山脈が文化を隔離し、川や海が複数の文化を結び付けるということを一生懸命に立証しようとする。そんな学説をどこから貰ってきたのか思い出せないが、とにかく試験官を感心させなければならない。眼鏡をかけた試験官たちは落ち着きをなくし、おとぎ話はやめなさい、と言う。歴史家だってみんな、自分の考え出した国の話ばかりしているじゃありませんか、と言って、わたしは部屋を出る。こんなのは時間の無駄、失った時間はもう取り戻すことができない。わたしは一生、授業ひとコマ分、遅れて生きることになるのだろう。気がつくとわたしは便器に腰をかけていて、まわりの木の囲いが、がたがた揺れるのを倒れないように手で抑えている。それでも、正面のが前に倒れてしまう。レセプションでもあるらしい。たくさん人がいる。今ズボンを引き上げれば、目立ってしまうだろう。そこで、わたしは貨幣統一の問題について話す。講演をしている限り、聴衆は話し手の下半身に目をやったりしないものだからだ。よいアイデアが浮かぶ。ヨーロッパの上半身EUROが統一貨幣の名称となった場合、ヨーロッパの下半身「パ」はいったいどうなるのでしょうか、とわたしは演説する。どういうわけか、避けようとしていた下半身の話に自分から触れてしまった。後悔しても、もう遅い。にやにやしている人もいるし、咳をしている人もいる。わたしは、次々と繋がっていくシーンの鎖から解き放たれようとして、ベッドから飛び出した。紅いお茶が一杯注いであるので飲む。夜の間に肉の中で作られるあの毒性の液体を薄めるために。疲れ果てて、午前中は麻薬を製造することができない。

「眠りに関心があるなら、サルマシスと話をしたらいいでしょう。」

とスキラがある時、わたしに言った。

「サルマシスは眠ることに情熱をかけているから。眠れば眠るほど充実してくるし。」

とスキラは付け加える。

「充実してくるって、どういうこと？」

「太ってくるってことよ。どんどん太っていくの。もともと太っていたのに、それ以上に。」

スキラが非難するように答えた。

「でも、子供がいないのに、まるで母親みたいな身体をしているなんて、いいじゃない。自分の身体の中で眠っているんじゃないの、自分自身の子供になりきって。」

スキラは少し蔑むように笑った。

「あの寝ぼけ女、白いドレスの少女を卒業できないだけよ。」

「あんた、スカートの下に誰か隠しているでしょう！」

と言って姉がサルマシスのスカートをめくりあげた。

「小人がいるわ！」

と姉は他の子供たちの気を引くように言った。子供たちは遊ぶのをやめて、サルマシスのスカートに飛びかかっていった。

「そんなの嘘よ！」

サルマシスはそう言い返して、姉を激しく突き放した。姉は仰向けに倒れ、隣の家の犬が狂ったように吠えた。

「お母さんに言いつけてやる。そしたら、お母さんはイタチおじさんに言いつけて、あんたなんかイタチおじさんのところで女中になるのよ。」

サルマシスは女優になりたいと思っていた。舞台に立って、肉の厚い血行のいい唇を空中でぱくぱくさせていた。サルマシスは自分を崇めている演出家に、あたしだけのために芝居をひとつ書いてちょうだい、と言った。そして、題名の隣に、この作品はサルマシス以外の人間は演じることができない、と書いてね。この作品の主人公は女性ではなく男で、水泳選手だった。

水泳選手は、ある小さな村で生まれた。泳ぎは小さい時から際立ってうまかった。水の皺の間に潜り込み、抵抗なく動ける細いすき間を見つけ出すのだった。飛び込んだ瞬間、彼の身体は見えなくなり、数秒後には、ずっと離れたところに浮かび上がった。この子をオリンピックに出られるところまで訓練するのが我が人生の課題だ、と腹を決めた教師があった。少年は、一年特訓を受けただけで、地方の大会で金メダルをもらった。それから、いろいろ別の町の大会にも参加した。ところが十三歳になると、急に水を恐れる病気にかかってしまった。コーチはまさかそんなことはないだろうと本気にしないで、水泳選手を水に追い入れ続けた。魚が水を恐れるなどという話は聞いたことがない。しかし、水泳選手は、水が自分の胸や腰を愛撫し、抱きしめ、肉の中に染み込んでくるように感じ、恐れた。

「プレッシャーが強すぎるせいだろう。勝たなければと思いすぎるんだ。」

と言って、コーチは海岸で休養することを許した。海は水泳選手にとっては、生温くて、怠慢で、薄汚ない感じがした。なんて嫌なんだろう、海草やクラゲの泳ぐこの塩辛いスープ。しかし天才水泳選手は、やがてこの不潔さにも慣れて、水に揺られて時を過ごし、時々、砂と塩水で肌をこすった。ある日、砂浜で眠り込んでしまった。目が覚めると、女がひとり彼の上にすわっていた。いや、そうではない。女は彼の上にすわっていたのではなく、彼の内部に横たわっていたのだ。そうに違いない、と彼は思う。なぜなら、自分自身の胸の中から女性の乳房が盛り上がっているのが見えたのだから。それを見た瞬間、彼はあわてて海水パンツを上から押さえてみた。

ある日曜日、サルマシスは女優になりたいという夢に別れを告げた。他人の頭の中に生まれた役を演じるなんてごめんだわ。自分で自分の演じる役を書くことが許されないなんて。

「芝居をお書きになったらいいじゃないですか。」

とある演出家からの電子メイルに書いてあった。しかし、彼女は単語や文章をひとつひとつ書いていくのもご免だった。誰の注目も浴びずに、ひとり書斎にすわって、ものを書くなんて、お芝居とは言えないわ。彼女は、本物のお芝居を求めていた。遊びのつもりで大いに着飾り、口を大きく開けてしゃべりまくり、それをたくさんの人に聞いてもらいたい。サルマシスは箪笥の前に行って、中に吊された洋服を次々めくっていった。頭のない登場人物たち。この怠け者の役者たち、まだ脚本を暗記していない。もしかしたら、まだ脚本ができていないのかもしれない。あ、そうだ、あたしが脚本を書かなければいけないんだった！　幕が上がり、苦しげな沈黙、そしてまた幕が降りてしまう。


もしかしたら、わたしは知らない人の夢の中で生きているのかもしれない。もし、他人の夢の中に生まれて、そこから出たことがまだ一度もないとしたら、その夢から目を覚ますにはどうしたらいいのだろう？　自分の眠りから目を覚ますことはできるけれども、他人の眠りから目を覚ますことはできない。

「目を覚ましたいんです。」

とわたしはサルマシスに言ってみた。

「どうして？　眠りを馬鹿にしている人達の言うことなんか、聞いたらだめよ。あの人たちの手にかかったら、嫌というほどゆすぶられて、起きろ起きろって、どなられるのよ。どうして、そんなことするのかしら。」

「眠ったままで、どうやって世の中を変えるの？」

「あたしは眠る革命家。だから、眠りの中にしか変革はないって、信じているの。」

人は誰でも眠っている間は両性具有だという。朝が来る度に、サルマシスは身体を新たに整え直さなければならない。胃が下にずり落ちて、ぐちゃぐちゃになった腸の間に垂れ下がっている。消化できる高さまで胃を引き上げなければならない。その際、腸がもつれてしまわないように気をつけなければいけない。身体の真ん中で脈を打っている心臓を、左の方に寄せなければならない。それ以外にも身体の中にはいろいろ小さな袋があるが、名前は忘れてしまった。たとえば、指が十二本生え出しているあの袋は何という名前だったかしら。十二本指があればピアノを弾くこともできるわ、とサルマシスは考える。あたし、ピアニストになろうかしら。

かさばった箪笥だけが、部屋の中でただひとつ目立つ。これは数年前、骨董屋で買ったものだ。その店は決して近くはなかったが、当時サルマシスは週に一回はそこに通っていた。店の女主人はスキラという名前で、人の話を聞くのがうまかった。あたし、あるお芝居で主役を演じることになりそうなの、とサルマシスは話した。店の女主人は芸術家というものを一般的に尊敬していたので、サルマシスを大切に扱った。

あたしは淡泊な服が好きなんです、縁飾りもリボンもないような、できればボタンもない服が。布は直線的に裁たれていて、模様なんかで汚れていないのがいい。少女のようにひらひらとした飾りの好きなサルマシスはこれを聞いて、傷ついた。

しばらくすると、サルマシスは縁飾りのない女に同情を感じ始めた。女には縁を飾る物語が必要なのよ、洋服に縁飾りが必要なように。サルマシスは自分の古い夏の帽子を鋏で切り刻み、「フィガロの結婚」に出てくるメロディーを口ずさみながら、帽子の縁飾りを切り離した。それから、その縁飾りをプレゼント用の紙に包んで、骨董屋の女主人に渡した。黒い服に身を包んだ女は、プレゼントを開けて青ざめ、サルマシスに向かって何か叫び始めたが、サルマシスは何を言われているのか訳が分からず、ただ困惑した。すぐに店を出ていけというのだけが分かった。それ以来、店には足を踏み入れていない。

休日にはサルマシスは、新聞紙を自分の形に切り抜いて、それを床に置く。


「ちょっと待って、まだなの。」

とサルマシスは当時、結婚していた相手に向かって言った。

「足が重く下に沈んでいくようでないとね。ベッドが池になって。待って、待って、待って。」

彼女の一番の楽しみは、眠りがいかに彼女を飲み込んでいくかを観察することだった。眠りという名前の訪問者はサルマシスをじっくりと味わいながら長々と抱きしめた。亭主の方はもうこの遊びにはうんざりしていた。

「君が眠りとばかり眠っているのでは、僕は一体どうすればいいいんだ。」

「日中いっしょに楽しいことをすればいいわ。」

とサルマシスは答える。

「それで日中どういう楽しいことをするのかね?」

「散歩に行くのよ。男の人が同伴していた方が見た目がいいものよって、お母さんがいつも言っていたわ。」

「それで、僕が歩くのは嫌だと言ったら?」

「あたしたち、誰の目にもお似合いのカップルでしょう。散歩で会う人たち、みんなそう思っているにちがいないわ。」

サルマシスとその配偶者はいっしょに、橋から橋へと歩いていく。バルンベック地区には、思っているよりもずっとたくさん橋がある。サルマシスは、橋を脇から眺める。決して渡ろうとはしない。橋と橋を結んでいるのは、どの道かしら? 水の道。ふたりは何時間も歩き続ける。まるで、川と運河の忍耐力に負けまいとするように。

「僕たち、いつになったら、歩き続けるのをやめるんだろう?」

靴がくたくたになり、髪の毛がへなへなしてくると、亭主がそう尋ねる。

「暗くなったらね。」

歌うようにサルマシスが答える。犬の鳴き声が聞こえ、月が天に転がり出て、あたりが暗くなる。

「もう暗くなったよ。」

と夫は言う。サルマシスはうなずいた。歩調を暗闇に呑まれたくない。夜には自分の方から闇を作り出したい。そうやって主人公の睡眠を舞台に乗せる。サルマシスの個人的な上演の時には普通の照明係りはいない。たったひとりで、正しいボタンを見つけて、スポットライトを消さなければならない。この仕事でひとつだけ気に入ったのは、普通は照明の人しかすわれない席にすわれること。ずっと上の方で、空中に浮かんで、俳優たちの汗と唾から遠く離れて。ああ女優にならなくてよかった、とサルマシスは思うのだ。

サルマシスはランプを消す。背中をぴったりと床につけて。そうすると、気が落ち着く。でも、本当は揺れていた方がよく眠れるのかもしれない。たとえば、ハンモックの中でとか、気球の籠の中とか。「ユレナガラ」とサルマシスはメモする。眠りと関係のある単語はすべて記録しておくことにしていた。眠りは彼女の恋人である。逆に夢というものには、退屈させられる。夢などというものは、自分で考え出したり、図書館で読んだりすることができる。夢を見るためには、眠る必要さえない。これまで何度も、この話で、他の女たちと喧嘩したことがある。夜見た夢を、まるでニワトリが卵を抱くように大切そうに抱いている女たちがいる。夢は魂の底から来る本物の映像だ、と思い込んでいるのだ。子供なら誰でも持つ賢さを失って精神的に年を取った親が、自分の子供を見て変に感心するのと似ている。サルマシスは夢なんかどうでもいいと思う。

「それじゃあ、あなたの関心のあるテーマは何なんですか。それについて、劇を一本書いてくださいよ。きっと、いい物になると思いますよ。」

という電子メイルが、サルマシスに物を書かせたいと思っている舞台監督から来た。もし何か書くとしたら、何について書こうかしら。旅？　ごめんだわ。サルマシスはできる限り、自分の住んでいる街区を離れたくなかった。エルベ川、内アルスター湖、外アルスター湖、バルト海、北海。水を越えて向こう側へ行くなんて絶対いや。死について書いたら？　これもだめ。死体の役を演じるのはごめん。ああ、女優にならなくてよかった。なにしろ、舞台ほど女のよく死ぬ場所はないから。

映像のない、子供のいない深い眠り。サルマシスはどんどん太っていくわね、と隣の人たちは言っている。ひょっとしたら、それは、夏が近づいて、影がどんどん短くなって太っていくせいかもしれない。近所の女たちは、窓から見張っている。サルマシスが午後になって家を出るのを。いったいどこへ行くのかしら。どこで働いているのかしら。

サルマシスは定期的に新聞の無料キャンペーンで新聞をもらう。読まないで、紙人形を切り抜くのに使ってしまう。人の形を切り抜いて、窓際に乗せる。風が吹くと、人形はふわりと浮かび上がる。

筋のない人形劇。人形の身体に新聞記事の断片が見える。

サルマシスは大きな人間の形を新聞紙から切り取る。記事がまるごとひとつ、身体にはまってしまった。共産主義が女神アテネに男性ホルモンを注射し、精力をごまかした、という見出しが出ている。ドーピングでまた女性がひとり、逮捕されたのだ。二十三歳の容疑者は水泳選手で、自分はホルモン注射をされたわけではなく、元は男だったのがだんだん女になってきてしまっただけだ、と証言していると言う。この変身は、長年、水と親密な関係を持っていたために起ったらしい、と言う。スポーツ選手の子供じみた戯言に、関係者たちは思わず苦笑した。

二十年前には、サルマシスはまだ、普通の市民生活を送っているような友達に夕食に呼ばれて出かけて行き、おとなしく話の相手をすることもできた。サルマシスを呼んだ側は、彼女に教養も芸術的才能もあることを認め、これは我々の仲間のいい香辛料になると思ったりした。それから十年たつと、サルマシスは、自分の舌の気持ちのいいようにしか、しゃべらなくなった。たとえば、こんな風に。「この橋は鰐の背中よ、そしてあたしは裸の兎、だから橋を渡るのはごめんごめん、橋をどけてはだめよ、町が溺れてしまうから。町は橋の背中の上に作られているの。あたしたち川を渡らないで散歩するの。気をつけて。今日は全面解放の日。マンホールの蓋、全部あいているわ。人の歩く道は、みんな逃げ道よ。」当時はまだ、サルマシスにはそれなりの役割があって、同席した客たちは彼女をパフォーマーとして受け入れ、彼女の芸とふくよかな外見を楽しんだものだ。しかし、彼女は次第に、まわりにいる人間たちの存在を無視するようになってきた。自分なりの文法というものができてしまって、遊びが自己再生産的になってきた。喜んで耳を傾けるような学生やアーチストもまだいることはいて、サルマシスの友達が店長をやっている喫茶店に時々集まって、楽しくやっていた。本当は、立派な家庭に招かれて、以前のように息子の大学について相談を受けたりするのもいいと彼女自身は思っていた。しかし、ある時、ある家に呼ばれた時から、それさえ怖くなってしまった。家の主人が急に両手を挙げて立ち上がり、サルマシスに向かって、「黙れ！」とどなったのだ。彼女のしゃべり方があまりにも実験アート的であったからではない。化学会社の課長である彼は、そんなことは気にかけなかっただろう。最近はシュールリアリズムの詩を洗濯機のコマーシャルに使うことだってありうるのだ。とにかく効果的であればいいのだ。そうではなくて、サルマシスが自分のことばかりしゃべっているので、彼は腹を立てたのだった。ナルチシズムなどという性格の汚点の許されない時代になった。自分は芸術家だから、などと言っても許されないのだ。しかし、その時、サルマシスはナルチシズムと言えば、ギリシャ神話に出てくるナルシスは、と話をそちらに持っていき、その場のふんいきを救った。この救いの言葉をサルマシスにささやいてくれたのは、壁のコンセントの向こうに住む、誰の目にも見えないプロンプターだった。

第七章　コロニス

陶酔状態にある時は、日常身のまわりにある物たちの奇妙な仕草が目につく。彼らはまるで、自分が自分ではなく、別の何かを入れるための容器であるようなふりをする。財布はお腹の中にお金を入れている。万年筆は体内にインクを満たしている。青いカップの中には深い色の液体がじっと湛えられている。窓は水槽の正面のガラスである。外に水中風景が見える。外は雨が降っている。櫃という名の容器にはいったい何が入っているのか。

「あたしたちは樹木を樹木として観察しているけれどね、未開人たちにとって樹木は、樹木の精霊の棲み家なのよ。」

とラトナがわたしに言った。

「あなた本当に樹木を樹木として観察しているの？　そんなこと、できるの？　それなら、樹木って何のことか、言ってみなさいよ。」

「背の高い植物で、幹が硬くて、そこから枝が生えていて、針葉樹と広葉樹とがあって。」

「それじゃ樹木を樹木としてなんか、見ていないじゃないの。樹木はこうあるべきだって、勝手に決めているだけじゃないの。」

陶酔状態が透き通るほどの明晰さで現われると、事物はチューブのように金属的で弾力性のある輝きを帯びてくる。様々な色が出てくる。トマトケチャップ、歯磨粉、靴磨き用クリーム、辛子。どの色も、別の色が始まるところで、押し返されて終わる。ふたつの色の間には空白はない。やがて色は混ざり合い、新しい、めまいのするような色を作り出す。どこかで見たことがある、そうだ、あの地図に載っている。「中央、東及び南東ヨーロッパにおける言語の分布」という見出しの付いた地図だ。

「チューブ」というのは地下鉄のことだ、と書いてある辞書もある。これを読んで以来、地下鉄に乗っていると、身体がどろどろしてくる。

コロニスは地下鉄にすわっていた。向い側には、ふたりどろどろした現地の女がすわっていたが、それ以外は同じ車両には人が乗っていなかった。コロニスはパンフレットをオペラグラスの形に巻いて、それを通して向いの女たちを観察してみたいなあ、と思った。四十年前なら、すぐにそうしたに違いない。でも、自分はもう子供ではない。少なくとも、まわりの人たちは子供だとは思ってくれないだろう。地下鉄はザンクト・パウリ駅にとまり、黒い革のジャンパーを着た男が三人乗り込んでくる。一番目の男はねとねとした顔をして、二番目の男はおかゆでできていて、三番目の男は水っぽくて目だたない。男たちの声はどんどん荒くなり、大きくなり、一番目の男はどなり、二番目の男は唾を吐き、三番目の男はドアを殴りつける。

今、盗んできたばかりの金の分配について争っているのだ。どんどん激しくなっていく会話は、外国語で交される。誰も知らなそうな言語、しかし、それは偶然にも、コロニスの母の母国語であった。コロニスは劇場でもらったパンフレットをめくって読むふりをして、そこに印刷された文字の裏側を隠れ蓑にしようとした。泥棒たちの声が耳に流れ込んでくる。

「まったくあれがうちの国の連中なんだから、恥ずかしいったらないわ。どうして、あんなに野蛮なのかしらね。」

コロニスの母親はまだ生きていた頃、よくそんな風に文句を言っていた。コロニスは、祖国の人の不徳を恥じるなどという徳は避けるようにしていた。それでも、誰かが憎しみをこめて自分の民族の話をしているのを聞くとじっとしてはいられなかった。「民」というばかばかしい言葉。民族、国民、庶民、タミには関心が持てない。民族はお互いに呪い合う。民族の中にまたそれぞれ庶民がいるから、「民」はいつも二重の負担を負っている。民と話をしたことなどない。民など存在しない。なぜなら会話を交した瞬間、相手は民の一部ではなく、ひとりの人間になるから。でも、民にはいつも神経をいらだたせられる。と言うことは、民はやっぱり存在するらしい。

コロニスの顔には、わたしは独裁政治の言語を理解できます、と書いてあるのだろうか。コロニスは、わざと見当違いのところでまばたきしたり、退屈そうに窓の外を見たりしてみせる。厚化粧をしているので、肌の伸縮も、よくは見えないはずだ。それでも、彼らの話している言葉がコロニスの神経を刺し続けていることがばれてしまうこともあるのだろうか。

突然、三人の男のうち一人が、コロニスの顔に何か既知のものを発見したのか、鋭い視線を飛ばしてくる。コロニスは現地人の女たちに微笑みかけ、その顔の中にもぐり込んでしまいたいと思った。次の駅で学生たちのグループが乗り込んできて、三人の革ジャンたちは地下鉄を降りた。


「これが、我々の探している男たちの写真です。この三人の姿をあの夜、見かけましたか。」

「はい。」

「どこで?」

「地下鉄の中でした。」

「そこで彼らとどんな話をしましたか。」

「何も。」

「どうして、話をしなかったんですか?」

「知らない人たちでしたから。」

「でも、あの男たちの話している言葉があなたは分かるわけですよねえ。」

「だからって、知らない人に話しかけたりはしません。」

　コロニスは、現地の少女や若い女たちを軽蔑している。民主主義社会では、役人たちと少女たちの間に近親相姦的な関係ができ上がっているらしい。無賃乗車しているところを見つかると、乗車券を調べに来た役人に食ってかかり、言い争って泣いたりする。まるで親子喧嘩でもしているかのように。コロニスにとって、こういう場面は見るに堪えない。なぜこの若い女たちは自分の感情をお皿に載せて、敵に差し出したりするのだろう。感情的に反応することで、人と人は結ばれてしまう。コロニスは国家権力の使者に、そういう風に反応したり、唾をはいたり、涙を見せたり、声をふるわせたり、喧嘩を売ったりするのは、ごめんだ。コロニスは、つかみどころのない、わけの分からない存在のままでいる。休暇届けを出した者のように。

「三人の男たちは、どんな話をしていましたか?」

「忘れました。」

「無理に忘れてしまいたくなるくらい、ひどい内容だったわけですね。」

「知らない人の話なんて、盗み聞きしませんよ。よほど内容が面白い場合を除いては。」

「内容が面白くないと思ったのは、彼らがどういうことを言った時に分かったんですか。」

「忘れました。何時に、中央駅が、眠っている子供が、どうのこうのと言うことを話していました。でも、よくは覚えていません。」

「何時というのは? 何時と言っていましたか?」

　コロニスは、犯罪者たちを庇うつもりはなかった。しかし、自分が見たような気のすることをすべて警察に話す習慣もなかった。真実を求める心が欠けているのかもしれない。

蚊が一匹、コロニスの視界を横切って飛ぶ。コロニスが捕えようとした瞬間には、小さな飛行者はもう空気の中に溶け込んでしまっている。コロニスは夕暮れ時バルコニーにすわって、本を読んでいた。いじわるな蚊がまた視界に飛び込んできた。コロニスは息をとめて、じっと耳をすます。夕暮れの静寂がバルコニーに落ちる音がする。蚊はいなくなった。それから、何秒かすると、また小さな影がフッシュと現われる。もしかしたら、蚊ではないのかもしれない。割れた文字のかけら？　目の中の埃？　コロニスは踏みとどまって、本のページに用心深く目を戻す。すると、架空の蚊がまた現われる。架空の蚊は空中を飛びまわっているのではなく、コロニスの眼球の中を飛び回っているらしい。それは視力の亀裂なのだ。

「年のせいですよ。」

と医者が言う。

「見せかけの蚊はトシのせい？　どこの都市ですか。」

「虫ではなくて、肉体の欠陥です。」

「ああ、毎年一匹ずつ身体の中の虫が増えていくなんて素敵だわ。心臓にはコオロギが、神経の中にはバッタが、喉には蛾が住みついていくのね。」

コロニスは自分の身体は目に見えない昆虫の住む家なのだと思ってみる。医者は試験用眼鏡をコロニスに手渡して、文字の行列の印刷されたポスターを指さす。ポスターはまるでビジュアル・ポエットリーのように見える。

「何という字が見えますか。」

コロニスの目には最初Oの字が見えるが、眼鏡を替えるとQの字が見え、更に別の眼鏡をかけるとGが見える。

「何という字が見えますか。」

と医者に聞かれて、コロニスは、

「毎回違った字が見えるんですよ。眼鏡を頻繁に取り替えることで文字の多義性を味わえるのが、眼鏡のいいところかしら。」

「目のいい女の人に限って、老眼鏡をひどく嫌がる。眼鏡イコール年寄りというイメージがあるんでしょうね。でも、小さい子供の頃から眼鏡をかけている人だってたくさんいるんですよ。」

と医者が言う。

「眼鏡のない人生なんて本当に退屈ね。」

とコロニス。

コロニスは授賞式の時、賞の対象になった詩集をまだ読んだことがないような顔をしている。実際、詩集の最初の詩の一行目さえ、思い出すことができない。コロニスがこの詩を書いたのはもう十年も前のことだが、当時あの国ではこういう本は出版することが許されなかった。

授賞式はあるホテルで行われた。この文学賞は名前が長くて誰も最後までつかえずに発音することができなかった。スポンサーはある紙の会社だった。コロニスは「ぶんがくしょう」と聞くと、「文が苦笑」という字が思い浮かんでしまう。赤くなったような顔がホール一杯に集まっていた。コロニスに質問をしようと、口が口が口が開く。

「我々西側諸国の自由をさぞかしご満喫のことと思います。」

「原稿を書く時には、パソコンをお使いですか。」

コロニスはよく、わざと間の抜けた質問をして、こちらがうっかり口をすべらせるのを待っていた秘密警察のことを思い出した。

「車はどんなのをお持ちですか？」

「どうして、あなたの町には、あんなにたくさん小さな犬がいるんですか。去年ね、行ってきたんですよ。通りをうろうろしているのを見ましたよ。プードルとかダックスフントとかではなくて、雑種で首輪もしていなかった。」

コロニスのところにハガキが一枚、配達されてくる。黒枠に囲まれた文章と日付と葬式の場所が書かれていた。黒い十字架の隣に女性の名前。コロニスは故人が誰であるのか、すぐには思い出せない。そう言えばこの町に来たばかりだった頃、数週間泊めてくれた身体の一部麻痺した女性がいたことを思い出す。確かこの人はあるピアニストを崇拝していて、そのピアニストはコロニスの母親と同じ村の出身だった。レダという名前だった。町に来てまだ何ヵ月もたたない頃、コロニスは知人の家から家へ渡り歩いていた。職もなかった。ちょうどデパートの倉庫で働こうかと思っていたところだった。それを聞くとレダはあきれて言った。

「詩人が倉庫で働くなんて。」

コロニスは、

「ゴミの収集の仕事をしている詩人なら、たくさん知ってるけど。」

「それで、どうやって詩人でいられるの？」

「詩を作ることによってよ。頭を使わない仕事をはねつけることで、自分が詩人であることを立証する必要のない人たちだから。」

国から援助をもらわなければだめよ、レダは言った。国家は、天にましますわれらが父、なんだから。父親という具体的な肉体を持つ存在として国家を思い浮かべるのはコロニスには気持ちが悪かった。それで、亡命した後も、国家は雨雲のようなものだと思っていた。農夫が雨を利用するように、国家を利用することはできる。しかし、だからと言って、雨が農夫を助けるために降るなどと考えるのは馬鹿げている。


レダの死後、彼女のことを思い出す人がいるのだろうか。レダには、子供も兄弟姉妹もいなかった。レダは一族の家系樹から、切り払われた枝。コロニスも子孫を残さなかったから、死後どんな家族年代記にも名前の現われない死者の一人となるのだろう。コロニスは、祖先や子孫の話をする人間を信用しない。だから、長編小説というものも書いたことがない。長編小説では、人と人との繋がりがいつも恋愛関係か親族関係に頼っているから。

コロニスは自分の膣を探す。お風呂から出た後、鏡に映った裸の自分を眺めていて、「恥ずかしく思いなさい。」と母親によく言われたものだ。天に向かって恥じる人間はいない。穴があったら入りたい、と言って、地に潜るように恥じるのだ。恥ずかしいと下の方に引き付けられていく。コロニスは自分の膣が床に落ちていないか探す。地面にふいに口が開く、大きな湿った唇、絶え間なく動く、話をするために、ささやくために、もつれた舌でわけの分からないことを繰り返すために。

コロニスはいくつになっても中毒患者のような激しい憧憬を忘れることができなかった。化学式などでは表わせないような特殊な条件を満たす夜、そんな夜が来ると、発作が起こる。初めは、何か痛みが来そうな予感がする。しかし痛みは現われない。その代わり、沼地が現われて、耐え難いほど強く、誰かが欲しくなる。コロニスは夜の時間の中へより深く潜り込み、誰かに電話をかけて、粘膜を受話器に押し付け、小さな針で見えない電話の向こうの見えない相手を刺し続けたいと思う。心の砂糖が燃えて苦くなるまで。病的なほど激しく他の人間に向かっていく心のせいで、コロニスは、自分ではそうしたくないと思っていても、無防備な人間に襲いかかって傷つけることになる。それに比べると、性欲などと言うものは、自閉的なものだった。性欲に必要なのは、人間ではなく、言葉である。コロニスは物を書きながら快楽を登りつめる。朝の七時。スズメが一羽、枝にすわって、窓ガラス越しにコロニスを観察している。秘密警察から送られてきたスズメが、時代遅れのタイプライターに向かって原稿を書きながら快楽に喘いでいる女を観察している。コロニスは鳥には注意を払わず、後でどんなことになるかなど、考えてもみない。

亡命して来てから、コロニスは現地人の男と結婚した。現地人という言葉を使うのはよせ、と夫にはもう何回も言われた。現地人なんて、まるで、人類学者が未開人の話でもしているみたいじゃないか。

コロニスの夫はいつも、本当は芸術家として絵を描きたいのだけれども、パンを稼がなければならないから、漫画を描いているのだと言う。「パン」などとものものしく言われると、コロニスは戸惑ってしまう。共産主義社会ではこういうキリスト教のシンボルは使わなかった。パンと言うのは多分何か神聖なるものを意味するのだろう。聖なるパンのために夫は絵を描きたいという欲望を抑えて、漫画を描いている。自分を犠牲にしているのだ、つまり、一種の儀式のようなものらしい。

「絵が描きたいなら、描けばいいじゃないの。禁止されているわけではないんだから。」

「絵なんか描いているわけにはいかないさ。僕たちどうやって食べていくんだ。」

「それなら、夜とか週末とかに描けばいいじゃないの。」

「分からないんだなあ。お金を稼がないとならないから、絵は描けないんだよ。」

コロニスは急に、お金という言葉が怖くなる。夫の意味ありげなお金という発音の仕方を聞いていると、なんだか裏に極秘の論理が隠されているような感じがする。たとえば、生まればかりの子供を一度道端に捨ててくるという習わしがどこかにあった。これは、悪い霊たちに、その子には価値がないのだと思い込ませて、誘拐されないようにする。コロニスの夫もお金をとても大事に思っていることを悪い霊たちに悟られないように、わざとお金を馬鹿にしたようなことを言うのだろうか。

「お金というのはね、嫌でも稼がなければならないものなんだよ。」

と夫がしつこく繰り返す。

「あなたは、したいことと、しなければならないことを、そんなにはっきり区別することができるの？　お金を稼がないとならないって言うけれど、稼がなければならないわけではなくて、稼ぎたいから稼いでいるんでしょう？　でも、自分がしたくてしていることを認めるのがいやなんでしょう。お金を稼がないとならないなんて言うのは、本当は他にしたいことがあるって言いたいからで、それは、本当は芸術がやりたいんだって言わなければいけないと思い込んでいるからでしょう。」

夫はコロニスが大人の資本主義のレトリックを理解しないので呆れるが、でもすぐに許してやる。彼女がだめなのもあの悪名高い独裁政権が悪いのだ。彼女には自分ではどうしようもないことだ。そうだ、独裁政治の下では、人々は、しなければならないことと、したいこととの区別を教えてもらえないんだ、と漫画家は考える。

漫画は誇張を恐れる必要がない。コロニスの夫はうっかりしてバーベキューの串を妻の腹に刺してしまい、お腹の中に胎児がいることに気がついて、驚いて泣き出す。血の池の真ん中に、涙の噴水。でも、まだ遅くはない、子供は救えるかもしれない。殺人犯は女の死体にシャネルの5番を振りかけて、接吻で肉を包む。すると、死んだ女の股の間で自動ドアが開き、子供が這い出してくる。神話の電気色の中を漂う漫画のコマ。

漫画家は煙草に火をつけ、紙片を手に取って、白い鳥の絵を描く。仕事中そうやって小さなスケッチを描くのは、ちょうどメモをとるようなものなのだが、いったいどんなことをメモにとるつもりなのかは、自分でも分かっていない。鳥を筆先で何回も殴ると、まだらの鳥になる。すると、鳥は、あんたの奥さんは恋をするのに相手なんかいらないんだね、とさえずる。それから、ばたばたとはばたいて、紙を離れて飛び立とうとする。漫画家はここですばやく鳥籠の絵を描いて鳥を閉じ込めてしまうこともできたはずだが、逃がしてしまった。これ以上、腹の立つ話をおしゃべり鳥に聞かされるよりは、逃がしてしまった方がいい。

コロニスは、聴衆の前で、新しく出た本の中から詩を朗読する。初めの五分くらいはホールの雰囲気はピチピチしているが、そのうち聴衆の一部がモッテリしてくる。それでもコロニスの言葉を活発に吸い込み続ける肌もまだたくさんある。コロニスは瞬きの数が増えていき、字がはっきり見えなくなってきて、今ごろ自宅の机の上にぽつんと載っている眼鏡、保険で作ったあの安物の眼鏡のことを思い出す。「それは君自身の罪だよ。眼鏡を家に忘れるなんて。」夫はそんな風に言うだろう。罪などという宗教じみた言葉を使うのが好きなのだ。「でも、罪だ、罪悪だ、報いだ、と言っても、何の役にも立たないじゃないの。わたしはまたちゃんと目が見えるようになりたいだけよ。」ここの照明はどこかおかしい。本のページはどんどん明るくなって、文字が光の中に消えていく。もっと暗くして！　暗くなければ、文字が見えない。

「彼女が初めてここに来たのは何かの学会の時でね、そうですね、もう二十年くらい前になるかもしれませんねえ、まだ若い女性でしたよ。それでも、もう二冊くらい本を出していたかしら。あの頃はまだ今みたいに綺麗ではなかったわ。」

と文化センターの館長さんが話してくれた。わたしは、コロニスの文学を愛好する者である。

「わたし、もう十年前から、彼女の文学に心酔しているんですけれど、彼女の文学には、どこか、麻薬的なところがあるように思います。」

わたしは、コロニスの文章に本物の麻薬物質が含まれているのではないか、と言いたかったのだが、そこまではっきり言ってはまずいかもしれないと思った。館長さんは戸棚からアルバムを出してきて、めくり始めた。白茶けた写真にコロニスの顔が写っているのが見えた。まるくて、つるつるして、「何よ！」と言って唾をはきそうな、ぱっと投げ出してしまって、顧みないような、計算なしで思いきり走り出したり、泣き出したりしてしまいそうな顔。よく若い人にあるように、自信に満ちた外見が逆に、自信のなさを表わしてしまっている。今日ではコロニスにはもう青くて自閉したようなところはない。朗読会で最近見たコロニスの言葉に濡れたくちびるが忘れられない。ぱっちりと開いた瞳が、まるで、行儀の悪い人も攻撃的な人も、どうぞみなさんお入りください、とでも言っているかのようだった。いじけて黙り込んでしまうことの多かった若々しい頬の肉は幸い消滅していた。もしかしたら、削り磨かれた文章が何年もの間こつこつと彼女の頬を叩き続けて、今ある形を作ってきたのかもしれない。

コロニスはよく通行人たちの目にとまる。村の人たちにじっと見つめられる。都会の人たちにじっと見つめられる。市電の中で、レストランで、デパートで。コロニスの顔には見てすぐ外国の人と分かるような要素はないのに、不思議だ。

「あんた、どこから来たの？」

若い八百屋の男たちはコロニスを見ると、そう尋ねる。この男たちの祖先は外国からやってきた。コロニスは微笑んで見せようとする。若い人たちがこういう質問をするのは自然なことかもしれない。自然なことをされると、コロニスの神経は逆撫でされる。

「どこから来たの？」

と男たちは繰り返す。まるで、自分たちには当然そういう質問をする権利があるのだと言うように。もちろんお客みんなにそういう質問をしていいというわけではない。たとえば現地人の男性に、どこで生まれたのかなどとやたら聞くものではない。しかし、まだ身の置きどころの最終的に決まっていない女にはどんな質問をしたって許されることになっている。コロニスは、他の女たちのよくするように、煩くされるのは自分に魅力があるからだ、と無理に思おうとする。多くの人にとって、出身地を聞くことは公の場で許される唯一のエロチックな問いなのである。

ある日、コロニスは文化センターの女館長のところでお茶を飲みながら、日常生活の中でいらいらさせられるこういう問題を話題に載せてみる。館長は自分が批判されたように感じる。

「どうして質問してはいけないんですか？　あたしは、好奇心というのは健全なものだと思いますけれど。」

コロニスは黙ってしまう。民主主義社会では、人に質問を禁じるのはタブーなのだ。

この館長は生活に余裕のある文化人のひとりで、日常、町中で起こっていることなどと関係なく暮らしている。新聞を広げていつもあらゆる種類の差別、言語の衰退、文化予算の割礼に腹を立てるが、自分の身体を生の声の飛び交う町角に晒すことはない。もうとっくに身体などというものは抽象化し、職場や家庭での役割に還元してしまった。文化センターの館長が八百屋に入っても、八百屋の若い衆は、あんたどこから来た、などと尋ねはしない。なぜなら、彼女がどこかから来たのだということさえ、忘れられてしまっているからだ。

「君まだナボコフ論をやったことなかったんじゃない？　君にはぴったりの作家だと思うけれ

ど。彼も東の方の出身だし。」

「東の方って、どういう意味で言ってるの？」

「いや、ごめん、ヨーロッパって言うべきだったね。ナボコフじゃなくてもいいんだよ。ジョイスかプルーストでもいい。ムージルでもいい。ヨーロッパ文学の巨人たちって特集だから。」

「そういう祖父作りみたいなの嫌なの。」

「でも読者はね、作家が偉大な血統に属していることを好むものだよ。」

「あたしは祖先もいらないし、子孫もごめんだわ。」

「でも子孫がいなかったら、家族の物語には永遠に登場できないんだよ。」


歌のうまい鳥が国の食べ物に指定される夢を見た。そこでは、誰がどの国家に属するのかははっきりせず、そういう質問をするのは恥ずかしいことだとされていた。焼け焦げた拳骨がサラダを添えられて、わたしの皿に載っている。客の生まれる前からすでに、料理は決まっている。皿は国歌を歌い、冷たいフォークとナイフがかたかたと音をたてる。常連のテーブルからこんなコメントを入れる者があった。

「貧乏人は何でも見つけたものを食べてしまうものさ。でも俺たちは、さえずったり空を飛んだりするようなものは食べないよ。」

日当りのよい窓際から誰かが主張する。

「鳥肉は健康にいいらしいよ。」

批判的な地下室から、こんな意見も聞こえる。

「まだ前世紀みたいに肉食をやめない野蛮な国家の国旗には火を放ってやろう。いざとなったら、貿易制裁してやるしかないな。」

わたしの顔はこの話し合いの中で自分の立場を定めることができなかった。やがて、みんなの声は聞こえなくなり、わたしの口の中には焦げて炭になった小さな羽がひとかけら残った。

第八章　クリメネ

クリメネは、不思議なことに、自分の年齢を身体に感じることができない。もしも、これまで年齢を数えてこなかったら、今自分が何歳なのか分からないのではないか。もしも、役所、申し込み用紙、誕生パーティ、経歴、学校、就職用の履歴書、健康保険などがなかったら。もしも、年齢というものが、隣の家の金魚の大きさと同じくらいどうでもいいことだったとしたら。もし、クリメネが生まれてから今まで一度も自分の年というものを数えたことがなくて、突然、ところであなた、お年はいくつ？　と聞かれたら、どう答えるだろう。これまでに住んだことのある大都市の名前を次々数え上げてみせたかもしれない。これまで専攻したことのある学科、教えたことのある学科、これまでいっしょに生活したことのある人たちの名前を挙げてみせたかもしれない。

「過去は数えることができますか？」

とある女の学生が質問した。名詞には数えられるものと数えられないものがある。過去は、水や空気と同じで数えられないのだろうか。でも、たとえ過去が数えられるとしても、それが年齢と関係あるとは限らない。

クリメネは「ツァオプ」と言った。そんな言葉は誰も聞いたことがなかった。そんな言葉を口にする理由はひとつもなかった。それでも、クリメネはツァオプと言ってしまった。なぜか口から飛び出してしまったのだ。彼女のように落ち着いた信用のおける人間の一生が、ナンセンスへの密かな憧憬によって操作されているとは誰も思わなかった。ツァオプと言ってしまったのは、たった一度だけだったが、一度言ってしまったということは、一度も言わなかったということとは違っていた。もう決して忘れられることはなかった。ツァオプと言った瞬間、彼女は一人ではなかった。近くに同僚がいて、それを聞いてすぐにツァオプについての研究グループを作りましょうと言い出した。クリメネは断ったが、その口調が甘すぎたのか、研究グループは出来上がってしまった。それ以来、月に一回ツァオプの研究会に出席しなければならなくなった。三回目の研究会の時、クリメネは、ツァオプはごくプライベートな問題であるから討論しても仕方がない、と発言した。しかし、それを聞くと研究会のメンバーはすぐに、どういう言語学的問題が個人的で公の討論に適さないと言えるのか、という問題について討論し始めた。まるで、この結び目を出発点として家族みんなでゆったり使える大きなテーブルクロスを編み上げることができる、とでも言うように夢中でこのテーマに飛びついていった。クリメネが次の集まりの時に、忙しいのでもう研究会には来られないことをほのめかすと、みんなは激しく抗議した。クリメネが来ないなんて以ての外だ、彼女はツァオプの発見者ではないか。「わたしたちにはあなたが必要なんですよ。それが分からないんですか。」「わたしたちが望んでいることはですね、……」クリメネの方は、「わたしたち」という言葉は使わないようにしていた。研究グループのみんなは、わたしたちは、わたしたちは、と繰り返した。まるで、それ以外の人称代名詞は知らないとでも言うように。やがて、ツァオプは有名になったが、活動内容については誰もはっきりは知らなかった。「言語学に吹く新しい風」。大学の新聞はこういう見出しで、このグループについての記事を載せた。神秘的な潤いが言語学から失われてしまったのを寂しく思っていた若い研究者たちがツァオプという単語に飛びついた。いつの間にか言語学はコンピューター技術のようになってしまった、魔法の杖（ツァオバー・シュタープ）を取り戻さなければならない、と彼らは言うのだ。クリメネは、グループ「ツァオプ」について報告して欲しいと頼まれ、学会に呼ばれるようになったが、報告するのが嫌で、恥かしさ以外には何も感じず、機会のある度に、自分はツァオプには全く興味がない、と繰り返すのだった。昔は前衛的なグループを作って地下活動をする人々もいた、今の時代はしかし、みんな、お天道様の真下でやりたいことをやるべきだ、日に照らされて火傷して乾き死んでしまうまで。秘密が勝手に生えてくるところに、こちらから秘密を植えつけても仕方がない。そう言っても、聴衆はツァオプのことばかり知りたがった。それ以外のことには関心が持てないようだった。

研究会の一人が、このグループの歴史を一冊の本にまとめて出版してしまった。クリメネの生涯には、ツァオプに関する意味のないデータが詰め込まれることになった。過去の時間が広々と身軽に感じられることはなくなった。

自分の年を数える代わりに、自分の子供の年を数える人たちもいる。そうすれば、時が流れていくのが、喜ばしく感じられる。クリメネにも昔子供がいて、よくわらべ歌のような言葉でその子に話しかけたものだった。事故で死んでいなかったら、もう二十一歳になっていたはずだ。

クリメネが町の名前を口にすると、水晶のように透き通ってはっきり聞こえる。リオデジャネイロ、ダマスクス、トリエステ。「今、何て言ったんですか？　どこへいらしたんですって？」

もう一度町の名前を聞きたいので、わたしはわざとそう尋ねる。ただ、彼女が今住んでいる町の名前だけが、ぼんやりとかすれて響く。

クリメネは、どんな賄賂にも動じないような喋り方をする。聞いている相手に同情してもらいたいとか嫉妬してもらいたいとか思うことがないらしい。よく準備された子音が脇目もふらずに肉感的な母音の隣に立っている。

当時、わたしは、子音と母音が口の中でうまく混ざり合わないので悩んでいた。どんなに早くRとAを続けて発音しても、両者の間に隙間が感じられるのだった。もちろん、ラと言うこともできた。初めからラとしてこの世に生まれてきた音だ。でもわたしはラとは言いたくなかった。RとAを溶け合わせて、ひとつの音にしたかったのだ。もしかしたら、現実にはRという音は存在しないのかもしれない。いったい誰が何のためにRなどと言うだろう。わたしも他の人たちみたいに気を楽に持って、Rのことなど考えるのは止めて、らくだ、とか、らいちょうとか、らーめんとか言えばいいのかもしれない。Rなどというものは、どこを探しても見つからないのだから。

道で偶然ガランティスに逢った。

「機嫌はどう？　もう身体は治ったの？」

怪我のせいで、わたしたち二人の間には不思議な繋がりができていた。わたしはこの質問には答えずに、

「町の名前を魅力的に発音できる人がいるのよねえ。」

と言った。わたしが何か新しいことを言うと、それはガランティスの耳には入らない。新しいことが聞こえてくると、彼女は「とにかく、」とか、「一番大切なことはやっぱり、」などと言って遮って、交通事故の話題に戻っていく。わたしは、警察から報告書が届いたことを話した。わたしを轢いたのが麻薬中毒にかかっている若者だということが分かったそうだ。

陶酔状態にあると、ここかしこに小さな穴が開き始める。音と音の間に、吸う息と吐く息の間に、まばたきとまばたきの間に。連続性というものが信じられなくなる。Rと言った瞬間、次に本当にAが来るとは限らない。ふたつの音の間には中断があり、中断されている間に、す

べてが終わってしまうかもしれないのだ。ふたつの音の間にかかるのは、どんな橋だろう。陶酔状態にある時には、このままずっと当たり前に続いていくのだ、というような話し方をすることができない。このまま本当に文が続いていくのか確かめるために、単語の真ん中で立ち止まって息を吸い込むことがよくある。

クリメネの声の中にわたしはよく作曲された子音が並んでいるのを聞く。この明快さの中で、わたしは言葉の響きが途中で壊れてしまうかもしれない不安をやっと忘れることができた。乾いたTの音がDという全く別の脅迫じみた形で現れる。DZのスラブ的な摩擦音が唾液の中でシュワシュワいいながら這い回り、Fが空中に風のように吹き込まれる。その気体はNに受け止められるのがいいだろう。ところが出てくるのはBばかり、BまたB。まるで、唇にとってはBが最高の玩具だとでもいうように。激しい動きがクリメネの舌に乗って軽々と運ばれていく。年を取るごとに、荷物をひとつひとつ肩から下ろしていき、手が空いているので、いくらでも新しい荷物を運ぶことができるそうだ。

お高くとまって会議。他人は無視してお腹で踊る。クリメネは学会に呼ばれ続ける。発表のテーマは相変わらず「ツァオプ」の会とそれをめぐるものばかり。学会に出かけても、彼女は町の名前と、その町で何を食べるかということにしか関心が持てない。食事は舌を精密に満足させなければいけない。そうしないと、話す言葉が足を引きずるようになってくる。食事を一回抜くくらいだったら、学会に遅れて行った方がましである。

ニューヨークで行われた学会で、クリメネの隣にすわったのは、定年退職した音楽の教師だった。休憩時間にコーヒーを飲みながら、自分は二十五歳であるような気持ちがしてならないが、年齢などというものは気持ちの問題であるから、自分は二十五歳であるということになる、と言った。

クリメネは自分が若いと感じたことがなかった。三十年前にもそうは感じていなかった。ひとり自分の部屋にすわっていると、みんなが年齢と呼んでいるものがどんなものなのか全く想像がつかなくなってくる。不思議に思うのは、人は年齢を正確に定めないといけない場合、数字を使うしかないということである。しかし、数字には基本的にどこかおかしいところがある。クリメネはそのことに子供の頃から気がついていた。たとえば、二十二は二十三よりも小さいというが、数そのものに量があるわけではなく、数は料金支払窓口の前に列を作って並んでいる人間たちのようなもので、大きい小さいではなく、順番の問題なのである。自分の番が来て料金を払えるようになるまで、まだずいぶん待たされるだろう。待ちきれなくなって、身体をくねくねさせている数字もあるが、割り込みすることは許されない。ひとつの数字はもうひとつの数字の前あるいは後ろに立つ、と決まっている。これが行列の秩序というものである。しかし、ひとつの数字がもうひとつの数字よりも「小さい」などということは誰にも言えないはずである。

クリメネの手の中には、これまで彼女の手であった手がすべて入っている。指を動かす度に、かすかな軌跡が現れる。重なりあった線、四方に放射状に引かれた線。いわゆる少女皺、古い線。その線だけを視線で辿っていくと、少女の手が浮かび上がる。

クリメネは何度か外国を旅行したことがあるが、ある時、人々が袋詰めの乾燥した餌と映画用クッキーばかり食べている町に行ったことがあった。クリメネが泊めてもらった家の女たちは、彼女のエレガントな身体の線にうっとりして、あなたもあの空気女たちの一人ですか、と尋ねた。空気女たちというのは、一生、空気だけを食べて生きる決心をした女たちのことである。彼女たちは大抵、断食を楽にしてくれるコンピュータープログラムの助けを借りている。

「全くその逆ですよ。」

とクリメネは答えた。

「毎日充分食べることです。そうしないと、身体の形が曖昧になって幅がでてきます。少ししか食べないようにするというのは、少ししか読書しないようにするというのと同じです。読書が足りないと、頭の中をからっぽにすることができなくなるでしょう。」

クリメネはとても食事の美味しかった町のことも覚えている。あの町で過ごした間中、「第三世界」などという言葉は一度も思い浮かばなかった。クリメネは学会の企画者以外、その町に知り合いはいなかった。文法的に見れば、ずっと三人称で町を歩いていた。町の人たちにとって、クリメネは「君」でも「お前」でもなく、「あなた」でさえなく、不特定多数の旅行者たちのひとりに過ぎなかった。絵葉書売りがクリメネに声をかける時も、クリメネ個人に話し掛けているわけではなく、旅行者であれば誰でもよかったのだ。絵葉書売りは年が若く、十歳くらいの少年もいて、クリメネは自分が正しい態度を取ることなど不可能であることに気がついた。買っても買わなくても、高慢で教育上悪いことをしていることに変わりはない。クリメネは、どう転んでも成功の見込みなく世の中に投げ込まれている自分に気がついた。足をとめて、昔のソ連の絵葉書のような洗いざらしのカラー写真の絵葉書を眺める。懐かしさに思わず十枚買い取ったが、これは間違いだった。しかし、買わないで、誇りを持って絵葉書を売っている少年をがっかりさせるのも同じくらいよくなかったに違いない。間違いを犯さないことはできない。悪気が全くなくてもダメなのだ。間違いを犯すしかなかった、と愚痴をこぼすこともできない。こちらは犠牲者ではないのだから、文句など言えない。もちろんクリメネは自分の職場の大学でも正しい態度を取ることなど不可能だったが、自分の国にいる時にはそういうことをいろいろ考えずに毎日が過ぎていった。能力があって勤勉だからといって他の人たちよりずっとたくさんお金を儲けていいものだろうか。怠慢で才能がないからといって、貧乏に苦しまなければならないのだろうか。家にいる時にはそんなことは考えないのだが、絵葉書売りと向かい合うと、自分がどうやっても間違っていることが分かるので謙虚になる。

間違っているしかなかったその町で、クリメネは美味しい物ばかり食べた。新鮮な作り立ての、香辛料のエスプリの効いた、押し付けがましいところのない物を食べた。クリメネは三人称の中で口を閉ざし、匿名で微笑し、まるでそれが解読不可能なメッセージであるとでもいうように、穀物と野菜を食べた。家に戻ってから、二十八歳の同僚に、魔術のように魅力的な食事の話をすると、若い彼女はあきれて首を横に振って、あなたは第三世界を理想化している、と言うのだった。

ダフネは人文科学と語学専門の書店で、ある本を探していた。店内には、地下倉庫から運ばれてきた本が、不安定に積み上げられていた。ダフネはうっかり肘をそこにぶつけてしまった。レンガ石のような辞書が隣にいたクリメネの足の上に落ちた。それは河の近くに発生し、今は死語となってしまった様々な言語の辞書だった。この瞬間、ダフネの目の中でこの題名が燃え上がり、クリメネは折り畳まれた蛇腹のように屈み込んだ。クリメネは薄い婦人靴が死語の重みから守ることのできなかった足を痛そうにさすっていた。ダフネはすぐに隣にしゃがんで謝った。クリメネが友好的に微笑んで見せた時、ダフネは「外交的」という言葉を思い浮かべてしまった。

クリメネは痛みというもの、もっと正確に言えば、痛みの文法というようなものに関心を持っていた。馴染みのない感触を与える痛みがある。肉の中のねじまわし、槌、ナイフ。それが職人もいないのに勝手に動く。何か言いたいことのありそうな痛みというのもある。言いたいことの内容は不明のまま、痛みがなくなると、メッセージも跡形なくすべて消えてしまう。痛みの発生地はどこなのか、探してみるが、見つからない。

一度だけ、痛みはここから来ている、とはっきり感じたことがあった。驚いたことに、それは肌の外部で、身体からかなり離れた場所だった。どうやら、身体のまわりにもうひとまわり大きい、目には見えない身体があるらしい。

クリメネは我に返って、いきなりダフネに、

「あなたもシュメール語をお読みになるんですか?」

と尋ねた。

「いいえ。」

と答えてダフネは赤くなった。まるで、シュメール語を勉強したことがないのは恥ずかしいことだとでも言うように。ふたりは言葉を交わし、住所を交換し、夕暮れの中、書店を出た。帰り道、ダフネはこの頃、自分の指が急に木のように固くなることのあることを思った。そのせいで、物を落とし、家の茶碗は毎日、数が減っていくのだ。

水曜日にはクリメネは、まるで、何もやることがないような振りをして、いつもより長く寝床に留まっている。自分を敬愛している人がいるかもしれないとか、自分を通じて将来の道が開ける人がいるかもしれないとか、自分が救ってやれる人がいるかもしれないとか、そういう考えを薄いビニールの膜のように肌から引き剝がして、空中に投げる練習。膜が空中をふわふわ漂う。幻覚は勝手にどこかで生き延びるがいい。幻覚はなぜ生身の人間を必要とするのか。

クリメネは笑って、腹ばいになる。身体から力が抜けていくのは気持ちがいい。ベッドの弾力だけに支えられて。今、クリメネは自分の軽い身体さえ持ち上げることができない。疲れたわけではない。力を持たない決心をしたのだ。何もしないという状態に自分を置く。郵便配達人がドアの隙間から挨拶するまで。彼が運んでくるいくつもの文章。ここで講演してくれ、あそこで講演してくれ、と頼み込んでくる。クリメネは起床して、アイロンのよくかかった黒いブラウスを着る。もう何年も白い服を着たことがない。

ナイトテーブルの上には小さな木箱が置かれ、その中に、メモ帳、息子の写真、鏡、ボールペンその他が入っている。アフォリズムの書き込まれたメモ帳もある。クリメネはメモ帳をめくって読み上げる。「高慢さを骨抜きにすること。たとえ天気が悪くても、距離を繊細に測定すること」、「人の妬みを飛び超え、美味しい物を食べる以外どんな願いも持たないこと」。クリメネはそんな文章を読んでは、少し困ったように微笑む。

クリメネはどんな言語ともベッドを共にしない。流暢な日常会話をペットとして飼いたいとは思わないし、宮廷風の言葉で自分を飾りたいとも思わない。
わたしは、外国語の教師というものにどちらかと言うと不信感を持っていたが、クリメネは最初の瞬間から気に入った。クリメネの同僚たちは、まるで何か悪いことでもしているかのようにいつも目をきょろきょろ動かし、落ち着きがなかった。もしかしたら、新しい言葉を習うなんていうことは本当は罪なことで、語学の教師などというものは一種の悪魔なのかもしれない。ある時、新聞に、人は自分が与えられた以外の言語を習うべきではない、という読者の手紙が出ていた。母国語は、人が一生背負い続けなければいけない責任の言語である。背中に目がない限り、自分の背負っている言語を見ることはできない。だから、背負っている言語では笑うことも嘘をつくこともできない。そこから逃れようとする者は人の信頼を失う。外国語では、その気があってもなくても人は嘘をついてしまうものだ。つまり外国語を習えば、嘘をつく勉強になる。そして、やがては、言葉だけを使って、実際には存在しない世界を編みあげることができるようになる。クリメネは罪の意識を感じることなく、わたしたちに禁じられた魅惑的な商品を差し出してくれたことになる。

足の甲は三日たってもまだ腫れていた。熱を持ったジェリーが赤らんだ肌の下に溜まっている。クリメネは家に帰ると靴下を脱いで、ゆっくりと腫れた足を撫でる。あらゆる方向に一度ずつゆっくりと撫でる。明りを消して、撫で続ける。

クリメネはアムステルダムのある橋の上にひとり立っている。苦難ばかりの学会も明日には終る。そうすれば飛行機で家に帰れる。ある時間帯が来ると、川はますます重くなり色が濃くなり、流れることをやめる。岸にはホテルのバーの明りが灯る。
「ユダが犠牲者の役を分捕ろうとしたから罰してやったんだ。」

と死んだ息子がささやく。クリメネはぞくっとする。

「そんなこと言ったらだめよ。あなた、どこにいるの?」

クリメネは背中をすっと冷たい風が撫でて過ぎるのを感じる。すすり泣き。平らな薄い上半身。長い骨ばった脚。クリメネは息子を抱きしめたく思うが、触れば、小さな骨のかけらに崩壊してしまうことが分かっている。

「あの日、ドンナー公園でね、乞食に殴り殺させたんだ。頼んでわざとそうしてもらったんだ。知ってた?」

「どうして、そんなことしたの?」

「あいつじゃなくて、僕が犠牲者だからさ。みんないつになったらそのことに気がつくんだろう、と思って。」

「やめなさい!」

寒いのに、クリメネは足だけが燃えるように熱い。

「どこにいるの? 話があるの。」

「犠牲者は僕だ。奴じゃない。」

ある時、倉庫街で行われた展覧会に出かけてみると、クリメネが来ていた。アーチストの女性は、人間の頭を内側から造った。頭ひとつがひとつの部屋になっていて、中は空洞だった。わたしたちはその頭の中に入って、頭を内側から眺めることになった。

「頭がこんなにからっぽでありえるなんて、面白いわね。」

「顔になっている外側なんて、これに比べると、つまらないわね。」

「自分の頭の中は、住み心地がいいのかも。」

「言葉はどこに住んでいるのかしら。」

「あたしたちが言葉の中に住んでいるのかと思っていたわ。だから、あたしは、宿無しになったような気がしない。何週間も旅が続いても。」

「でも、言葉はどこに住んでいるの?」


他の人達の顔を内側から触ってみること。その唇からこぼれる言葉を集めてみること。わたしは自分が作り始めた彫刻に「クリメネ」という名前を付けた。どこかのマイスターだったら、計って叩いて作り上げてしまっただろう。でもわたしは錐のように尖った道具は持っていなかったし、ランプの下できらりと光るような鋭いナイフも持っていなかった。わたしの作業は偶然見つけてきた物から始まった。イェーニッシュ公園で散歩していると、足の形をした木片がひとつ見つかった。そこで女の足をひとつ作ろうと思った。その足は「クリメネ」と名づけるつもりだった。でも、クリメネの足はどんな形をしていたかしら。つきあいの長い友人の生の足を初めて見て、裏切られたような気のしたことがこれまで何度もあった。たとえば、ガランティスの足があんなに青ざめて平たいとは思ってもみなかった。サルマシスの足があんなに小さいとも思わなかった。ある人について知っている情報を全部掻き集めてみても、足の形を言い当てることはできない。

クリメネの態度は外交官のようだ、とダフネは思った。クリメネと向かい合うと自分が間違いばかり犯しているように思えるので、あまり会いたくなかった。急にブラウスとスカートが合っていないような気がしたり、眉毛の引き方が曲がっているような気がしたり、頬に余分な肉が付いているような気がしたりした。おまけに形容詞の選び方は間違っていて、美術史の知識は貧しく、何もかも足りないところばかり。それに比べるとクリメネは一本の線のように完璧で、無駄なく黒一色で決めている。


「どうして、そんなに落ち着いていられるの？」

「落ち着いてなんかいないわ。何もかもが同時に起こっているだけ。」

「腹を立てることはないの？」

「みんなまず腹を立てて、それから、気が落ち着いてくると、相手に好意さえ感じるようになって、というように変わっていくわけでしょう？　どうして、この人たち、いろんな感情を同時に感じないで順番に感じるのか知ってる？　それは、言葉がそうできているからよ。嫌いと好きって口で同時に発音できないからよ。本当は同時に両方感じているのに。」

「あなた言葉の力と戦うつもりなの？」

「それは言語学者だから。」

第九章　イオ

イオが歩いていく。イオにとって歩いていくというのは、どういうことなのか。自分の身体のかたちからはみだして、机の縁にぶつかると、ワインの瓶がひっくり返り、べとべとする深い紅色の液体が飛び出して、袖を濡らし、濡れたところから、イオの身体は更に成長していく。見えない角が肘から生えてくる、コップの持ち手のように。

「これも成長ではあるが、進歩とは言えない。」

誰かがそう言って、彼女の肩を叩き、ほら注意して、というように袖を引っ張るのだが、イオは自分自身からはみ出して溢れ続けることをやめない。はあはあと息をしていて、溜め息をつくと、それが啜り泣きに変わっていく。ずっと年下の女友達が、同情して囁く。

「しっかりして。自分自身にもどるのよ。」

イオは怒って睨み返すが、言葉が出ない。翌日、その女友達に葉書を書く。

「もう、ああいうニューエイジみたいなこと言うのはやめてね。」

これ以上成長しないでも済むように誰かが身体の輪郭を描いてくれたら、どんなにいいだろう。自分の限界を知れ、なんてとんでもない、身体を小さくして生きるのは御免よ。自分の身体の核に帰還するなんて絶対に嫌。だから抑えるところは、外から抑えてもらうしかないのだけれど。誰か新古典主義の建築の見学にでも連れていってくれないかしら。王宮から延びる幅の広い立派な通りを歩いていくのもいいかもしれない。岸が見つからずに氾濫してしまうイオの身体、肉ではなくて、存在そのものが、一つの部屋にはとても入りきれない。同じ部屋の人たちはすぐに、押し潰されそうに感じて、背を向けてしまう。イオに輪郭を描いてあげる勇気のある人もいない。

イオの隣で、マルスのむきだしの太腿から湯気が立ち上っている。空には、手のむくむく太った、翼の生えた赤ん坊たちが飛び交っている。葡萄の粒が、今にも破裂しそうだ。

イオがワインの瓶を開ける。グラスになみなみと注いでは飲み干す。そのままグラスを空にしておくことはない。瓶の首を摑む手付きは慣れたものだ。瓶が空になるまで落ち着かない。瓶は、いろいろ胸の躍るような約束をしてくれる。イオは涙が溢れてくるのを待つ。予想もしなかった人が訪ねてくるのを待つ。劇的な電話のかかってくるのを待つ。しかし、実際には何事も起こらない。酒を飲みながら一人、満たされぬ思いで残される。情熱の量は一本のワインの瓶の容量をはるかに超えている。そこでイオは、瓶からワインが飛び出すように、家から飛び出す。歩くだけでは、情熱は静められない。フュールスビュッテル地区だけでは狭すぎる。イオは飛行場まで駆けていく。飛行機に飛び乗る。五分後にはもう頭の中で、大空を飛んでいる。ところが、今度は空さえも小さすぎるように感じられる。丸い窓の中に閉じ込められた空なんて。

初めは、何か父親的なものを求めていただけだった。早いうちにそういう気持ちを適度のアルコールで鎮静して、それでも残った不安をごく市民的な夫婦生活で抱き取っておけばよかったのだ。そうすれば、中毒も憧憬も上手くリサイクリングできたかもしれない。そうする代りに、手足を超次元的に伸び放題にしておいた。イオにはもう、どんなワインの瓶も小さすぎるし、どんなワインも薄すぎる。

「あたしの血の中でワインの霊が詩的に煮詰まってしまったの。だから、あたしの血より濃いワインはもう存在しないわけ。」

イオは酒を飲むのをきっぱり止めてしまった。どれも薄すぎて問題にならない。

イオは自分といっしょに身体を揺らして、同じ音楽の中に身体を溶解させていってくれる女を探す。肩と肩をくっつけ合って、恥ずかしげもなく身体を大きく膨らましてのさばって、汗をかいて、しゃべりまくって、もうだめというところまでいく。爆発寸前の雰囲気になっているから、頰と頰をくっつけて泣き崩れることになり、喧嘩になって、涙が混ざり合い、粘膜は腫れて膨らみ、それでも交接のかたちが見つからないので、熱は又冷めていき、そういう出来事は記録されないまま過ぎ去っていくのだった。

わたしはイオの女友達になるには失格だった。わたしの場合、爆発寸前まで煮詰まる前に、空気がすっと抜けてしまう。素早く吸い込み、又、吐き出す。来ては去る、後には涙一滴残らない。

「わたしは何も保存しておきたくないの。」

とイオに言ってみた。イオは軽く肩をすくめてみせてから、急に泣き出した。

イオは、昔話に出てくる小人のような男達を愛する。彼らは必ずしも背が低いとは限らないが、中心に固い核があり、盛り上がった腕の筋肉を使って、土を掘り返す。作業は気を入れてやっている。決してきょろきょろしたりしない。獲物は徹底的に追い詰める。彼らの存在はますます濃密に、ますます堅くなっていく。イオは膨張し、彼らは濃縮されていく。

イオは小さな男を見つめる。男は見つめ返す。男の明快な視線が、イオにくっきりした輪郭を与えてくれる。男は小さいほど摑みごたえがあるものだ。イオは男を摑もうとするが、手が届かない。そのうちに、やっとイオにも分かった。彼は遠くに立っているのだ、だから小さく見えるのだ。遠近法に忠実に描かれた絵のように。男は遠くから警戒してイオを観察している。あの女どこかおかしいぞ、と思う。女が一歩歩けば、壁に掛けられた絵が床に落ちる。イオはうっとりと男を見つめて近付き、大麻畑のカナリアのように浮かれて歌を歌う。イオの言葉が理解できない者でも、それを聞いているとなんだか追い詰められているような感じがしてくる。イオが男に飛びかかる。男は身をふりほどきながら弁解する。

「だめですよ。分かってくださいよ。わたしには家族がいるんですから。」

男たちは言い訳を探す時には必ず「家族がいるから」と言うものなのね、とイオは思う。

どうして母親の役割を演じたがる男達がこんなにもたくさんいるのだろう、とイオは不思議に思う。彼らは、イオを胸に抱いて、餌を与え、服を着せて、勉強を見てくれようとする。ママもどき男なんか御免、あたしは本物の小人が欲しい。

イオは「取っ手」と相性が悪い。紅茶カップの取っ手など、触っただけで割れてしまう。だから、イオの家のカップはみんな取っ手がついていない。イオは新しい薬缶やカップを買ったりはせず、そういうところに目をつける客を軽蔑するようになった。彼らは住居フェチで、住処が人格を露出していると思っている。壊れたベッド、色褪せた血痕、壁に刺さっていた釘のせいでできた何の役にも立たない穴。過ぎ去った情熱の痕跡。

イオはしかし自分のコップやカップの話などしない。自分が牛になってしまった夢の話もしない。教育のある成熟した大人は、四つ足や取っ手の付いているものの話などしないものだ。

近眼の方が人は上手く走れるのだろうか。イオは三十歳の頃、目が悪かった。打算ということを知らず、腕を大きく振り回して、大きな構想を宙に描いた。それは、計画というより踊りだった。大きな跳躍がしたいと思った。着地するのはどこでもよかった。年をとってくると人騒がせなことをしなくなる人が多い中、イオは昔と同じ速さで走り、目は以前よりよくなったはずなのに、いつも壁に衝突したり、家具にぶつかったり、ガラスを割ったりする。

イオの取っ手が割れ、瓶が倒れ、花が枯れている間に、まわりの人たちは、同好会なるものを次々作っていく。猫の好きな人は好きな人同士集まって、猫の話をしている。これは賢いことなのかもしれない。犬の好きな人にとっては、猫の話ほど退屈なものはないのだから。犬を飼っている人は猫を愛してはいけないことになっている。多神教はいけないらしい。

午後、特に夏の午後などは、肌がべとべととして、太陽はいつもより体重が重く、特に枕がベッドの縁に対して危険な角度で置かれている時などは、眠り込んでしまわないように気をつけた方がいい。そうしないと、意識が見知らぬ坂を転げ落ちていって、苦悩に満ちた映画に拘束されることになる。目は見開かれたまま、まばたきもできず、目に見えないものはもう何もない、動きのひとつひとつがわざとゆっくりと、意味ありげに。

午後、目を覚ますと、不安のあまり、凍り付いてしまいそうになった。自分自身からはずれてしまって、その自分というのは自分の身体ではなくて、頭の中のある場所、話を始める時にはそこから始めるしかないその場所、普段は見えない場所で、見えないのは当然、わたしがそこに立っているのだから。それはたった一ミリずれただけだったかもしれないのに、それだけで余分なあるもの、邪魔なもの、わたしと呼ぶしかない妙なものが生まれてきてしまった。

わたしは家から飛び出して、家の外壁に身を擦り付け、路地の編み目の中に自分を編み込んでいこうとした。路地は石に姿を変えられてしまった女たちでできていた。わたしは目的もなく、道連れもなく、時間の感覚も失って、路地を通り抜けていった。ふいにイオが現れた。わたしは、彼女の腕に飛び込んだ。普段ならそんなことはしない。イオは驚いて、いったいどうしたの、と尋ねた。わたしは、返す言葉もないまま、イオの表情を目で探りながら、細かい皺の中まで潜り込んでいった。そうしながらも目が合うことだけは避けていた。

「髪が濡れているわね。雨が降っていたの？」

やっと声が戻ってきた。

「水に入っていたの？　プールのにおいがするみたいね。」

少しずつ、声と聴覚の関係が正常化していくようだった。

「帽子をどこに忘れたの？　いつもは帽子を被っているじゃないの。」

しゃべっているうちにイオの肖像が少しずつ又はっきりしてきた。

「項に赤い斑点ができているわね。かゆいんじゃないの？」

イオの項に黒子をひとつ発見し、わたしはその中に移住する決心をする。

イオの昔の友達がひとり、連絡もしないでいきなり訪ねてくる。彼はもう何年も前から哲学科の非常勤で、文化センターの館長をやっている妻と二人で、何の心配もなく暮らしている。牛革の上品な鞄の中には格安スーパーマーケットのビニール袋が入っていて、その中にはイオに持ってきたお土産が入っている。「奈落を通して悟ったこと」。表紙は熱帯的な派手な色で、活字は特権階級的な組み方をしてある。イオがページをめくっていくと、地を這う動物、液体、排泄、黴の味、などの言葉が目に刺さる。本を閉じて、冷めた口調で、ありがとう、と言う。

「君のあの、気のふれたような傾向にはいつも惚れ惚れさせられたものだけれど、それを無理に抑えて、もう自分は別の人間になったんだ、みたいにされると不愉快だね。」

「何が言いたいの?」

「おまえはウマズメウシだ。」

この旧友が人を罵ると、紙に書いたように聞こえる。

「あたし、情熱そのものが女の姿になって現れてるとか、そういう役はもう嫌なの。」

「誰にそんなつまらん考えを吹き込まれたんだ。」

「どうせ吹き込まれるなら、つまらない考えの方が、精子よりはましだわ。」

「へえ、急に貞節になるわけか。」

使い古された罠なのに、イオの怒りは破裂してしまう。女の手綱を引く、女にツギを当てる、どういう意味か自分でもよく分からずに、そんな言い回しを喚き始めている。我を忘れて変身し、感じやすすぎる弦楽器の姿に戻ってしまっている。哲学者の胸を拳でなぐって、昔のように泣いている。敵は馴染み深い反応を得ることができたので、すっかり落ち着いていた。やこれならイオのことが理解できるし、イオを守ってあげることも縛り上げることもできる。

さしい声で言ってやる。

「心配しなくてもいいんだよ。今度、暇ができたら、又顔につばを吐きかけてあげるから。」

イオは叫び声を上げる。が、心は萎えている。抵抗できない。馴染みの深すぎるこの遊び。

テーブルの上のカップも花瓶も次元を超えて膨張し、自分の手が嫌に悪意に満ちていきいきして見える。空は厚かましいほど身近に迫っている。逃げ道を探さなければいけない。陶酔状態にあって視覚が冴えている時には、エレベーターはもう存在しない。降り過ぎてしまったのか。急に何もかも遠くなる。帰り道は誰か他の人に開いてもらうしかない。弟が迎えに来てくれたらどんなにいいだろう。でも、最近の男の子たちはみんな大きな男になりたがるので、可愛い弟というものが減ってしまった。絶滅の危機に晒された弟という種はすっかり身を潜めてしまって、誰にも面倒を見てもらえなくなった厄介な姉さんたちは精神科に送られる。陶酔状態に陥った女は弟なしにどうやって普通の状態に戻ればいいのだろう。動物にでも頼んでみようか。

第十章　テティス

新聞に印刷された草原風景から、踊子の姿が切り取られる。ハサミはまだかたかた鳴っている。紙はがさがさ音をたてている。サルマシスは自分の作品を自慢げに眺めるが、紙の人形に「娘よ」と呼びかけたりはしない。家族に喩えたりはしないで、そういうこととは関係のないような名前を与える。踊子はテティスという名前になって、これからサルマシスの知らない人生を歩み始める。

踊子が振り向くと、その背中に読者の手紙が印刷されている。「なぜわたしたちが第三世界の借金を背負わなければいけないのでしょうか。」

紙のように軽い踊子の身体が波打って笑う。

「テティス、踊りなさい。」

サルマシスが呼び掛ける。

「みんなすごく怖がってるのよ、人に何か奪われるんじゃないかと思って。でも、あなたは平気よ。身体が文字で覆われているんだから。踊りなさい！」

踊子の眼球はきらきら光る液体に被われ、熱に浮かされた舞台照明を反射している。一度でも芝居中毒にかかったことのある人なら、この光に心当たりがあるだろう。最後の出し物が終わった後、光にくらくらとなりながら楽屋に行ってみる。

どうしてこの日まで、舞台に出ていた人の肌に直接祝福を捧げるということをしなかったのだろう。それまでは、舞台が遠く、踊子に手を触れられないこと自体が、ありがたく神聖に思えていたのかもしれない。でも、それも「基本的人権に手を触れるな」というポスターを見てからは、魅力を失ってしまった。触ることのできない権利なんて当てにならない。人殺したちはこの権利に手を触れるどころか、踏みつぶしてくしゃくしゃにしているではないか。それなのに、他の人たちは、手を触れてはいけないなんて。

わたしの踊子は、手で触ることのできる存在であってほしい。ドガの描いた霧のような女たちではなくて。

楽屋ではテティスが、キメラの役を踊るために着ていたラテックス製の衣装を半分脱ぎかけたところだった。平たい胸に白粉と汗が地図を描いている。目の玉が嘗めたようにつるんとして、睫が言葉のまわりをひらひらと舞い、唇が瞬きを始める。その後、あることが起こった、そのせいで、わたしは本を一冊書く気になった。それが、この本なのか、別の本なのかは分からない。又そんなことはどうでもいいのかもしれない。本という本はお互いに、血管で繋がっているのだから。テティスは、わたしの唇に自分の唇を押し付けた。そのせいで、テティスの細胞模様がわたしの細胞に編み込まれた。予想もしていなかったことだった。それまでは面識すらなかったのだから。幕の後ろでは、どんなことが起こるか分からないものだ。その夜、見知らぬ女たちの影がわたしの部屋の中を彷徨い始めたが、まだ、時期が早すぎて、みんな揃っていないようなので、数を数える気にはなれなかった。どこから来たのかも尋ねてみなかった。ゴーギャンの描いた土の女たちとは似ても似つかない彼女たちは、まだ書かれていない時間の中からやってきたに違いなかった。


テティスは十四歳の頃からこっそりと、みんなが踊りと呼んでいる事柄に凝っていた。踊りという言葉を自分では使わないようにしていたのは、どんなことも名前を与えてしまえば、大人に禁止されてしまう危険があったからだ。テティスの母親は時々、

「そんなお芝居はやめなさい。あんたの踊りには騙されないわよ。」

と言う叱り方をした。テティスは、

「これは踊りじゃないわ。」

と答えたが、母親には本当の意味は通じていないようだった。

テティスの生家はいつも、男の子たちのちぎれちぎれの叫び声と太鼓を叩くような足音に満ち溢れていた。テティスはいつも、兄弟たちが悪戯盛りな踵を運動靴に納めて、遊びに飛び出ていってしまう瞬間を待ち構えていた。幸いなことに、兄弟たちは外で遊ぶことが多かった。父親は船乗りで滅多に家には帰らず、母親は滅多に家を出ることがなかった。テティスは、母親の言うことにはいつも注意深く耳を傾けた。いつ母親が外出するのかを探り出すためだっ

た。

　少女の一番のお気に入りの踊り場は、古い食器棚の前だった。ガラスの向こう側には誰もいない。ガラスには、少女が一人、映っている。少女は、一本足で立っている。一本足で立つ方が二本足で立つよりも立ちやすいことは鶴が教えてくれた。だから鶴はいつも一本足で眠るんだそうだ。一本足で、少女は回転する、独楽のように。回転していれば倒れない。

　少女は踊りながらガラスを通して、棚の中にうねり込んでいく。お皿とコップの間で踊る。鶴の首になった手首が、目に見えない道の道案内になってくれる。あたりはいつの間にか暗くなっていた。

「電気をつけなさい。」

　見えない母親の声がする。テティスは耳を傾けようとしない。

「気を付けて。食器を壊すわよ！」

　気を付けて！　耳を付けて！　目を付けて！　よく言うことを聞く少女の耳は母親の言葉のリズムに向かって傾く。内容は分からない。少女は踊り続ける。肩が上の方へ引っ張られても、お腹はいっしょに行こうとしない。眠そうなお腹を足がやっと持ち上げると、体重が空中に宙吊りにされる。テティスは急がなかった。ラストシーンは自然にやってくる、特定の目標を頭に置いてはいけない。このシナリオとはもうつき合いが長いのに、まだタイトルが付いていない。主人公は弟たちが家に帰ってくる前に死ななければいけない。兄弟はみんな敵である。特に一番上の兄は。

「なんて見苦しい格好しているんだよ。恥ずかしくないのかよ。」

と兄にはよく言われた。何を指して兄がそう言うのかテティスには分からなかった。兄は大人になると、手の平の肉の厚い、声の静かな母親的な姿になって、自分の娘に向かって時々、

「なんて格好しているの。ちゃんとお洒落して、可愛くしなさいね。」

などと言っている。


埃っぽい道、痩せ細った木が、ここに一本、あそこに一本。高みに昇った太陽が人々の影を奪い取ろうとしている。その時の自分のみすぼらしい影をテティスは思い出す。足ばかり眺めて、一日中歩き続けた。道は粒の細かい土で覆われていて、テティスにはぎらぎらした日に照らし出された粒のひとつひとつが見えるような気がしてきた。この粒の数と同じ数の年だけ生きたい。大人になると、毎日、悲しいことの数の方が嬉しいことの数よりもずっと多くなるのよ、と母親が言っていたことがある。テティスは毎日、悲しかったことの数と、嬉しかったことの数を数えて、自分が大人になったかどうかを知ろうとした。

とてつもなく高い年齢に達したい、とテティスは思っていた。年寄りになってからも、長く生きたい。あまりにも年を取り過ぎて、年齢を数字で表すことができなくなり、年を聞かれて

も、数字の代わりに、長い溜め息が出るくらい、年をとってみたかった。ある舞踏フェスティバルで知り合った振り付け師が、コクトーの話をしていた。「数字というものはどんなに大きくても数が足りたためしがない。」テティスはこの言葉を二度と忘れることができなかった。何歳になってもそれで充分ということはないらしい。テティスにとっては、踊りは余剰だった。目的もなく意図もなく、適度の限界を超えてしまうのだった。テティスは月と年を集め、無数の日数を積み重ね、未熟な年齢から無限に遠いところへ行ってしまいたかった。もう絶対に二十五歳には戻りたくない。その時点からできるだけ遠く離れていきたい！

テティスは二十五歳の時、五ヵ月に亘って五人の友達とギリシャを旅行した。時々、大テントを張って、芝居の上演をした。何もすることのない時には、何もしなかった。みんなに共通の目的というのはなかったが、いつも共通の雰囲気に染まっていた。この結びつきは漠然としていて、見えにくく、しかも頑強だった。成功という単語をまだ知らなかった。特に大変な思いをすることもなく楽にいっしょになった仲間だが、何も言わずに、又、ばらばらになってしまった。毎日同じ釜の飯を食っていたのに、ある日急に消えてしまって、二度と目の前に現れることがなかった。

手と足の空中に描く線の一本一本が、家の梁になり、柱になる。そうやって捩じれた家、かたつむりのようなホール、段のない階段、水に浮かぶ橋ができていく。壊れやすい見えない部屋が並ぶ。

「わたしが住んでみたいと思う家は、あなたの踊りだけよ。」

劇場から地下鉄駅へ続く道は、気が滅入る。左右の巨大な建物が通行人を蟻にする。煉瓦を見ても、それが昔は土であったという気がしない。煉瓦工の手の痕跡も見えない。ただとてつもなく大きく重々しい建物が見えるだけだ。家は住人たちよりも長生きする。巨人に尊敬を示さない奴は、口がきけなくなるように小さく砕き壊されてしまうんだぞ。そう言われたような気がして、青少年は屈辱を感じ、秘密の言語を壁にスプレーで吹き付ける。建築顔面とグラフィティ・スプレイの戦争。

ある日、テティスは投資家から勧誘を受けた。背広の男が、ヴィンターフーデ地区にあるテティスの小さなアパートまでわざわざ訪ねてきた。つるつると早口でしゃべる男である。お金のことはわたしが引き受けましょう、あなたはお金のことは考えないでまずは芸術に打ち込んで、後で全部借金を返してくれればいいのです、楽に返せる額ですよ、パニック状態になることもなく、慌てる必要もなく、心配なく、返せますよ。テティスは驚いて、

「でも、あたしにはそんな額、返せないこと、御存じなんでしょう。」

投資家はにやにやしているだけで、この質問には答えない。

「家をお建てになってはどうです？」

テティスは、

「嫌です。」

と言って、くるっと後ろを向いてしまう。独楽のようにくるっと回転すると、頭がくらくらする。経済の狡猾な罠から逃れるには、くらくらしているのが一番だ。でも投資家はどうしてもアーチストにお金を与えたいらしい。支えて突き倒すために。お金の戻ってこないことは最初から分かっている。彼らはテティスを突き倒し、ついでに第三世界を突き倒すつもりらしい。

「あたし、自分で家を建てたことがあるんです。ほら、見えますか?」

そう言って、テティスは腕を振る。

「それは腕じゃないですか。」

「いえ、あたしの腕のことじゃなくて、空中に描いた半円のことですよ。」

「でも、そんなのすぐ消えてしまうじゃないですか。そういう家は五秒と持たないものですよ。」

陶酔状態にある時には、一秒一秒が永遠なのだ。それを知らない投資家は、又同じ質問を繰り返す。

「それでお金は欲しいんですか、欲しくないんですか。」

テティスは空気を一塊抱えて、それを左右に揺する。垂直に揺すればハイということなのだろうが、水平に揺する。まず左に、それから右に、それから左に。これはイイエということ。

テティスはボール紙でできたごく小さなドアの前に立っている。ドアは枕より小さいくらいだけれど、なかなか開けられない。特にまわりで誰かが見ている時には。テティスは本を読んでいる時に人に見られるのがなぜかたまらなく恥ずかしい。読書なんて、あたしはしないのよ。

テティスはある日の夕方、イオという名の友達のベッドに横たわって、彼女の帰ってくるのを待っていた。九時に帰るからそれからいっしょに映画に行こうと言っていた。ベッドの横に本が一冊置いてあった。テティスは、何気なく読み始めて、止められなくなってしまった。その夜イオは帰ってこなかった。翌朝になって帰ってきて、謝った。一晩中、ある哲学者先生と喧嘩していて、終電に乗り遅れてしまったというのだ。テティスは上機嫌で家に帰った。一番上の兄に、どうして目が腫れているんだ、と聞かれたので、イオという友達と喧嘩して一晩中泣いてたのよ、と答えておいた。この夜、オウィディウスの「変身物語」を最初から最後まで読んだことは誰にも知られたくなかった。

本はネズミ捕りの罠に似ている。ネズミは情熱的な読書家である。テティスはある晩、自分の机の上に厚い本が一冊開かれて置かれているのを見つける。誰がこれを置いたのだろう。開かれたページの黄ばんだ紙にびっしり活字が並んでいる。テティスは本の上に屈んで、指をそっと乗せてみる。その瞬間、罠が閉じて、テティスは痛みのあまり叫びを上げ、指を引き抜こうとするが、もう左手の指は、本の一部になってしまっている。もう読書していることを隠し続けることはできない。

第十一章　リムナエア

満月の形をした身体から細長い脚の伸びた女が一人アルトナ通りを渡る。反対側の歩道に辿り着く寸前に、水たまりがあることに気がついて、暗い水を避けて身体をひねらせる瞬間、女の腰は色っぽい半円を描く。アパートの建物の前で、男の子が一人、待っている。多分、息子なのだろう。女が建物の扉の鍵を開けている間、男の子は、だまされないぞ、というような目つきで、人のいない通りを観察している。それから、二人はいっしょに階段を上る。男の子の踵は、考え深そうな表情をしている。

リムナエアは、テティスの踊りを一度見てしまってからは、そこら中に踊りのきっかけのようなものが見えるようになってしまった。バスに乗るために読んでいた新聞をあわてて畳む男、ショーウインドウのガラスを磨きながらメトロノームの針に変身していく売り子、解けた靴の紐を結び直すためにしゃがむ少年、両腕を思いっきり天に振り上げては素早く振り下ろす少女。

少年がひとり、銀貨を一枚、左目に押し付けて、一本脚でバランスを取りながら立っていた。バイクが一台やかましい音をたてて通り過ぎ、少女が一人近寄ってきてくすくす笑い、瘦せこけた犬が一匹やって来てズボンのにおいをくんくん嗅いだが、少年は一本脚で立ったまま、身動きひとつしなかった。リムナエアは通りの反対側に立っていた。この町は自分の町だと言う気がしたが、実は今インドに着いたばかりで、上着のポケットにはまだ航空券が入っていた。

リムナエアの荷物は少なかった。あまり少ないのでかえって税関で怪しまれたくらいだった。家から持ってきたのは、ハンドバッグひとつだけ。家に置いてきたそれ以外の持ち物は、生涯二度と目にすることがなかった。飛行場で急に「新陳代謝」という言葉が思い浮かんだ。ハンドバッグは革でできていて、その日に着ていたワンピースは絹でできていた。絹にはすぐに汗のしみができ、胸にできたしみはインドの形をしていた。

リムナエアはこの旅に出るまで二十年間、主婦をしていた。家を出たのは四十歳の時だった。ある日、パーティで、踊りの振り付けをしている男と知り合いになった。彼は、ミショー、コクトー、ディ・クインシーの話をしてくれた。男が話している間、男の手首はコウノトリの頭のように動いた。それから、熱帯の国々、特に彼がいつも街頭舞踏を見に行くインドの話をしてくれた。

「年の若い踊り手を探しているんですよ。まだ学校にも通っていないような子供達なんかいいな。読み書きのまだできないうちは、踊り方が違うような気がするんですよ。」

彼がそう言うと、彼の片方の手首がコウノトリになって、そうですね、とうなずいた。するともう一方の手もやってきて、同じようにうなずいた。両脇にコウノトリを侍らせた男。

「あさって、又、カルカッタに飛ぶんですけれどね。」

わたしも連れていってくれませんか、とリムナエアは何の前置きもなしに尋ねていた。こんなことは初めてだった。リムナエアは男に全く恋などしていなかった。それどころか逆に、この瞬間、自分は別に愛する男などいなくてもかまわないのだということに気づいてしまった。どうしてそれまでこんな簡単なことに気がつかなかったのだろう。振り付けの男の方も、女性の気を惹く必要を全く感じておらず、そもそも女というものに関心がなかった。これは誰でも知っている有名な話だった。ずっと後になって、リムナエアが聞いたところによると、彼女の夫が一番腹をたてたのはそのことだったらしい。


リムナエアは昔から絹には目がなかった。特に、絹が踊り手の同伴者となる瞬間が好きだった。絹は風を捕らえて、踊る身体を宙に持ち上げる。布は顔をしかめ、踊子のもうひとつの顔となる。絹は踊子の汗まみれの身体を隠し、ギラギラ照りつける太陽から肌を守ってくれる。身体の線をゆがめてくれることもある。インドでリムナエアは絹を集め始めた。集めた絹で舞台衣装を作って、振り付け師の片腕となっていった。

　時間は幼年時代のように、素早く、しかも引きずるように過ぎていった。リムナエアは十年後には、衣装だけではなく、舞台全体を作るようになっていた。舞台は麻の布と紐で出来ていて、巻いて片付けることができた。巻いてしまえば、子供が四人もいれば楽に運べるくらい軽かった。この舞台は、難民キャンプの子供達といっしょにやったプロジェクトの時に使ったものだ。


「目的は何なんですか。何を目指していらっしゃるんですか。」

　マイク人間はちょっといらいらした声で聞いてくる。リムナエアには目的なんてない。

「演劇を始められたのは、随分後になってからですね。それまでは、何をなさっていたんですか。」

　はっきり口には出さないが、リムナエアの年齢が話題にのぼってくる。すると、聞き手の声に同情や友情のようなものが混ざってくる。リムナエアはそんな質問には答えられない。

「芸術のために子供を利用することになってしまう危険を感じませんか。」

　ハンマーは鉄道線路のここあそこを叩いて、だめになっている箇所がないか点検していく。聞き手はどんどん替わっていくが、出てくる質問はいつも同じだ。この世に出たがっている質問というのがあって、それが、どんな人の口でもいいから人間の口に宿って、飛び出してくるらしい。

「出演なさる子供達とは、友達関係にあるんですか。それとも、お母さん役ですか。」

「お母さんって、どういうことですか。」

「こういう小さな子供達のどういうところに惹かれるわけですか。エロスですか。」

リムナエアはこの質問には答えずに、少年の姿の描かれたデッサンに目を落とす。左目に硬貨を一枚押し付けて、右脚で立っている。リムナエアは、くすくすと笑い出す。

「この少年は何をしているわけですか。」

聞き手が、怪訝そうに尋ねる。素描の中の少年は、そんなことを言われたくらいでは、バランスを崩さない。

リムナエアは新しい布を買うために、銀行にお金をおろしにいく。若い銀行員が近付いてきて、水鉄砲のように話し始めたので、リムナエアはぎょっとした。どうやら積み立て預金をしろと言っているらしい。それが分かるまで、しばらく時間がかかった。

「預金なんかしたくないんですよ。わたしはね、……」

リムナエアは、「節約」の正反対のことを言ってやろうと思って、しばらく考える。節約の反対は何だろう。

「わたしはね、バロックで行きたい。」

銀行員は黙ってしまい、リムナエアはますます元気が出てくる。

「そうなんですよ。わたしはね、はすかいで、むらがあって、大袈裟で、ふざけた人間になりたいんです。舞台美術でも、質素で無駄がないことを売り物にしている人は多いですよ。でもね、質素っていうのは、山ほどアイデアが浮かんで映像というものを愛している人が敢てそこを絞っていくことでしょう。あの人たちはそうではなくて、単に想像力が欠けているだけですよ。それを質素と言って売っているだけで。あなたも同じですよ。」

銀行員は別のパンフレットを鞄から出すが、リムナエアはしゃべるのをやめない。

「いいえ、やっぱり、違うわ。御免なさいね。あの舞台美術の人たちに想像力が欠けてるって言いたかったんじゃないの。あの人たち、きっと、信心深いのよ。だから、映像というものに何か罪の意識を持っていて、映像を節約しないのはいけないことだみたいに思うわけ。」

銀行員はパンフレットをしまう。リムナエアは勝ち誇ったように微笑んでいる。


休日だったのだろう。亡命者や難民たちを収容しているコンクリートの建物の隣に、国旗がはためいていた。雑草の焦げ付いた空き地に五十人くらいが輪を描いて集まっている。真ん中に少年が三人いる。一人は自分で作った楽器をはじいている、二人目は絹を裂くような声で歌っている、三人目は踊っている。踊り手は老女の格好をして、目はずっと閉じたまま、鼻の穴を天に向け、長い髪の毛が頬を鞭打つ。耳たぶが右へ左へ忙しく移動すると、頭全体がそれについていく。まるで空中に浮いているあらゆる声を捕らえようとでもするように。それが突然地面に倒れ、引き付けを起こし、それから動かなくなった。他の男の子達は音楽をやめて、気絶した踊子の方に駆け寄っていった。観客はあきれ、リムナエアは衝撃を受けたが、そのうち、少年は何事もなかったかのように立ち上がった。リムナエアはその夜、眠れなかった。

リムナエアはインドから戻ってからは休日というものが恐くなった。休日は検閲である。どの民族にも属していない人間、どんな家族にも属していない人間は、祭日になると恥ずかしいくらい目立ってしまう。
リムナエアは旗というものが恐ろしい。四角い布は風に舞い、その時、旗は、リムナエアが捨ててきた何かに向かって手を振るのだ。リムナエアの心ははたはたと戸惑い、ずっと昔に洗濯物を干したロープのことを突然思い出す。

背広や夜会服は、旗のようにはためいたりはしない。道路標識のように居間にきっかり並んでいる。口紅のついたワイングラスたち、きらきら光る包装紙、切り花の堅い蕾。背広の男が一人近付いてきて隣にすわった時、リムナエアは急に、あたし実は女ではないんです、と言いたい衝動に駆られた。しかし、そう思った時には、もう遅かった。会話はすでに始まっていた。この男が家まで送ってくれたので、女友達はみんなしてリムナエアを羨ましがった。リムナエアは、多分、羨ましがられるということはいいことなのだろう、と思った。どうして、この背広男といっしょに食事に行ってはいけないのか、どうしてこの男と結婚してはいけないのか、どうしてブランケネーゼの広い家にこの男と暮らしていてはいけないのか。両親の家にこれからもずっと住み続ける必要はないのだと思った途端、目の前が明るくなった。振り付けの男と知り合うまで、リムナエアは背広の男とブランケネーゼで暮らしていた。

「あたしは、男と寝る男が好き。」

この文章を思いつくまで、随分、時間がかかった。それまでは、そういうことを言う勇気が欠けていたというわけではない。ただ、そういう文章を耳にしたことがなかったし、自分で考え出すこともできなかったというだけのことだ。インドでは、誰もリムナエアを必要としなかったが、孤独を感じることが全くなかった。振り付け師は、人と車と哺乳動物の間を駆け回り、踊る子供達を探して歩いた。踊っている少年を見つけると、動きが止まるまでじっと待っていて、それから、静かに近づいていって話しかけた。リムナエアはこの男を観察しているのが好きだった。しゃべっている間の身体の動かし方が、なんだか糸のもつれた操り人形のようだ。子供達は彼を見ると、大抵笑い出す。どの子も、彼に声を掛けられると、その声にひきつけられるのか、強制されたわけでもないのに、踊ってみせ、男が何か指示すると、それに激しく正確に反応するようになっていくのだった。


「イギリスはね、昔、中国にすごくたくさんお金を払わなければならなかったんだよ。お茶を買うためにね。お茶はなければ飢え死にするものじゃないけれど、一度飲み始めたら、止められるものじゃない。中毒だよね。大英帝国にとっては腹の立つことだったのさ。それがある日、イギリスは中国から独立するための天才的なアイデアを思い付いた。インドにお茶を作らせて、安く買い取ればいい。」

カルカッタでリムナエアは一人の学生と知り合いになり、その学生は昼からリムナエアのところへ来て夜までずっとしゃべり続けた。

「でも、独立だけじゃイギリスは不満だった。中国から自由になるだけじゃなくて、中国を支配したくなった。そこでまた天才的なことを思いついた。お茶に苦しめられた者は逆にお茶の文化をもっと増長させて、それを武器にして反撃に出ればいい。まるで、ポスト植民地主義の戦略みたいだろ。さて、お茶文化を更に増長させたものは何か？　オピウム政治さ。英国はインドに無理に阿片を作らせて、中国に高く売り付けた。阿片はすごく高くて、やめられないからな。中国みたいに大きい国を支配できるのは、オピウムかコミュニズムかどっちかさ。」

学生はにやっと笑って、リムナエアの耳もとに囁いた。

「それで、現代の中国を支配している麻薬は何か知ってるかい？」

リムナエアは、踊る少年を目で追っていると、身体がぴちぴちと充電されていくような感じがしてくる。少年は、細い脚でひるまず大地を踏みならしていたかと思うと、次の瞬間には繊細な考え深そうな顔になる。少年の手が優雅で成熟した線を描く時、それは女達の喝采を集めようとしているのではない。ただ、ひたすら、羽虫の飛行の跡を追描しているのだ。

第十二章　ニオベ

リムナエアは大きな赤い旗を頭上に掲げてデモ隊の先頭を歩いていた女性のことを思い出した。もう三十年も前のことである。行列はゆっくりとグリンデル並木通りを北西へ進んでいった。喫茶店の大きな窓の側に座っていたリムナエアはカーテンの陰に身を隠すようにして、赤い旗を持った女性を観察していた。ミニスカートが、一歩歩く度に太腿に当たって揺れた。リムナエアはその女の顔の中に、一連の思考を読み取ることができるように思った。誰かの後ろにくっついて行進するのは恥である、常に先頭でなければいけない、牛のお尻になるくらいなら鶏の頭になった方がましだ、「つつましやか」などという美徳は「礼儀正しい」という美徳といっしょに故郷の因習カタログにでも載せておけばいい、チャンチャラオカシクテヤッテラレナイ、などと考えているのだろう。彼女は、女神様ではなく、不死身でもなく、疲れを知らぬというわけでもなかったが、学生仲間たちの尊敬を集め、自信があり、背骨がぴんと伸びていた。それにしてもあの女はいったい誰だったのだろう。リムナエアの母親なら、ああいう威張り返った姿勢は、成り上がり者の労働者階級独特のものなのよ、と言ったかもしれない。父親がいないから、スカートをあんなに短く切らせて、一生懸命化粧して、死にものぐるいで働くのよ。リムナエアは赤い旗の最後のはためきが家々の間に見えなくなるまで、ずっとこの女の姿を見守っていた。

「香港は妾だ。」

学生時代、ニオベの顔にこんな言葉を吐きつけた友達がいた。ニオベは当時、中国の赤い部分に親近感を感じていたが、香港についてまであれこれ考えるのはやり過ぎだという気がした。香港なんて中国の片田舎に過ぎない、それが偶然に内陸よりたくさん商人を引き付けたというだけの話でしょう。商人なんて資本主義の奴隷じゃないの。どうして香港の話になるわけ？　他にもっと大切な話があるんじゃないの？　キューバとかチェコとか、そして、それより何より、あたしたち自身のことを話すべきじゃないの。

ニオベはこの学生が香港の話を始めると嫉妬を感じた。あの妾、どこか頼り無くて神秘的に見えるものだから、男が魅了されるわけね。ニオベがこの町に対して今でも持ち続けている反感はこの時期に生まれたのかもしれない。

ニオベは赤い旗を見ると、その背後に留まっていられなくなる性格だった。闘牛のように前に飛び出していって、旗を男の手から奪い取って、それまで旗を握っていた男を睨み付ける。革ジャンを着た男。ニオベがもし今この男を裸にしたら、痛々しいほどに筋肉の張り詰めた胸が現れるだろう。男はニオベの鼻先で赤い布を振ってみせる。ニオベは自分が闘牛になってしまったという事実にぎょっとなり、恥じらう。もう巻戻しはできないわ、一度牛になってしまったらもう人間にもどることはできないんだわ。それにしても、あたしどうして「巻戻し」なんていう単語を知っているのかしらと、ふと不思議に思う。完全に牛になってしまったわけではないのかもしれない。少なくともまだ人間の言葉が分かるのだから。男はしかし、まさか牛が言葉を使って思考しているなどとは思ってもみないで、牛の鼻先で布を振り続ける。ニオベが男の親指に思いっきり噛み付くと、男は痛さのあまり叫びを上げて、左手の拳で女を殴る。ニオベは腰から男にぶつかっていき、それが男の胃に命中する。怒り狂って立ち上がる男の身体が巨人のように大きく覆いかぶさり、たちまち、あたりが真っ暗になる。

ニオベは、くしゃくしゃになった女、ゆですぎた女、着古されてたらたらになった女、発酵した女が嫌いである。ニオベは自分より大きく成長した女神に出逢うのを楽しみにしている。強いものに挑戦しようとすると、身体の中に新たに力が湧いてくるのだ。肩幅が広くなり、目が大きくなり、声も大きくなる。戦いの準備完了。気がつくともう、勝利が自分のものになっている。

ニオベはキオスクで自分の像が売られているのを発見する。旗を手に持った女。どうやら、フランスかどこかの煙草の宣伝のために作られた物らしい。

わたしは一片の雲の上に座っていた。腕を数字の8の形に組んで、意味もなく身体を揺すりながら、メトロノームになってみた。それから、ニオベを手招きする。

「こっちに来てよ。すわる場所ならまだたくさん空いているから。」

彼女は戸惑い、わたしが何を求めているのか理解できない様子だった。旗は一枚しかなく、その旗は彼女の手の中に留まらなければならない。わたしは彼女に手招きし、微笑みかけてこう言った。

「旗なんか欲しくないの。こっちに来て。」

ニオベは侮辱されたような顔でこちらを見た。

「女二人分の場所なんてないじゃないの。」

「それじゃ、これはあなたの場所ということにしましょう。あたし、女の場所なんて無い方がいいの。雲は毎日姿を変えていく。雲を見ているだけで人生を過ごすこと、できるかしら。」

「どうしてそんなどうでもいいことばかり言っているの？　もっと大きなテーマがあるでしょうに。」

とニオベに言われ、わたしは小さくなって、言い返す。

「テーマは、小さければ小さい程いいのよ。」

思い出の断片を集めること、一般的な話題に繋がってしまわないようにすること、話が深まらないように気をつけること、盛り上がらないようにすること。無心で気持ちを集中し続けること。どれも陶酔している時にしかできない業だ。ニオベはいらいらしてきたようだった。

「そんなのは、あのくだらない節約精神じゃないの。他のみんなは大きな問題について議論しあっているというのに、あたしたちは、けち臭いテーマしか与えてもらえないわけ？　どうして他の人たちはあんなにのさばっているのに、あたしたちは狭いところに身を寄せ合って、小声でしゃべっていなければいけないの？」

わたしは笑い出すと、止まらなくなって、筋肉がひきつれた。ニオベは長く伸ばした髪を後ろでひっつめにしていた。顔の肌はつるつるして張りがあった。わたしが笑ったのが、ニオベには気に入らなかったようだ。

「何をそんなに笑っているのよ。戦いなんて野暮で嫌だと思っているんでしょう？」

笑うのはよそうと思っても、お腹の中に発生した暴力的な波を押さえることはできなかった。

「面白くないことには重要なことなんかないのよ。」

と答えてから、ニオベがうんざりした顔をする前にわたしはさっと話題を変えた。

「物が小さければ、その周りにある空間は広いでしょう。だから、小さい物の方が大きい物よりも大きいのよ。チベットの旗の話をしてあげるわ。」

ある時わたしの訪れたチベットの村では、宙に張り巡らされた紐に、何百枚も布の切れ端がはためいていた。屋根の間をはたはたはためき、色とりどりに燃え輝いていた。空気が薄いので、平地にいる時よりもせわしなく呼吸しなければならなかった。この屋根は、わたしに「屋根」と呼ばれるまでは、いったいどんな形をしていたのだろう。次第に頭の回りの空間があいてきた。まるで、旗が帚になって、掃き浄めてでもくれたかのように。わたしは歌い始めた。旋律を勝手に作り、そこに自分でも何語なのか分からない言葉で歌詞を付けた。泣くような風の音が、乾いた明るい旋律と混ざり合って、口は昔の傷口になり、そこから相手のいない恋心が溢れ出てきた。

ニオベは大きな丸いテーブルについている。隣の席の男は、絶えまなく額から汗を拭き取っている。左隣にすわっている男は、ニオベのグラスに何度もワインを注ぐ。ニオベの向い側には、気の小さそうな男がすわっていて、なにやら小声でしゃべっている。どうやら、政治の話をしているようだ。しかし、誰も彼には注意を払わず、煙草を吸ったり酒を飲んだりしながら、ニオベが何か言うのを待っている。男達の間にいくつか、影の薄い女たちがすわっている。彼女らは、ニオベの足下を照らすためにある街灯である。

ニオベは病気になったことがない。ニオベは病気が大嫌いで、自分の病気をまるでペットのように可愛がって病気の話ばかりする女が嫌いである。
「病気になんかならなくても、あたしは苦しむこともできるし、年とっていくこともできるし、死ぬことだってできるのよ。病気になって媚びるなんて御免だわ。」
とニオベは毒々しく言い放つ。

「もしかしたら、媚びることが恐いんじゃない?」

「言葉は真実を言うためにあるのよ。」

「本当にそう思っているの?」

その一瞬後、ニオベに平手打ちを食らったような気がした。しかし、それは、椅子がきしんだ音だった。ニオベがステレオに近付いていく途中、椅子にぶつかったのだ。ニオベがわたしのところに戻って来た時には、空はすでに黒いプラスチックでできたような音楽に被われていた。

「このレコード知ってる?」

「知らない。」

「このレコード、針が内側から外側に動いていくのよ。ほら、見て。誰にもらったのか、自分でも覚えていないんだけれど。」

「香港はやっぱり重要だよ。」

「あなたまで香港の話、始めるの? うんざりだわ。」

「あの町はね、白雪姫なんだ。九十九年間、陶酔状態に置かれていた。御存じの通り、阿片のせいでね。」

「その彼女が今、目を覚ますわけね。」

「彼女が目を覚ますのではなくて、他のみんなが目を覚ますんだよ。」

「目覚めることが小さな革命への第一歩というわけね。それじゃ退屈すぎるわ。目を覚ます話より、寝床に入る話でもしましょう。」

「やっと阿片戦争が本当の意味で終わった今、君はそんな話はもう聞きたくないと言うのかい。」

「そんな戦争、もうとっくに終わっているじゃない。」

「でも、君だって分かっているだろう。」

「もうデモに行くのは嫌。変な旗なんか掲げるのは御免だわ。見ただけで背中が痛くなる。肩も脚も腕もお尻ももう公式の場に出ていくのは御免だって言っているわ。家にいたいの。」

ニオベの脚は昔は食欲が旺盛だった。道路を嘗め、呑み込み、四つ角に来る度に、ぺちゃぺちゃと舌を鳴らした。お尻と頭は絶えまなく一定のリズムに乗って揺れていた。怪しげな踊りね、とニオベを見かけた通行人は言った。胸だけがまっすぐに堅くそのまま動かなかったのは、旗を高く掲げておくためだ。町を通り抜けて進む行進は、ニオベが辞書の校正の職を得るまで、幾度となく繰り返された。脚に力がなくなった。半分透けて見えるような脂肪層と主張のない肉の塊が身体に現れ始めた。ニオベはこっそりとジムに通って、電気で動く歩道の上を歩いた。ゴムの歩道は後ろへ後ろへと流れ、スクリーンに映った風景も後ろへ後ろへと流れていった。

昔の友人に逢うことがあると、最近の若い世代の悪口が始まる。最近の若い子たちは、自分の健康にしか関心がないのよ。もし彼らが本当の意味でインテリなら、健康にばかり気をつけるなんて、恥ずかしいと思うはずよ。あたしの若い頃は夜更かしして、背中を丸めて、ちゃんとした読書用電球なんかもちろんなしに、マルクスを読みながら、バケツに一杯くらいワインを飲んで、煙草を吸ったものよ。健康なんて！　ニオベは新しい健康な人間たちに唾を吐きかける。

「どうも最近の若い世代の考えていることはよく分からない。あれは空想科学小説に出てくる宇宙人の影響でも受けたんでしょうかね。世をすねるにしては臆病すぎるような連中だし。」

「最近の若い世代なんて言い方はもう止めてほしいんだけれど。子供が欲しいと思ったことはないなんて言っていたくせにさ。」

古い友達の息子が言う。彼もまたその若い世代の一員なのである。

「だから何なのよ。」

「新しい世代が来るのはさ、両親になりたがる人たちがいるからじゃないか。それでなければ、世代なんてなくなるだろ。違う時代に生まれた違う人間たちというのはいてもさ。」

新しい世代の人間はおしゃべりも上手なもんだわ、とニオベは思う。

ニオベは三ヵ月胸を病んだ時、痩せ細った、政治熱心な社会学者と別れて、近眼の中国文学研究者と同棲し始めた。後にも先にも、こんなにひどい病気にかかったことはなかった。政治への関心を完全に失ったのもこの時だった。近眼の男のことは、学生時代から知っていた。男は、みんなにモグラと呼ばれていた。この教養のある、物静かな、恥ずかしがりやの男は、時に唇の端に皮肉な表情を浮かべ、不器用そうな指が突然宙にいきいきとした形を描いたりした。モグラは二週間、ニオベの看病をした。

ニオベの友人である詩人は背中をまっすぐに伸ばして、ココアを飲んでいる。モグラは、いらいらしてくる。モグラにとっては、ワインを飲まないということは、ほとんど罪に等しいのだ。夜いっしょにすわって談話しているのに一人だけワインを飲まないというのは、ほとんど、喧嘩をふっかけるようなものだ。第一、ココアという単語は、モグラの耳にはあまりにも原始的で、熱帯的で、楽天的で、異国的に聞こえる。同じ瓶からワインを飲んで、人工的に血を分けた兄弟となるべきではないか。血管の中を流れる血が同じでない奴は、裏切るかもしれない。そういうことは、宗教の時間に習った。ワインを飲むこともちろん罪である。だからこそ、飲むのである。罪もほんの一皿くらいないと困るのだ。それでなければ、あまりにも真面目すぎるのが、彼の生活である。ワインの瓶から酸っぱい液体が流れ出す。瓶には、再利用のマークが付いている。

「君はしかし真面目だよね、全然飲まないなんて。君が詩人だなんて信じられないよ。」

とモグラが勝ち誇ったような声で言う。

「そりゃあ、才能が欠けているんで、その欠けている分をアルコールで補おうとする詩人もたくさんいますよ。」

　と詩人が答える。モグラは詩人になりたいと思った事はなかったが、それでも自分のことを言われたような気がして、むっとする。モグラは、お酒を飲み過ぎて、筆だけではなく、家も女も水浸しになってしまった有名な詩人たちの例を挙げた。詩人は冷めた笑いをこぼして、ワインは陶酔感のない生活を送る小市民の麻薬ですよ、と言った。

　この詩人はまだいくつか、似たような文章をズボンのポケットに溜めていた。そのため詩人が遊びに来ると、モグラは歯ぎしりしたくなるような思いをすることがよくあった。それで、自分が風邪をこじらせた時、ニオベが何日も何日も看病してくれたという話をモグラは何回も繰り返した。詩人がつき合っている美少年たちにはそんなことはできないだろう、とほのめかすつもりだった。確かに彼らの容姿は目もくらむほど美しいかもしれない、しかし、彼らは女ではない。詩人には女がいない。モグラはそのことを考えるとちょっと慰められる。詩人はしかしモグラの嫌味が分からないらしく、うっとりとした調子でイギリスの港町の話を始める。そこでは、阿片がアルコールよりももてはやされていたそうだ。


　地下室にはかさばった木箱がたくさん積み上げられている。ざらざらした蓋に書かれた住所は解読不可能で、暗い埃っぽい空中を何か甘いにおいが漂っていた。木箱と床の間にいくつかの人影が腰を下ろしていた。丸まって、玉になってしまった者たちもいる。もう人間として認められなくてもいいとでもいうように。彼らは声を出さずに喋っている。ぶくぶくという水の泡から魔法の湯気を吸い込み、誰に向けられたわけでもない微笑みを浮かべる。内陸よりは港町の方が、麻薬は理解されやすかった。市民の家では、酒の方が好まれた。彼らは、酒は男らしい飲み物だが、阿片などは妾と同性愛者と夢見詩人の吸うものだ、と思っていた。

モグラは、詩人の話になると、鼻を少し上に持ち上げ、息が荒くなる。できれば、あんな詩人の話などしたくないのだが、ニオベと話しているうちに偶然彼の話になってしまったのだから仕方ない。ニオベの意識の中に詩人が優雅な姿で座っているのがはっきり感じられる。残念ながらこういうことが多過ぎる。奴は自分から帰ろうとはしないだろうから、消してやるしかない。

「あれじゃ、いっしょに暮らしたいという女がいなくても無理はないよな。」

ニオベはモグラがどうしてそんなことを言い出すのか不思議に思い、詩人は女性には全く興味がないということを思い出させたいと思うが、黙っている。

「何を考えているんだい？」

「何も考えていないわよ。外、雨降っているの？」

モグラは長い長い年月、自分の元に留まり続けるのだろう、家を買ったようなもので安心できる、とニオベは思う。

第十三章　イフィス

イフィスは突然、縮み始める。身体がソファーに沈んでしまって、脚だけがぶらぶら垂れ下がっている。このままでは大変。床に飛び下りて、居間のドアを乱暴に押し開けて外に出て、隣のベルを鳴らす。ぎゅっと押し付けた指が、すぐにはベルから離れない。いつまでもきつく押し続ける。隣の女の足音が近付いてくる。乱れた足音、韻を踏んでない。ドアがほんの少し開いて、その向こうに、不安げに震える視線。

「どうしてドアをすぐに開けないのよ。」

イフィスは、ドアの隙間に手を差し入れて、腕を押し込んで、それから、全身で割り込む。すると目の前にいばりくさった食器棚が現れる。磨き上げられた木製の番人は、イフィスを恥じ入らせ、ひきかえさせようとする。イフィスは木の表面を脂っこい指で撫でまわす。棚は逃げることも抗議することもできない。

スキラは、家具のギャラリーの真ん中に立っている。イフィスがお金のことを尋ねると、負債者スキラは顔に同情の色を浮かべる。まるで、そんな借金の話はイフィスの妄想にすぎないとでも言うように。スキラの芝居があまり上手いので、イフィスは一瞬自信がなくなる。ひょっとしたら、彼女にお金を貸したというのは、わたしの妄想かしら。そんなはずないわ。スキラは借金をしている。そんなことは顔を見ればすぐに誰にでも分かるわ。

借金に借金を重ねて、そこから逃れられなくなる女たちがいる。彼女らは、罵り言葉で反撃し、前置きもなく突然泣き出したりする。それがあんまり魅力的なので、金を貸した方はそれを見て、我を忘れる。借金を抱えている人には色気がある。金を貸す側は夢中になって、返せる望みのない借金を抱えた人の手に、更に札束を押し付ける。借金中毒になり、行く手が塞がれ、罠にかかったねずみは、妙に人の気を惹くものである。借金はますます増え、経済はますます栄える。罪を背負うのはいつも、借金を背負っている側。嫌だとは言わせない。彼らは嘘をつく。そういう嘘は下着さえ付けていない。金を貸した方は侮蔑の笑いを注ぎかけ、自分の優位を感じて満足し、ゲームは終わりなく続いていく。

スキラは長いこと風呂場に立って、日に日に薄くなっていく自分の髪の毛を触っている。このごろ、そういうことが時々ある。それから、台所へ行って、服を脱ぐ。こんな服は嫌いだわ。けちくさいライン。でも、外に出て新しい服を買う元気はない。それに口座にはもう残額がない。突然、背後にイフィスが立っている。スキラを後ろから抱き締めて、困り果てた手のひらに、お札を押し付ける。スキラはお札を見ても、黙ったままだ。イフィスの指が髪と戯れ、薄い頭の皮を引っ掻いても、スキラは反応しない。お金のことはどちらも口にしない。イフィスは、なぜスキラにお金を渡すのか絶対に言わない。

イフィスの頭に血が上り、咽が絞られ、手が冷たくなる。どうして、スキラはすぐにドアを開けないのだろう。どうして、言いかけた文章を最後まで言わないで、口を閉ざしてしまうのだろう。どうして、ブラウスのボタンを一番上までかけておくのだろう。

「ブラウスを裏返しに着ているわよ。それに、一番上のボタンはね、開けておくものよ。」

イフィスが命令調で言う。スキラはふいにべそをかき始める。ボタンについて何か言われると、頼り無い青二才の心になってしまうのだ。泣きながら台所に逃げ込む。イフィスはそれを追い掛けて台所へ飛び込み、背後からスキラを抱き締めようとするが、結局そうしないまま立ち止まってしまう。トースターから炎が吹き上がり、スキラはその隣に立って笑っていた。

「クネッケブロートをトーストしようとしたらね、できないのよね。」

そう言いながらスキラは涙を拭って、笑い続ける。

イフィスは又、隣のドアのベルを鳴らす。スキラはまるでベルなど鳴らなかったかのように平然としていたいのに、そうすることができない。イフィスは言いたいことなど何もないのに、スキラに話しかけ、そして満足する。相手の答えを待たずに、一人話し続ける。

「もうどれほど待ったか分からないのだけれど……」

「まさか、忘れているんじゃないでしょうけれど……」

「何考えているのか見当もつかないわ。このまま、そうやって通すわけにはいかな……」

「あなた自分のしていることが悪がしこい……」

「なんでも言われた通りにします、みたいに合意したふりしていたじゃないの。それが、少し羽振りがよくなったからって急に……」

「あなた、まさか、あたしが理由もなく他人にお金を……」

「傷を見せてちょうだい……」

しゃべっているのはイフィスだけである。スキラの唇は音もなく動き続ける。


イフィスは十五歳の頃、鳩のような自分の身体から逃れたいと思った。友達の平らな身体が羨ましかった。木曜日が恐かった。木曜はダンス教室へ行く日だったからだ。稽古場が揺れ始めると、乳房が独立し、勝手に仲間を探し始める。似た者同士の胸と胸が身を寄せ合う。気が付くと、いつも、同じくらい胸の大きいもうひとりの女の子と同じリズムの中で揺れている。肉の塊が、何も言わずにいつの間にか、自分と似たものを探し出してしまうらしかった。


「いっしょに踊りましょう。」

とスキラを誘って、イフィスはにやっとする。スキラがびくっとして、逃げ腰になる。それが見たかったから誘ったのだ。


イフィスがツメヌキ氏と呼んでいる男がまた訪ねてきた。

「お嬢様、わたくしは常にあなたの魔術を尊敬しております。」

　イフィスがお札を宙に投げると、それが鳩になって舞い戻ってくる。

「最近のビジネスマンは、投資を〈空飛ぶねずみ〉なんて言って怖がりましてね、それで、〈眠っているねずみ〉の方がいいと言うありさまです。」

　イフィスはそれには答えずに、自分の芸に夢中になっている。鳩の数は増えていく。

「資本家には、汚いお札を自分の手元から離そうとしない連中が多いものです。会社を経営するところまで人間が成熟していないような連中ばかりですよ。投資という言葉を聞いただけで、胃が痛くなるようで。しかし、あなたは違う。」

　投資家だってこれからはアイドルになれるだろう、とツメヌキ氏は考えた。女優なんかよりずっといいかもしれない。彼女は、誇り高く、強く、厳しく、孤独である。この性格はすべて、株を吊り上げるのに有利な条件である。

「そんなことありませんよ、全然。」

　とイフィスは否定する。

「あたしは、魅力的になるなんて御免。魅力がないと生き延びられないのは、権力がない人間よ。例えば、仕事のない女性とか。」

「しかし、あなたはすばらしいですよ。」

　とツメヌキ氏は言う。

「すばらしいなんて、あたしは御免。あたしのやっているのは、味気ないくらいくそ真面目なことよ。」

「あなたは、いったい何をしていらっしゃるんですか、お嬢様。」

「あたしは、例えば、隣の女を綱で縛り上げて、苦しめてやりたいと思っているの。すばらしいでしょ。でも、あたし自身がすばらしい女とかいうものになってみても、何も得することはないもの。」

「ひょっとして、あなたは、男になりたいんじゃないですか。男になれば、交配の利益も大きくなるとお考えなんじゃないですか。」

こういう話の成りゆきで、イフィスは結局、悪魔と契約を結ぶことになった。

第十四章　ゼメレ

女たちの上半身は黒い布にくるまれている、流行のスカートの容赦ないラインが腿を切断し、爪先はハイヒールの闇の中ですでに骨折している。

ゼメレは、自分の着ている服と戦う女達を見ているのが好きなのである。女とその洋服は、二人の独立した人格、二人の仲は悪い。一人がもう一人の重荷になっている。朝食用テーブルの隣にある窓から、エッペンドルフ通りのちょうど人通りの一番多い辺りが見える。服を着ているのは女たちだけではない。まるで通り全体が、服を着た事物のコレクションのような気がしてくる。街路樹、街灯、自転車、それぞれ何か身に付けている。着ているのは、油性ペンキ、ニス、埃、湿気、錆などで縫われた服である。ゼメレも家を出る前に、一枚の服と一つの姿勢を身に付ける。裸のものもある。裸のものは、目には見えない。もしゼメレが裸で外に出たとしたら、彼女も又、目に見えない世界の一員となるのだろう。

デザイナーをしているゼメレは、美しい、という言葉は使わない。女友達にいろいろ服を見せられて、美しいか、美しくないか、と聞かれても、ゼメレは、

「そんなのどっこいどっこいよ。キュウリもトマトも変わりないようなものよ。」

と答えるだけだ。

「美しさに興味がないなら、どうしてデザイナーになったのよ？」

「布地の魔術に魅せられたの。流行には興味ないわ。」

「どうして？」

「香り立つ皺を投げかける布地！　目もくらむような。そうだわ、それよ、それだけよ。」

ゼメレの視線は皺を追いかける。一筋の光が、皺の暗い溝に突然さし込み、布の模様を変えてしまう。


ゼメレは絹と戯れるのが何より好きである。

昆虫の新陳代謝。蚕が葉っぱをがさごそ言わせて、何千匹が一斉に葉を噛む、暴力的なまでの食事、休みなく噛み続ける、身体全体が消化だけのために開かれるまで。それから、べとべとした糸を吐き始める。輝く糸を使って、虫の一匹一匹が卵の形の家を作る。口を使って家を作るのだ、内側から家を作る、住人が外から見ることのない家。一度出来上がってしまえば、誰も外からは入れない。出口のない住居空間、閉鎖された、眠るためにある空間。満ち足りた眠りの中で、変身が起こる。

ゼメレの息子は初めて蚕を見た時、気持ちが悪くなってしまった。タイの田舎で休暇を過ごした時、両親の監視下から逃れて、一人散歩に出かけた時のことだった。農家の敷地で、痩せたクリーム色の犬が何か食べていた。ドライフードか何かのように見えた。よく見ると茶色い小さい物体は、ゆであがった蚕だった。ミニチュアのグレゴール・ザムザのように、地面に横たわっている。見ているうちに、吐き気がしてきて、おまけに薄い白い夏ズボンの下で肌が痒くなった。それは、ゼメレに慰められても治らなかった。繭を茹でて絹を取るのよ、その時、蚕は繭の中で死んでしまうの、その死骸はタンパク質が多いから、人間も動物も食料にするのよ。

今ではその息子ももう二十歳を超えてしまった。ベルリンで大学に通い、毎晩ワインを一本あけ、静かに、麻酔でもかけられたように暮らしている。彼の顔には、どこか処女的なところがあり、女の子にも男の子にももてるようだ。毎月父親が生活費を充分送ってくれる。

ゼメレの父親のカドモスは、町のその地区では名の知れた歯医者である。あいつの別荘はどれも、患者から抜いた歯で作られているのだ、と言う人たちもいる。実際、彼はお別れ専門で、すぐに抜きましょう、と言い出す。

「もうこの歯は救えませんよ。」

患者がまだ、歯との別れの痛みと、これから来る痛みの間で震えているうちに、医者はすでにペンチを取り出す。歯の抜かれた跡には、人工樹脂でできた文明歯を移植する。

蚕がゼメレのベッドの中に入ってくる。ゼメレは絹製の寝巻きを着ている。蚕たちは一度奪われた住処を取り戻しに来たのである。でもあなたのこと愛してるのに、とゼメレは寝言を言う。昆虫のいないところにエロスはない。それなのに、昆虫に愛称を付けるのは非常に難しい。

ある春の夜、ゼメレが絹に包まれて眠っていると、懐中電灯王子がやって来た。どうせまた蚕だろうと思っていたが、よく見ると、懐中電灯を持った男である。彼はある女性作家の遣いで、夜ごとに違う女の元へ送られてくるのである。ゼメレは眠っているふりを続ける。懐中電灯の光が薄くなった彼女のまぶたを照らし出す。生まれてからこれまで、もう何回くらい目を瞬いただろう。五秒に一度、一分で十二回、一時間に七百二十回、一日に一万七千二百八十回。化粧してないので、目元の疲れが魅惑的に見える。王子はゼメレの顔の上に屈んで、唇を探る。王子の顔が蚕の顔になる。

ゼメレは慣れた手付きで知らない男の項を探り、自分の方に引き寄せる。指が男の髪の毛を検査する。ちょっとばさばさしているわね、もっとカルシウムを摂った方がいいわね。ゼメレの知っているいろいろな髪のリスト、いろいろな背中のリスト。いつも新しい人と出逢うと、すでに知っている人の詳細データと比べてみることにしている。舌はまあ平均的ね、特に長くも太くもないわ。ゼメレはその舌の素早い打つような動きに、いらいらさせられる。交通事故で死んでしまったストゥッピーという名前の犬のことを思い出してしまう。

「どうして服を脱がないの？」

「絹があたしの肌なのよ。」

「何か隠すものでもあるの？」

「裸の身体を見るとね、シャワージェルのコマーシャルを思い出しちゃうのよ。あたしは皺とにおいと布とを身体にまとっていたいの。」


ゼメレはちょうど右足の靴を履いたところである。ゼメレは、靴に足を任せる前に、六秒だけ、靴の暗い穴の中を見つめる癖がある。靴は湿っているかもしれない、深いかもしれない、底なしの奈落かもしれない。ゼメレは外に出る時には、もちろん靴を履いている、まるで生まれた時から裸足ではなかったかのように平然と履いている。

ゼメレの別れた夫のゼウスも歯医者だった。彼はゼメレの父親のように特にたくさん歯を抜くというわけではなかったが、その代わり、レントゲンが好きだった。ゼメレは一度、びかっとなった瞬間に居合わせたことがあった。自分の手の骨が一瞬、透けて見えたような気がした。それ以来、診療室に対しては黒いゴムのような距離を置くようになった。訪ねていくのはやめてしまった。ゼメレは元気がない時には黒い服を着る。黒い色は信頼できる、黒い色は、ゼメレを死の光から守ってくれる。

一生の間に知り合いになる人間の数のなんと多いことか。わたしも、ゼメレと知り合う代わりにアリアドネと知り合いになった、ということだってあったかもしれない。記憶の中に書き込まれるこんなにもたくさんの顔。懐中電灯王子を女たちのところに送り込むのは、それほど良いアイデアではなかったかもしれない。彼をカメラの代わりに女たちの個室に送り込んで、撮った写真を元に彼女らを描写してはどうかと思ったのだが、彼は子孫を残すことに関心があるせいか、どうもいけない。彼の目に映る女たちの姿はわたしの目に映るそれとは全く違っているのだった。

ゼメレの顔がまるで強い光線に晒されたかのように透き通ってしまうことがある。わたしが何か言うと、少女のように恥ずかしそうな笑顔が、成熟した視線の内部から返ってくる。それから、わたしがまた別のことを言うと、うっとり夢見る頰の赤さが怒りに満たされる。そんな時、肩は震えているのに、指だけは落ち着いている。

「あたしたちみたいな女は、ある日、急に、すごく年を取ってしまうのよ。今日は何でもないのが、明日になるともう年を取ってる。予告なしにね。そういう女たちはね、少女の野性を生き通して、ある時、急に淫猥な、すごい年の女になるの。両者の間には空白があるの。すべてを拒みながら、冬眠し続ける時間が。」

成熟した目の玉を囲む皺が語っている。「あたしは知っている」と。ゼメレは化粧して、皺の溝を埋めていく。目は微笑んで、否定する。「あたしは知らない、あたしにはできない」と。日が暮れ始めると、化粧が落ちてくる。すると、皺がまた現れて、呟く。「もちろん知っているわ」と。

陶酔状態にある時には、風景にも皺ができる。草原の緑のソースが波打ち始める。家々は二次元になり、木材の木目の中に解消してしまい、遠くの山脈は網目のような細い線を被り、インドのインディゴが、中国の毛沢東服の青に変わっていく。労働者の皺寄せが服の上に姿を表す。ゼメレからもらった絵葉書の写真の中に、こういったすべてのものが見える。

ゼメレの舌は荒れている。胃は麻痺していて、スープさえ受け付けない。空気さえも吸い込むには濃厚すぎる。ゼメレはファッション雑誌を広げるが、気が散って、読めない。突然立ち上がると、足が冷たくなっている。

夜は、眠れない。ベッドの中で何度も寝返りを打つ。仕方ないので、右の足を自分でランプの足に縛り付けて、愛撫してみる。肺の裏側がくすぐったくなる。胸を裏側からなぞることのできる筆が欲しい。

寡黙な夢とおしゃべりな夢との間を、夜が滑っていく。朝五時に眠りから転がり落ちて、帰り道が分からなくなる。夜は感傷的な疲れを置き土産にしていった。朝食の時、パンに黴が生えていたので、泣いてしまう。友人のアリアドネに電話する。

「それは年のせいよ。」

受話器を通しての啓蒙、声にほんの少し他人の不幸を喜ぶ気持ちが混ざっている。

ゼメレはそう簡単には感化されない。年を取るっていうのは恋をするのと似ているものね、とゼメレは思う。お腹が痛かったり、いらいらしたり、眠れなくなったり、涙が出たり。年を取るということは、ずっと恋をし続けるようなものなんだわ。

ゼメレは羽布団の中に横たわっている。窓の外にはインディゴ色の空が見える。

「これこそ、あたしの布を染めるのにぴったりの色だわ。」

ゼメレははっきり言い切る。

「でも、これは木綿に付ける色で、絹には似合わないわね。」

と隣で、年輩の女性が言う。誰かしら？　それが自分の乳母であったことを急に思い出す。乳母はゼメレの肩に片手を乗せて、もう一方の手を股の間に差し込む。それから両手をゼメレの背中のところで組んで、この大きくなりすぎた赤子を筒状にまるめてしまう。ゼメレはもう大人なのだから、感じやすい部分をそんな風に強く押してはいけないのに、どうやらそんなことには気がつかないらしい。ゼメレは乳母にそのことを訴えようとするが、口から出てきたのは、ミャオウンという猫の声だけだった。乳母は、お襁褓を替える時のように、ゼメレの足首を摑む。ゼメレは手足をばたばたさせようとする。乳母は器用にゼメレの若い芽や皺の一本一本に隠された湿り気を拭き取っていく。乳母の指はゼメレの肌のあらゆる部分を知り尽くしていた。神通力ではない、長年触り続けてきたから分かるのだ。乳母は更に深いところへ入っていった。もちろん意識的に、ためらうことなく、柔らかく、しかしきっぱりと。ゼメレは抵抗するのは諦めて、自分を純粋なオブジェと見なすことにしたが、それは乳母の気に入らなかった。ゼメレには誇り高く、感じやすいままでいてほしかった、つまり激しく抵抗してほしかった、それでいて、開けるところはすべて開いてほしかったのだ。

わたしはこれ以上ゼメレのところに留まっているわけにはいかない。次の女性の元へ急がなければいけない。より速く、より多く。何も手許に残しておきたくないのだから、どんなに速くしても充分ということがない。休みなく新しい陶酔状態が作られていかなければいけない。冷めてしまう速度の方もどんどん上がっていく。どんどん速くなるだけではなくて、速くなるそのやり方も速くしていかなければ。一定の速度で速くなっていくだけでは足りない。ゼロ地点がわたしを呼んでいる。量のない数字への憧れ。百という数字に到達するのは容易いことだ。ゆっくり確実に前進していけば、いつかは百に達する。しかし、ゼロに到達するには、自分自身をスピードの中に失うようにしなければならない。速いということと、速くなるということの間には、奇妙な飛躍がある。その飛躍の中で、人は自分自身の不在に出逢うのである。

ゼメレがズボンを脱ぐと、ポケットから息子のディオニソスが転がり落ちる。もう遅い。また一人生まれてしまった。どうして早産になってしまったのか分からないので、ゼメレは不安である。もしかしたら、妊娠中、うっかりレントゲンを浴びてしまったのがいけなかったのかしら。

「名前のまだないおまえ、まだ早すぎるのよ。どうしてもう生まれてしまったの?」

と赤ん坊に尋ねてみる。赤ん坊は、まだ皺に畳み込まれた顔をしている。

「まだ時間はたっぷりあるのだから、向こうの世界にもうしばらく留まっていなさいよ。」

しかし、赤ん坊は歩けないので、一人であちらの世界に戻ることなどできない。するとそこに父親が現れて、赤ん坊を掴み、ズボンのポケットに突っ込んでしまう。

「今日から胎児は父親のポケットの中で孵化させることにする。」


ゼメレは、いつもわたしのズボンから糸が出ているのを見つける。どんなにつるつるの布で作られたものでも、新しく買ったものでも、クリーニング屋から返ってきたばかりでも、同じことだ。いつも糸が飛び出しているのを見つけられてしまう。ゼメレはわたしの隣に腰をかけて、糸をつまんで、引っ張る。あまり素早いので、抵抗している暇もない。ズボンは渦巻きのように解体していく。近眼のゼメレは腰を曲げて、糸の行方を正確に見届けるために、鼻をわたしの腿にくっつけるようにしている。ゼメレの項に火傷の跡があるのが見える。わたしは、その傷の深紅に吸い込まれていく。

第十五章　セレス

セレスは双児の片割れをこの世に連れてくるのを忘れた。忘れられた子は、あの世とこの世の中間のどこかで、迷子になってしまった。もしかしたら、母親がお産の時、一人生まれるとすぐに、出口をぎゅっと閉めてしまったのかもしれない。娘は一人でたくさんだ、と思ったのだ。二人いたのでは、一人多すぎる。なぜなら、母と娘だけでも、もう女が二人もいることになる。女が三人もいたら、三角関係になってしまう。セレスの母親はそういうことにならないようにと、もう一人の娘を消してしまったのかもしれない。そういう訳で、セレスはたった一人で、双児の片割れとして生まれた。

セレスもまた娘を一人産んだ。計画した訳ではないが、いつの間にかそうなっていた。セレスは定住性が薄く、同じ屋根の下に長く留まることがあまりなかった。ある男子学生の住む広いマンションに押し掛けて同棲していたこともあった。ある女性歌手に夢中になって、地方公演の後を追い掛けて旅していたこともあった。ある日、飲み屋である男と知り合いになった。男は自分の妻は毎日十二時間も眠るのだ、と話した。セレスはその頃、五、六時間しか眠らなかった。日中はまるで裏返された手袋のような気分だった。一日十二時間も眠れたら、素晴らしいだろう。一時間のうちに体験したことを消化するのに、一時間の睡眠時間が必要だ。眠っている時間が起きている時間より短ければ、つり合いが取れなくなる。余ってしまった日中の時間をどこへ片付ければいいのだろう。

「お宅の奥様は、左右対称な生活を送っていらっしゃるわけですね。」

とセレスは言った。

何週間かすると、この男とは定期的に顔を合わせるようになっていた。

「あたしも十二時間、眠れるように頑張ってみるわ。」

セレスにそう言われた時、男は、なんだか気分が落ち着かなくなった。数日後には、もっと落ち着かなくなった。それから、彼女の元を去ってしまった。

セレスは六ヵ月間、自分の住んでいるアイデルシュタット地区にあるダンス学校に通った。三日に一度、朝起きて、洗面所の鏡の前で音をたててうがいをしてから、急いでダンス学校にでかけていくのだった。そこでは若い女の先生が待ち受けていた。セレスがどんな動きをして見せても、ダメです、と言う。するとセレスは溜め息をつくのだが、その溜め息は満足げに聞こえた。セレスは他の女に否定してもらいたがっていたのだった。一度、行き過ぎたこともあった。

「あなたの脚にはどこか農耕的なところがありますね。」

若い女の教師は事務所に入って来たセレスにそう言った。セレスは教師に平手打ちを加え、相手がわっと泣き出すと、セレスもいっしょに泣き出した。

その翌日、同じ事務所で振り付け師と知り合いになった。セレスはその男を家に連れて帰り、男はセレスの家に三日間留まった。男は別の町に住んでいたが、今ちょうど次のプロジェクトに使えそうなダンサーを引き抜くために、旅をしているところだった。セレスの家に滞在することになったのは、ホテル代を節約するためだった。

「大変申し訳ないんですけれど、僕は女性相手はだめなんですよ。」

と彼が言ったのは、夜十二時三十分のことだった。

「そうですか。わたしは女性相手でも平気です。」

とセレスが楽しそうに答えた。翌朝、セレスは鏡の前で、大きな音を出して、うがいをした。振り付け師も同じくらい大きな音をたててうがいをしたが、音程はずっと低かった。

「自分でも、まさかとは思ったんですけれどね、あたし本当に、他の人の知性ってものを色気として感じてしまうらしいんですよ。」

セレスはパートナー紹介所でそんなことを言って、物静かな才能のある学者と知り合いになった。求めるものはただ一つ、娘だった。

セレスの娘は名前をやはりセレスと言った。これよりふさわしい名前はないだろう。セレスの娘セレスは家を出ていった。暗くなっても戻ってこない。ちょっと友達とアイスを食べに行くだけだ、と言って出たのに。硬貨を一枚手のひらに握りしめて、家から飛び出していった。娘の友達に電話をかけてみたが、セレスは来なかったと言う。夜の十二時にはセレスも警察に電話した。警察も小さなセレスを見つけることはできなかった。

セレスは娘を探しに美術館へ行った。ある王室の肖像画の中に少女が一人描かれていた。額には皺が寄っていて、暗い目つきをしていた。大人と比べてみると、活気に満ちているわけでもなく、純粋無垢でもなく、ただ身体の寸法が短いだけだった。名前はどこにも記されていなかった。いなくなった少女を見つけることができないのも無理はない。少女は美術館に置いていくしかないのだ、とセレスは思った。もしかしたら、絵の中で成長していくのかもしれない。大人になったら、どんな顔になるのだろう？　その時、再会することができるのだろうか。

セレスは絵から絵へと移りながら、だんだん腹が立ってきた。なぜ、画家というのはみんな嘘つきなのだろう。画家はその絵を「ヘラ」と名付けているが、自分の妻の絵を描いていることは一目で分かる。なぜ、「わたしの妻」という題名にしないのか。ギリシャ神話から名前を拝借するなんて、つまらない言い訳だわ。

コロニスは原稿を書き直していた。第一稿では話が全然違っていた。主人公のセレスはある男に頼んで、自分の娘を誘拐してもらう。セレスの娘の名前はセレスと言う名前で、セレスは自分の近くにセレスがいることに耐えられなくなったのだ。自分と同じ名前の女が近くにいるのは、どんな女でも嫌なものだ。名前があるということ自体、危険なことである。名前があれば必ず誰かとその名前を共有しなければならない。

娘が誘拐されてしまうと、主人公は後悔し始めた。彼女はただ娘の名前が抹殺されることを願っただけであって、娘がいなくなってしまうのは嫌だったのだ。セレスは泣き叫び、自分の顔をめちゃくちゃに殴って、切れ切れの言葉を吐き散らした。自分が頼んでやってもらったことも忘れて、誘拐した男の名前を警察に告げてしまった。

こんにちは、あたしセレスです。わたしはセレスの娘に変装して、母親セレスを訪ねる。お元気ですか？　御無沙汰しております。これまで来られなかったんですよ、幽閉されていましたものでね。あれからもう何年たったんでしょうか。申し訳ありませんでした。本当はわざと誘拐してもらったんですよ。家を出ることができるようにね。

陶酔状態にある時には、どのプロジェクトも無意味なものに思える。たとえばいつも同じ人と食事をする、という飲食プロジェクト。家を一軒買って、テレビ、ステレオ、本棚を入れるというマルチメディア・プロジェクト。まだ子供のない人は、この秋、子供をつくるでしょう、という生物学プロジェクト。そこに、猫と犬を追加することもできる。子種の数だけ、将来の計画もある。それから、自動車も必要になる。缶入りペット・フードの買い出しに行くために。

セレスのように活動的な女にも、使われていない一角はある。何ものにも煩わされることのない、家具も置いてない、埃にまみれて忘れられた一角。日々の雑用をこなすために、セレスが休みなく話し続けている間に、わたしはその一角に腰をおろす。こんにちは。セレスに話しかけるわたしの声は小さいが、セレスの生活の中に存在する静寂の瞬間に命中した。セレスは動きを止めて、わたしの声に聞き入った。

こんにちは。わたしは、偽物の娘です。肉を分けた娘にしがみつくのはよいことではありませんよ。買った時は高いお金を払わなければならなかったかもしれませんけどね、自分のものにしておくことはできないんですよ。なぜなら娘なんてものは、生きるために血の繋がった母親を置いていってしまうものです。それよりも遠くから来る客を迎えなさい。別の女性の世話をしなさい。

セレスはわたしのために大麦のお粥を作ってくれた。米を牛乳で煮てくれた。わたしを煮てくれた。セレスはわたしがあまりおしゃべりをするのが気に入らないようだ。わたしがしゃべっていると、自分が何か禁じられたことをしているような気がするのだそうだ。でも、黙って穀物を煮ている時には、粉を練ってパンを焼いている時には、わたしたちの間には秘密などない。何も言わずにいっしょに粉を練っているのがいいのかもしれない、何時間も何時間も。そうすれば、わたしというものはなくなる、あなたというものはなくなる、母親は消え、死者は消え、そして、四本の手のこねる動きだけが残る。

第十六章　ポモナ

大抵の子供たちは、眠っている間に育つ。ポモナは睡眠時間は短かったのに、クラスのどの女の子よりも大きく育った。ポモナは市民図書館の窓際の席で本を読んでいるうちに背が伸びていった。そこには、馬を愛する少女の出てくる本があった。それから、女性を愛する大人の男の出てくる本があった。やがて世界文学はポモナにとって、この二つのカテゴリーに分類されることになった。ポモナはまるで馬のにおいを嗅ごうとするように、鼻を本の蝶番の部分に深くつっこんで読んだ。

「こんなにいいお天気なのに、どうして外で遊ばないの？」

と母親の声がした。太陽の光を浴びようとしない者は不審がられる。

「いっしょに映画館に行かない？」

学校の友達が電話で聞いてきた。

「あたし、今日は家から出たくないの。」

ポモナには長いこと映画館と言うのがどういう意味なのか分からなかった。男の子たちがポテトチップスを食べている様子を女の子たちのグループが見守っているのが映画館なのだと思っていた。将来自分には二つの可能性しかないのだということが、ポモナにはだんだん分かってきた。小説の男性主人公たちのように女性を愛するか、または馬を愛し続けるか、どちらかなのだ。

赤ちゃん、男の子、柔らかい肉の玉、額には皺がいっぱい寄っていて、計算高そうな大人のずるい目をしている。巨人女の腕に抱かれた無気味な赤ちゃんは、はだけた乳房をぎゅっとつかむ。隣の教会の塔よりももっと背の高い巨人女、乳房が一つしかない。ポモナは、乳房が四つある女の話を読んだことが何度かある。隣の家の猫には乳房が六個ある、叔母の飼っている犬には八個、裏庭で見つけた死んだねずみには十個。

ポモナが巨人女の絵の前に困ったように立ちすくんでいると、突然、部屋の隅の非常口が開く。銀色の髪の女性が現れ、まっすぐ絵の方へ歩いて来た。そして、自分の唇を躊躇いなく巨人女の胸に押し付けた。ポモナは目をそらした。警報サイレンも鳴らなかったし、結局、何事も起こらなかった。

「わたしのこと、見ていたでしょう?」

女の唇にはまだ油絵の具が濡れ光っていた。

「すみません、でも……」

ポモナはその女の姿を以前、ある絵の中で見たことがあるような気がした。

「いつかお目にかかったことがありませんか?」

とポモナに聞かれても、女の濡れた唇は答えない。

「すみませんが、あなた、もしかしたら昔、白い牛だったんじゃないですか？」

ポモナは白黒映画の中を歩いている。針の形をした花粉が身体に降り注ぐ。無声映画で、主人公ポモナの動きにコメントを付ける人もなく、裸足の足の裏で砂が踏み固められていく。あたしを映画に撮っているのは誰だろう。ずっと考えているのに、名前を思い付かない。いつ動きをやめてもいいのか、カメラマンに言ってほしい。ポモナは、はあはあと息を切らしている。解き放たれた時間が自分からスピードを増していって、止まろうとしない。

映画は先に進むが、太陽はまだ昇っていない。籐で編んだ籠にすごく小粒の果物が入っている。黒くて、灰色の斑点がある。それは古い映画の表面に現れる斑点なのかもしれない。ポモナは腹をたてながら、胡麻のような果実を集め、鍋に投げ込んでは茹でる。一時間目には、果実は砂を吐き出す。ポモナは茹で汁を捨てて、新しい水で更に茹でる。二時間目には、果実はどんどん固く赤くなっていく。ポモナはそれを口に入れて、空中乾燥させた牛肉のようになるまで噛み続ける。

貝のような果実を摘んでいるポモナの顔を髪の毛が縁取る。どうやらフィルムが少し巻き戻されたようだ。というのは、籠がまた空になっているのだ。ポモナの顔がアップで映し出される。

「それにしても、お若くみえますねえ。」

　やっとコメントをつけてくれる人が現れた。

「でも、あたしは、今の自分でい続けるのは嫌だと、いつも思い続けてきたんですよ。」

　ポモナの声は、声帯のあるところではなく、別のところから聞こえる。

「お若いですね、と申し上げたのですが。」

「若い人の方が年の人よりも綺麗だとお考えですか?」

「一概にそうは言えませんね。でも、若いということを祭るのが我々の慣習でしてね。」

　具体的な目標を立てて、ゴールめざして、お金を貯金しましょう! 将来のゴールとしてまず思い浮かぶのは、葬式である。自分の死に向かって貯金しましょう! ポモナは新しい自転車を買うためにお金を下ろそうと思い、銀行の窓口に立った。若い銀行員が相手をしてくれた。その目の中に非難の色が読み取れた。

「そのくらいの用事で窓口にいらっしゃらなくても、外に機械があるじゃないですか。その方が、お時間の節約になりますよ。」

「それはあなたのおっしゃる通りですとも。このくらいのことで窓口に来る必要はないかもしれません。でも、来たくて来ているんだからいいじゃないですか。来たくても来てはいけないんですか。」

「機械の方が早くて便利ですよ」

「それは便利かもしれませんがね、わざと不便なことをする権利はないんですか。どうして便利なことをするように人に強制するんですか。」

銀行員は口を閉ざしてしまい、ポモナはにっこりする。

「分かってますよ。あなたは、人件費を節約したいんでしょう。あなたではなくてもちろん、上司がそうしろと言うのでしょう。それで、あたしに協力しろっていうんでしょう。」

ポモナは煮えたぎって家に帰った。

ポモナは何も食べたくない時でも、鍋を煮えたぎらせている。料理とは、時間を引き延ばすこと。ポモナは雄牛の尻尾のスープに自分の時間を浸して煮込む。ディアナといっしょに暮らしていたあの頃、彼女から、ものを煮ることと、心を煮えたぎらせることの両方を習った。火の美しさに魅せられたのが始まりだった。鍋の水を火にかけて、ガスの火の舞踏をずっと眺めていた。時々、野菜や香辛料を、適当に水の中に投げ込んだ。ディアナは彼女に向かって、

「あなたは本当に料理ができないのね。あなたが作っているのはスープではなくて、もしかしたらスープというのはこういうものかもしれないっていう憶測に過ぎないじゃないの。」

ポモナは叫んだ。

「これがスープでないなら、何なのよ!」

ポモナは鍋の中身をリノリウムを敷いた床にぶちまけた。泡が、じゅわじゅわと音をたてて

騒いだ。ポモナは瘦せた上半身で笑った。熱気、火照り、湯気。ディアナは沸き立ったこの女をどうにかまた冷やそうとして、冷蔵庫の扉を開けた。

「あたし、急にかっと火照って困ることがあるのだけれど、あなたもそういうことある？」

「恋でもしているんじゃないの？」

「体温だけでは恋の証にならないわ。それともあなた、体温上がってる女はみんな恋していると言えると思う？」


もはや料理という行為は第三世界でしか実行されていない、と新聞に書いてあるのをポモナは読む。料理をしても財産は増えないのだから、やめた方がいい。管理職は料理などしない、味覚は仕事の能力を引き下げる。女性アーチストは料理しない、なぜなら料理は主婦のやることであるから。生の野菜を買うのは非衛生的である、なぜならそれは移民の手で触られているから、と新聞に書いてある。野菜はすぐに冷凍にするか缶詰めにするのがいい、一番衛生的なのはビタミン錠剤である。八百屋などというものは、移民の跳躍台に過ぎない、ニューヨークを見れば分かる、ベルリンを見れば分かる、八百屋たちは野心の塊、あらゆる水の洗礼を受け、冷水浴さえ嫌がらず、重い箱を運び、早起きして舌に黄金の感触を楽しみ、二代あとには子供達を大学に通わせるようになる、だから八百屋など禁止されるべきだ、と新聞に書いてある。読者からの投書である。

ポモナはディアナを愛している。わたしはディアナに逢ったことがない。おそらく、これからも逢うことはないだろう。それでも、しだいにディアナに恋し始めた自分に気がついていた。

「ディアナの話をしてください。」

とポモナに頼む。

ディアナはまず香りでポモナを誘惑した。それは、手にとってみることのできる具体的な物ではなく、華々しい嘘、勝手に考え出した色合い、ほのめかし、などだった。丁字の木とフウチョウボクの蕾。花は実になり、種を作る。バニラ、にくずく、レモン、唐辛子、胡椒、ピメント、芥子、シナモン。地下茎で結ばれ、合体しあった男の脚たち。生姜、薑黄、玉セロリ。ポモナはお腹の中に官能的な結び目を感じる。そして最後には、ディアナを月桂樹で崇めたてる。

また、あの女か、と銀行員の目が語っている。

「映画を撮るためにお金が必要になりましてね、そこで、一つお聞きしたいのですが、」

銀行員はポモナの言葉を遮ってあわててこう言う。

「そういうことでしたら、必要なことはこのパンフレットにすべて出ていますから。」

安心して送れる家族生活、というパンフレットを手に押し付けられる。表紙にカラー写真が印刷されている。白いワイシャツを着た男が小さな男の子を肩に乗せている。

「なんて可愛いんでしょう。これ、クリストファーとイエス・キリストですか。」

銀行員は彼女の問いには答えない。ポモナは先をめくる。

「でも、一つだけ分からないのは、どうして次々新しいパンフレットを読むよう強制されるのか、ってことなんです。こんな下手な文章で書かれたものを。わたしの方は、あなたに自分の映画の脚本を読むように強制したことは一度もないんですけれどね。」

銀行員の顔がかすかに引きつる。

「これをお読みになれば、どうすれば楽にどんどん貯金がたまるかということが分かるようになっています。」

ポモナは言い返す。

「こんなパンフレット読んでいたら、わたしは時間を失うことになるんですよ。あなたは何も説明しないですむから時間を節約することになるんでしょうが。」

ポモナはなるべく人をたくさん使わないで映画を撮ろうと思った。できれば独りで全部やりたい。まだ芸術大学に通っていた頃、苦い経験をした。自分の担当教授のプロジェクトの手伝いをすると、その後必ず疲れきって、やつれてしまうのだった。彼女の役割はいつもごく小さなものだった。三分間だけ売り子の役をやるとか、通行人として道路を横断するとか、小さな扇風機をカメラの上の方で支え持っているとか、そういった仕事だった。ポモナは手伝いに来るたくさんの女学生たちの一人に過ぎなかった。よく大学の隣の煙草の煙臭い喫茶店で、三時間も出番を待っていなければならないことがあった。ある時などは、トラベミュンデの近くの海岸でロケだと言われて早朝六時に行ってみると、誰も来ていなかった。予定の変更をポモナに伝えるのをみんなが忘れたのだ。仕事の具体的な内容が重荷になったのではなく、プロジェクト全体が彼女にとって、一匹の生物の身体のように感じられないことが苦しかった。そのせいで、小さなことでも、まるで自分が攻撃されたように感じられてしまうのだった。後になって昼夜働き続けなければならなくなったプロジェクトよりもずっとくたびれたのはそのせいだ。もう絶対に、と彼女は友人に言ったものだ、絶対に彼のために働くのはごめんだわ、もう自分のプロジェクト以外はやらないわ。自分のために人を働かせることもしないわ、助手なんてごめん、秘書なんてごめん、見習いなんてごめん。何もかも一人でやるつもりよ。

「用のない時でも逢いたいんだけれど。」と助手に言われたこともある。ポモナは彼のことは大学に入った時から知っていた。それから、規則的に逢うようになった。

「僕といると、心が落ち着く?」

「さあね。本当のこと言うと、落ち着かないわ。あたし、年のいった女性たちといっしょにいるのが一番好きなの。」

彼はこんなにはっきりした答えが返ってくるとは思わなかったので、ぎょっとした。彼は学園祭の時、占いをする老婆の役を演じたことがあり、その時ポモナは彼のことがひどく気に入ってしまった。

「老婆の格好をしてきてくれたら、寝てもいいわ。」

ポモナがそう言うと、彼は狼のように笑った。赤頭巾ちゃんの祖母に変装した狼のように。

時間が時間を食いつくす。何もしないでいると、時間のたつのは遅くなる。若さを保っていれば、時間の節約になるのだろうか。ポモナはしかし早く年をとりたい。年とった女たちにはいつも魅了されてきた。ポモナは節約なんかしたくない。最終点に向かって節約しても、節約したものはどこへ行くのだろう。誰かが節約された時間を吸い取ってしまう。それは誰だ。ポモナは絞り立てのジュースをコップに注いで、机に向かう。右の腿が急に熱くなる。熱気を無視する。昨日は、急に燃えはじめたのは耳だった。肌の上で、化学変化が起こっている。

熱のせいかもしれない。まるで、昔の映画に出演しているような感じがする。または、もうずっと昔自分が死んでしまっていて、町を彷徨っているような感じ。がたがたの歩道、古い工場のぼやけた輪郭、後ろの方で水たまりがちらちら光る。わたしの脚は名前を探す。通りの名前、女の名前。麻酔をかけられ、浮遊しながら、恋い焦がれて探す。

数年後ポモナは、あの巨人女の絵を見た美術館を再び訪れる。あの絵はもうなかった。当時のその絵の掛かっていた部屋には、ビデオ映写機が置いてあった。ビデオには人間の眼球が大きく映っていた。どこかおかしい。ポモナは鳥肌をたてて、部屋を出た。五分後にまた部屋に入ってみて、その眼球が逆立ちしていることに気がついた。ごく当たり前の眼球だった。アーチストが逆立ちして、自分の目を撮影したらしい。ポモナは笑った。熱気が頬に上ってきた。

スキラがポモナに、芸術は今日では商品化してしまったから、まじめに受け止める価値のないものになってしまった、と言った。ポモナはほっとして、それならあたしが芸術やってもいいんだ、と思った。もう、悲しい男とスカートの短い女の間の真面目な恋物語を映画にしなくてもいいんだわ。巨人女とか唐辛子についての映画を撮ってもいいんだわ、経済的にさえ上手く行けば、それでいいんだわ。英雄を登場させなかったとか、若い恋人達に関心がないからと言って彼女を非難する人はもういないはず。なぜなら、芸術は商品化されているのだから、まじめに受け止めることはできないのだから。ポモナはにおいについて映画を撮りたいと思った。植物のにおいについて、人間の身体のにおいについて。

ポモナは映画関係の役所に新しいプロジェクトの申請書を出そうと思った。そして、もう長いこと、履歴書というものを書いていなかったことを思い出した。こういうことでも、普段、練習していないと駄目らしい。コンピューターと向かい合って困り果てる。どうやってデータを並べていったらいいのか分からない。まだ芸術大学にいた頃に「ペンキ壺」という名前の会社で働き始めた。大学へ通うのをやめる前に、文化庁から奨学金をもらい始めた。アルトナの映画保存館の仕事を始めた頃はまだ「ペンキ壺」で働いていたが、その仕事をやめたのは、奨学金が出たからだった。どうしてこんなねじれが人生の中に入り込んできたのか。一つ終わってまた一つというのは品行方正だが、ごちゃごちゃにやるのは変態である。高校の先生がこんな風に言っていたことがあった。

「まずウンディーネを崇拝する、千年後にはマリアを崇拝する、というわけで、両方を同時に崇拝することはありえないのです。」

ポモナはしかし同時に多数のウンディーネたちとメドゥーサたちを崇拝していた。愛している人たちをばらばらに切り離すことはできない。みんなで一つなのだから、一つの心臓の中に収集されるべきなのだ。

「あなた、そこにいるの？　いないの？」

わたしは、ぼんやりしていると、自分がそこにいることを忘れてしまうことがある。そういう瞬間にはわたしはどうやら透明になって光を通してしまうらしい。

「どこにいるの？」

ポモナが呼んでいる。わたしは急いでこの世に戻ってくるが、自分がこれでありたいという人物をそこに見つけることができない。

「戻ってきたの？」

一つの身体の形、髪の毛の色、身分証明書を持ち、煙草を吸う人だったり、吸わない人だったりする、そういう一人の人間でありたいと望むことが滑稽なことのように思えてしまう。

スキラに言わせると、わたしはどんなに性能のいいレンズでもとらえることができないくらい見えにくい人間だということだ。だからこそ、ポモナはこの非人物の不在についての記録映画を撮ることにしたそうだ。

「本当はもう他の人といっしょに仕事をするのは御免なのだけれど。一人っきりで、においについての映画を撮ろうと思ったのだけれど。でも、スキラに話を聞いて……」

「でも、わたしは演技なんてできない。俳優じゃないんだから。日常生活の中で自分自身の役を演じることさえできないのだから。」

「まさにそこなのよ。演じる必要も、仕事する必要もないの。ただ、材料として自分を差し出してくれればいい。よく同僚がエキストラのバイトの連中に、儲けは少ないかもしれないけれどどこの仕事は楽しいから、なんて言っているのを耳にするけれど、あなたには楽しさを約束することなんてできないわ。それどころか、やっていて、何か失うものがあるかもしれないわよ。」

わたしには、自分が何か失うかも知れないとは思えなかった。それというのも、陶酔状態がわたしの所有するものを少しずつ突き崩していって、わたしをわたしの人生から独立させてくれたおかげかもしれない。

「さあ、まわしましょう。」

とポモナが言った。

「台本は、まわすための本。回転するものは倒れない、って言っていたダンサーがいたわ。」

ポモナはわたしから目をそらさず、わたしの動きのひとつひとつに息で答える。

「喉、渇いたの？」

恐らくわたしは自分でも気付かずに、舌を素早く動かして、唇を湿らせたのだろう。

「疲れたの？」

ポモナはわたし自身にも見えないわたしの顔に現れた徴候を見逃さない。ポモナはわたしに心を集中し、わたしのことだけを考え、わたしだけを見つめている。顔を、お腹を、手のひらを、わたしの方向に何度も向けなおす。わたしが言う言葉のひとつひとつに耳を傾ける。その声は探し求めながら震え、わたしと同じ周波を見出そうとする。外面的に見れば、恋人と完全に同じことをしている。

「明日又このアルスターー公園で会いましょう。」

別れる時、彼女はそう言う。又お目にかかりましょう。ひとつの約束。わたしは彼女の目にかかるかもしれないが、彼女はわたしの目にはかからない。それとも、わたしたちはひとつのわたしたちとなって、わたしたちの目にかかるのか。それとも、第三者が……

ポモナは毎月違った月刊誌を読む。面白いと思う雑誌に出逢ったことはまだない。何回か手に取ったことのあるのは、生命保険会社の出している雑誌だけだ。その雑誌は、事務的な、平静ぶった語調で、会社員の日常生活を報告する。曖昧な描写と生暖かいあまやかしが逆にポモナの好奇心をばちばち燃え燻らせる。糖分を求めて叫ぶ細胞達。同僚の言う言葉の一つ一つが胃に穴をあける。休暇中に両足を骨折。芝生を刈っていて指を切り落としてしまった。コンピューターの前にすわり続けて盲目に。ナイロンの靴下のせいで老化した皮膚。潜在的不眠症。冬の鬱病。落花生アレルギーによる突然の死。

ポモナの中毒は罪のない薬から始まった。風邪を引いたので錠剤を一つ、眠れないのでもう一つ、その数がどんどん増えていって細胞が液体化し始めた。
「何か料理しなさいよ。料理をすれば、植物の霊から授かるものがあるわよ。薬なんかトイレに捨ててしまいなさい。」

夢の中でディアナがそう囁く。でも、それがディアナであるというだけの理由で、ポモナはこの忠告を聞かない。もう二度と料理はしないつもりだ。

本当はポモナは痛みなど感じない。ただ、次の瞬間、痛みが現れるかもしれないと思うと、それが堪え難い。痛みそのものではなく、この予想を麻酔にかける必要がある。映画の仕事が混んでくればくるほど、ポモナの中で泣き言を言いたい気持ちが強まっていく。いつもは許されないことを許してほしい。なるがままにして、見えない力に身を任せてしまうこと、逆らわないこと、決断を下すのをやめてしまうこと、いずれにしてもいつかは何もかも終わってしまうのだから。

わたしの場合は全く逆だった。水っぽい物はすべて拒む、粉っぽい物はすべて拒む。痛みを人に奪われないようにすること、あらゆる病気を自分の所に保存しておくこと、吝嗇の限界まで。化学的な攻撃は恐かった。わたしに影響を与え、支配しようとするからだ。わたしは自分の痛みを自分で作曲したい、植民地支配の権力から独立したい。錠剤がわたしの肌を樹木の皮に変えてしまったら、陶酔することでその肌をまた柔らかくしたい。オウィディウスに立ち向かうためのオピウム、わたしの阿片戦争はまだ終わっていない。陶酔状態にあれば、あなたはこうこうだ、と言ってくれる相手など必要ない。鏡はいらない。霧のような声のもやもやに包まれて、一人すわり続ける。

その日ポモナは、血が沸騰するかと思った。熱気が顔に上昇し、はだしの足が凍りそうに冷たかった。

「踊りのお相手、お願いしていいですか？」

女の子が一人、しっかりした微笑を唇に浮かべて誘ってきた。ポモナはその腕に倒れ込むようにして踊った。ポモナは躓いて、四つの足に目をやった。少女は赤いエナメルの靴を履いていて、ポモナは裸足だった。ポモナは目をつぶると、自分が服を着ているのか、それとも裸で家を飛び出してしまったのか、自信がなくなった。でも、確かめるためにもう一度目を開ける勇気はなかった。少女が人工甘味料を耳の中に注ぎ込んできた。ポモナは口がきけなくなった。その少女は四十年前の自分だった。当時彼女は近所に住む年上の女性を誘惑して自分の奴隷にしようとしたのだった。ちょうど今この少女がしているように。

毛の生えた、尖った耳をした老女が、ポモナの隣に横たわっている。赤頭巾ちゃんになったポモナは、今、安らかな眠りにつく。

第十七章　エコー

　ハノイ、プノンペン、クアラルンプール、エコーにとっては、昔から馴染み深いけれど実際には一度も見たことのない土地ばかり。学生の頃、これらの土地の名前をよく耳にした。彼女も友達も誰も行ったことがなかったけれども、身近にあるかのように感じられる土地ばかりだった。

　次の番組のテーマは、「ハルバーシュタット（半分町）」。あの三十歳の女性はフリーのジャーナリストをやっているそうだが、「半分」をテーマにする勇気がなかった。せめて「中途半端」というテーマでやってくれれば少しは面白く感じたかもしれないが、しかしその女性は、自分が生まれたというだけで半分町をテーマにしようと言うのだ。また、ふるさとがテーマか。半分町なんかではなくて、香港をテーマに選んでほしかった、とエコーは思う。が、そんなことを言っても誰も聞いてくれないだろう。エキゾチックな町を持ち出すのはそこが貧乏な場合だけ、そうでなければ面白くない、とでもいうように。

「ここでわたしは生まれました。」「ここにわたしは住んでいました。」「ここで、わたしは仕事しています。」「ここがわたしの好きな場所です。」「ここにわたしは週末になるとでかけます。」アーチストたちがふるさとに取り組む、甘い笑いが頬に漏れ出さないように、真剣な顔を作りながら。エコーは溜め息をつく。

ある日、年取った男が編集部を訪ねてきた。「当時のマレー人、わたしの親友ですがね、わたしが苦しんだのは、あいつの責任ですよ。あいつがわたしを毎晩、アジアの風景の中に投げ出したんですから。あなたに賛成してもらえるかどうか知りませんがね、わたしはヨーロッパを出て行けと言われたら、きっと発狂してしまいますよ。わたしの不安は、恐らくあなたが思っている以上に底が深いものですよ。もちろん異国の人間が恐いわけではありません。むしろその逆で、わたしが勝手に中国とかインドとか呼ぶことにしているある領域については、いろいろ分かっているつもりです。あそこの事物、規則、歴史、信仰は、あまりにも古いものなので、驚愕せずにはいられません。古いというのは、そもそもどういうことでしょうか。若い中国人などというのは言葉の矛盾ですね。若いのではなく生まれ変わりなのでしょう。彼の若さは文化の古さによって一度否定され、それから改めて作られるのですから。」

顔のくしゃくしゃなこの老人は、自分のふるさとを芸術作品として売りつけようとする連中とは違っているようだ。エコーには、このイギリス人の話がいったいどこへ行くのか分からないが、しかし、始まりの部分がすでにエコーの意識の上に伏線を敷いていった。

「マレー人は毎晩わたしのところに来ました。いったいどこでわたしの住所を聞いたんでしょう。どうしてわたしが阿片を吸っていることが分かったんでしょう。わたしは毛布を被って隠れたんですが、そんなことをしても無駄でした。彼は毛布を引き剝がして、微笑みを浮かべて、わたしが起きるのを待っていました。瘦せた、もの静かなマレー人でしたが、恐かった。彼の背後には同じようなのが何十億人もいることが分かっていたからです。そういう群集のことを考えると、嫌悪と同情と恐怖の念が同時に沸き起こってきました。大英帝国の住人のほとんどが、わたしのような顔ではなくて彼のような顔をしているのだということに思い当たると、もっと気分が悪くなってきました。いいえ、中国へなんか絶対に行きたくない。ひどい話だ。それに何だってオレが。」

「でもいったい誰があなたに中国へ行けなんて言うんですか？」

エコーは不思議そうに尋ねる。男は額の汗を拭って、侮辱されたように答える。

「あなたには、阿片中国の威力が分かっていないんですよ。」

「ひどい夜が続きました。堪え難い熱気と湿気の感覚のせいで、どうしてもトカゲや亀やワニや大蛇を探さなければいけないような気にさせられました。これら地を這いずる生き物たちは、わたしの感情を食らって生きていました。わたしは、彼らを東南アジアの法によって厳密に定義付けようと思ったんですが、頭の上では熱帯猿が見張っているし、頭はオウムにつつかれるし、それどころではありませんでした。わたしは、泣きながら防空壕に逃げ込みました。」

エコーの秘書がドアをノックした。

「大切なお電話が二本きています。銀行とマスコミからですが。」

エコーは電話に出る気などない。その代わり、秘書に、この訪問者に小切手を渡したいから、今すぐ一枚持ってきなさい、と指示する。

「制作費の前払いよ。」

「前払いはしないことになっていると思ったんですけれど。」

エコーは若い女性秘書を一瞥して黙らせ、部屋から出て行かせる。

「先を話して下さい。ええと、お名前は何とおっしゃいましたっけ?」

「ディ・クインシーです。トーマスと呼んでください。」

「わたしの体験したことの中には、残念ながら御婦人の前ではお話しできないこともあります。ですから、くわしくは言えない部分のあることをお許しください。毎晩が、苦悩そのものでした。偶像のように崇拝されることもあれば、生け贄の獣の役を演じて、裸で沼を這いまわり、鞭打たれ、四方から噛みつかれることもありました。服はずっと身に付けていませんでした。原始林に迷い込んだこともありました。樹木の裏には胸や腰のまるいインドの女神たちが隠れていました。側を通ると、尻を思いきり蹴飛ばされました。飢えて痩せ細ったわたしは、すぐに鼻先からつんのめって倒れたものです。」

秘書が戻って来て、小切手をエコーに手渡した。

「金額が違っていますよ。こんなに少なくて、アーチストが暮らしていけると思っているの？」

エコーにそう聞かれて、秘書はじっと睨み返し、口をゆがめ、黙って部屋を出て行く。

「わたしが森でやらかしたことにはすごく馬鹿なことが多かったらしくて、軟体動物も怪物もみんな、わたしに唾を吐きかけていきました。」

ドアが開いて、エコーの上司がふいに入って来た。背後には秘書が立っている。

「ちょっと話があるんだが。」

「いいえ、今は大切なお客様がいるので駄目です。」

エコーには、この日から自分の職場との関係が変わってしまうだろうことは分かっていた。もう後戻りはできない。

イギリスの紳士との共同制作は実現しなかった。彼が二度と姿を現さなかったからだ。一ヵ月後、エコーはラジオ局に勤めるのをやめてしまった。

エコーは一通の手紙を受け取り、それを何度も読み返した。それからやっと、その手紙が自分に当てられたものでないことに気がついた。手紙は、エコーの前にこの部屋に住んでいたポモナという名前の女性に当てられていた。「六月二十六日付けの小切手には通貨の種類が表記されていません。これからは小切手には通貨の種類を表記することを忘れないようにしてください。」失業中のエコーはもう一度手紙を読み直してから、返事を書くために机に向かった。もう長いこと、手紙を書いて自分の気持ちをぶちまける機会がなかった。「前略。御親切なお手紙ありがとうございました。これだけの誠意をつくして客を教育し、管理し、罪を負わせるのは、注目に値する行為と思われます。あなたの倹約プロジェクトには普遍的な道徳があると、みんなに無理に信じ込ませることに成功していらっしゃる。残念ながらあなたが改良しようとした相手である女性はもう引っ越してしまいました。そのため、あなたによって生産された罪は、わたしの手で屑籠に投げ込まれることになりました。敬具。」

リッセン区にある白い家では、エコーが留守にしていると、必ず電話が鳴る。彼女がいないと、何度も鳴る。まるで誰かが、彼女がいつ不在であるか正確に知っていて、わざとそれを狙ってかけているかのようだ。電話がなっても、そこにいないノーボディは、何も答えない。誰も人のいない場所には黙る人もいない。ノーボディは一人ではなく、たくさんいる。始めは一人だったのが増えて、今では何百人ものノーボディになった。

失業者エコーは初めは家にいることが多い。何週間かたつと、外出を始める。どこへ？

時々、リューベックにある両親の家のことを考えることがある。両親の家の顔には注意深くヤスリがかけられ、そこに中世の仮面が被せてある。家の内側は、頑丈な木材の家具で補強してある。柱はなく、窓は異常に大きい。父親は石になって暖炉の前にすわり続け、母親は沈黙を膝の上で編み続ける。エコーの誕生日には、どんな帽子をプレゼントしましょうかね。以前、会計係として勤めていた母親は、帽子を見れば人が分かる、帽子を被っていない女性は地位がないに等しい、だから一人娘のエコーが帽子を被るのを忘れないといいのだけれど、と思う。

エコーは家にいない。一人の男の影が彼女を探して、マンションの室内を歩き回る。それは、二度と現れなかったあの男である。この男のせいでエコーは仕事をやめたのだ。天井ではポプラの葉の影が昆虫のように蠢き、部屋は一瞬、原始林に姿を変える。

ある土曜日、エコーは港の近くにあるダンスクラブにでかけた。「ワルツを踊るか、それとももう生きることなんかやめちまうか」というモットーが招待券に印刷してあった。エコーはサンバを心臓に集めて、ハンドバッグも持たずに家を飛び出した。彼女は自分の身体を大きすぎると感じることがよくあった。特に踊っている時はそうだった。少女の時から、身体を実際よりも小さく見せ掛けるように努力してきた。そのせいで肉の材質が、石のように緻密になった。でも今はもう好きなだけ大きくなっていいのだ。巨人になりたいくらいだ。大きくてももう誰の邪魔にもならない。もう事務所に自分を押し込める必要はないのだから。

夜の踊り。通りの街灯、ポプラとショーウインドウが霧の中で揺れて見える。昔はよく、わたしには関係ない線だわ、と思ったものだ。でも今はあらゆる線が彼女に触れてくる。通行人も、通りの看板も、電話ボックスも。いつダンスホールに入ったのか覚えていない。気がつくと、もう独楽になっていた。あおざめた照明の輪が彼女のまわりを回転しながら、どんどん赤くなっていった。濡れた光に顔が滲んでしまった男がエコーの腕をつかんで、その身体を回した。ダンスホールの熱気にエコーの石のような肉はとろけ始めた。ひときれの木だって、笑ったり泣いたりできる、わたしだって、とエコーは思う。理由もなく泣いたり笑ったりしたい。乾いた肌が裂けて、中からマツヤニが出てくる、蜂蜜のような茶色をしている。

「あなたどなたですか?」

エコーは男に尋ねる。熱が頬にのぼって、背骨の関節が緩む。

「わたしのこと、覚えていないんですか。阿片吸引者ですよ。」

エコーは息を呑んで、動きを止める。

「どうして二度と来てくれなかったんですか。」

「正直なことをしても面白くありませんからね、とりわけ、わたしたちの快楽工場では。」

「告白をやってくれるのかと思ったんですけれど。」

「わたしの時代には、告白というのは、快楽を倍増する技術だったんです。」

「どうしてそうしてくれなかったんですか。わたしは反対しなかったのに。」

「もう駄目ですよ、時代は移り変わる。あなたのところで告白やったら、完成品に仕上げて、売らなければならなかったでしょう。そんなことするには、ナマケモノすぎたということです。」

男が笑うと、前歯が欠けていた。エコーは、彼の手を取って、又踊り始めた。

第十八章　ティスベ

曲がった線、真直ぐな線、床の上に散らばっている。筆の線のような髪の毛、洗って、切った。床屋の床は、つるつる冷たい。切り取られた身体の部分が床の表面に残る。客が一人帰る度に掃き清められるから、その場にいつまでも留まることはない。でも、中には、瞬く間に根を下ろしてしまう髪の毛もある。地下室まで伸びていって、蜘蛛に迎えいれられる。地下室には、滅多に電灯が点らない。シャンプーの空き瓶や、埃を被った箱や、古くなったドライアーが横たわっている。

イフィスはティスベの理髪店にすわって、鏡の中のハサミの動きを目で追っている。ティスベは、ある客の話をしている。その客は毎月違った色に髪を染めさせる。そういうことをするのは、この客だけではない。髪の毛の色をいろいろにする女性の数は増えているし、染める色の種類もいろいろに増えている。

「だから、あの金髪の女性が、なんていう言い方はできなくなってきたわけなんですよ。今日は金髪でも、次の週には髪を赤く染めているかもしれないし。だから、あたしも、入ってくるお金が色とりどりになってきたって言っているんだけれど。」

　と言って、ティスベは鏡に向かって笑う。

「あたしの髪でも赤く染められるかしら。ルビーのように赤く。」

「ええ、もちろん。赤なら問題ないですよ。国旗に使われている三つの色はね、特に染めやすいんですよ。黒と赤と黄色と。」

「でも国旗の中の赤は、信号の赤でしょう。ルビーの赤もできますか。いえ、やっぱり、やめましょう。あたし、男のビジネスマンみたいに見えたらいいと思っているの。ビジネスの色に髪を染めてもらえますか？」

「髪の毛については、不可能なことなんか何もないんですよ。」

　これは客なら誰でも知っているティスベの口癖である。ティスベは薄い乳色のラテックスの手袋をはめて、小さな浅い皿の上で色を混ぜ始めた。

　イフィスはティスベのところで、男の髪の毛を一人前、注文した。今日こそ本当に男になってしまおうと決心したのだった。

「もうこれ以上、あの隣の馬鹿女と同じ性に属するのは御免なの。このままでは、そのうち、あの女と同じ練り粉に投げ込まれて、こねられて、焼かれてパンになってしまうわ。いわゆるトシマパンってやつ。」

つい最近まではイフィスは人生の目的を名詞一つと動詞一つを使って表現することができた。金を儲けること。彼女には数学の才能があり、髪もとかさずに、裸足で、もうずっと洗濯していない寝巻きを着て、コンピューターの前にすわって、数字を動かし、電子メイルを書き送り、電話をかける。社員を置いてもよかったのだが、ぴかぴかの事務机、怠慢な社員、くさい社員食堂など、あっても仕方がないように思えた。会社は、ラジオドラマとして作る方が、演劇として作るよりも安上がりで効果的だった。イフィスは声色を変えて一人何役も演じ、取引先はイフィスが何人か人を使っているのだと信じた。

彼女は空間ではなくて、線がほしかった。常に線の上に立っていた方が賢い。線には幅がないから、経費がかからない。病気ばかりしている用務員、妊娠中の秘書、暖房の効き過ぎた社員食堂、禁煙についての三時間に亘る会議などなど。イフィスは生まれつき数学的であり、計算間違えをする才能がない。でも今興味のあるのはお金ではなくて、ビジネスマンというタイプを演じることだ。アイロンのかかった雪のように白いワイシャツを着た男、年をとっても男盛りのように見える男。ビジネスマンにとっては年を取るというのはいいことだ。年と比例して収入も上がるのだから。イフィスは女たちにもてたい、お金を欲望と言う通貨と交換したい。もう美しくあるのはごめんだ。美しくなりたいと思うのも御免だ。

「これでいかがですか?」

とティスベが尋ねる。その口調には磨き上げられた繊細さが感じられる。髪の毛について不作法な質問をすると、それが肉体への攻撃のように作用することをティスベは知っている。

「思った通りになりましたか？」

イフィスは鏡を覗き込んで、ちょっと困って、

「これでいいんでしょうか？　それとも違った風にした方がいいんでしょうか？」

「どうにでも、お好きなように。」

「ひょっとして、もう少し短い方がいいのでは？　もう少し額を見せた方がいいとか。」

「なんでもお望み通りできますよ。」

「男っぽく見えますか？」

「男っぽく見えたいんですか？」

「ええ。いいえ。わたしはただ、隣の女と違っていればいいんですよ。」

イフィスは、髪の毛を荒々しく立たせて家に帰った。イヤリングをそっと耳からはずして、化粧を落とし、ナイロンの靴下を脱いで、鏡の前に立つ。

「まだ何か余計なものがくっついていないかしら。これで男になれたのかしら。」

午後、水道局の人が来て、蛇口を修理してくれるはずだったのに現れなかった。

イフィスは、自分が男になったと信じ始めた火曜日から、毎週ティスベのところに通い始め

た。罪の意識にさいなまれながら、うなだれて、ティスベの前に現れる。

「この間来たばかりじゃないですか。」

と事務的な口調で言いながら、ティスベはイフィスを日当たりのいい席に座らせる。イフィスは困惑した笑みを浮かべ、又来てしまったことの言い訳を探す。ティスベはこの種の中毒や依存の存在することを知っている。一日置きに現れる客がいるくらいだ。そういう客の頭には、切り取るものなど何も残っていない。ティスベはそういう客の頭を洗い、マッサージし、頭の上空でハサミをかちかち鳴らして、客の話に注意深く耳を傾ける。そういう客達は髪の毛は少ないが、話したいことは多い。客が望めばティスベも話をすることがあるが、自分の話をすることは滅多になく、大抵は他の客から聞いた話を話す。ティスベは壁の穴のようなものだ。壁の両側に住む人たちはお互い口をきかないし、知り合いになりたいとさえ思っていないが、ティスベという名前の割れ目を通して、好奇心が高まっていくのだ。

もし自分の人生から何か話せと言われたら、ティスベにはたった一つしか話すことがなかった。隣の男の子との恋の物語だ。ティスベの両親は当時、そんな精神的に壊れやすい少年と口をきいてはいけないと言った。しかし、ティスベは、二つの家を隔てている壁に割れ目を発見した。

イフィスは割れ目に唇を押し付けて囁きたい。向こう側には誰もいない、こちら側には自分が立っている、この自分というものには、それほど関心は持てない、でも割れ目には魅力を感じる。

イフィスは、毎日一つずつ、数字を殺戮していく。一週間に一度しかティスベのところへ行かない決心をしたのだ。行くのは火曜日。理髪店は土曜日は昼までしか開いていないし、日曜と月曜は休みだ。つまり、禁断症状が現れても、行くことができない。もちろん火曜日には、行くしかない。あと一日待つことなど、とてもできない。しかし、火曜日はすぐに終わってしまう。ティスベのところに座っている時間は麻酔にでもかけられたようで、家へ帰ってからは何も覚えていない。あとには、魅惑的な香料が少し髪の中に残っているばかりだ。イフィスは、水曜日は下ばかり見ている。まるで、前を見ることを恐れているかのように。木曜日はそれがまだ金曜日ではないというだけの理由で溜め息ばかり漏れる。理髪店は通りを三つ隔てたところにある。金曜日には、まだ火曜日は遠くて視界に入ってこないのに、香料は跡形もなく消えてしまっているので気が重い。土曜日には家で、自分の短い髪の毛を引っ張って過ごす。日曜日は、代用品を探す。ティスベを忘れさせてくれるような快楽。映画館へ行って、イチゴの添えられた大きなアイスクリームを注文し、ヒナギクのハーブ湯に入り、昔のレコードをかけてみるが、身体が冷えて、震えが走るばかりだ。翌日もまだ行かれないのだと思っただけで、病気になることもある。月曜日は閉店日である。月曜日の夜、イフィスは失望のあまり身体が麻痺している。なぜなら、翌日ティスベのところへ行けるというのに、髪の毛はまだほとんど伸びていないからだ。

髪の房に沿って、頭の地肌を撫でる。地肌は日光が苦手で、あおざめて、妙に固くなっていて、暖かくも冷たくもなく、半分死んだようで、どこか自分とは関係ない、といった様子をしている。ティスベは、フケなど恐くはない。見知らぬ人の髪の毛を通して悪夢が乗り移ることもあるのだろうが、ティスベはそれを防ぐために職人的な確かさで指を動かす。ティスベは、他人の頭の皮を愛撫しながら語り始める。「むかしむかしあるところに……」

イフィスはまだ新しい名前が見つからずにいた。思い浮かぶ男の名前はどれもビジネスマンにはふさわしくないような気がした。それにもう「わたし」と言うことができない。「わたし」と言ってしまったら、どっちの人をさしているのか分からなくなってしまう。以前のあの人のことか、それとも、今のこの人のことか？　そうする代わりに以前の人物を「彼女」、今の人物を「彼」と呼ぶことにした。

イフィスは、三人称でアイムスビュッテル地区を散歩する。新しい人物「彼」が何かやってみることもあるし、昔ながらの「彼女」が何かやることもある。彼が喫茶店へ入ってあたりを見回している間に、彼女がコーヒーを注文し、彼はすぐにそれを飲み干し、彼女は代金を払う時にまるで何か後ろめたいことでもあるかのように多すぎるチップを払う。それから二人は揃って家に帰る。

花模様のスカーフをかぶった体格のいい女が通りを横切る。彼はその女の髪の毛がスカーフに隠されて見えないので、侮辱を感じる。別にその女がどんな外貌をしているのかどうしても知りたいというのではないが、見せてもらえないということに腹が立つ。あなたの視線なんていらないわ、とスカーフが言っているように思える。甘やかされた犬が閉まったドアの前に立たされた時のように、ふいに拒まれ癇癪を起こす。彼は、その女の方に近付いていって、必要もないのに道を尋ねる。そのまま通らせるわけにはいかない。女はどうやら彼の話す言葉が理解できないようだ。彼はますます強く拒まれたように感じ、どうしていいのか分からなくなり、女を罵るが、女は全く反応を示さずに、アパートの中に入っていく。

コンピューターのスクリーンでイフィスは、統計を次々見ていく。ビジネスマンになってからは、統計中毒になってしまった。千人に何人がインターネット接続をしているのか、百世帯に何台テレビがあるのか、百万ドル単位の国際取り引きはいかに。自分の国の国旗は大抵上の方にあがっている。自分が大きな数字になったように感じ、にやにやしている。

生まれた時に体中に毛のびっしり生えている人がかなりいる、という話を、ある客がティスベにしてくれた。そんな赤子はぬいぐるみのように見えるのだろうか。二週間もすると毛はきれいに抜け落ちて、みんな、その子に毛が生えていたことなど、すっかり忘れてしまう。

ティスベのハサミはまだ鳴り続けている。イフィスは頭の肌まで裸にされたような気持ちがする。床に髪の毛の散らかった光景が気になって、いらいらし、ティスベが発散しているいい匂いを味わいたいのに、気が散ってしまう。これはみんな自分の髪の毛なんだろうか。他人の毛が混ざっているのではないか。

家でもう一度、よく髪の毛を調べてみる。おかしなことに、調べれば調べるほど、いろいろな色が出てくる。栗色、ネズミ色、赤っぽく光る色。同じ色に統一して染めた方がいいんじゃないかしら。

「ハイブリッドな髪の色は、衰弱の証拠、子供の頃は一色だったのに。」

とイフィスが突然にがにがしく言った。

「どうして、いけないの。」

ティスベには理解できない。

「ひどいじゃないですか、あの第三世界の作った借金は。」

イフィスはテーマを変える、サブジェクトを変える、もっと正確に言えば、しゃべっている主体が変わる。今しゃべっているのはもう彼女ではなく、彼なのだ。

「でも昨日来ていたお客さんが言っていたんですけれど、債務なんて抽象的なことなんですって。具体的な貧乏のことは、わたしたちには分かっていないって。貧乏と言えばただただみじめなものと思っているだけでしょう。物があまりないっていうのは貧乏とは違う。たとえ、その人たちの生活がみじめだったとしても、わたしたちが考えているみじめさとは違った風にみじめなんですって。」

「統計を見れば何もかも分かりますよ。」

「でも、その統計というのが全然分からないんですよ。」

「我々は幸せですよ。」

と言ったのは彼だった。


立っているイフィスの身体は斜めに傾いている。物置きの床は、がたがたする。古い箪笥には段ボールや、紙を巻いたものや、ビニール袋が入っている。

「わたしの棺桶はどこ?」

箱を開けてみると、そこに昔学校で使っていたノートが入っていた。安物のノートの腐りかけたページ、カルキ化した鉛筆の筆跡、イフィスの昔の字は、こわがりで嘘つきに見える。イフィスは自分の字が嫌いだった。当時のイフィスはまだ年がいかず、病気がちで、いつも疲れていた。難民キャンプでの幼年時代。他の子供達に差別されたのは、洗いさらしの服を着ていたからではない。何か目には見えないもの、イフィスの声の中にある何か、又は、家族に関する噂が原因だったのかもしれない。女の子たちはイフィスと遊びたがらなかったし、男の子達は時々、イフィスの顔にひどい言葉を吐きつけた。殴ったりすることもあった。イフィスは、その気になれば殴り返すこともできたはずだ。イフィスが暴力的にもなれるということは、顔を見ただけでは分からなかった。でもイフィスはそう簡単に他の子供を殴ったり、ポケットに入れてあるナイフをちらつかせたりしたくなかった。狂気は将来のためにとっておきたかった。学校ではいい成績を取って、卒業後はお金をたくさん儲けた。現地の人たちの二倍働くのは簡単だった。現地の人たちは、やることはすべて楽しくなければいけない、と強調する習慣があって、楽しくなければ働かないのだった。イフィスは、楽しみなど軽蔑していた。楽しみなど、この冷めた社会においては、節約のもう一つの顔にすぎない、あたしは余剰の方を選ぶ、とイフィスは思った。

ある火曜日のことだった。わたしは偶然、理髪店の前を通り過ぎる時、ガラス戸を通して、微笑みかけてくる女性のいることに気がついた。どうやら、彼女はわたしのことを知っているらしい。わたしは店に入ったが、その瞬間、彼女が微笑みかけていた相手はわたしではなく、わたしのすぐ後ろに立っている男だということが分かった。その男も店に入ってきて、わたしを追い抜かし、一番奥の椅子にすわった。その男はわたしの知っている誰かに似ていた。店から出るタイミングを逃してしまい、気がつくと、もう、見習いの子が、どうぞと言って、わたしを椅子に案内していた。それ以来、わたしはティスベの理髪店に行くようになった。

ある日、この理髪師がわたしに、あるお客が話してくれたところによると、その人の隣の家の女が作家を一人知っていて、その作家の書いた本の中には二十二人の女性が登場し、その中には自分も出てくるそうだ。

「あなたもそういう本を書きたいと思いますか？」

　とわたしが尋ねると、ティスベは恥ずかしそうに笑った。

「いいえ、わたしは手紙くらいしか書いたことがないんですよ。」

「でも、いろいろな人たちの話を御存じですよね。」

「そういう話はね、聞いたらすぐ次の人に話してしまうんですよ。そうすれば、わたしの頭の中から消えてくれますから。」

第十九章　ユノー

ユノーの五歳になる娘が尋ねる。トイレにすわっている時、身体から出てくるものが絶対に赤ちゃんでないって言えるかしら。下水に赤子を流してしまわないか、心配なのだ。

「何か別の話をしなさい。」

ユノーは、避けた方がよい話題があるということを娘に教えたい。

「どうして？」

と娘が尋ねる。ユノーはそれには答えずに、背中を向けてしまう。

ユノーはまだ学校に通っていた頃、自分の母親が特定の話題を食卓の下に掃き込んでしまうことによく腹を立てた。例えば戦争中にポーランドで死んだ叔父のことや、性交のことなどだった。排便は当時はまだタブーとされる話題ではなく、ユノーはそんな話題は思い付きさえしなかった。大学に入ってからは母親に対してますます批判的になり、「開放的」という言葉をよく使うようになった。今、自分が母親になってみて、娘がもう少し大きくなったら、避妊や反国粋主義について開放的に話し合いたいと楽しみにしているのだが、ひょっとしたら娘はそんな話題には何の関心も示さないかもしれない。それが不安でもある。とにかく、娘は今のところは排便にしか興味がないらしい。

まだ湯気をたてている、血まみれになって、形もなく、皺だらけで、叫びを上げて、下半身から生まれたばかりの、切り離されたばかりの。眠りの中で、離別できるところまで成熟し、発酵した香り、深く息を吐き出して、鼻をつまんで、身体に開いた穴のあたりで、震えるような快楽の一瞬。

初めての子供は、一種の事故だった。ユノーはやっと二十歳になったばかりで、美術史を専攻し、美術館の監視をして生活費を稼ぎ、夏休みはイタリアとギリシャで過ごした。海岸で恋に落ち、作り話をして聞かせ、自分の名前を毎回変えて、ギリシャでは「ヘラ」と名乗った。蒸し暑い日、塩辛い風の中で妊娠し、まだどこかに定住する気にはなれなかったものの、子供の父親に自由を与える気にはなれなかったので、子供は生まれることになり、女の子だったが、それはルネッサンス絵画に描かれたような子供ではなく、むしろ上から吸って下から吐き出すラテックス製の袋のようなものだった。ユノーは一日中、叫ぶ小さな身体を満腹させ清潔に保つことで手一杯だった。母性愛という単語は一度も思い浮ばなかった。だからなおさら、自分の変化に気がついた時には驚いた。通りで見かける子供の顔の一つ一つに、光っている何かが見え、心を引き付けられる。どんなに汚い子供にも、くしゃくしゃの子供にも。

ユノーは子供を生むべきである、それが彼女の役割である。コロニスはユノーを自分の次の本の主人公として考え出した。文化センターの館長は、コロニスに子供がいないのに同情して時々、あなたにとっては本が子供の代わりだから子供はいらないわね、と言った。本なんかと比べられるなんて、子供にとってはひどい迷惑だわ、とコロニスは思った。それに、子供は比喩に使われるために生きているわけじゃないのだから、とコロニスは思った。子供なんかと比べられるなんて、本にとっても侮辱だわ。子供のいない生活は味わい深いものだけれど、本のない生活なんて想像もつかない、とコロニスは思った。

排泄は毎回楽しい出産である。生暖かい内面生活に気持ちよく別れを告げて、痛いことも痛くないこともあるけれど、見かけだけの傷が、体内に麻酔効果を生み出し、陶酔状態が言い渡される。長くは続かない、もう快楽の瞬間は終わっていて、明日又、毎日一回、日の出と勤務開始の間に。

上の娘がまだ小さかった頃、ユノー一家は国民公園の近くに住んでいた。暖かい午後、ユノーは娘を公園に連れて行って、人工ジャングルの中で一人遊ばせ、自分は女性の名前がタイトルになっているような雑誌を読んでいた。娘がトイレに行きたいと言い出すと、二人は手を取り合って、瘤の多い樫の木の隣に立つ小さな建物の方に歩いていった。娘はトイレの個室の戸を通して母親と話をするのが好きだった。話しながら、外国に旅に出ている母親と電話で話している自分を想像してみるのだった。

「おかあさん、聞こえる？」

「はい。」

「おかあさん？」

「はい。」

「オトクナパッケエジって何？」

「誰がそんなこと言ったの？」

「テレビで言ってたの。それって、何が中に入っているの？」


娘は十三歳になるとよくユノーに腹を立てるようになり、母親を排泄器官に喩えて罵るようになった。それはひょっとしたら、いっしょに排泄した時代への懐かしさに由来していたのかもしれない。

十六歳になると、娘は考古学に興味を持ち始めた。母親の悪口を言うのはやめて、自分の部屋にこもって、雷の落ちるような音楽を聞きながら、古代ギリシャ関係の本に収められた写真を眺めた。十七歳の誕生日には、二人はいっしょに古代ギリシャの壺を見学した。午前中だったので、誰もいない展示場を二人は歩き回り、壺には黒地に白い線で肉体がいくつも描かれていた。弓を引く者、車に馬を繋ぐ者。腿の筋肉を張り詰め、勃起を隠さず、衣服の皺は精密で、顔には皺がない。

ユノーと娘は美術館の喫茶室でゼクトを飲み、その後、トイレに入って、昔のように壁一枚隔てて隣同士、腰掛けた。

「おかあさん、」

「はい。」

「居住権侵害ってどういう意味？」

「そんなことどこに書いてあったの？」

「昨日学校で基本法読んだら、載ってたの。」

薄い壁に隔てられて下半身裸の二人の女の身体が並び、秘密めいた概念の謎を解く。まるで古き良き時代が戻ってきたかのよう。翌日になってもまだ、ユノーは甘い感傷的な後味を舌に楽しんだ。それから何週間かすると、娘は両親の家を出て、港通りの住居占拠地帯に複数の友達と同居し始めた。


中央駅付近のデパートでユノーは新しい冬服を探していた。婦人服売り場を隅々までまわったが、気に入ったものが見つからなかった。仕方なく、売り子にトイレはどこか、と尋ねた。後ろの階段を降りて、右側のドアを通って行くのが近道です、と売り子は答えた。

階段は照明が暗く、埃っぽい段ボール箱が道を狭めていた。ユノーはハイヒールで段を探りながら進んだ。大気は黴に満ちていて、ドアなどどこにも見当たらず、踊り場もなく、気がつくと薄暗い地下室に立っていた。積み上げられた箱の陰が壁になっている。ひょっとしたらその後ろに出口があったのかもしれない。突然、一人の女が姿を現わした。青い制服を着た女の姿が、ユノーの目に次第にはっきり見えてきた。女は入荷伝票を調べているところだった。

「スキラじゃないの！」

　制服を着た女は無頓着にこちらを見て言った。

「わたしたちの約束、先に延ばさないとね。今すごく忙しいから。週に三十時間もデパートで働いているの。」

「でも、あなた、自分のお店はどうしたの？」

「あれはお店と呼べるほどのものではないわ。税務署に言わせると、あんな風に家で勝手に物を売るのは、犯罪だそうよ。」

「それで、ここに職が見つかったというわけね。」

　スキラは微笑んだが、その唇には疲れが見えた。

「とは言えないわ。書類の上では、パートは自由業。保障なしで、自分一人の手でどうにかやっていけってことよ。」

　ユノーはなんだか自分が批判されたように感じて、咳き込むように反論した。

「一人でって、あたしだって、一人で子供を生んだのよ。」

　スキラの背後で誰かが、はあはあと息をしているのが聞こえた。積み上げられた箱の間から突然、三匹の猟犬が姿を現した。ユノーが二歩下がった時、犬のトリオは三声に分かれて吠えついた。ユノーはぐっとこらえて、事務的な口調で尋ねた。

「この犬、知ってるの？」
「この犬って、どの犬？」
ユノーは背後でドアを探り開け、さっと外に抜け出た。スキラが口笛を吹くと、犬達はスキラの下半身に飛び込み、姿を消した。

二人目の子供は計画され、計画通りに生まれた。ユノーは五月に男の子を生むつもりでいたら、その通りになった。彼女はその計画については夫に話さなかったが、夫は何となくそんな予感がして、男の子の名前を探しておいた。マルス。子供が生まれると、ユノーと夫はフィンケンヴェーダー地区に新しい家を買った。その家は野原に囲まれ、芝生には勤勉に水がまかれ、死にそうなくらい緑色をしていた。

少年は小さい頃から、男子便所に一人踏み入っていく時、誇らしさを感じた。野外プールで息子がトイレに入っている間、ユノーは外で待っていなければならなかった。ユノーは耳をすまして、男子便所で一人きりで用を足す息子に危険なことが起こりませんように、と祈った。もし何か変な気配がしたら、処女を救う騎士のように、すぐにトイレに飛び込んでいくつもりだった。一度、本当に叫び声の聞こえたことがあった。トイレに駆け込んでみると、一匹のプードルが息子に吠えついていた。犬はユノーに気がつくと、尻尾を振った。少年は大声で泣き始めた。姉が大きな犬に嚙まれた時のことを思い出してしまったのだ。

　マルスは毎年、母親と話すことが少なくなっていった。ほとんど家を出ず、友達を家に呼ぶこともなく、スポーツもせず、毎晩コンピューターの前にすわっていた。ユノーは不思議に思って、一体コンピューターで何をしているの、ひとつプログラムを見せてちょうだい、と言ってみた。マルスは冷たく、どうせ女には分からない、自分がコンピューターに向かっている時には絶対に部屋を覗かないでほしい、と答えた。この答えを聞くと、ユノーはますます知りたくなった。ある日、鍵穴からこっそり、息子の部屋を覗いてしまった。暗い部屋の中で、コンピューターのスクリーンだけが亡霊のように明るく浮かび上がり、その前に息子がすわっていた。スクリーンに赤い唇が現れ、マルスが接吻すると、それが陰唇に変化した。スクリーンに現われるのは身体の一部分だけで、全身が現われることはないようだった。どうしてこの子は、そんなばらばらに切断された女の子がいいのかしら？

　大学に入って二年目に、彼は電流で出来た少女達とは別れることにしたが、まだ、生身の女性と知り合うことはなかった。哲学とコンピューター工学を勉強している年上の学生のところに時時遊びに行った。母親と会話しなければならない時には、外交的な話し方ですませた。息子が言葉をするすると出して、しゃべっていながら何も伝えないですむようにしていることにユノーは気がついていた。息子は、トイレに入ると、こっそりと便座を拭ってから腰掛けた。母親の温もりがまだ残っていたりすると、吐きそうになった。

三人目の子は、どういうこともなく、誰にも気にとめられることなく、生まれてきた。計画的に生んだわけではないが、邪魔には感じなかった。それは女の子で、ほうれん草が好きで、昆虫と遊ぶのが好きで、たんぽぽアレルギーで、近眼で、学校の成績は良く、その他にもまだまだいろいろ個性があった。ユノーはこの子を好きなところに行かせ、好きなものを食べさせ、好きなことを考えさせておいた。ユノー自身はその頃、自分の肉の中に帰還し始めていた。

毎晩、柔らかい脂肪の層ができる。ユノーは目を覚まし、脂肪の層を撫でる。すると、層は溶ける。熱い舌の上でバターがとろけるように。腰は丸みを帯び、乳首は腫れ、バラ色の腿はますます誇りに満ちて、ずっしり重くなる。若い頃には決してできなかったことが今は楽にできる、自分自身の肉と遊ぶこと。

ユノーは、痩せた女性の身体を見ると、骨に痛みを感じる。自分もそんな風に痩せてしまうことを思うと恐ろしくて、豪勢な食事を取っては、あちらこちらにルノワール風の肉をつけるように心掛けた。三十年前には、弁護士ユピテルの気に入るために、少年のような身体でいたいと思っていた。彼は職業上、本物の少年への欲望を実行に移すことができなかったので、代用に、ほっそりした若い女性を探した。二人が知り合った時には、彼の目に映るユノーは理想の体形をしていたが、それはやがて失われた。体形の変化はすでに新婚旅行の帰りの飛行機の中で始まった。ユノーは機内で今まで食べたことのない種類の木の実を食べた。その木の実は飛行機会社の名前の印刷された黄色いアルミニウムの小さな袋に入っていた。木の実の名前は書いてなかった。生まれて初めて、すばらしい味だと思った。もちろん、それまでにも、好きな食べ物はあった。たとえば、アスパラガスとかラディッシュとか高級な茸の類とか。でも、陶酔状態を思い出させてくれる味にはそれまで出逢ったことがなかった。

ユノーはお腹の中に何か固いものがあるようなので不思議に思って産婦人科に行った。すると、すぐにお腹を切られて、死的なものが取り出され、それからずっと病院に抑留された。ユノーは身体をからっぽにされたような気がして、歩く時にもバランスが取れず、廊下をふらふらと歩いていく。看護婦が、気をつけて！　というようなことを叫ぶ。お腹が重心の中心でなくなってしまったら、どうやって歩いていったらいいの？　ユノーの脚は前方に飛躍しようとするが、重い頭部は後に残ろうとし、肩はどうしていいのか分からずに中間にひっかかっている。

弁護士ユピテルは、ユノーのお見舞いに病院へ行く時、びっこを引きながら歩いていく。前日、野良犬のダックスフントに噛まれたのだそうだ。こんな馬鹿げたことはこれまで彼の生活に起こったことがない。オッテンセン本通りで顧客の家に行こうとして、道が分からなくなった。踊りの振り付けをしている独身の顧客は、かつては労働者街であったこの地区に家を買うことこそ時代の流れに相応しいと考えていた。弁護士は、飼い主のいない犬の住んでいるようなそんな地区には絶対に住みたくないと思った。

ユノーは夫のユピテルが昔、自分が家にいない間にいろいろな友達を家に呼んでいたことを思い出した。妹の親友だった女性とか、同級生だった女性とか、同僚の女性とか、顧客の女性とか。ユピテルは肉料理を作って御馳走し、彼女達はワイングラスに口紅の跡を残していった。ユピテルは最近はもう女性を家に招待したりしない。その代わり、出張ばかりしている。一年のうち三十週間は世界各地を回り、仕事で飛行機に乗り続ける流れ星。彼の口癖は、グローバリゼイションとモビリティだった。

病院の夜、いろいろな人の夢が混ざり合う。ユノーは乳母であり、ある女の子の面倒を見なければならない。その子はちょっと異国風である。野性的で、自立していて、何をやりだすか分からない。あなた、名前は？　あたしはゼメレよ。あ、それじゃ、ユピテルが顧客だって言っていた、あの妖しい女じゃないの。その女がこんなに小さくて、抵抗できない状態にある。ユノーはこの小さな生き物を押しつぶすことだってできる、鞭打つことだって、好きなようにこねまわすことだってできる。ユノーは自分の獲物のお襁褓を剝ぎ取って、観察した。突然、その女の子の頼り無さに、愛おしさを感じて、愛おしくなる。ユノーは女の子を愛撫し、接吻で包む。子供は嫌がって暴れ叫ぶが、ユノーは可愛がるのを止めようとしない。

　癌がユノーの四人目の子供である。しかし、この子は身体から出ていこうとはしない。手術が終わっても、子供の一部が身体に残って、この一部から又子供が生えて、アメーバーのように、別離も分離も平気らしい。この原始的な生物は不死身なのだ。ユノーは永遠の妊娠をしてしまって、胎児はこの先も監視され、処理され続けなければならない。ユノーは二つのベッドを股に掛けて生きるようになる。家のベッドと病院のベッドと。夜、一番上の娘と電話で話すことが増えた。昔読んだ小説を探してもらうこともあった。ベッドに横たわって窓枠を見つめていると、スキラの顔が思い浮かぶ。特に親しかったとか、尊敬していたとか、助けてもらったとかいう女性ではないのだけれど。どうしてスキラは一人で生きていくことができるんだろう。誰のために朝起きて、誰のために仕事をするんだろう。スキラは秘密の泉を知っているに違いない。そこからいくらでも自由に水を飲むことのできる泉。ユノーが目を閉じると、作家のコロニスはタイプライターの電源を切る。コロニスは自分自身の身体がひどく重くなったのを感じ、この登場人物と別れることにした。わたしはどんな人間をも自分に鎖で繋ぎたくない、ユノーは人間を一揃い生産してしまった。その上、このわたしまでも自分に縛りつけようとするのか。でも、わたしは彼女の作者であるのだから、わたしには手が伸ばせないはず。わたしは一人、個は個のままでいる。そうでなければ陶酔状態に達することができなくなる。一人で滅びていきたい。後世のために細胞を残したりしたくない。自分の細胞はすべてこの一生のうちに自分だけのために使い果たしてしまいたい。コロニスは「ユノー」と書かれたノートを屑籠に捨て、窓を開ける。もしかしたら、コロニスはわたしについて書いたノートも屑籠に捨ててしまったかもしれない。なぜなら、わたしはもう登場しないからだ。もうずっと前から。

第二十章　アリアドネ

眠りの中で、引っ越しのシーンから引っ越しのシーンへと渡り歩き、目が覚めると、誰かに捨てられたような気がして、布を探す。絹がいいかもしれない、燃えるように赤い、身を隠すための布が今すぐ必要、又は何か読むものが欲しい、手紙、本、メモ、読む素材、もっといいのは、一つの町、散歩して歩きまわれる町。そういう町は、まず自分で発明しなければいけない、ただ家から出るだけではだめ。アリアドネは何もないところから町をひとつ作り出すことができる。材料にはならないが、手に取ったり手放したりできる布にあこがれる気持ちがある。ありあまる素材、音の絨毯、経帷子、史実の切れ端。アリアドネは一冊の本を手に取る。ボストン港では一七七三年十二月十六日、インデアンに変装した男達がイギリス船に忍び込み、お茶の箱をたくさん水に投げ込んだ。史上最高に心地悪い茶会であった。お茶の木箱は大西洋に消えた。お茶の葉を液体の中に入れる、というやり方は基本的には正しい。少なくともティーバッグよりはましだ。お茶の葉は自由に泳ぎ回った方がいいのだから。ただ、水が塩辛くて、しかも湯でなかったのがいけなかった。

アリアドネはお茶の葉をスプーンに三杯盛って、ぐつぐつと煮え立つ湯の中に落とす。軽やかな植物の霊が野性的に踊りまくる。花開いて、血を吐き出し、湯は次第に赤く染まっていく。その湯気と香りに包まれると、アリアドネは子供の頃になじんでいた町に入り込んでしまう。これまで彼女以外にもこの町に入った人がいたのか、いないのか。一度入ると、すぐに出ることはできない。なぜなら、上から来たのか下から来たのか、忘れてしまうからだ。「人生は水平な墜落である」と言った作家は、オピウムのせいで、植物に変身してしまったそうだ。

彼女のブラウスは薄い膜で、上着は一枚の和紙。初めはすごく薄着をしているが、歩きながらどんどん重ね着していく。路地を通り抜ければ、その路地が肩に降り掛かってくる。背中に影が映れば、その影は貼り付いたまま剝がれない。街路樹から奇妙なにおいが立ち昇り、彼女の頭のまわりに、目に見えない網を作り上げる。だんだん暖かくなってくる。背後に道を残すのではなく、洋服のように道を次々着ていく。

時々、穴に飲み込まれて、別の穴から吐き出されることがある。この町は、身体に無数に穴の開いた動物である。生きている通行人を食べて生きている。もっと正確に言えば、通行人の頭から出てくる粥のような考え事を食べて生きている。人々は、地下で大切なものを失ってしまったことに気付かない。からっぽになった頭でお日さまの下に戻り、事務所に消える。

アリアドネは商店街を歩いていく。店のショーウインドウが彼女を見つめると、商標が彼女の神経系の中に這い込もうとする。くすぐったい。この町には建物はなく、ショーウインドウがあるばかりだ。

地下にあるのは、都市のミニチュアである。アリアドネは、大人が二人半やっと立っていられるような喫茶店でケーキを一切れ食べる。ケーキは、マッチ箱よりも小さいが、りんご一個の二倍くらいの重さがある。女は人の流れを観察しながら、ケーキを食べている。そうしていると、急に「国民経済」という単語が思い浮かんだ。穀物袋の中の粒粒のように小さく無数に見えるサラリーマンたちみんなに毎日、服を着せて、食べ物をやらなければならないのだ。こんなにたくさんいたのでは、町がみんなのお母さんとかお父さんになるのは無理である。どの子も一人で食べていく道を探さなければならない。親が来るまで待っていたのでは、飢え死にしてしまう。

アリアドネは地上に出て、名前のない路地の皺に沿って歩いていった。

何年か前にすべての路地に名前を付けようという試みがあった。ある有名な都市研究家が外国から呼ばれた。歴史的重要人物の名前がたくさん入ったアルミニウムのトランクを下げて来た。小さな路地にもみんな名前がなければいけないというのが、彼の意見だった。名前がなければ、どこに属するのか分からない。名前もない路地を勝手にうろつかせておくのは危険である。放って置いたら、ある日、町を覆そうなんていうことを思い付くかもしれない。とにかく名前があった方がいい。しかし、路地たちは名前を受け入れなかった。身体をひん曲げて、日を閉じて、まるで非識字者のような振りをするのだった。急に二つに分かれたり、お互い溶け合ったり、思いもかけない箇所で消えてしまったりした。ちょうど地下にある竹の根っこのように、どこから路地が始まってどこで終わるのかは、誰の目にも見えなかった。

　町の住民はそういった町の性格を困ったものとも思わなかった。みんな、どう行けば、自分の家を出て、友達の家に着くかは、分かっていた。大抵の場合は、道の分かれるところで自分の気持ちに注目して、道順を暗記した。どっちの道に引き付けられるか？　好感を覚える道を行く場合は、プラスと記憶する。逆に、感じの悪い方の道に進まなければならない場合は、マイナスと覚える。恋人の家までの道順は、例えば次のように記憶される。マイナス、プラス、マイナス、プラス、プラス。このようにして道順は個人の心の中だけに記憶され、他のどんなところにも記されていないことになる。しかも、この秘密の道がいつも、一番の近道なのである。道順のシステムが個々人の頭の中にあった方が都合のいいことがよくある。たとえばある一家の父親がもうこれ以上父親の役割を演じるのが嫌になった場合、路地の迷路の中に消えてしまうことができる。税務署も警察も彼の居所を突きとめることはできない。ただ、郵便配達人だけが、どうすれば、その路地を探し当てることができるか知っている。どうやって探し当てるのか、その芸の秘密は教えてくれないが、彼らは信頼が置けるし、手紙は必ず届く。だから、手紙を書くのが好きな人は、この迷路の中のどんな一点にも必ず到達することができるのである。

太陽が長い舌をアリアドネのところまで伸ばし、彼女の肩を嘗める。この町は過去数年の間にどんどん無口になっていった。住民たちは名札を戸の内側に打ち付けるようになった。色とりどりの広告はもう許可されないようになり、ショーウインドウには灯りが付かなくなった。これらの変化は全て、新聞が喜んで書き立てるように、お金がないためにそうなったのではなく、便秘した豊かさとそれを失ったらどうしようという不安から来ているのだった。

アリアドネがこの町を散歩して家に帰ると、自分自身が口数の少ない路地になってしまったような気がする。人々はアリアドネの身体の中を勝手に散歩して、使わなくなった形容詞を持ち去り、又は、余分になった考えを置いていく。その人たちは、二度と再び姿を現さない。わたしも又、路地を歩くのが好きなたくさんの通行人の一人だった。ある日、わたしは手袋でも失くすように、自分自身を失くしてしまった。それ以来、自分がどこを歩いているのかよく分からない。もしかしたら、わたしも、一本の路地になってしまったのかもしれない。

第二十一章　オーキュロエ

トマトが一切れ、潰される、歯がきしる、酸っぱい汁が口蓋にかかる、真っ暗な口の内部の空間に起こるドラマ、鼓膜にとって食事は重荷。オーキュロエにはどうすることもできない。たとえ耳を塞いだとしても、口のたてる雑音は、口蓋を通して内部に伝わってくるから、そこから自分を守ることはできない。

一片のモツァレラチーズを、舌が口の中であちこち動かす。チーズが形を失ってしまうまで、唾が泣き言を並べる。オーキュロエは、最後は、その、形のなくなったものを飲み込んだが、それは意識の中からは消えない。食道は内なる聴覚であり、オーキュロエは内部の声を聞く、それはトマトの魂の声である。食べた物が腸を通っていく時には、その音が又、外部から聞こえてくる。これでやっと前菜は食べ終わった。オーキュロエは溜め息をつく。自分の溜め息の音さえ煩く感じられる。

身体をまるくして、オーキュロエはベッドに横になっている。目をぎゅっと閉じて、思い浮かぶ言葉を一つ一つ消していこうとする。兎の日々が終わるまでじっと待つしかない。兎の日々には、すべての音が同じ大きさに聞こえる。兎の日には、スプーンやナイフやフォークを使うことができない。金属が陶器に当たる音には我慢できない。特にスプーンには苦しめられる。手に取ってみるまでもなく、スプーンというものを思い浮かべてみるだけで充分、スプーン、スプーン、スプーン、言葉そのものが、ますます声を張り上げる、オーキュロエが分かってくれないので。もちろん、スプーンというのが何のことなのかは知っている。少なくとも、みんなが何をスプーンと呼んでいるのかは知っている。でも、スプーンが一体スプーンという名前を通して自分に何を伝えようとしているのかが分からない。しかも、スプーンはオーキュロエだけには自分の言葉を理解してもらえるだろうと期待しているように思えて仕方ない。他の人たちはみんな何も考えずにスプーンを使うことができるというのに。

カレンダーに書き込まれた予定を一つ又一つ消していく。その前にまず、電話番号をまわして、泣き言を並べながら、約束を断る。本当にすまないんですけれど、病気してしまって、行かれないんです。病気は唯一、公式に認められた言い訳である。職安でさえ認めてくれる。病気なんです、と言う時のオーキュロエは、まるで、外国で旅行ガイドから慣用句を見つけだして棒読みしているようになる。本当はオーキュロエは病気なんかではなく、兎の日がめぐってくるのは、子供の頃からすでに日常茶飯事だった。生まれつき、と言っていいかもしれない。兎の日は治すことができない。オーキュロエはしばらく唖の生活に引きこもり、兎の日が過ぎ去るのを待つだけだ。

この約束だけは先に延ばすことができない。だから仕方なく、鬚の生えた男と向かい合って、港の近くのレストランにすわっている。男が何か言うと、オーキュロエには、鬚のざわめきが聞こえてくる。

「あなたに会えて嬉しいです。」

「わたし、まだ調子がよくないんですよ。こんな姿で、もうしわけありません。」

「そんなことはわたしは構いませんよ、と言うか、ご病気のようには見えません。ちょうどあなたの住んでいる町に来たんで、ぜひお会いしたいと思ったんです。」

「もう芝居は書かないことにしました。演劇をやるには、人間の肉をたくさん犠牲にしなければならないでしょう。主役の役者は、喉が腫れるまで同じ文章を百回でも繰り返さなければならないし、照明係は、あのスポットライトの殺人的な光のせいで、髪の毛が焦げてちりちりになってしまうし、舞台係は錆びたナイフで指を切ってしまうし、監督助手は不眠症にかかって恋人と別れる結果になる。そういうこと考えると、もう舞台のためには文章一つだって書くのが嫌なんです。劇場はこんなにたくさん人間の肉を食べて、怪物みたいで、ああ、第一幕を書き始めるともう、生け贄をくちゃくちゃ噛んでいる音が聞こえてきます。」

スープがぺちゃぺちゃいう、サラダがくしゃくしゃいう、兎の腿肉はぱさぱさしているけれど、それでもやっと、夕食の終わりが見えてきた。オーキュロエがほっとして溜め息をついたところに、もう一度メニューが手渡される。

「デザート、本当に召し上がらないんですか?」

「いいえ、本当に結構です。」

「エスプレッソでも?」

「いいえ、本当に結構です。すみません。」

「それじゃあ、ほんの少しだけ原稿をいかがですか。ほんの小さなものならいけるんじゃないですか。まるまる一作じゃなくてもいいんですよ。断片をいくつか書いてくださるだけでも。」

兎の日々がゆっくりと後退していくと、オーキュロエは手紙を書き始める。その手紙は、もう存在しない一人の女性に宛てられている。その女性はある日ある町でふいに姿を消してしまった。オーキュロエが彼女から受け取った最後の手紙には、これからも手紙をください、と書いてあった。ギリシャの住所、ハデスという町の郵便局留め。オーキュロエは定期的に手紙を書いた。書きたい物語はどんどん浮かんでくるが、それがどこから来るのかは分からない。万年筆が高級なレターペーパーの繊維をひっかくが、その音は気にならない。良くなってきている徴候である。手紙は書き終えられ、畳まれる。セロテープを少しロールから引き離す時に、吐き気を催させるようなべたべたした音がして、オーキュロエは顔をしかめるが、同時にどんどん気分がよくなっていくのを感じる。雑音を一つ一つ解明しなければならないような義務感は感じない。

眠ろうとすると、耳元で蛾がばたばた羽撃く音が聞こえる。ええ、分かっているわ、でも、どうすることもできないの。伝えるって、いったい誰に？　それに、いったい何を？　あたしにはその言葉は分からないのよ。セロテープの言語？　そんなの絶対に分からないわ、蛾の言葉も分からないわよ、いいえ、悪いけれど、もうできないの。予言者だって、いつかは仕事をやめていいはずよ。いつまでもわたしを離さないつもりなら、予言者の労働組合に訴えるわ。オーキュロエは目を覚まして、明かりをつけるが、冬の寝室には昆虫の痕跡など残っていない。

オーキュロエは、眠れなくなって、本を一冊、手に取る。本のページがキシキシシャカシャカ音を出すが、それほど嫌な気はしない。紙の立てる雑音が快くさえ感じられる。オーキュロエは視線で文字を嘗め上げる。文字たちは何と美しくそこにあることか。寡黙で決断力に満ちて、白の上に黒く。オーキュロエは、本を読み続けるが、目はもう閉じている。暗い舞台の背後で何かがぴかっと光った。そう、エクスターゼ、分かっているわ、近付いてくる、昨日はそんなもののあることは想像もできなかったのに。オーキュロエは変化の到来を予感する。何かが一息ごとに変わっていく、彼女の視線と聴覚のまだ届かないところで、何かが動く。やがて、彼女は飛ぶだろう。まだそこまで達していないが、もう少したてばきっと。

オーキュロエの留守の間に、銀色の蛇の頭から水滴が垂れる。滴の一つ一つがコンサートホールのように密閉された音の空間を形作り、中で演奏されている曲は外からは聞こえないが、滴が一つ落ちるともう一つ落ちる。みんな同じ形にできていて、繰り返し繰り返し、あとどのくらい続くのか、誰も数えてくれない。その日、修理に来てくれるはずの水道局の人は、ついに来なかった。

港の近くの小さな住居に引っ越してから、兎の日が耐えやすくなった。船が入って来たり出ていったりするのが見えるおかげで、時間が止まってしまったような気がしない。

二十年前には、オーキュロエは毎年新しい家族を作って暮らしていた。脚本を一本書きあげると、演出家が現われて、家族の父親になりたがり、そこにいっしょにやりたいという息子や娘たちが集まってきた。子供達は大抵生意気で、お互いに毒のある言葉を吐き合い、怒鳴りながら稽古場を去っていった。しかし夜になるとみんな又いっしょに、煙草臭い劇場の食堂にすわって、もうこれ以上垂直にすわっていられないというところまですわり続けた。誰も床につく気になれない、眠る時は一人ぼっちだ、一晩中みんなでいっしょにいたい、まるで日中はいっしょにいなかったとでもいうように。同じ釜の飯を食い、何週間も、何ヵ月も、同じシャワーを使い、同じ黴菌を分け合って、いっしょに汗をかき、いっしょにぺちゃぺちゃ食事をしたが、当時、オーキュロエは、食事を耳障りだとは感じなかった。ある日、急に、もうこれ以上こうしてはいられないと思った。自分の書いたものが人間の肉を縛り合わせて食いつくすのを見るのは御免だ。幕が上がる。さて、どうしよう。それまでオーキュロエは脚本以外のものは、小説も随筆も書いたことがなかった。時々、絵を描くことはあった。筆を手にしたらいいのかもしれない。

どんよりとして薄暗い、窓ガラスのあちら側、おののき、壁にどすんと当たった、何だろう、鈍い余韻、本を閉じる瞬間と、明かりを消す瞬間の間の、わずかな時間、外気は明らかに落ち着きを失い、何も見えない、洪水、暗い水に覆われた町の姿、ただ水だけが、突然の暴力、攻撃してくる、洪水のなみなみとした背中、もう二度と外へは出たくない、島の住民の展望、引き下がっていく夜の空、道路が流れる、後には何も残らない、消えてしまった郵便箱、自転車、隣の家の記憶、光のない陽気さの中でオイルのように重い水、遠方にごくごく小さなきらめきが見える、箱が二つ浮いているよう、三つかもしれない、次第に近付いてくるオブジェ、四つ、五つ、どんどん大きくなっていく、半透明の箱、増えていく、六つ、七つ、和紙でできた細胞のように浮かんでいる、八つ、九つ、十、十一、十二、箱の一つ一つに光る人形が入っている、十三、十四、十五、どうやら人形ではなくて本物の女たちらしい、十六、十七、みんな女、十八、十九、二十、二十一、水の上を流れていく細胞、二十二、こちらへ向かって来る。

オーキュロエは一人、くすくす笑っている。理由もなく、笑いが止まらない。身体が折れ曲がるくらい笑う、時々、小皿一杯、息を吸って、又、笑い続ける。ああ、これでいい、こういうのがいい、もっと正確に言えば、いいという言葉さえ余計なくらいだ。なぜなら、すべては元々、良いという以上のものであるのだから。ああ、彼女は家から飛び出す、古い帆船がちょうど川を走っていくところ。オーキュロエは両手を振って挨拶する、あの船もウイスキーの空き瓶から脱出することに成功したんだわ。オーキュロエは、ランドゥングスブリュッケン駅から中央駅の方向に走り出す。


「どうすれば、あなたみたいにいつまでも若く見えるのかしらね？」

そう言われて、オーキュロエは困ったように微笑む。自分が今日、どんな顔をしているのか、分からない。文化センターの館長をやっている昔の友達が、興味深そうに、同時に多少皮肉を含んだ表情で、答えを待っている。

「そんなのは簡単よ。」

オーキュロエは、答えながら笑ってしまう。

「注文は一つも受けずに、しかもたくさん仕事すること。職場なしで、たくさんお金を儲けること。エロスをたくさん味わって、性交をたくさんして、しかも誰とも深い関係を結ばないこと。」

「不真面目ねえ。そういうことしていると今の時代はまずいことがあるんじゃないの。」

と文化センターの館長が異議を唱えると、ちょうどその隣で煙草に火をつけていたコロニスがにやっとして、

「どこからその真面目さ、もらってくるんですか？　どの聖人から？」

「あたし、信心深くなんかありません。」

と館長は怒って抗議する。

「宗教は、目には見えないものになったから、拒むこともできないのです。」

そんな注釈をつけながら、この文章どこかで聞いたことあるなあ、とオーキュロエは思う。文章って、人から人へと移動していくものなのかしら。コロニスはオーキュロエを好奇心に満ちた目で見つめながら、舌で自分の唇にうるおいを与えた。

「あたしたちのところではね、宗教は目に見えるものでした。ケシの花みたいに真っ赤で。槌と鎌の付いてる赤い国旗、御存じ？　槌がイエスの十字架で、鎌が月で。聖マリアが乗り物に使っていた月よ。」

オーキュロエは脳味噌の裏側がくすぐられているのを感じて、噴き出した。館長は話がよく理解できないまま、自信なげにいっしょに笑った。

「あ、もうこんな時間だ、行かなくちゃ。」

オーキュロエは二人に別れを告げて、通りに出るなり、お湯の沸騰している薬缶みたいに笑い始めた。飛び跳ねて、急に駆け出し、右足を軸に一回転して、道の向こう側に本屋を一軒発見する。歓声を上げて、通りを渡り、本屋に飛び込んだ。できることなら、本屋から本を全部買い取ってやりたいくらいだ。痩せて角張った背表紙が、彼女に、彼女だけに、エクスターゼを約束してくれる。黒く輝く文字に、暴力的に引き込まれ、人格を形成するすべての要素を盗み取られ、裸にされて、皮を剝がれ、語彙を抹殺されて、人間の言語から解放されるのだろう。そうしたら、オーキュロエは野生化した八月のオーボエ奏者のように叫び続け、ああ、オーキュロエには細部まで予測できる。

　受け付けの前に一人の女性が立って、オーキュロエに笑いかけている。昔語学を習ったことがあるクリメネだと分かってオーキュロエの顔には笑いが広がり、それまでのことを全部一気に伝えたくなる。

「共産主義の使っているシンボルが、キリスト教の使っているシンボルに似ているのって、面白くないことないわよね。槌は十字架と似ているし、鎌はマリアの三日月で……」

　クリメネは最初の二重否定の構文にひっかかる。それだけが気になって、面白くないことないはずの文の内容は聞いていない。一時間後に彼女は同僚にこう話す。

「さっきね、面白くないことない、っていう言い方を耳にしたんだけれど、二重否定が良くない文体だってことになってしまって残念よね。二重否定がよくないとは思えないんだけれど。」

　誰も無言を口にしない、決して一度も。

　そうするうちにオーキュロエは先に進み、本は一冊も買わなかった。本を入れた重い袋をさげてまわる気にはなれなかった。今日のうちにあらゆる路地を見てまわりたい。どの路地も他の美しい路地と交換可能だ、だからこそ、なおさら魅力的なのだ。

　広告塔は、展覧会や音楽会のポスターにくるまれている。オーキュロエは足をとめる。あるダンスのポスター。「波の娘」。これはどうしても今日中に見たいわ。誰だったか一度オーキュロエにこう言った人があった。踊りこそが人生の内容の中で一番大切なものよ。そう言ったのが誰だったのかは、忘れてしまった。

　国立劇場のロビーは人が溢れ、喧しくて、蒸し暑い。出し物の終わった後、オーキュロエに話し掛けてきた女性が一人いて、その人と声を合わせて、テティスの芸術を誉めたたえることになった。しばらくすると、話題がちょっと違ったところにずれていく。

「いやにネジばっかり目につくエレベーターってあるんですよね。そのネジがもちろん十字架に見えてくるわけで。」

　オーキュロエはそれがまるでよく使われる慣用句であるかのようにそう言う。オーキュロエは一つの場所からもう一つの場所へ文章を運ぶ、ちょっと曲げて、ちょっと変えて。

　通りにいるのは危険だ。子供を通りで勝手に遊ばせておいてはいけない。一度、通りで遊び始めたら、もう学校へ行くのを嫌がり、家族の元にも戻りたがらなくなる。青少年も通りに留まりたがる、一本の注射器を友達と分かち合って、一本の缶からいっしょに飲んで、手で物をつかんで食べ、埃を被って乾いた唇に接吻し合い、通りで夜を越そうとする。通りでは、女たちは嘘をつき、身分相応とか謙虚とかいうことを忘れて恋し合い、普段、現実と呼んでいるもののことなどきれいに忘れてしまう。通りで人と知り合いになるなんて、不真面目なことである。オーキュロエはカソリック系のエレベーターに乗って、無数の十字架ネジを見つめながら、自分の罪を認める。

「わたしは彼女と通りで知り合いになったのです。」

通りは地下トンネルに被せられた長い蓋だ。だから、時々、穴があって、そこから地下の町に落ちてしまう人がいる。

第二十二章　ディアナ

　毛布の下でディアナが小さな懐中電灯をつけると、お月様の形の光が、本のページの上に落ちる。遠くで母親の足音が聞こえる。ちゃんと床に入ってる？　もう十時よ、寝ないとだめよ。分かってるわ。ディアナは大声で答えて、毛布の端をきちんと引いて、外に光がもれないようにした。ディアナは四つ足の生き物で、背中が劇場の屋根になっていて、お腹の下には本が開かれていて、それが舞台になっている。しばらくして、母親の足音が聞こえると、いそいで明かりを消して、息をとめる。部屋のドアがそっと開かれて、又、閉じられる。警備終了。足音は遠ざかっていく。いつになったら、夜ずっと起きていられるくらい年をとれるのかしら。早く年を取りたい。昼間は暗い劇場の中で過ごし、夜は全然寝床に入らなくてもいいくらい年を取りたい。でも、あたし、もう年をとっているんだっけ。自分がもう子供ではないことを、ふいに思い出す。年取った患者達は看護婦に子供のように扱われるが、ディアナにとってはそれは好都合だった。又、毛布の下に隠れてこっそり本が読みたい。ディアナは又懐中電灯をつける。左手で本を支え、右手は照明係りになる。

　ディアナは読みながら、興奮し、肌が火照って、一定のリズムで呼吸することができなくなり、はあはあ息をつく。亡霊の影が目の前に現われる、亡霊達は、不充分な言語を話す、拍子に乗ってリズミカルに、時にはつまずきながら、ディアナは腰を振り、すると、劇場全体がぐらぐら揺れて、床や壁が揺り起こされて、突然、いっしょに歌い出す。雷、太鼓、くちゅくちゅ音をたてるくちばし、もごもご言っている口。合間にしゅっしゅっと摩擦音、子音がぼきぼき折れる、一つの音の中には次の音が隠されていて、個体の一つ一つが増殖して、個体は事前の話し合いなしでいっしょに機能し、手をとりあって、どの音節もみな大切、どの句読点も発音される。

そのうちに、ディアナは眠りの吸引に逆らえないことに気が付く。二分以内には幕が落ちるだろう。そして、クライマックスには、彼女は居合わせないだろう。意識を失って明日という岸辺に、船で運ばれていくのだろう。でもいつの日か、とディアナはうとうとしながら考える、いつの日か、いつまでも起きていていい時が来るだろう。本を読みたいだけ読み続けて、夜を突き抜けて読み続けて、夜は、だんだん長くなり、そのうちに、もう決して目覚める必要のないくらい長くなるのだろう。

球形時間

サヤはプラットホームの端で、手鏡と口紅を出して、あわただしく、鏡の中を覗き込んだ。まるで、急がなければ、自分の顔が、鏡の中から逃げていってしまうとでもいうように。自分の顔が鏡の中にうまく収納されているのを見るとほっとして、口紅をゆっくりひねり出し、唇をすぼめてみた。午後二時のことで、小さな私鉄の駅にはあまり人がいなかった。背後から視線を感じ、鏡にそっと映し入れてみると、五十代の背広姿が映っている。男の顔には、怒りの予兆のエラが立っている。プラットホームで化粧するな、とその顔に書いてある。でも、そんな規則を作ってくれたのは、いったい誰？　女性が家の外で髪の毛を人前に晒すことを許さない宗教もあるって、ソノダ先生が言っていたっけ。そうすると、戸外で化粧するのもいけないんでしょうね。でも、日本って、イスラム教じゃないでしょう。仏教とかあるけど、仏教徒って、戸外で化粧していいのかなあ、いけないのかなあ。ホトケサマ、美男におわす彼、遠足の時に鎌倉で見た身体のおっきいあの人、パンチパーマかけてて、唇のエッジがはっきりしてて、頬はちょっと太り過ぎかもしれないけれど、きらいなタイプじゃない。そうそう、あの人、悟る前には首飾りとかイヤリングとか、いろいろ付けてオシャレしてたんだって、ガイドさんが言ってたっけ。自分でもあんなにオシャレしてんだから、彼、あたしが少しくらいオシャレしたって、きっとケチつけたりなんかしないよね。それに比べて、何よ、あのおやじ、どんな聖典を盾に取って、あたしに文句つけるつもり？　きっと、自分でも分かってないんだ。根拠もないのに文句つけるなんて。根拠を出してください。いったいどういう思想の地盤に立って、そういうことを言ってくるのか、説明してください。自分の趣味だけで、駅にいる他人の化粧にケチを付けるなんて許せない。ちゃんと説明してください。どういう宗教に基づいて言ってるんですか。ああ、なんだかあたしも理屈っぽくなってきた。これも、みんな、担任のソノダヤスオ先生の影響。

サヤはわざとゆっくりと見せびらかすようにほとんど茶色に近いほど色の濃い口紅を額の高さに掲げてみせてから、桃色の唇の上に塗った。まだ買いたてなので、先端が剣のように尖っている。まず、縁取りを。暗く縁取りされた口。それから、縁取りの中を塗りつぶした。口紅の濃い色に、自分で興奮する。南洋風の化粧には、これがよく合う。自分で自分の唇に接吻できないのが残念なくらい。それにしても、セップンって日本語、なんだかカフンみたい。粉っぽくて、意味に合ってない。もっと、じゅるじゅるした言葉、ないかな。「苦渋」とか、「部首」とか、「重病」とか、漢字で書くと色気ないけれど、声に出してみると、唾液がじゅるじゅる出そうで悪くない。そういう言葉じゃないと、接吻には相応しくない。「キス」っていう英語も嫌い。口の尖った魚みたいでさ。そんなことを考えながら、サヤは白粉を頬にばたばたとはたいた。白粉って言っても茶色いから、おしろいじゃなくて、おちゃいろいって呼んでる。ぱたぱたやっていると、背広男の頬が赤黒くなってきたよう。本気で怒ってるのかなあ。化粧のどこがそんなに気に入らないの。顔を綺麗にしているんだからいいでしょう。同じ戸外パフォーマンスでも、あんたたちのやる汚いタチションとは大違い。アルコールかアンモニアか知らないけれど、変に濃い黄色の液体から、もうもう湯気がたって、臭気が町の夜をなまぬるく汚す、ああ嫌だ。

あの男、脚を一歩踏み出したり、又一歩下がったりしてる。注意しようか、やめようか、迷ってるんだ、きっと。煙草を吸っている近所の高校生を叱ったら、翌日、血の色のジャムをべっとり塗り付けた野球のボールを投げ込まれて家の窓ガラスを割られたサラリーマンの記事を先週読んだのが忘れられなくて、怖がってるのかも。

サヤは、京都のお土産屋さんで買ったヘビのキャラクターのついた櫛を出してきて、こめかみの後ろをちょっととかしてみた。この櫛は気に入ってる。安物だけれど。櫛は安物でも魔力があるんだから。気を付けなさい。黄色い泉から這い出してきた醜女ヨモッシコメに追い駆けられて、イザナギノミコトがあせって投げつけたのも櫛なんだから。櫛には魔力があるの。投げられて地に落ちた櫛は、タケノコになって、にょっきにょっき生えてきて、それを醜女が一生懸命抜いて、こきこき齧って食べている間に、逃げてくの。こんな話、コンピューター・ゲームの中の話だからあまり当てにならないかもしれないけれど、でも、ゲームの中で、彼らが着ていた服とか髪型、日本史の受験参考書に載ってた挿し絵とそっくりだった。だから、ゲームでも、多分、ある程度は史実に基づいて作っているんだろうなあ、と思う。

それにしても、あの髪型、すてきだった。あの頃の日本の男の人たち、本当にあんなにいろいろ髪を編んだり縛ったりしていたのかなあ。顔がぽっちゃりして白い人だと新興宗教の教祖みたいでみっともないけれど、肌が黒くて頰が引き締まっている男の人が髪の毛を長く伸ばして編んでるのって、なかなか越えてるわ。どうしてそういう伝統が壊れちゃったのかしらね。男の人の髪が編んであると、何かとてもいいことが起きそうな気がする。かがみ書店でバイトしているあの人のことが初めに目についたのも、実は、頭から、ソーメンみたいに細い三つ編みを二本垂らしているから。それから、すっかり好きになってしまって、よく帰りに寄り道する。髪の毛って、魅力よねえ。

あたしが歴史の参考書のイラスト見て思わず真似して描き写したくなるのは、奈良時代の前まで。その後の時代は、みんな、好きになれない。江戸時代なんか最低。みんなが変なチョンマゲを結い始めた時には、当時の年寄りは嘆いたと思う。近ごろの若い者の頭は何だ、って。時代劇のサムライ頭なんか見てると、ああいうの、どうやって愛撫するんだろって思っちゃう。おでこ、つるんつるんって感じで。明治の軍人も感じ悪い。教科書に、なんとか言う名前の人の写真が載っているけれど、あの目つきとか、姿勢とかさ、威張ってるだけで、色気ないものね。今の時代のサラリーマンの髪型もウダイわ。短く切ってるだけで、なんだか、「邪魔な髪の毛を処理しました、はい、清潔です、はい、働きます」みたいな刈り方、しらけるわ。あの、サラリーマンだって、背広着たままで、髪だけ長く伸ばしてヒョウタン縛りにしたら、悪くないと思うけれど。そう思って、もう一度、鏡に映してみると、背広の男はまだサヤの方を睨んでいた。サヤは、その場にしゃがんで、もう一度、鏡の中をのぞきこんだ。やばい、おでこの隅っこに、何か小さなできものができてる。中で白い脂が破裂しそう。立ったまま、片手で鏡持って、片手で潰すのは安定悪いから、しゃがんでみても、それでもまだ安定悪いから、プラットホームにべったりお尻おろしてみたら、下着の薄い木綿を通してコンクリートのひんやりした感触。すると、さっきの背広が、つかつかと近づいてきた。

「君、どうしてプラットホームなんかにすわって、化粧なおしてるの？」

「は？」

「君は、いったい何だ、みっともない、土人か？」

「やだあ。あたし、サンスクリットなんかできません。」

サヤの耳は、「土人」という言葉に馴染んでいなかったので、「インド人」と聞き間違えたのだった。インドがすぐにサンスクリットに結びついたのも、コンピューター・ゲーム「リングイスティック・ヒーロー」の影響。ゆうべも夜中まで浸った世界旅行のゲームで、次々いろいろな国の、いろいろな時代の言語が出て来て、基本文法と基本語彙二十語を暗記して、困難に打ち勝ちながら旅行していくゲーム。反射神経よりも記憶力のいいサヤは、このゲームが好きだった。男は少し戸惑った自分を自分で励ますように繰り返した。

「君、みっともないと思わないのか。」

サヤは、くすっと笑ってしまった。「みっともない」の「みっと」って、どういう意味？うちのお母さんがよく口にする「もったいない」の「もった」と似ていて、変なの。もったいないとか、みっともない、とかさ。

サヤは、舌を打って立ち上がった。相手の顔が上の方にあると、落ち着かない。話をしたいなら、自分もしゃがんで、目線を同じ高さにして話しかけるのが礼儀でしょうに。上からものを言うなんて、嫌な男。立ち上がると、サヤの方が背が高かった。

「どうしてインド人なんですか。」

「インド人?」

「君はインド人かって、今、言ったじゃないですか。」

「土人って言ったんだよ、土という字に、人。君は、そんな言葉も知らないのか。」

ああそうか、地面にすわっている人だから、つちのひと、土人か。洒落てる。でも、土人って、みっともないかなあ。

「君のような若い女性が、」

と男が言いかけた時、電車がホームに入ってきた。


どういうことだったのかなあ、あれ。土人とか、若い女とか、あの男、どうかしてんじゃない。変な奴。そんなことを考えていたら電車の扉が目の前で閉じそうになったので、あわてて中へ飛び込んだ。その時、目には見えない電車の閾に躓いて、前へつんのめって、そこに立っていた中学生の男の子の背中に強くぶつかってしまった。男の子は前によろめいて、

「いてえ。」

と叫んでから、頬をふくらまして振り返ったが、サヤの顔を見て目が合うと、膨らんだ頬がゆるんで、柴犬の顔になった。

「ごめんなさい。」

と謝ると、相手は、

「いいえ全然平気です。」

と言って微笑んだ。この子、馬鹿ね、「全然」っていう副詞は、否定形といっしょに使わないといけないのに、そんなことじゃあ高校入試落ちるから、とサヤは心の中で思ったが、相手の無防備な表情を見ると、思わず気がゆるんで、

「その制服、素敵ね、色が明るくて。どこの中学、行ってるの。」

と聞いてみた。それから、一駅分くらい、たわいもない会話を編んだら、曇りかかっていた気分が晴れた。他人には、ぶつかってみるものね。

中学生が降りてしまうと、サヤもすわることにした。座席には、これがニンゲン一人分です、と言うように、白い線が引いてある。お尻の領分まで鉄道会社に決められてしまうなんて。電車はすいていて、一列に二、三人分しか席が埋まっていなかったが、それでもみんな、その線に従順に従って、尻合わせをしていた。こういうのを規則恐怖症っていうんだって、ソノダ先生が言ってた。自分が規則を破ってしまうのではないかという強迫観念に捕われて、全く必要のないところで、勝手に規則があると思い込んで、奇妙な行動をしてしまうこと。たとえば、砂漠の真ん中で一人、右側通行してるとか、学校が火事になって校舎の中にいる友達を

助けに飛び込む時に、靴を脱いで、下駄箱にきちんと入れて、上履きに履き替えてから入ると
か。

サヤはわざと線の上に尻を下ろした。あたしは、絶対に尻合わせなんかしないつもり。向側にすわっている六十代の女性の目の中に反応を探したが、その目はサヤを見ていなかった。しばらくすると、座席に引かれた線が剃刀の刃のように思えてきて、サヤは落ち着かなくなった。股を二つに割られそうになっている男の姿を思い出した。地獄絵。どこで見たんだっけ。男は逆さ吊りにされていて、脚がワイの字の形に開かれている。地獄の兵士が、背後で日本刀を振りかざしている。マタワリの刑。この男が生前に犯した罪は、電車の中で一人で二人分の席を占領し、人に迷惑をかけたこと。

サヤは一度、深く息を吸い込んだ。今日のあたし、どうかしてる。変なことばかり考えてしまう。落ち着け、落ち着け、気を楽に持て。向側の棚の上に、乱暴に包装された郵便小包が一つ、置いてある。誰のだろう。その真下にすわっている女性には、あの小包は似合わない。怪しい荷物を見かけたら、係員呼び出し用のボタンを押してください。すりに御注意。痴漢は犯罪です。雨の日には、傘のお忘れもののないように御注意ください。電車が揺れました際には、つり革におつかまりください。お年寄りや身体の不自由な方に席をゆずりましょう。車内での携帯電話の御使用は、御遠慮ください。

次の駅で人がたくさん乗り込んできた。そのまた次の駅では、高校生が雪崩れ込んで来た。人口密度が一駅ごとに濃くなっていく。座席に引かれた線と線の間に、人間達がはめ込まれて

いく。更にその後から流れ込んできた人間たちは、つり革に手首を握られて、一列に並んでいく。

サヤは電車を降りて、駅前のさくらデパートに入った。エレベーターで五階に上がり、かがみ書店に入ったが、目当ての店員はいなかった。仕方がないので、コンピューター雑誌「ぴぴんぼ」でも立ち読みして帰ろうと思った。定価七百八十円、もちろん、買わない。立ち読みするだけ。

その時、隣の文房具売り場の前に展示された綺麗な金属の列が、視角の隅でピンクやブルーに光ったので、何をする機械かなあ、と思って、すうっとそちらに吸い寄せられていった。呼び込みの人がすかさず近づいてきて、

「最新型の電子辞書です、すごく軽いんですよ。」

と言った。二十代後半の男性。髪の毛が洗いすぎの染めすぎで、ぺらぺらになっている。サヤは、なんだ、ただの辞書か、と思って、そのままその場を去ろうとした。すると、店員はサヤの心の内をすばやく読み取って、

「今までのと違ってデザインがオシャレですよね。」

と付け加えた。そうかな、と思って、サヤは手に取ってみる。可愛いけれども、でも辞書なんか、もう持ってるからいらない。

「煙草の箱より小さくて薄いでしょう。持ち歩きに便利です。たとえ持ち歩きの必要がないとしても、家に置いて使うだけでも、可愛いですよ。英和、和英、国語、合わせて、十万語入っ

てますから。」

　と店員は早口で言う。十万語って、多いのかな、少ないのかな。サヤはふとさっきの出来事を思い出して、

「それじゃあ、ドジンって言葉、載ってるか、引いてください。」

　と頼んでみた。それまでニコニコしていた店員は、急に眉をしかめて、

「え、ドジ?」

　と聞き返した。

「いいえ、ドジじゃなくて、ドジンです。土の人。」

　店員はうなずいて、きれいに切った爪で小さなボタンを押して、

「はい、どうぞ。」

　とサヤに画面を見せた。「土人=その土地に生まれ住んでいる人。」と、電光文字が出ている。ええ、なんだ、土人って、その土地で生まれて、まだしつこくその土地に居残っている人のこと。それじゃあ、あたしなんか、本当に土人なのね。まぎれもなく、この土地、東京で生まれ育ったんだから。店員は、機械の一番隅にある黄色いボタンを、つつつつつ、と押した。すると、下に隠れていた続きが画面に現われた。「未開の土着人。(要注意! 差別用語)」ああ、これだ。あの男、あたしを差別するために、そう言ったんだ。未開の土着か。でも、未開の人って、駅のプラットホームにすわって化粧するんだろうか。そんな話、聞いたこともないなあ。なんで、あたしのこと、土人だなんて言ったのかなあ。店員は、いかがですか、と言う

ようにサヤの顔を見ている。店員の知りたいのは、買うか、買わないか、それだけ。サヤは、店員の顔を見て、首をゆっくり左右に振った。辞書って面白い言葉がたくさん載ってるんだ、でも、誰かが、あたしにその言葉を言ってくれないと、辞書を引くことだってできない。いろんな言葉を耳の中に囁き込んでくれる機械ってないんだろうか。

サヤは、金属の曲面を口蓋で読み取るように、スプーンをゆっくりとしゃぶりあげた。スプーンを口から出してからも、インスタントカレーの甘さが、しばらく口蓋に残った。母親と父親は、テレビの画面に見入っている。画面には、ちかちかといろいろな顔が映るけれども、サヤは画面に目を固定し続けることができない。せかせかと無駄な動きが多すぎるような気がする。音も落ち着きがない。テレビの中で会話しているタレント族の途切れのないおしゃべり、べとべとしていて、しかも、そっけない。変な人たち。そうなんですよねえ、だから、それは、やっぱり、そういうことだとは思うんですけれどね、でも、わたくしどもなんかは、やっぱりあれなんで、ほら、最近はよくそういうことも言われるようになってきましたけれども、やっぱり、何と言っても、そうですよねえ、本当にそうですよねえ、ええ、わたしも本当にそう思ったんです、と休みなく声が続いて、そのうち急に番組が変って、ドラマチックになって、何よ、あなたたちにはあたしの気持ちなんか少しも分からないんだわ、などと盛り上がるので、サヤはそのわざとらしい演技に恥ずかしくなって画面から目をそらす。からっぽのお皿には、薄くカレー色が残っている。サヤは黙って席を立って自分の部屋に入り、ドアを閉めた。

コンピューターの清涼な青い光が灯る。コンピューターは人間ぶって声を張り上げたりしないから神経が苛立たなくていい。それに、色が綺麗。テレビしかなかった時代の人って可哀想。画面に、今日のニュースが映った。継ぎはぎパッチワークの四角い画面の右上は、アサマカズヤという歌手の浮気事件。その下が、エレガントな金貸しの広告。その下は、旅行情報。写真の中で、ヤシの木の緑がつるつるして、今にも触れそうな、タイ五日の旅。目眩のするサリーの赤、インド名所巡り。香港、ソウル、北京。今お金のないあなたもすぐに旅立ち、と書いてある。そうか、貯金なんかなくても、お金を借りて旅行に出ることができるんだ、それで、帰って来たらバイトして返せばいいんだ。バイトと旅行とセットで申し込めるようになっている。今すぐ誰でも、旅に出ることができるんだ。

メールが来ていないか見ると、この間、チャットで知り合ったリカという子から、「最近、とても狐独です。」という文章が届いていた。よく見ると、コドクのコが、キツネという字になっている。なんと答えていいのか分からないので、そのままにしておいた。その後、インターネットの町をなんとなくうろうろ散歩しているうちに、「純喫茶ドジン」というサイトに入り込んだ。「ドジン」と今日言われたことがまだ気になっていて、つい、指がこのキーワードを捜索してしまった。でも、喫茶店の名前はカタカナで書いてあるから、「土人」のことではなくて、「ロダン」とか「魯迅」みたいに、「ドジン」っていう名前の芸術家か作家が外国にいたのかもしれない。住所も書いてある。それは、驚いたことに、サヤがいつも使っている駅の近くだった。西口を出れば歩いて五分で行ける、と書いてある。御来店をお待ちしております、と書いてある。ネット上で、今来ている人たちとチャットで会話することもできる。英語の会話も出てくるところを見ると、日本語のできない訪問者もいるらしい。本当にこんな茶店、あるんだろうか。

翌朝は雨が降っていた。雨が降っていると、校舎の外壁の肌の色が濃くなる。クラスでは、一時間目の学級会の始まる前に、カツオが黒板に落書きしていた。「今日の議題。その一。ウンチングスタイルで電車を待っていたら、どっかのオジンに注意されたので、むかついた。そいつを殴ってもいいか。その二。三年九組のX子さんが男の制服を着てきて、校長に注意された。校長を人権侵害で訴えるべきか。その三。人の迷惑にならなければ、休み時間に体育倉庫でやってもいいか。」チョークが黒板に当たる、かっかっというリズミカルな音。カツオを背後から取り巻くようにして、男の子三人ばかりが、げらげら笑っている。遠くからカツオを指差して、何か囁きあったり、くすくす笑っている女の子たちもいる。カツオのことなど無視して、うつむいてマンガを読んでる子もいる。サヤは、カツオに多少妬ましさのようなものを感じた。あの子、馬鹿じゃない。あの悪戯書き、全部、自分で考えたのかなあ。なかなかきらついてるところある。親に手伝ってもらうはずはないし、カツオの友達はあまり頭の冴えないのばかりだから、友達に考えてもらったはずはないし。やっぱり自分で考えたとしか思えない。不良のふりをしていても成績がクラス一番であることを密かに自慢に思っているサヤには、カツオが羨ましい。カツオは、成績はよくなさそうだが、頭の使い方が反逆的で、素早くて、かっこいい、カワムラの用語を借りて言えば、やることがいちいちクール宅急便なのだ。

始業の鐘が鳴り、担任教師ソノダヤスオが教室に入ってきた。黒板の近くに集まっていた生徒たちはごそごそと席についた。ソノダヤスオは黒板に書かれている字を読んで、にやっとした。この教師も最近は疲れた様子をしていて、欠勤も増え、そのうち、学校をやめるのではないかと噂されていたこともあったが、今日は顔色がいい。サヤはこの教師のことを気に入っている。ソノダヤスオは口を大きくあけて、

「みんな、おはよう。」

と挨拶した。

「オハヨウッス。」

と低い声で二、三人が答えただけで、残りの生徒達は黙っていた。

「なんだ、答えてくれるのは、柔道部だけか。僕が、おはようって言ってるのに答えないなんて、僕を人間と思ってないのか。」

と半分は本気で、半分は演技で、怒ってみせてから、ソノダヤスオは、今度は少し丁寧に、

「おはようございます。」

と言った。今度は、十五人くらいが、

「おはようございます。」

と言った。まだまだ口を開かない連中がいる。向こうは四十人、こちらは一人だ、人間だと

思われなくても無理ないかもしれない、とソノダヤスオは思う。

教師が教室に入ってきたら、「起立」「礼」「着席」という号令に合わせて挨拶する、という規則がこの学校にはつい最近まであった。それが廃止されたのは、ソノダヤスオが音頭を取って、あの運動を起こしたおかげだった。あの時のことは、思い出しただけでも、頭が痛くなる。生徒達にはもうずっと前から明らかに、キリツ・レイ・チャクセキをやる気などなく、ぼろをひきずるように立ち上がり、礼も、鶏のように首を斜めに曲げるだけで、そのうち全く立ち上がらない生徒も出てきていた。それを強制的に礼させるためには、怒鳴ったり、殴ったりしなければならない。ソノダヤスオや同年代の教師たちは、怒鳴る、殴る、などという野蛮なことをするのは御免だった。まして、自分が少しもいいと思っていない規則を押し付けるために、そんなことをする気にはなれない。軍隊を思い出させるような、こんな挨拶の仕方そのものを、できることなら廃止にしてしまいたい、というのが、ソノダヤスオたちの本心だった。そこで、同僚が四人集まって、ひそかに相談した。まずそれぞれが、学級会で挨拶の仕方を話題にしよう、と決めた。

この四人は、気の合う同世代の集まりで、あいつらはこの学校のブンカクを企てる四人組だ、と陰で悪口を言う同僚もいた。教員旅行の帰り、奥多摩で夕立ちに降られ、キオスクのひさしの下で二十五分、ビールはなかったがつまみのスルメを分け合って、くちゃくちゃ嚙みながら、晴れ間が出るまで雑談している間に生まれた友情だった。

あの日も雨だった。教室に入って、日直が「キリッツ！」と言うのを遮って、

「君たちは挨拶がしたいのか、したくないのか。」

とソノダヤスオはいきなり問いをぶつけてみた。生徒達は自分の知らない状況にぶつかると、俯いてしまうか、表情を閉じてマネキン人形になってしまうか、どちらかだ。答えは返ってこなかった。気まずい沈黙があるだけで、人と人が話をするような雰囲気は全くない。

「朝の挨拶をしたいのか、したくないのか、率直な意見を聞きたいだけだよ。」

反応無し。

「ヤマノさんは、どう思うの？」

とソノダヤスオは声を和らげて聞いてみる。彼女はしっかりしているから、こんな時でも何か意見が言えるかもしれない。ところが、この希望の星も、

「けじめはつけた方がいいと思います。」

と借りてきたような文章を機械的に発音しただけだった。

「本当にそう思っているの？」

とソノダヤスオが念を押すと、彼女は怒ったような目をして口を閉ざし、代わりに、その隣の席の生徒が、

「かったるいから、できれば、やりたくない。」

とつぶやいた。これは本心だろう。ソノダヤスオは内心ほっとして、

「かったるいというのはどういうことか、もっと説明してくれ。」

と言った。又、沈黙。何を言えばいいのか見当もつかないのに、無理に言えと強制されている高校生たちの間に、鈍い怒りが広がっていって、その沈黙をますます重く息苦しいものにしていく。みんな、そんなことについて考えたくない。それなら授業をすぐに始めたいのか。授業もできればやりたくない。やりたいことなんか何もない、全部、もともと、強制なのだから、これ以上面倒なことは持ち込まないでくれ、なるべく、すんなりやってくれ、なんでそんなにこだわるんだ、と言う声が聞こえてくるような気がした。ソノダヤスオは負けずに押し続ける。

「かったるいというのは、どういうことなのか、どうして、かったるいのか、教えてくれ。」

又しばらく沈黙があり、それから、

「かったるいってのは、かったるいんだよ。」

と誰かが怒ったようにつぶやいた。

生徒たちにまかせておいたのでは、このままひどくなっていくばかりだ、と思って、ソノダヤスオは苦笑した。意見さえ言わない生徒たちが、学校側に規則を変えさせるための運動など起こすはずがない。もちろん、規則に従うつもりもない。日直が「キリッツレイチャクセキ」と言っても、ただ、ぐずぐずと席から立ち上がらず、頭を少し傾けて、窓の外を見ているばかりなのだろう。それで注意する教師がいれば、気分によっては、そちらに果物ナイフを一本飛ばすくらいのことはするかもしれない。でも、規律を変えさせようというところには気持ちがいかないに違いない。どうしてなんだ。この社会は誰かが勝手に押し付けてきた社会で、自分が作ったものじゃない、と思っているからだ。幼児みたいに。このまま生徒の側からの声を待っていても仕方がない、教師の側から提案して、話を進めて廃止まで持っていくしかない、と三人の同僚たちが言い出した。ソノダヤスオは、それよりましなアイデアも思い付かなかったので、協力することにした。

運動の主旨は、キリッツ・レイ・チャクセキなどという兵隊みたいな挨拶の伝統は、日本が侵略戦争と隣国の植民地化を進めていた時代に生まれたものであり、学校を軍隊のミニチュアとするものであるから、民主主義教育に相応しくない、ということだった。そのへんをよく理解してもらうため、パンフレットを作った。サーベルをさげた日本人教師が大陸の学校でその土地の子供達に日本語を強制しているカリカチュアをソノダヤスオの同僚がインターネットで見つけてきて表紙にした。しかし、このパンフレットは配られる前に、没収された。挨拶の仕方は各教師の良識にまかせるということにして、これ以上、ことを荒立てないでほしい、と教頭から頼みのような脅しのような申し出があったのだ。それでソノダヤスオたちも同意してしまったが、嫌な後味が残った。良識という言葉が魚の小骨のように喉につかえていた。嫌な言葉だ。識は認識、その識が良いか悪いかなど、初めっから自己規制してたまるか。識は識、良くても悪くても、識ることは面白いことなんだ。「言」という字から書き始めて、真ん中には、「音」がある。織物の「織」とも似ている。「識」という漢字を眺めているだけでも、充分すばらしいじゃないか。

しかし、この件で一番落胆させられたのは、生徒の中から何も意見が出てこなかったことだった。校長や教頭が保守的なことはもう分かっているから、それほど腹も立たない。でも、生徒たちはどうして、コンニャクみたいに黙り込んでいて、何も意見がないのか。どうして、かったるいから、と言って、自分の中にこもってしまうのか。そのことで、ソノダヤスオは随分悩んだ。もっと、元気に、こういう挨拶がしたい、とか、ああいう挨拶がしたい、とか、挨拶なんか全然したくない、とか、何でもいいから、意見を言ってくれないのか。馬鹿馬鹿しい意見でもいいから、とにかく、何か言ってくれ。俺は生徒が幼稚な意見を口にしたからと言って、怒ったことも軽蔑したこともない。それなのになぜ、面と向かって何も言ってくれないんだ。ただ、ぐずぐずと身体を動かしているだけで。恥をかきたくないから、疲れているふりをしてカッコツケテいるんだろうか。大人を恨んでいるんだろうか。何を言っても無駄だ、と思ってるんだろうか。俺だって、生まれた時から、大人だった訳じゃないんだぞ。なんでそんなに敵視するんだ。

ソノダヤスオは、はっと気がつくと、電車の中でも、寝床でも、便所の中でも、そのことばかり考えていた。

「そういうのをノイローゼって言うんだよ。考えるのは、もう止めろ。」

と大学時代の友達ソウダに言われた。

「意見なんて、自然に出てくるものじゃないよ。食欲じゃないんだから。やっぱり、その出し方を習わないと、出てこない。」

ソウダに言われてみて、ソノダヤスオはなるほどと思った。意見は自然に溢れてくるものじゃない、練習しなければ出てくるものじゃない、練習がないから、意見という形になって心が出てこないだけということか、なるほど。生徒が意見を出してくれれば、自分はそれを応援してやることができる。そうだ、自分の使命は、生徒たちに意見を持つ練習をさせることなんだ。意見というのは、我がままとは違う。意見も我がままもいっしょくたにして押さえ込む軍隊の伝統がまだ続いていたのがいけないんだ。意見は形式、意見はテクニック、意見はスポーツだ。そう思い付いたソノダヤスオは、また元気を取り戻して、翌日から、生徒に意見を持つ練習をさせ始めた。「君たちは制服に賛成か反対か」「君たちは今の大学受験制度をどう思うか」「コンピューターの普及はいいことだと思うか悪いことだと思うか」など、毎週かさばるテーマを脇の下に抱えるようにして持ってきて、生徒全員に意見を求め、更に、賛成理由、反対理由などをできるだけくわしく言わせた。初めは討論もわざとらしく、不自然で、うまくいかなかった。しかし、不自然さを恐れていては新しいことはできない、と思って自分を励まして、無理に討論の時間を続けた。自然を保護する運動があるなら、不自然さを保護する運動があってもいいはずだ。しばらくすると、討議なんかしても仕方がない、そんなことどうでもいい、と言っていた生徒の一部に、討論マニアが現われてきた。カツオがその極端な例で、授業はあまり熱心ではないが、討論に勝つためなら、勉強だってするという意気込み。今日の落書きも、その成果の一つだったかもしれない。

「尻を落としてしゃがむ姿勢は、別にめずらしいものじゃない。」

とソノダヤスオは嬉しさを抑え、もったいをつけて、ゆっくりと口を切った。

「僕がまだ学生だった頃、東南アジアを旅行した。インドネシアでもベトナムでも、みんなこうやって、道で雑談していた。」

そう言って、ソノダヤスオはしゃがんでみせた。

「みんな、ゆったりしたズボンをはいて、三十分でも一時間でも、そうやって話していた。とても楽そうに見えた。君たちは、そんなに長くしゃがんでいられるか。」

にやにやしている顔、困惑した顔、いらだった顔、不安げな顔、表情のない顔。誰も何も言わない。

「男の子は、できないだろ。それはズボンがヨーロッパ風に縫ってあるからだよ。ヨーロッパの人たちは、しゃがむ姿勢が得意ではない。全然できない人もいる。だから、椅子を発明したんだ。そして、椅子にすわらないと、文明的でないと思い込むようになった。日本は、明治になると、西洋に野蛮だと思われては困る事情が出て来た。あの頃はまだ、文明的だと思われないと、未開の国ということで、不平等な条約を押し付けられたりしたからな。一方、その頃の西洋は、自分の知らない生活形式や風習はすべて野蛮だ、と思い込んでいた。だから、しゃがむスタイルも野蛮だと思い込んでいた。そこで、日本は野蛮だと思われないために、いろいろな風習を短期間で変えようとした。」

教室には、なんだか、みじめで湿っぽい雰囲気が漂い始めた。自分の国が野蛮だと思われないように必死で他所の国の真似をし始めた、などという話は、聞いていて面白くない。日本は昔から金持ちだったんじゃないのか。野蛮人だったのか。

「でも、本当は、人のことを野蛮だと思う奴の方が野蛮なんだぞ。日本にもそうやってしゃがんで駅で電車を待っていた人が戦後もずっと、たくさんいたそうだよ。それがだんだん減って、この格好は文明的でないという思い込みも、みんなの中に浸透してきた。でも、最近、又、どういうわけか、この姿勢が復活してきたんだな。なぜだろう。そう考えると、面白いだろ。」

「じゃあ、ウンチングスタイルそのものは悪い姿勢じゃないわけですね。」

とカツオが念を押す。

「悪くなんかないさ。」

「じゃあ、駅で注意してきたオジンを殴ってもいいんですね。」

とカツオが今度はわざと素頓狂な声で言った。何人かが笑った。

「そりゃあ、だめだ。だいたい、そのオジンという言い方は何なんだ。」

「そらあ、人の尊敬語ですよ、ジンにオをつけてオジン。」

「そんな尊敬語があるか。昔の人たちは、文明国として認めてもらおうとして必死で働いてきたんだぞ。彼らは、今の僕らから見れば、植民地によくいる可哀想な西洋中心主義者かもしれない。でも、僕だって、三十年も早く生まれていたら、同じような考え方にはまっていただろうし、君たちだって同じだ。だから、殴るなんてとんでもないぞ。そんなことしている暇があるなら、これから、明るいウンチングスタイル復活運動を起こせばいいじゃないか。」

議論の種を蒔いたカツオは、面倒なことに引き込まれそうに感じたのか、

「おもしろくね。おれ、椅子がいい。」

と言って、みんなを笑わせようとしたが、今度は誰も笑わなかった。ソノダヤスオは自分の側に人気が戻ったのを感じて、元気づいた。

「これから三分間、黙って目をつぶって、なぜ自分がそういう姿勢をしたくなるのか、それぞれ考えてみろ。」

ソノダヤスオは腕時計を睨んだ。教室はしんと静まり返り、ソノダヤスオの意識は、少しずつ、腕時計の秒針の動きに呑まれていった。マチコといっしょに新宿の駅前で買った腕時計。安物だけれど、お揃いだから愛着がある。

「この頃は男物の時計と女物の時計の区別が厳しくなくなったから嬉しいわ。あなたと同じ時計を腕にはめられるから。」

とマチコは言った。それから、くすっと笑って、

「そのうちにきっと、傘も手袋も鞄も帽子もみんなフリーサイズじゃなくてフリーセックスになっていくわよ。」

と付け加えた。フリーセックスっていう言葉の使い方、ちょっと違うんじゃないか、とヤスオは思ったが、そのことは口に出さずに、

「ジーパンなんかも男女差ないもんな。下着もそのうちに、」

と言いかけて、やめた。マチコが男物のトランクスだけを身につけて家にすわっているとこ

ろが目に浮かんだ。夏のハワイの余韻でほんのり日焼けして筋肉の締った腿。その腿が、トランクスのひらひらと広がった縁から、すらっと伸びている。その方が、あのぴちぴちでぎりぎりの女物の下着から出ているよりも、ずっと形がよく見えるんじゃあないか。そうだ、女の子だって、トランクスをはいた方がいいんじゃないのか。いったい誰が、女の子の下着はああいう形にするって決めたんだ。

三分たつと、ヤスオは黒板に「わたしはなぜしゃがむ姿勢を支持するか」と書いて、生徒を隅から順々にさしていった。

「しゃがむと、地面が近くて、安心するので、いいと思います。」

「しゃがんで友達としゃべっていると、煩い駅の人込みの中にいても、友達と二人だけで火燵に入ってしゃべってるみたいで、落ち着くと思います。」

「立っているより、しゃがんでいた方が、お尻が暖かいので、冬はいいと思います。夏は汗で腿とふくらはぎがくっついて気持ち悪いけど、ぺったり地面にすわれば、コンクリートが冷たくて気持ちいいかなと思います。」

「しゃがむと、立っている時より、友達と親しい感じがして、打ち明け話ができるし、携帯でしゃべる時も、地面が近いと、料金が安くなるみたいで、安心して長話できるような気がします。」

サヤは、しゃがむと肛門がひきつれて開いて、そこから土の精が這い込んでくるみたいで気持ちいい、と思ったが、口に出しては言わなかった。土の精は、背の高さが一センチもないような小人で、老人だか新生児だか分からない皺だらけの顔で、いつも笑っている。これもコンピューター・ゲームのキャラクター。サヤの隣の席のナミコは、机を睨むようにして、うつむいていた。いつも無口だが、この時は、何かに腹を立てて黙っているように見えた。ソノダヤスオはそんなナミコの様子に気がついたのか、

「君も何か言いたい意見があるんだろう。」

と言うと、ナミコは冷たい声で、

「しゃがむと、服が汚れるし、しゃがんでいるのは、家のない人とか、外国人とかだけなので、わたしはそういう人たちといっしょにされたくない。」

と答えた。教室がひんやり静まりかえった。ソノダヤスオは、一人、みんなとは別の方向に思考するナミコの勇気を買って、

「そうか。」

とやさしく言った。それから、

「でも、どうして、外国人といっしょにされたくないのか、それについて明日聞かせてくれると嬉しいよ。さて、第二の議題も、来週にまわします。みんな、それぞれ家で答えを考えてくるように。」

と元気を装って付け加えたが、本当はあの制服事件を思い出すと、気が滅入った。ノイローゼ気味だった頃の頭痛が、今にも蘇ってきそうだ。男子生徒用の詰め襟の制服を着て学校に来て、校長に呼ばれた、その女生徒のことはよく知っていた。その子はアメリカ生まれで、偏差

値はあまり高くないが、作文など書かせると、切り口の鋭い理論を展開する。この事件に関して、ソノダヤスオの意見ははっきりしていた。生物学的に見て、男に生まれても女に生まれても、ジェンダーを選ぶのは個人の権利だから、その女生徒には男子用の制服を着る権利がある。しかし、校長は自分の意見を述べただけで何も強制していないわけだから、訴えられるような犯罪を犯したわけではない。すなわち、校長を訴えることはできない、という結論。しかし、その後はどう続くのだ？　彼女は詰め襟で通すことができるのか？　できないだろう。結局は見殺しだ。しかも、俺がこういう意見をクラスで口にすれば、校長に伝わって、又、面倒なことになりそうだ。たとえば、サワタが親にその話をして、サワタの母親は校長の従姉妹だから、さっそく告げ口して、と考えると、校長室に満ちたユリの花のにおいが思い出される。息がつまりそうだ。なぜ、ユリなんか飾っておくんだろう。悪趣味にも程がある。校長とは一度、あの部屋で、慰安婦問題のことで、ねっとりした口論をして、あの日、いっぺんに五年くらい年を取ったような気がした。しばらくはああいう口論は遠慮したい。ああ、なんで俺がこんな目に遭わないといけないんだ。この若さで。学校なんかやめちまいたい。マチコと結婚して、いっしょに外国にでも留学してやろうか。たまたま今の時代、この国に生まれたというだけで、こんなつまらない問題で一生を台無しにしなければいけないなんて、引いた籤がよくなかった。もし、五十年後に生まれていたら、学校の制服なんか自然になくなっているだろうし、そうすれば、こういうつまらないことで、頭痛や腹痛に悩んだり、酒を飲み過ぎたりして、時間を無駄にしなくても済むのに。

ソノダヤスオははっと我に返って、咳払いして、声を大きくして続けた。

「第三の議題については、国語学的な意見を述べたいと思います。日本語の動詞『ヤル』の意味は非常に広くて、その解釈は人によって違いますが、体育倉庫のように埃っぽくて、暗くて、ねずみのいるようなところでカツオ君がやりたいことというのはいったい何なのだろうと、僕はいろいろ考えてみたけれども、結局、分からなかった。」

何人かが声を出して笑った。これで救われた、とソノダヤスオは思った。芸人は、聴衆を笑わせたら勝ちだ。

「ちぇ、カニカマトト。」

と、カツオは小声で罵ったが、それほど不満そうには見えなかった。第三点について本気で議論する気など初めからなかったのだ。甘えているだけ。第一、体育倉庫でカツオのようなガキと性交したいと思う女性がこの世にいるのだろうか、と思い、ソノダヤスオは心の中で意地悪く笑った。

カツオは教師の目に映るほど未熟ではない。サヤは、偶然、目にしたことのあるある場面を思い出して、唾を呑んだ。二ヶ月ほど前のことだろうか。放課後、体育倉庫の側で友達を待っていると、中から、高めのかすれた唸り声が聞こえてくる。誰か、中でこっそり子犬でも飼っているのかと思って、板の割れ目から覗いてみると、薄闇の中にうっすら裸の肌の輝きが浮かび上がった。衛星腕立て伏せという言葉がふいに脳裏に浮かんだ。どこで覚えた言葉なのか、自分でも分からない。目が慣れてくると、上になっている子の横顔がぼんやり見えてきた。カツオだ。下にいるのは、みんなにマックンと呼ばれている天文学部の男の子。サヤは、こんなやり方を見るのは初めてだったけれど、一度見てしまうと、前から知っていたような気がしてきた。カツオが急に、くるくるっと身体を回転させて隅にころがっていくと、それを追うようにマックンが転がっていった。それから、二人は又一つになった。自転しながら公転するって、こういうことだったの。太陽は不在で、月であるカツオともう一つの月であるマックンが、不思議な回転を絡み合わせていた。カツオが手のひらを滑らせると、マックンの背中に静電気が起こり、肌の表面が光った。

マックンは小麦色の肌に、睫がみっしりと生え揃い、顎はほっそりと締り、どこか南国風の美しさがある。ある時、誰かがサヤに、マックンの顔はアニメの主人公カグツチに似ていて、とても可愛い、と言ったことがあった。サヤが同意すると、隣にいた、いつもは無口なナミコが急に、

「あの人のお母さん、フィリピン人よ。」

と言った。

「ナミコ、どうして、そんなこと知ってるのよ。」

「だって、あいつ、うちの従兄弟の家の隣に住んでいるんだもの。」

「じゃあ、お宅の叔母さんと、マックンのお母さんって、近所づきあいとか、してるわけ?」

「するわけないでしょう。」

サヤは、急に声がそっくり返ったナミコの顔をまじまじと見た。いつも隣にすわっているのに、どうも輪郭の摑みにくい級友。いつもは無口なのでつい、やさしすぎて、ちぢこまった性格なのかと思ってしまうが、一度口を開くと、その口調は粗野で、残酷でさえある。

一時間目は、ソノダヤスオ自身の教える現代国語の授業だった。教科書を開くぱらぱらという音の中で、生徒たちは緊張がほぐれたのか、また、おしゃべりを始めた。

「君たちは、ここに出てくる先生と主人公の間の関係をどういう言葉で捕らえたいか、家で考えてくるように言ったと思うが、どうだ。」

ソノダヤスオが話し始めても、おしゃべりはやまない。せっかく面白い話をしてやろうとしているのに、馬鹿な奴らだ。この小説は大学受験でもよく出る、とでも言ってやれば、その時だけは数人が顔を上げるのだろうが、馬鹿馬鹿しくてそんなサービスをしてやる気にさえなれない。教師も客商売なら、生徒に向かって、「お客様、これは覚えておかれると、とってもお得ですよ。」なんて言ってやるべきなんだろうか。

ソノダヤスオは、せめてクラスの中の二、三人が目を輝かせてこちらを見ていてくれれば嬉しい、と思う。全員がこちらを見てくれなくてもいい。全員に受けたいと考えるのは民放テレビの発想だ。少数でいい。しかし、今日は誰一人聞いていないようだ。なんで俺がこんなサラリーマンのガキの子守をさせられるんだ、しかも四十人も。少数なら、できそこないの子でも充分可愛がってやれるような気がする。マンガでもアニメでもいい、その子の好きなところから出発して、中国古典の世界や、ギリシャ神話の世界まででも、手を引いて連れていってやれそうな気がする。でもこんな自動車の大量生産してるみたいなクラスで、いったいどうしろって言うんだ。そうだ、こんな学校は来年やめてやる。どうせやめるなら、その前に、いろんなことを生徒に教えてやろう。俺がいなくなってからも、自殺なんかしないで、したたかに生き延びていかれるように、別れる前に武器を授けて、それで自分はサヨナラだ。死なないためにはどうするか。その秘訣を教えてやろう。そうだ、たとえば、その一、みんなに好かれる必要はない、自分の友達にさえ好かれればいい、むしろ煙たく思われるくらいが楽しいと思うこと。その二、毎日千語以上の単語を使って、五人以上の人と話をすること。その三、自分の好きな本と好きな曲を決めて、友達に宣伝すること。そうだ、やらなければならないことの圧迫に潰されないでやりたいように生きるための秘伝を生徒に授けてから、学校をやめてやろう。登校を永遠拒否してやろう。校長世代と子供世代の仲介役はもう御免だ。胃に穴があきそうだ。

日曜日、ソノダヤスオはマチコを新宿のあるパーラーに呼び出した。約束の時間の三十分も前に着いてしまったヤスオは、しばらく店の前にぼんやり立っていた。きらびやかな照明に照らし出されたショーウインドウ、蠟作りのアイスクリームの雪そっくりの白さ、身をのけぞらせたバナナ、メロンのみずみずしさ。店員たちは毎日、蠟の表面に積もった埃を取り除いているんだろうか。パフェーを布巾で拭くというのも、変な気分だろうな。中へ入ってしばらく待っていると、マチコが少し遅れて、顔を火照らせて入って来た。いつもより、体温が高そうに見える。ヤスオは、自分のクラスでの出来事を笑い話のようにひとくさり語って聞かせてから、急に真面目な顔になって、声を低くした。

「マチコさんは、今の会社の仕事を本当に面白いと思っているんですか、もう一度、たとえばアメリカの大学で勉強しなおしたいなんて、思うことはないんですか。」

マチコは、ヤスオの真意を計りかねるのか、用心して、

「あなたは？」

と尋ねた。

「僕はアメリカに行こうかと思っているのだけれど、いっしょに行きませんか。そこで、大学に行って、勉強しなおすつもりはありませんか？」

思いきって言ってしまった。マチコの顔がぱっと輝いた。

それから二週間後には、二人は時計の針の動きに気を焦らせて、せわしなく唇を合わせ、舌が舌を追い、舌が同じ方向に回転する時には追い付かず、逆方向に廻れば、からみあった。腹や太腿の肌を摺り合わせると、毛穴がいっせいにはなひらいて、耳垢を甘く煮たような快い香を放ち、疲れれば、ウイスキーの黄金色に視線を溶かし込み、うっとりと、ぼんやりと、遠くにまたたく古本屋のネオンを眺めては、また手を取り合って、並んで横たわり、又、お互いに火を付け合っては、時間を忘れて陶酔した。夜が深まっても、ヤスオはマチコの臀部に鎌のようにさし入れた腕を引き抜いて眠る気になれず、腕がしびれてきても、未練がましく時々身体

をうずかせ、ここそこの筋肉に力を入れてみたりしながら、鳥の声を聞いた。マチコはヤスオの背中に爪を食い入らせたまま眠ってしまうこともあり、はげかかったマニキュアを塗り直す暇もなく出勤した。二人は翌年の春には式を挙げて、それからアメリカに渡ることに決めた。

ところが、それから三週間ほどたったある日、ヤスオが、喫茶店で、マチコとコーヒーを飲みながら、アメリカの大学に関する情報をインターネットで探してプリントアウトしたものをマチコに見せながら、

「僕達、やっぱり、二人、同じ大学がいいだろうね。」

と言うと、マチコの表情が硬直した。

「え、あなたも大学に行くの？」

「どうして？」

「あなたは現地の日本人学校で働くんじゃなかったの？」

「アルバイトでね。」

「アルバイト？　それで、生活費、足りるの？」

「君のバイト先もいっしょに見つけてあげるよ。」

「え、あたしも働くの？　でもあたし、まだ英語もできないし。」

「日本レストランかなんかで働けばいいさ。」

マチコは花模様の刺繍のある白いハンカチで口を押さえて、黙ってしまった。ヤスオの目にはその仕種が、大正時代の小説からの引用のように場違いに見えた。泣き声の漏れるのを抑え

るような声で、マチコは、そんなのはひどすぎる、話が違う、というようなことをやっと言った。ヤスオは初めはぽかんとしていたが、そのうちに、事情がのみこめてくると、額の裏に空洞ができたようになり、それから、顔に怒りの血が昇ってきた。

「俺だけ働かして、自分一人大学行くつもりだったのか。なんで、そういう発想になるんだよ。」

「だって、アメリカ行って勉強しなおすつもりありませんか、って言うんだもの。そうさせてくれるのかと思ったのよ。」

「そうさせるさ。」

「大学行っても、あたし普通の主婦と同じに家事はやるのよ。それなのにどうして、レストランで皿洗いまでしなきゃならないの。」

「家事なんか僕だってやるよ。常識だろ。でも、僕だけの収入で二人生活するとしたら、僕が一日中働かなきゃならなくなるじゃないか。僕はいつ勉強するんだよ。ひどい発想だな。」

ヤスオは泣きたいのはこっちの方だ、と思って立ち上がり、店を出た。こんな風にマチコと喧嘩したのは初めてだった。行き先も見ないで電車に飛び乗ると、本当に涙が出てきたので、自分に呆れて、次の駅で降りた。こういう時は飲みつぶすものなんだろうなあ、でも新宿なんかで、上司の悪口言ってるサラリーマンに混ざって一人で飲んで、家畜運送車みたいに混んだ電車に揺られて家に帰るのも面白くない。どっか気持ちのいいところ行きたいなあ。綺麗な色や形が天からばらばら降ってきて、身体が軽くなって、空気の鼓動に合わせて、何もかもが揺れ始めて、骨が柔らかくなって。そういう気持ちのいいところへ行きたいなあ。夜のはとバスにでも乗ってみるか。東京の町に初めて来る人たちの胸のときめきが伝わってきて楽しいかもしれないぞ。銀座や浅草のネオンサインが窓から流れ込んできて、自分はただその光をシャワーみたいに浴びて、赤ん坊みたいに受け身にすわっているだけ。気持ちのよいものが、向こうからどんどん降り掛かってきて、こちらはそれを受け止め続けるだけ。でも、失恋して、はとバスに乗るという話は聞かないな。あまりにも格好が悪すぎる。やっぱり飲み潰すんだろうなあ。でも、こんな時に馴染みの店に行くのは嫌だし、くだらない店に一人で行くのも嫌だ。大学時代の親友ソウダに電話してみた。塾の教師をしているソウダは、今週は忙しくて出掛けている暇はないというので、電話で話をした。ヤスオは、他人事のように、自分とマチコのアメリカ行きの計画がどんな風にして壊れたかという話をした。

「でも、なんでおまえアメリカなんだ?」

ソウダは、ヤスオとマチコの言い分については何も意見を言わず、ただ、不思議そうにそう問い返してきた。

「別にそれは。もし中国へ行くとしたら、中国語をやらなければならないだろうし。」

「本当に行きたいなら、何語でも勉強すればいいだろう。なんでアメリカなんだ。お前、昔、あそこの帝国主義反対だのなんだのって偉そうに騒いでいただろう。それがどうして急に変わったんだ。」

「それとこれとは違う。」

「どう違うんだ。」

ソノダヤスオは黙った。

担任のソノダ先生の顔はいくら見ていても飽きない、とサヤは思う。何を考えているのかは、よく理解できないけれども、話に熱が入ると頬が赤くなって唇が腫れてくるし、いらだってくると眉が痙攣し始める。今日はなんだか顔があおざめていて、鬚の剃り跡が青く見える。

「ソノダ先生って、最低ね。」

と隣の席のナミコが、休憩時間に急に言い出したので、ちょうどそれとは反対のことを考えていたサヤは心をけつまずかされて、

「どうして?」

と刺すように問い返した。

「だって、シャンしないで登校してくるから、いつも髪の毛から、あれの臭いがしてる。やりすぎじゃないかしら。」

サヤは、唖然として、ナミコの顔を見た。

「そうかな。あたしには、分からないけれど。」

次の体育の時間になっても、サヤは、ナミコの言ったことが気になっていた。うっかり踏んでしまった犬の糞のように、靴を洗ってもまだ靴底の溝の中にめりこんでいて、嫌な思いをさせられる言葉。

女子体育は、今月は創作ダンスで、小さなグループに分れて作品を作り、発表していくことになっていた。サヤは、ナミコと同じグループになってしまった。今日の課題は、一つの動詞をテーマに踊ることだった。右隣のグループは「傾く」がテーマ、左隣のグループは「途切れる」がテーマ、サヤはナミコともう二人の顔を見て、「うずめる」をテーマにしよう、と言った。

「あなたって、変わってるわね、やっぱり。」

同じグループの友達にそう言われて、サヤは悪い気はしない。変わっている、というのが、一番の褒め言葉。本当にはずれている嫌な人のことも、変わっている、と言うけれど、その場合は、声が冷たいから非難しているんだってすぐ分かる。こういう風に暖かい声で、変わっているわね、と言われれば褒め言葉。わたしって変わっているのかしら、と言えば自分で自分を誉めて人に媚びているのだ。

サヤは、さっそく、動作を集め始めた。しゃがんで、両手で土を掘り起こす動作、大きな物を持ってきて、穴に横たえる動作、土をかける動作。

「それ、何を埋めてるところ？　死体？」

ナミコが乾いた声で尋ねた。

「かもね。」

とサヤが、しゃがんだまま、わざと陽気に答えると、

「あなた、万華鏡よ。」

とナミコが急に言った。サヤはナミコの言った意味が分からないで、ぽかんとしていた。周りの視線がサヤに集まってきた。ナミコが冷水を浴びせるように付け加えた。

「見えてるのよ。」

ナミコの視線を追うと、サヤのブルマーの縁から陰毛が一本はみ出している。たった一本なのに、ナミコの目には見えるらしい。まわりに集まった数人は、決まり悪げに黙って顔をそむけた。サヤは暗い気持ちで立ち上がった。胃のあたりが、むらむらしてきた。


カツオは最近、腹の中がかっかとしている。うまく考えを紡いでいって、教師をやっつけてやろうと計画を練っている時などは楽しい。しかし、それでも教師にかなわないで負けてしまうと、ますます腹の中が沸騰してくる。それで、キックボクシングか何かのように思いきり宙を蹴り上げて、グアテマラッと訳の分からないことを大声で叫んでみるが、気分はすっきりしない。学校はそれでも楽しい。家で父親の鼻毛を見ているよりは、学校で友達とふざけていた方がずっとましだ。鼻の大きい父親の顔を見ていると、理由もなく腹が立ってくる。父親は励声大学の大学院の教授で、ゼミや会議で大学に行っているか、講演や学会で旅に出ているか、家で本を書いているかだ。それ以外のことをしているところを見たことがない。お前の好きなようにしろ、と言って、何でも許してくれる。と言うよりはむしろ、俺のやっていることなんかアカンボくさくて相手にしてられないんだろう、とカツオは思う。いつか、家を出て、有名になって、あいつの鼻をあかしてやりたい。あいつが死ぬ前にもう一度、息子の顔が見たいと思って、俺の舞台に出掛けていっても、楽屋はファンで一杯で、俺のところに行き着けない。おっと舞台だなんて。役者になるのは御免だな。セリフを暗記する自信がない。声が鶏みたいだ。だって小学校の時に笑われたくらいだから、歌手にもなれないだろう。でも、舞台と聞くと、気持ちがそわそわしてくる。舞台って、豪華で切実な言葉だ。

カツオは、その朝、つまらないことで親父と口喧嘩して、家を飛び出してしまった。日曜日だった。もちろん、家出なんて大袈裟なことではなくて、ただ、ドアを後ろ手にばたんと閉めて、冷たい空気を額で切って、帆船のように朝の町を航海した程度だ。ことの起こりはこうだ。「コクトー・ダンス・カンパニー」というバレエ団がアムステルダムにある。踊り手は男だけ。その舞踏団のことは雑誌で知った。家の近くにある本屋で時間を潰していると、知らない雑誌の表紙の写真が目の中に飛び込んできた。鳥のような顔をした男が、体中の筋肉を盛り上がらせて、宙に舞い上がっている。腕が翼に変形しそうだ。カツオは、心臓を素手で後ろから撫でられたような気がした。雑誌を手に取ってみると、中に舞踏団の記事が載っていた。彼らが「白鳥の湖」を踊ってるビデオがあるっていう広告が最後に載っていたので、ハガキで注文して買って、今朝、一人で居間で見ていた。アラブ系の美しい男が、脚の筋肉をバッタにして跳躍すると、舞台の上の大気がおののく。それを受け止めるようにして下で待っていたスラブ系の顔の男。二人は、両腕で大きな輪を作って廻るようにして踊る。イギリス風の金髪の悲しそうな若い子が舞台の袖に立っている。その立ち姿にも独特の憂いがあって、脳裏にいつの間にか焼き付いた。あ、日本人もいる。眉が濃くて、唇の厚い肉感的なヤマトボーイ。あいつ、家族と別れて、あのバレエ団の仲間達といっしょに暮らしてるんだろうか。うらやましい奴。俺も仲間に入ってみたいけど、どちらかと言うと脚も短いし、跳ねるのは不得意な方だから、無理だろう。演出家にでもしてもらえないだろうか。でも、演出家って、どうやってなるんだろう。やっぱり、大学なんか行かないといけないんだろうか。それとも、受験勉強やめて留学してもいいんだろうか。それなら、すぐにでも出発したいな。これから受験勉強して、大学に落ちて、毎日ホカベン入れたデイパック担いで予備校に通う自分のみじめな将来を考えると、気が滅入る。音楽はこれまでは、ロックしか聞かなかったけれど、こうやって男のバレエを見ながら聞いていると、クラシックっていうのもいいものだ。俺がクラシック音楽聞いてることなんか滅多にないから、親父が感心するかと思って、ボリュームをひねり上げて、部屋のドアをわざと開けっ放しにしておいたら、あいつ、しばらくして、わざわざ自分でドアを閉めに来て、

「原稿、書いてんのに煩いなあ。なんで急にチャイコフスキーなんか聞いてるんだよ。あいつは甘ったるくてだめだ。どうせ聞くならショスタコービッチにしろ。」

だってさ。偉そうに難しい名前なんか投げつけやがって。めずらしい名前出せば、相手を負かせると思っていやがる。毛穴の中から燃え立つくらい腹が立って、ビデオのスイッチを切って、そのまま外に飛び出した。それから、チャイコフスキーの名前をまじないみたいに心の中で繰り返しながら、コンビニの前まで歩いていった。あんまり腹が立ったから、自動販売機を一度蹴り上げてから、煙草を買った。吸えば、落ち着くだろうと思って。ところが、火をつけ

ようとすると、ライターがない。皮の手袋の中に隠しておいたんだっけ。手袋は自分の部屋の押し入れにある。いまいましい食い違いばかり起こる日だ。面倒臭いな。すると、その時、向こうから、大学生らしきものが歩いて来た。

「すみません、火ありますか？」

カツオがそう聞くと、大学生はぎょっとして、

「え、何だって？」

と場違いに大きすぎる割れるような声で聞き返した。こいつ、何か後ろめたいこと考えてたな。そうでなければ、どうして、火あるかと聞かれただけで、あんなにびびるんだ。そう思うと、カツオは面白くなって、

「火。煙草の火。」

と言って、指に挟んだ煙草をわざときどって差し出して、腰を少しひねって微笑んで見せた。その瞬間、カツオは生まれて初めて、自分自身の挑発的な姿を外から見たような気がした。指を差し出し、上半身をかすかに捻った魅惑的な少年の姿。まばゆい。

それを見て、大学生の黒目の中で、花の蕾の形をした炎が左右一つずつ、しゅっと燃え上がった。カツオは一瞬息をとめたが、火は、次の瞬間には見えなくなっていた。

大学生は赤くなって、うつむきかげんに、ワイシャツの上から自分自身の胸を撫でながら、

「ライターなら、すぐそこにある。」

と言って、先に立って歩き始めた。見かけによらず、脚の速い奴だ。ただ、両手両足がばら

ばらで、壊れかけた操り人形みたいな動き方だ。こういう奴はくそまじめで、不器用で、人に引け目を感じていて、だから急にいばりだしたりすることがあるような、友達のいない可哀想な奴なのかもしれない、と思って、カツオは苦笑した。相手が年上なだけに、優越感の薬味がぴりっと美味しかった。大学生が裏道に入ってからもまだ歩き続けるので、カツオはいらいらして、

「あの、あと何時間くらい歩いたら、煙草の火もらえるんでしょうか?」

とおどけて聞くと、大学生は、そこにとめてあった錆びた自転車の隣でいきなり足をとめて、

「同じ火を分け合うというのは、昔は大変な意味のあることだった。知ってるか?」

と急に深刻な声になって言って、不器用に微笑みと似たものを浮かべた。なんだか気持ちの悪い大学生だ。まさか、友達がいなくて悩んでいたところに俺が現われたんで喜んでるんじゃないだろうな。そういうウダイ話には今日はつきあいたくない。いいから、ライターを貸してくれよ、どこまで歩かせるつもりだよ? 足がバットになるまで歩いたのに三振、手ぶらで帰るなんて、よしてほしいな。今日は、ついてない日だ。カツオは心の中でそんな文句を吐きながらも、自分の外見があまり美しいので相手が動揺してますます不器用になっていくのかもしれないと思うと、悪い気はしなかった。裏道を抜けると、大学生は角のアパートの外階段を黙って昇り始めた。カツオは仕方なく後について昇った。

部屋は簡素で、机、椅子、小さな箪笥が置かれているだけ。本棚には文庫本が並んでいる

が、自分の父親の持っている本とは全然違うな、とカツオは直感した。カツオは本は自分ではめったに読まないが、本のデザインには敏感で、オーソドックスな古典教養、はすかいに構えた流行りの思想、金儲けのハウツーモノ、健康生活派、オカルト宇宙人好き、少女マンガ的恋愛小説、サラリーマン・ポルノ、などの分野を、表紙のデザインだけから嗅ぎ分けた。この大学生の持っているような本は、あまり見たことがない。ちぐはぐな、妙な臭いがする。赤いふんどしをしめて、火星人としゃべっている感じ。めずらしいタイプだ。大学生が机の引き出しをあけると、がらがらっと音がして、中には、百円ライターが数個と、喫茶店のマッチ、ロウソク、虫眼鏡、石、線香花火の束などが入っていた。カツオは、煙草を吸いたい気持ちなんかもうなくなっていたが、仕方なく火を付けた。大学生も煙草に火をつけて、安物の絨毯を敷いた床にあぐらをかいた。

カツオはその正面にすわって、もし相手の脂足のにおいがしてきたら耐えられないと思ったので、なるべく離れた場所を探して、部屋の隅に壁に背をつけて座った。おそるおそる盗み見ると、大学生の足は、肌が乾いて、側面がひび割れていた。むざい。しょぼしい。カツオは、机の方向に目をそらした。

大学生は、何も話題の浮かばないことを苦にしていないらしく、悠々と煙草をふかしている。カツオは尻のあたりが落ち着かなくなって、

「マッチ箱のコレクションとか、興味ある方ですか？」

とスマートに尋ねた。

「え？」

「だって、いろいろ持ってるじゃないですか、マッチ箱。」

「あ、あれか。俺はこの頃、火のことばかり考えてる。だから、喫茶店に入っても、無意識にマッチ箱をもって帰ってしまうらしい。火はどこから来るか、知ってるか。」

あまりもったいぶった言い方なので、カツオは、くすっと笑ってしまった。

「原子力からかなあ。」

「本気でそんなこと思ってるのか。」

大学生は嬉しそうな顔をした。まるでカツオが見かけよりも子供なのを喜んでいるように見えた。単純な奴だ、わざとピエロッテルのが分からないのかなあ、と思って、カツオが内心、苦笑していると、

「子供の頃、火、おこしたことないのか。」

と大学生は身を乗り出して尋ねた。

「あ、虫眼鏡で。」

「そう、虫眼鏡で太陽の光を一点に集めただろう。火は太陽から来るんだよ。すべてのものは太陽から来る。」

そう言うと、大学生は、咳き込んだ。咳をすると、胸板が薄く見える。大学生は、名前をコンドウタカシと言った。

「お前は、高校、行ってるのか。」

「はい。」

「日本史は好きか。」

「嫌いです。」

コンドウは顔をしかめようとしたが、急に場違いに大きな声で笑った。

カツオは歴史の授業は嫌いだが、日本史の教科書のイラストは、他の教科のよりも面白いと思う。武士のコスチュームは、昆虫を思わせるところがあるし、なによりバロックな感じがいい。クワガタのはさみのようなものが生えた兜、黒光りする硬い腕、丸みを帯びた肘、ジャバラになった腹。敵を突き刺すための尖った部分、各種。照明が当たれば高級車みたいに黒光りして、時にはところどころ虹の七色に分離して光るのだろう。舞台衣装にしたら栄えるかもしれない。もちろん、少しデフォルメしないとだめだ。俺、舞台美術でも勉強しようかなあ。そうすれば、あのダンス・カンパニーが雇ってくれるかもしれない。教科書の中のサムライを一人、自分のノートに描き写してみる。

しばらく、ぼんやりしていてから、ふっと斜前にすわっているサヤのノートを見ると、イラストが描いてあった。サヤも歴史の教科書のイラストを写しているらしい。古事記に出てくる奴らの凝ったヘアスタイルを丁寧に写している。今の時代の男があ あいう風に髪の毛を結ったらどうだろう、とカツオは思う。結構かっこいいかもな。自分が肩まで髪を伸ばし、細い三つ編みを左に一本垂らしているところを想像しながら、カツオは自分の髪に指で触れてみた。

その時、サヤの隣に座ったナミコが、どんより曇った目をカツオの方に向けた。まるで、カツオの考えていることが聞こえたかのように。が、カツオと目を合わせようとはせずに、又、姿勢を元に戻した。ナミコは、弱々しい、なめくじが鼻を垂らしたみたいな雰囲気の子だ。でも、不潔なわけじゃない。その逆で、休み時間になると必ず席を立って、手を洗いに行く。だから、手のひらがかさかさに乾いて、年寄の手みたいに皺がたくさんある。清潔過ぎるんだ。こういう子が急に自殺したりするんじゃないか、とカツオは勝手な推測をしたが、ナミコが首を吊っているところを思い浮かべても、可哀想だとは思えなかった。

一度、体育倉庫の隣の水道でナミコがしつこくいつまでも手を洗っているので、あきれて目が離せなくなったことがある。カツオはそこでマックンと密会する予定だったので、ナミコが邪魔だった。早くどこかに消えてくれないかと思っていると、ナミコはいきなり振り返って、恐い目をして、

「そこで何しているの？」

と問いつめた。カツオはぎょっとして、言葉につまった。

「友達を待っているんだよ。」

「誰？　マックン？　きたない。」

カツオはそんなことを言われたことはまだ一度もなかったので、あわてて、

「きたないって、どういう意味だよ、言えよ。」

とつっかかっていった。カツオの身体が迫ってくるのを見ると、ナミコは急に金切り声を上

げた。カツオは、あわててその場を去った。

そんなことがあったのを思い出して、カツオは急に不愉快になった。なぜマックンのことで、ナミコみたいな女にけちを付けられなければならないんだ。あの女、他人の恋の絡み合いなんかに関心ありそうには見えないし、普段は口にもしないのに、どうしてマックンのことなんか急に言い出したんだ。ああいうのを内蔵すけべって言うんだ。

翌日の月曜日、コンドウから電話があり、コーヒーを奢ってくれると言うので、カツオは教えられた通りの道を通って、「ドジン」という名の喫茶店へ行った。普段そういう古風な雰囲気の喫茶店へなど入らないので、緊張した。客は少なかった。奥の方で、白髪の女性がひとりコーヒーを飲んでいた。頭が動くと、光の具合で、白髪が金髪になった。イギリス人ってああいう外見なんだろうな、とカツオはあまり根拠もなく思った。

コンドウはまだ来ていない。コーヒーを頼んで、一人でぼんやりしていると、マックンの顔が浮かんだ。この頃、マックンが病気がちで学校に来ないことが多い。電話して、まさか登校拒否じゃないだろうな、と聞いてやったら、黙ってた。まさか、俺の顔を見るのが嫌になったんじゃないだろうな。親友は俺だけだって言っていたくせに。次に電話したら、母親が出てきて、たどたどしい日本語で、「セガレは病気です。」と言った。セガレなんて言い方、洒落てるな。なんだか、外国語みたいに聞こえた。マックンは、うちのかあちゃん日本語それほど上手くないんだ、って言ってたけど、そんなことないと思う。あんな息子を生んだのだから、きっと綺麗な人なんだろう。厳しい人なんだろうか。まさか、あいつをもう電話に出さないつもりじゃないだろうな。フィリピンの人って、息子のことで厳しいんだろうか。イスラム教では、男が男と愛しあったら死刑になる国があるって、「レインボー」に書いてあった。時々、本屋で立ち読みする雑誌だ。フィリピンもイスラム教だったっけ。この間、動乱があったな。いや、あれはインドネシアか。じゃあ、フィリピンは仏教か、あの黄色や青や紅色の小さな花をたくさん編んで金ぴかの仏様に捧げている、あの、旅行会社のショーウインドウに写真のいつも出ている国か。いや、あれはタイだ。フィリピンはどこにあるんだ。そうだ、フィリピンのこと、調べた方がいい。もしかしたら、あの母親、マックンを連れてフィリピンに帰ってしまうつもりかもしれない。日本の学校はよくないからって。そうしたら、俺はどうなるんだ。あいつがいなくなったら、学校へなんか、もう足を運びたくないな。クラスの同級生は、友達としては幼稚すぎて物足りないし、第一、色気というものがない。尻の拭き方も知らない、くさいガキ犬ばっかりだ。臭くても、脳味噌の中に何か入っている奴がいれば、つき合ってやってもいいが、そういう奴も見当たらない。能無しで、どっかで聞いた台詞を繰り返してるだけだ。男だけでいる時には借りてきたようなセリフ吐いて女の子の品定めしていても、本当はまだ女の子の性液を嘗めたことさえない舌で、はあはあソラゴト唱えているだけだ、勉強していないふりさえしていればいじめられないで済むと思って、いつもこそこそ言葉の工作をしている奴ら、スポーツさえやってればは仲間はずれにされないと思って腕立て伏せばっかりしてる奴ら、退屈なクラゲみたいな奴ら。俺は、あいつらのことを軽蔑している。

十五分くらい遅れて、コンドウが、昨日と同じ服を着て、店に入ってきた。コーヒーを頼んでから、

「火はどこから生まれたか、知っているか。」

と又同じことを聞く。

「その話は昨日したよ。」

「昨日は昨日、今日は今日だ。それに、先輩に向かって、その言葉使いは何だ。」

「先輩とか後輩とかいうのは、でも、」

民主的ではない、と父親もソノダ先生も言っていた、と言おうとして、カツオは口をつぐんだ。あいつらから逃れてコンドウのところへ来ているのに、あいつらの説教を繰り返してみせるなんて、俺も馬鹿だ。それより、コンドウのペースに波乗りして、違う世界に入り込んでみたい。

「火はどこから来たんですか。」

「火は、火の母親とも言うべき母体から生まれたんだそうだ。でも、生まれた赤子がなにしろ燃えている火だから、生んだ方は死んでしまった。」

「コンドウさんは、どうして、火とか、そんな変なことにこだわっているんですか。」

「実は今度、陸上部の創立八十周年があってな、俺の親友が副部長なんだが、その祝祭の演出でいいアイデアがないかと聞かれた。俺はやっぱりオリンピックみたいなのがいいんじゃないかって、言ったんだ。松明を掲げて選手が階段を駆け登っていって、その上に祭殿を作ってお

いて、火を天に捧げるわけだ。前に偶然、テレビですごい記録映画を見てな。ベルリン・オリンピックを撮った白黒映画だ。記録映画と言っても、あれは芸術だ。見ていて、全身が震撼したよ。あんなことは初めてだった。」

「なんていう映画ですか。」

「やっぱり、なんとかの祭典と言うんだよ。だから、今度、陸上部が祭典をやると聞いて、俺はぜひ、ああいう風にやりたいと思ったんだ。祭典という言葉を聞いただけで、磨き上げられた陸上選手の肉体が聖なる火を掲げて、階段を駆け上がっていくところが思い浮かんだ。」

「なるほど松明ですか。火つけてから、薪能でもやったらいいんじゃないですか？」

「でも、選手の持つ松明にどうやって火をつけるか、それが分からない。マッチでつけたりしたら、神話的な雰囲気がぶちこわしだと思うんだ。祭典は出発点が大切だろう。聖なる火をどこから持ってくるか。だから、火はどこから来たのか、それを調べているわけだ。」

カツオは大学生の顔をまじまじと見た。この学生、本当に、陸上部に入っている親友なんているんだろうか。どういう訳か、カツオには、この大学生には友達などいないのだという気がしてならない。本人は友達でいるつもりの相手にも、ただ口をきいてやるだけの相手と見下されているのではないのか。二人は黙って煙草を吸った。カウンターの向こうで皿のぶつかり合う音がしていた。しばらくすると、カツオは黙っているのが重荷に感じられてきたので、

「火の用心の、かちかち打つ棒、ありますよね。ほら、時代劇に出てくるやつ。スティックスっていうんですか。あれって最初は楽器だったのを、火消しの人が便利だからって真似して使

い始めたのかなあ。それとも、火消しの人が使ってたのを、ミュージシャンが音がいいからって真似して使い始めたのかなあ。どっちだと思いますか。」

　この種の愛嬌は、おやじの教え子の大学院生が家に遊びに来た時に振りまきながら覚えたんだな、とカツオはとっさに自己分析した。コンドウは厳めしい顔をしたままで反応しない。こいつ、本当に大学行ってるんだろうか。知的にぴりぴりしたところがなくて、おやじの教え子たちと雰囲気が全然違う。カツオが、コンドウに失望し、話題を変えて、気まずさを撃ち破ろうと思った時、コンドウが、ふいに思い出したように、

「拍子木は、木を打ち合わせてカミを呼んだのが始まりだったかもしれないな。」

　と言った。それから、急に照れたのか、

「ラーメンを奢ってやるよ。」

　と乱暴に付け加えて、立ち上がった。カツオは、ほっとした。ラーメン屋はコンドウにぴったりだが、この喫茶店は、コンドウには似合わない。カツオは店を出た時、振り返って「ドジン」の店構えを見て、改めてそう思った。

「どうやって、あの店、探したんですか。なんだか、コンドウさんらしくない店ですね。」

　カツオが聞くと、コンドウは驚いて、

「俺らしくないか？　おまえは、細かいことに、よく気がつくな。あの店は、ヤスコさんという人が連れていってくれたんだ。」

「へえ、やりますねえ。」

「そんなんじゃない。おまえは、女の人と喫茶店に行ったこと一度もないのか?」

「そりゃあ、あります。」

「そうだろうと思った。おまえみたいに軽そうな奴は、いつもそんなことばかりしてるんだろう。」

「そんなことないです。それは女の子に強制された時だけで、後は家で大人しくしてます。」

「家で何してる?」

「最近は、バレエ見てます。ビデオで。コクトー・ダンス・カンパニーってバレエ団があって、そこのビデオとか資料とか買ったんですけど、すごいですよ。日本人も入っているんです。ジャパニーズ・ボーイの魅力は、やはり金色がかった茶色い肌が、弥勒菩薩みたいにアンドロギュンで、つるんとしているところですよね。筋肉とか、喉仏とかが飛び出していなくて、硬い体毛も生えてなくて、こう、なんて言うか。」

「そいつと知り合いなのか。」

「いいえ。でも、ビデオ見てたら、友達みたいな気がしてきたんです。バレエ団の仲間と寝起きを共にして家族と離れて暮らしているそいつがうらやましいです。」

コンドウは二秒ほどぽかんとしてカツオの顔を見ていたが、ラーメン屋の前に出たので、カツオは急に話題を変えた。

「ラーメンっていうより、しなそばっていう方がうまそうに聞こえません?」

「しなそば? なんだか、しなしなして、女っぽい言い方だな。」

「あ、俺、トムヤムクン・ラーメンにしよ。」

「なんだ、それは。」

「知らないんですか。今、流行ってるのに。」

「そうか。」

「そのヤスコさんって人は、どういう人なんですか？」

「それは、そう簡単には言えない。俺にとっては、まぶしい太陽みたいな人だ。」

「コンドウさんは、本当に太陽が好きなんですね。そういうの、サン・フェチっていうのかなあ。」

「俺は、太陽を崇拝している。」

「え、崇拝？」

「太陽がなかったら、生命はないんだ。人間も動物も植物も生きられない。それに、太陽は何よりも古い。」

　カツオは唸った。やっぱり、この人、ファンタジーかマンガの読み過ぎらしい。

　サヤは自分で書いたメモにもう一度、目を通した。駅の西口を出て、自転車置き場の左手の郵便ポストの隣の細い道を入って、そのまま真直ぐ進み、道が分かれているところで、左の道を行って、煙草と缶ジュースの自動販売機が四つ並んでいる前を通って、塾の看板の出ているところを右に入って、小さな公園を横切って、向側のコンビニとビデオ屋の間を入って、そのまま歩いていくと、左手に「ドジン」の看板があります、と書いてある。あった。店の中はあまり広くなかったが、五つのテーブルはみんなふさがっていた。カウンターでコーヒーを飲んでいた若い女性がちょうど帰るところだったので、サヤはそこにすわった。カウンターの中でコーヒーをいれているのは、長い髪の毛を後ろで結わえた女性だった。サヤがきょろきょろしていると、白髪の女性が一人、勘定を払うためにカウンターに近づいてきた。西洋人だった。サヤはおやっと思った。その人の肩や腕の輪郭が、空気の中に溶解し、見えなくなってしまいそうだった。照明のせいかもしれない。不思議な布でできた服を着ている。表面が天の川の写真のように見える。その女性はサヤの視線に気がつくと、微笑んで、

「ここは、いいお店ね。どんな人でも、自分の好きな席がすぐに見つかる感じで。よくこの店に来るの？」

と尋ねた。舌慣れた日本語だった。サヤは慌てて首を左右に振って、

「いいえ、初めてなんです。」

と答えた。

「明日も来るの？」

「はい。」

「それでは、又、明日、会いましょう。」

サヤはそう言われて、軽く頭を下げた。自分にしては上品な別れ方だったと思う。それから、一人ぼんやりとりとめもない考え事をしながらコーヒーを一杯飲んで、店を出た。

家に帰ってから考えてみると、妙な会話だったなと思う。なぜ自分は知らない人に、明日も行く、などと言ってしまったのだろう。

サヤは、もう一度、「喫茶ドジン」のホームページを開けてみた。昨日と同じで、特に新しい情報は出ていない。

ついでに、メールボックスを開けると、又、メールフレンドのリカから泣き言が届いていた。もっと派手に嘆いてくれればいいのに、言葉が貧しく、読んでいる方は、人の引っ越していった後のからっぽの部屋に立たされたような寂しい気分になる。しかも、変なところが文字化けしていて、ちょっと気持ちが悪い。「あた死は、好きな人はいません。探しているんだけれど、見つかり魔せん。アサマカズヤっていう歌手、好きですけど、好きな人は、そのくらいかな。日曜日なんかは、どこかへ行きたいと思うのだけれど、どこへ行ったらいいのか分からないし。自分が嫌になるばっかり。」と書いてある。サヤはいらいらして、「どこへでもいいから遊びに行ってみたら？　海はいいわよ。鎌倉とか、駅、降りるともう、浜めいていて素敵よ。」といい加減な返事を送っておいた。

カツオは夕飯を食べる時に、父親の鼻翼が口の動きに合わせて動いているのが気になって仕方がない。こんなに鼻の大きな人は珍しいのではないか。母親は何も言わなくても黙っておかわりをつけてくれる。

「もういいよ、太るから。」

と言うと、

「そんな、女の子みたいなこと言って。」

と言って、薄く微笑む。まるで、カツオが女の子のようであることを密かに喜んでいるようにも見える。テレビは、どこかの原子力発電所のドキュメンタリーをやっている。

「父さんは、原子力発電反対なの？」

箸を止めて画面に見入っている父親に向かって、カツオはそんなことを聞いてみる。

「当たり前だろ。なに寝ぼけたこと言ってるんだ。」

父親は煩そうに簡潔に答えた。

「ダムは？」

「反対だ。」

「じゃあ太陽エネルギー？」

「まあ、それが無難なところだろうな。」

「太陽を崇拝してる？」

これを聞いて、父親は初めて正面からカツオの顔を見た。

「え？ 原始人じゃあるまいし。誰が太陽を崇拝しているなんて言ったんだ。」

親父は口に出しては言わないが、馬鹿な息子だと思っているのが分かる。はっきりそう言われなくても何となく感じる。なぜ大学教授の息子が、こんなに頭が悪いんだろう、やっぱり母親がウォータービジネスだったのがいけなかったか、あれでも女子大に一応入学していたのだが、というようなことを心の中で考えているに違いない。ウォータービジネスというのは、他人に触れてほしくない傷を自分の方から先手を打って冗談半分に口にする時に使う父親の造語で、カツオは聞いただけでぞっとする。客を酒でもてなす店で夜働いていたことは、そんなに恥ずかしいことなんだろうか。昼間は短大に通っていたんだし、その短大にはこの間、ソノダ先生が見せてくれた本の作者も非常勤として勤めているそうだから、悪い短大であるはずがない。それに、母さんは詩だって書いていたことがあった。カツオは口数の少ない母親に同情する。母さんの上品な鼻の形をおやじのあのいびつな鼻と比べてみれば、どちらが文明的か、誰でもすぐに分かるはずだ。母さんは、口をきくことをいつからかやめてしまったみたいで、「おかえりなさい。」とか「寒くなってきたわね。」とか、決まった台詞しか言わなくなってきた。目の玉の中が、消えたテレビの画面のよう。だんだん言葉を忘れていくみたいに見えることさえある。この間、「母さんは、本物のバレエ、見たことある？」と聞いたら、じっと空中の穴を見つめているだけで、何も答えなかった。バレエって単語、忘れてしまったんだろうか。それ以来、話しかけるのが恐い。

「じゃあ、父さんは、どうして原子力発電所に反対なの？」

なんだかむしゃくしゃするので、カツオはもう少し引っ掻いてやりたくなる。

「そんな危ない物を作るのは、人道に反するからだ。」

「ジンドウって、人の道？　じゃあ、父さんは、儒教を信じているの？」

「俺は何も信じていないよ。」

「何も信じていないのに、なんでジンドウがあるの？」

「それは、社会的道徳だよ。」

「何も信じていなかったら、道徳なんてないはずだよ。自覚してないだけじゃないの？」

「そんなことはないだろう。人間を尊重する気持ちがあれば、信仰がなくても、充分、道徳はあるだろ。」

「じゃあ、なんで人間を尊重して、動物や物は尊重しないわけ？」

父親は眉をひそめて、多少不安げにカツオの顔を見た。

「おまえ、どこかの宗教団体にでも勧誘されたのか？」

「まさか。」

カツオはコンドウと知り合ったことを父親に隠すつもりはなかったが、そんなことを話しても相手にされないだろうと思って話さなかった。なにしろ、コンドウがどこの大学に通っているのかさえ知らないし、あの感じでは本当に大学に通っているのかどうかさえも怪しい。何か人を驚かすようなことをやらかしそうな予感を与える人だけれど、その予感がどこから来るのか、人に説明するのは難しい。無能でも、変な運がこびりついている人というのがいる。たとえば、俺といっしょに、千葉の林の中でも散歩している時に、コンドウさん、地面から突き出している妙な石に蹴躓いて、石で額を打って、怪我して、ころんで、腹立てて、その石を掘り返してみたら、とてつもなく大きいことに気がついて、二人で掘り出してみたら三メートル以上もあるカマキリの像だったとか。それを近くの大学の考古学部に持っていったら、奈良時代以前に作られたものだということが分かって、日本にも今まで知られていなかった昆虫崇拝の自然宗教が存在したことが史上初めて明らかになって、歴史学者たちは腰を抜かして、俺たち、テレビの七時のニュースにゲストとして招かれて、インタビュー受けたりして。テレビを見ていたおやじは、画面に急に俺が現われたのを見てびっくりして、御自慢の輪島塗りの箸を床に落とす。そうしたら、愉快だろうな。

しかし実際には、コンドウはみんなに少しばかにされながら、年を取っていくだけの人なのかもしれない。太陽を崇拝しているなんて普通の人間から見たら馬鹿馬鹿しいし、個性的と言うには平凡すぎるな。まてよ、女神がどうとか言ってたな。太陽の女神、と言えば、アマテラスオオミカミか。あいつ、まさか、世間で言うところのミギムキなんじゃないだろうな。カツオはどきっとした。カツオは政治や宗教には疎い。しかし、これはいけないと、赤信号の点滅し始める領域がいくつかある。この「まずい」という感じは、父親から直接授けられた護身術だった。山ネズミの子供が、鷹の飛翔の影を感じたらすぐに穴に飛び込んで隠れるのと同じだ。山ネズミの子供は、鷹という鳥について生物学者のような知識があるわけではない。ただ、こういう影がこれくらいの早さで頭上を横切ったら逃げろ、というだけの知識である。しかし、その知識が命を救ってくれる。カツオの頭のどこかにもそういう危険信号が記憶されている。それは、ごちゃごちゃとしたイメージとキーワードのコレクションである。幸福の翼、砂漠教会、天使の科学、北方領土癒しの国、神の塔、原理の証人、大日本光賛会、いろいろな言葉が万華鏡の中で華やかに回転し始める。コンドウのことは、はっきりさせないと赤信号だな、とカツオは思う。まさか、面と向かって聞くわけにはいかないが、さりげなく聞く方法はないだろうか。

いろいろ考えた末にカツオの思いついたリトマス試験紙は、日の丸だった。そうだ、休日に日の丸の掲揚されている場所へ行って、話題をそこへ持っていけばいい。あの旗をどう思うか意見を言ってもらえば、赤か青か分かるはずだ。どこへ行けばいいんだろう。そう言えば、駅のそばのビルの中にファーストフードの店があった、そこから見れば、一枚くらいは旗が見えるのではないか。

サヤは、夜、布団に入ると、子宮のあたりからけだるさが広がっていくのを感じる。ほとんど毎日のことだ。そのけだるさは、疲れではなく、サヤの中から沸き起こってくる正体不明の大きな力が、行き場がないので鬱積するらしい。溝を掘って、流し出してやりたい。でも、どこへ？　就寝前の二時間程が一番つらい。トイレに行って便器に腰掛けると、便器の底に果てしなく大きな世界が広がっていて、そこに向かって自分がはしたなく裸の尻を突き出しているような幻想に襲われる。あちら側には光がないので、サヤには何も見えないが、向こうからは、こちらがよく見える。あちらの世界の通行人たちが自分の尻の曲線や、膣の出入り口や、尿のしぶきをじっと観賞している。恥ずかしさに酔い始める。ヨイの国、とサヤはあちらの国を名付けた。指がべとつく。そんな夜は、よく夢を見る。その夜は、カツオが夢に出てきた。

コンビニの前で、カツオが小さな犬を連れて立っている。これはインド産のチンで言葉もしゃべれる、とカツオが言う。すると、犬は深紫色の葡萄粒のような目をこちらに向けて、サヤの腿の内側をぺろぺろと嘗め始めた。それをやめさせようとして、サヤはしゃがんだ。すると、苺畑でしゃがめば苺泥棒と間違えられても無理はない、とカツオが言った。サヤはそういう慣用句が前に国語の試験に出た時に自分の書いて出した答案が間違っていたことを思い出して、失望感に襲われた。カツオの口のまわりには、苺の赤い汁がついていた。

翌日、学校が終わるとサヤは又、「ドジン」に出かけた。明日も行くと言ったのに行かなければ嘘をついたことになると思ったからだ。もちろん、なぜ、あの婦人が自分に明日も来るかと聞いたのかは分からないし、絶対に行くと約束したわけではないから行かなくてもいいのかもしれない。でも、サヤは、その約束が頭を離れず、家でじっとしている気になれなかった。明日に迫った日本史研究発表の準備もしないで、吸いつけられるように「ドジン」に出かけていった。

行ってみると、店は昨日とは一転して空いていて、奥の席に一人、ひっそりと昨日の老婦人が座っていた。サヤが思いきって近づいていって、こんにちは、と明るく挨拶すると、相手はうっすらと微笑んで、

「昨日の方ですね。わたし、イザベラと言います。」

と自己紹介した。

「どうぞ、おすわりなさい。もし、よろしかったら。」

サヤは勧められるままにイザベラの向側にすわって、コーヒーを注文した。サヤは知らない人と話をすることにはあまり慣れていなかったが、向こうが会話の舵を取ってくれるので、緊張することもなく、楽に話ができた。イザベラさんは、旅行が趣味なのだそうだ。若い時には鉄道もなく車も入れないような山の中へ馬を借りて入っていったこともあるそうだ。

「へえ、そんな辺鄙なところも、世の中には、まだあるんですね。」

サヤは、馬に乗ったイザベラさんの姿を頭の中に思い浮かべながら、感心して聞いていた。車も入れない土地なんて、羨ましい。車のにおいやエンジンの音の嫌いなサヤはそう思って、うっとり、酸素の濃そうな静けさを思い浮かべた。それに、馬に乗るなんて、映画のロケみたい。でも、山道を旅するなら、馬なんかに乗るよりも、歩いていく方がいいんじゃないかな。馬は身体が大きいから、細い道で足を踏み外して、崖から落ちたりしないかな。丸太を結んで作った吊り橋を馬で渡るなんて恐そう。そんなの御免。自分の脚が一番信用できる。

「スカートをはいて旅行なさったんですか?」

「それは、男の方とは違いますから、スカートです。」

女は旅行に出る時でもスカートをはくものと思っているなんて、ずいぶん変わった人だ、とサヤは思う。

イザベラさんが乗って旅したその土地の馬は「ダバー」という品種で、イギリスの馬のように教育を受けていないから、よく、噛んだり蹴ったりした、と言う。馬が乱暴になるのは馬を乱暴に扱うせいだとイギリスではよく言うが、イザベラさんの行った、その土地の人たちは、馬を乱暴に扱うことは全くない。むしろ、子馬の時から馬にわがままを通させ、甘やかし、機嫌ばかり取っているせいで、人間に服従しなくなってしまうらしい。そういう教育法は絶対によくない、とイザベラさんは初めのうちは思っていたそうだ。甘やかすから馬が言うことをきかなくなるのだ、厳しくしつけるべきだ。その土地では、人間の子供に対する態度も同じで、甘やかしてばかりいる。しかし、人間は馬とは違って、甘やかされても、自然に従順になっていく。それは、人間は本を読むけれども馬は読まないからかもしれない、とイザベラさんは言った。だから、馬は甘やかしてはいけないけれど、子供は甘やかしてもいいのかもしれません、でも、甘やかすと言うのは我がままを許すというだけではなく本当に溺愛するということですよ、と付け加えた。え、デキアイ？　サヤは、「溺愛」という漢字が浮かんでくるまで、イザベラさんの顔をじっと見つめた。

そのあたりの村の風習では普通、馬を引くのは女の仕事で、大抵は、青いゆったりしたズボンをはいて木綿のジャケットを着た女が、イザベラさんの乗った馬を引いて、道案内してくれたそうだ。女は歯に色を塗っていたので無気味に見えたけれども、みんな植物のように静かな性格だった。村ではほとんどみんな蚕を飼って絹を作っていた。それなのに、女たちの身につけていたものは、すべて木綿だった。あまりにも貧しいので、絹は全部売ってしまって、自分では着ないらしい。女たちの着ている木綿の服は、汚れて擦り切れていた。洗濯と言っても、川の水に浸けて砂でこするだけで、石鹸というものがない。石鹸があれば、子供達、娘達の薄汚れた顔も、その美しさを見せてくれたかもしれないから残念だった、とイザベラさんは言う。石鹼もないような暮らしをしている人たちが発展途上国にはいるんだろうか、とサヤは驚いた。シャンプーがないから石鹼で髪の毛を洗う国があるという話は聞いたことがあるけれども、石鹼もない国なんてあるのかなあ。

村の人たちだけでなく、山を降りて、職人達の住む町に出ても、特に夏は、ほとんど裸で暮らしている。男達は腰のまわりに布を巻いているだけだが、いやらしいところが少しもない。女の一人旅だからと言って言い寄ってきたり暴力をふるったりもしない。貧乏人は礼儀を知らないし勉強しない、というイギリスの偏見は、この国の子供達には当てはまらないということを知って、イザベラさんは驚いたそうだ。子供達はぼろを着て、頭にはシラミが湧いているのに、毎日ちゃんと学校に通うし、礼儀正しく挨拶する。

「シラミって、あたし見たことないんです。蚤ならば、従姉妹の飼ってるミャンマーっていう名前の猫に付いているのを見たことがあるけれど。強力な薬を振りかけても、なかなか悪者のシラミは死なないんだそうです。」

とサヤは口を挟んだ。イザベラさんは笑って話を続けた。ここの人たちは、女も男も、特に裸をどうとも思っていないようで、上半身をはだけて道端に座って赤子に乳をやっている母親もいるし、山の中で湯の湧いている所では、みんな素裸で混浴している。

「え、男と女といっしょにですか?」

「そうですよ。」

「でも、水着、必着でしょう?」

「いいえ。」

「それで、恥ずかしくないんですか。」

サヤはクラスの男女がいっしょに入浴しているところを思い浮かべて見ようと思ったが、あのカツオと裸で向かい合うなんて、想像もできない。イザベラさんの解釈によれば、裸が必ずしも性欲を刺激するとは限らない、この国では、裸よりもむしろ、絹で作られたモーニングガウンのようなものを身に纏った姿が一番なまめかしいと思われているらしい、と言う。それに、裸といっても、この国の人たちはみんな痩せ細っていて、小柄で、乳房も小さく、お尻はぺしゃんこで、グラマーな人はいないから、とイザベラさんに言われて、サヤが改めてイザベラさんの身体に目をやると、もう老年ではあるが、胸が堂々と張り出して、腰はくびれて、お尻は大きくまるまるとふくらんでいる。これに比べたらわたしもただの竹筒だなあ、とサヤは思った。わたしが、たとえ裸で道を歩いていたとしても、見ている人は色気を感じないってことなんだろうなあ。

イザベラさんが面白いと思ったのは、その国には乳離れさせるということがなく、五歳の子でもまだ母親の乳房をしゃぶっている反面、煩く騒いだり駄々をこねたりする子がいなくて、幼児でもみんな大人のように慎重に振るまっていて、仕事も手伝う、ということだった。

「みんな大人になっても赤ちゃんのままで、しかも生まれた時から大人なのかもしれません。」

と謎めいたことをしみじみと言う。

「え、それって、よく分かんない。自分の目で見てみたいなあ。今度、旅に出る時には是非、あたしも連れていって下さい。」

と言ってしまってから、サヤは自分でも妙なことを言ってしまったな、と思って後悔した。外国旅行に連れていってください、などと人に言ったことはこれまで一度もない。イザベラさんは寂しそうに笑って、それは無理なんですよ、というように軽く首を左右に振って立ち上がり、二人分のコーヒー代をテーブルの上に置いて、すうっと帰ってしまった。店の人が、不思議そうにサヤの方を見ていた。

サヤはメール友達のリカにも、イザベラさんのことを報告した。「ネットで不思議な茶店を見つけたので行ってみたら、不思議なイギリス人の女性がいました。年は七十歳くらいかな。いろんな旅行の話をしてくれて、こちらは聞いていて、わくわくして、すぐにでも、どこか遠くへ出かけたくなってしまい困りました。」リカからはすぐに返事が来て、「そうやって知らない人とも友達になれる人が、うらやましいです。あたしは、メールなら平気だけれど、人と向かい合うと、何も言えなくなってしまいます。赤くなるとか、どもるとか、そういうのではなくて、言いたいことが消えて、頭が白紙になって死ぬのです。これでは、一生、友達らしいものもできないかと思います。」これを読んでサヤはあきれて、「そんな。もし、よかったら、今度、待ち合わせて、会いましょう。吉祥寺あたりの茶店で、ハーブしませんか?」と書いて、送った。返事は来なかった。これが、リカに送った最後のメールとなった。

　サヤが又イザベラさんに会ったのは、それから数日後のことだった。学校の終わった後、「ドジン」に行ってみると、前回と同じ席に同じ姿勢でイザベラさんがすわって一人、紅茶を飲んでいた。毎日、来ているのかもしれない。

「又、お会いしましたね。この間のお話、すごく面白かったです。特に子供たちの話とか。よかったら、もっと、聞かせてください。」

　とサヤが言うと、

「子供たちがね、とても不思議だったんですよ。」

　とイザベラさんは遠くを見るように目を細めて、語り続けた。

「その国の子供たちは、すごく小さい時から、すわる時は、足はこうしなさい、顎はこうしなさい、隣のおじさんに会ったらこうやって頭を下げて御挨拶なさい、ものを食べる時にはこうやって食べなさい、というような身体の動きを細かく親に教えてもらってね、それで反抗したりしないんですよ。親も、全然、厳しくない。ただ、教えるだけです。そうやって、とても静かに、みんな同じように生活しているんです。シラミだらけで、ぼろを纏って、貧しい食事を取るこの人たちは、わたしたちイギリス人の目から見ると、とても文明人には見えないのに、未開人の気配さえない。とても、不思議な人たちだったんです。」

　サヤは呼吸を抑えて、むさぼるように聞き入っていた。

「子供があまり従順なので、最初の頃は、わたしも、あまりいい感じはしませんでした。おとなしすぎる子供というのは、知性が活発ではないということではないかと思ってね。暴れたり、反抗したりしながら、厳しい教育を受けて文明人になっていくのが当然だと思っていましたから。でも、次第にわたしも自分のそういう考え方に自信がなくなってきました。というのはね、ある朝、早く目が覚めて、まだ、日の出まもなくだったけれども、外に出てみたんです。そうしたら、職人や、車引きや、いろいろな男達が、道端にすわりこんで、脚の間にみんな二、三歳の子を抱いてね、話しかけたり、手を持って歩かせたり、何か言わせようとしたりして、どうやら、それぞれ、子供の自慢をしているみたいなんですよ。男達の顔は野蛮で、とても醜かったけれども、子供を見る目はやさしくて、ああ、この人たちは、子供のためだけに働いているんだ、ということが分かったんです。」

そう話しながら、イザベラさんは急に涙声になって、青い花の刺繍のある白いハンカチを取り出して、すすり泣き始めた。

「どうかなさったんですか?」

サヤは予想外の涙に戸惑った。

「いいえ、わたくし、自分の父のことをちょっと思い出してしまったのです。とても厳しい立派な父でした。国のために一生を捧げたのです。でも、わたしをああいう風に可愛がってくれたことは、一度もありませんでした。」

サヤはイザベラさんの意外な言葉に、すぐに返事が出なかった。自分のことを親が可愛がってくれたか、くれなかったかなんて、そんなこと考えてみたこともない。母親と二人で雑貨屋をやっている父親は、大学などは出ていない。一日中働いて、夜はテレビでお笑い番組を見ている。サヤは、自分の親がもし、カツオの父親のように大学教授だったらいいのに、と思う。カツオは時々自慢そうに、「うちのおやじが教授やってる大学なんかさあ、」などという台詞を混ぜてみせる。嫌な奴だ。あいつ、自分は勉強ができないくせに。数学なんか、正しい答えが口から出たのを聞いたことがない。サヤは成績ならば、クラスで誰にも負けないつもりだ。だから、サヤの母親は、うちの娘は親に似ないで秀才だから、と言って、近所に自慢してまわる。そういう態度が又、親の学歴のなさを暴露しているようで、サヤには恥ずかしい。だからサヤは、友達には家の話はしないようにしているし、まるで親などなしで、一人この世に生まれてきたかのように振る舞っている。しかし、イザベラさんのように、親が自分に対して冷淡だ、という感じは全くない。

「そんなことないですよ。忘れているだけですよ。あたしだって、いつもは忘れているけれど、小さい時には、母の買い物にはいつもついていったし、店の暇な時には父がいつも近くの公園に連れていってくれて、鳩に餌やったり、ジャングルジムに昇ったり、アイスキャンデーを買ってもらって食べたりしました。」

イザベラさんはもう啜り泣くのはやめていたが、うつむいたままだった。

「わたしは、そんなことも一度もありませんでした。困難に打ち勝てる誇り高い立派なレディになれ、といつも言われていました。でも、遊んでもらったことなんかありません。」

レディという言葉が、サヤの耳には、新鮮に響いた。

「だから、イザベラさんは勇敢に世界を旅するレディになられたんですね。今度、わたしも連れていってください、不思議な国への旅行に。」

サヤが言うと、イザベラさんは寂しそうにサヤの目の中を覗き込んで、それから、

「わたしたちはいっしょに旅に出ることはできないのです。あなたの旅行はまだ始まっていませんが、わたしの旅はもう終わってしまっていて、今は、図書館の中にあるのです。」

と言った。

「図書館って、どうして、図書館なんですか。」

「あなたは、図書館に行ったことがありますか?」

「区民図書館なら、行きますけど。」

「図書館の紀行文のセクションに行けば、わたしの旅があります。」

サヤはちょっとがっかりした。紀行文を読めば旅の話が書いてあることくらい知っているけれども、こうして、実際に旅してきたイザベラさんの口から話を聞くから面白いのであって、本なんか読んでも面白くない。本には映像も付いていないし。図書館で紀行文を読むくらいなら、インターネットの旅行記を見た方がまだました。

「本は、絵がないから苦手です。」

とサヤが言うと、イザベラさんが、

「わたしの書いた本には、挿し絵も入っています。わたしは旅に出ると、よく、スケッチをしたものです。でも、本当の絵は、あなたの頭の中にしかないんです。」

そう言うと、ほつれ髪を直しながら、又、サヤの目の中を覗き込んだ。サヤはぞっとした。優しい目なのに、背筋を冷たい液体が下から上へ逆流した。この冷たさはどこから来るのだろう。そのうち、イザベラさんの身体の輪郭が、ぼやけてきた。ビロードのような古風な生地で作ったスーツ。窓の外は暗くなりかけていた。サヤは以前から鳥目の傾向があったので、それがひどくなったのかもしれないとも思った。イザベラさんはそれ以上もう何も言わずに、すっと席を立って、カウンターの方に行ってしまった。サヤはまだ言い残したことがあるような気がして、あのっと声をかけたが、イザベラさんは聞こえないのか、振り向かないで、喫茶店の出入り口の薄闇に姿を消した。カウンターの中に立っていた女性は、不思議そうにサヤの方を見ていた。

ソノダヤスオは、串だんごが店頭に並んでいるのを見ると、懐かしさに歯茎が疼いた。ちぎれないように、それでもしっかりと、だんごのもちもちした白い丸みを上下の歯の間に挟んで、くくくくくと、串から引き抜く。その抵抗感が歯茎に快い。一度引き抜いてしまったら、思いきり嚙んでよいのだ。ぐっと嚙む。嚙みちぎらないで自制して、ちょっと嚙むだけにしておかないといけないような女性の肉とは違う。最後まで嚙んで、嚙みちぎって、飲み込んでしまっていいんだ。嚙んでも血の出ない白い肉。蜜色のたれが唇について、少し痒い。次は、黒いやつ。べったりした重い黒いあんこが、意外にあっさりと舌の上で溶けていく。八王子市の奥まったところにある実家に帰るのは本当に久しぶりだった。帰るというほどの距離ではないので、帰らないうちに、月日が流れていってしまう。これまでは、帰っても、だんご屋など目にも入らなかった。今回は、まるでこれから十年アメリカに行くのだとでもいうように、日本らしい風物と思われるものに目がいく。もう食べることができないかも知れない串だんご。

　長い長い新婚旅行のような留学をしようと夢見ていたのに、その計画が破れてからしばらくは、べったりと尻が重くて、髪をとかす気さえしなかった。数週間たってやっと、腹の底から呼吸ができるようになり、ぐったりぶら下がっていた腕の筋肉にも力が戻ってきた。ずるずると教師生活の中で疲れて死んで行くのは嫌だ。家族を作ってしまう前に、もう一枠、行動範囲を広げておきたい。年を取ればどんどん行動範囲は狭まっていくのだろうから、若い内に広げられるだけ広げておきたい。留学がしたい。その話を親にしたくなって、実家に帰ったのだった。マチコと別れた今、改めて、アメリカに行きたい、と親に報告に行くのもおかしいが、一人でもアメリカに行かれるのか、自信がなくなった今こそ、反対しそうな両親にその話をして、説得することで、自分自身を説得しようとしているのかもしれなかった。

「でも、おまえ、せっかくいい学校に勤めているのに、わざわざ学生時代に帰るような真似して。」

　と母親は心配そうに言った。

「社会人としての責任というものもあるだろう。高校生を教育するという立派な仕事をしているのに。」

　と市役所に定年まで勤めていた父親は、いつものように穏やかな声で言った。

「僕が教えなくても、教師なんて山ほどいる。もし、本気で社会に責任を取るつもりなら、最善の道を見つけるために、もっと勉強しないと。今の学校制度に仕えて一生終わるんじゃ、あまりに無責任だよ。」

「なんだか知らんけれど、又、学生時代の真似ごとを繰り返すより、早く嫁さんでももらった方がいいんじゃないか。」

「結婚なんかしたって仕方ないよ。」

「でも、子孫を残さなければ、人類は滅びてしまうだろう。」

「子孫なんてね、ただやたらに生んだって、どんどん自殺してしまえば、増えないんだよ。」

「また、そんなひどいこと言って。」

　ソノダヤスオの両親は、困ったように顔を見合わせた。その顔を見ているうちに、ヤスオは、ずっと忘れていたことを思い出した。もうずっと昔のことだ。あの時も、父と母は、台所に立って、同じように困ったように顔を見合わせていた。ヤスオがまだ、中学に通っていた頃のことだ。マンガに出てくる昔の軍人のような顔をした担任教師と喧嘩になった。本名は忘れてしまった。タイサーというあだながついていた。ヤスオの小学校時代の担任だった若い女の先生はいつも、宿題は忘れたら自分が損するだけなのだからそのことを分かって欲しい、先生のために宿題をするのではないから忘れた人を罰するのはおかしい、と言っていた。それが、中学に入ると、タイサーが、宿題を忘れてきた者を立たせて平手打ちを加えたので、ヤスオはつい、

「でも、宿題を忘れたら本人が損をするのだから、先生がそんなにいきり立つのおかしいんじゃないですか。」

と言ってしまった。親切で言ったつもりだった。ところが、タイサーが顔を赤くして、大股で近づいてきた。びゅんと空気が鳴った。痛くはなかったが、これまで大人に殴られたことのなかったヤスオは、裏切られたようなくやしさと悲しみから、その日は、誰とも口をきかなかった。この事件のことは親にも報告しなかった。恨みとか復讐心が内臓にこんなに熱く宿ったのは、この時が初めてだったかもしれない。それから、二ヶ月くらいして、学校の作文コンクールがあった。テーマは「わたしたちの日本」だったが、ヤスオはその中で、何ヶ所か、担任のタイサーを刺したり、なじったり、あざ笑ったりしてみせた。今思えば、不器用で角張った、安物のビラ風の作文だったと思う。「日本は終戦と共に民主主義国家になったというが、民主主義を心から受け入れたのは国民のごく一部に過ぎず、大部分は戦争中のものの考え方を変えることができず、こころは軍人のまま、工業化の道を走り始めた。どの職業にも、軍人の非人間的な精神を持って、部下を抑圧し、架空の敵と戦争をしている人間がいる。ビジネスマンにもいるし、政治家にもいるし、学校の教師にもいる。彼らの武器は、肉体の一部となった竹槍となぎなたである。たとえば、学校教育において、生徒に物事を口で言ってきかせる能力を持たず、すぐに手の出る野蛮人教師などがその例である。」そうだ、あの頃は自分も野蛮人という言葉を罵倒語として使っていたんだった、と思って、ヤスオは苦笑する。

ヤスオとタイサーの間は、その後、ますます険悪になっていった。ヤスオはホームルームの討論の時には必ず手を挙げたが、タイサーはヤスオ以外の生徒ばかりを指した。俺たちを脅かし続けるタイサーは、どう見ても間違っている。こうして脅していけば、従順な人間が出来上がり、将来、会社員になっても、主婦になっても、扱いやすいわけだから損はないはずだ、という自己欺瞞に、ぎらぎら光っている。ソノダヤスオの若い肝臓は時々、怒りに破裂しそうになった。あの日が一番、ひどかった。

「なんだ、この教室は汚いな。このクラスに女子はいないのか。」

とタイサーが教室に入って来るなり言った。

「女子だけに掃除の義務を押し付けるのは、憲法違反です。」

とヤスオが言うと、タイサーが、かあっと赤くなるのが、誰の目にもはっきり見えた。教室全体が息を呑んだ。タイサーは凧のようにヤスオに近づいてきた。殴られる、と思った。どうしてそうなってしまったのか、自分でもよく思い出せない。ヤスオは、さっと立ち上がると、殴られる前に、目の前まで迫ってきていた壁のようなタイサーの胸を突き飛ばして、教室を走り出ていた。タイサーが後ろに倒れ、机ががたんといって、誰かが、きゃあっと叫ぶ声が背後で聞こえた。

翌日、ヤスオの両親が学校に呼ばれて、お宅の息子は教師に暴力を振るった、と非難された。うなだれて家に帰ってきた両親に、ヤスオが事の一部始終を話すと、両親は困ったように顔を見合わせた。その時の二人の顔が、今の顔とそっくりなのだ。あの時、父親が、

「ヤッチャン、でも、暴力はいけないなあ。」

としみじみと言ったのを今でも覚えている。そうだ暴力は嫌いだ、という命題がこの時、脳に焼き付いた。暴力が大嫌いな自分が、どうして暴力を振るってしまったんだろう。ヤスオは、その時も急に涙が出てきたので、外に飛び出していった。両親がいつもやさしいので、家では気が弱くなって、すぐに泣けてしまう。本当は、あのタイサーが悪いのに、自分が悪いことをして両親を苦しめているような気になってくる。こういうのを罪の意識って言うのか。やりきれない。何もかも、あいつのせいだ。それで、ますますタイサーを憎く思う気持ちが煮詰まり、もっとレベルの高い復讐をしてやろうと思った。当時、ヤスオは、本気で計画を練った。そうしなければ、暴力への欲望のようなものが肝臓の中に育っていって、とんでもないことをやらかしそうな気がしてしまったのだ。時々、人を殺す夢を見た。些細なことで、人に笑われて、幼児のように闇雲に屈辱感を覚え、手に持っているハサミや、時にはボールペンを相手の胸に突き刺してしまう夢だった。いつの日か、本当にそうなってしまうのが恐ろしい。毒を薄めて薬にするように、憎しみを薄めて勉強の励みにして、どうにか人を殺さないで一生を終えることができないだろうか。そうだ、タイサーの授業のひどさを綿密に描写して、教育雑誌に投稿してやろう。ヤスオの思いついたのはその程度のことだが、ヤスオはさっそく準備に取りかかった。タイサーが学級会で話す道徳はいつもいやな臭いがするが、その臭いを言葉で捕らえるのは難しかった。受験戦争については、「質を高め合うために、社会には競争がある。スポーツのようなものだ。」と言う。何を馬鹿なこと言いやがって、あんな入学試験に質と呼べるほどの質があるのかよ、とヤスオは思った。「終戦記念日には、戦争で死んだ兵隊やその家族のことを思って、自分達は、国の発展のために頑張らなければいけないということを各自が肝に銘じるべきだ。」とタイサーは言う。戦争で死んだ人を思ってせっせと働く励ましにされたんじゃあ、死んだ方はいい迷惑だ、戦争で死んだ人が可哀想なら、戦争をもう絶対にしないことにすればいいいんじゃねえのか。大学生になったら、雑誌に投稿して批判しつくしてやろうと思って、ヤスオはタイサーの言ったこと、自分の考えたことを、くわしく書き留めておいた。ところが、その計画は実行に移されることもなく終わってしまった。タイサーは肺癌にかかって、ヤスオが大学に入った年にこの世からいなくなってしまったのだ。

「ふるさと」という言葉は変だ。少なくとも、東京郊外の雰囲気には似合わない。ソノダヤスオは、夕飯の後、散歩に出た。生温いつかみどころのない空気の中を歩きながら、商店街の中ほどで、懐かしい焼き鳥のにおいに脚を止めた。小さな鳥の内臓に歯を当てて、串から引き抜く感覚が記憶に蘇ってきた。歯茎が疼く。もう長いこと、焼き鳥など食べていない。下手な毛筆で、ひらがなで書かれた言葉、はつ、きも、ればー、下手な字でも勢いがあって、心をそそられる。「ればー」という字を見ていると、歯茎が疼く。もちろん空腹ではないが、中に入って、酒と焼き鳥数本を頼む。簡単なテーブルと腰掛けが適当に置いてある。中で顔を上気させて議論している三人の背広姿。ソノダヤスオが一人、焼き鳥に歯茎をふるわせていると、さっと向側に腰を下ろした男がいる。年は七十代後半だろうか。洒落たコートをひっかけて、しかし髪の毛はきちんと梳き分け、肌も綺麗に手入れしてある。耳が大きく張り出している。どこか、タイサーと似ている。

「降りそうですなあ。」

と男はビールを自分で注ぎながら、ソノダヤスオの方向に向かって言うが、目は合わない。話し相手を探している年金生活者か、とヤスオは思う。同情はするが、答えるのは面倒臭い。

「この間は急に雹が降って、庭の花を壊されたって、家内が嘆いてましたよ。異常ですな。気象も、世の中も。」

そう言って、男は今度は、ソノダヤスオと目を合わせた。ソノダヤスオはぞっとした。やっぱりタイサーと似ている。そっくりだ。それとも今日の自分はどうかしているのか。

相手は、退職後の教師のように見える。しかし、ヤスオと違って、出世型だ。ソノダヤスオは自分の洗いざらしのポロシャツに目をやって、今朝剃刀を当てなかった顎を手で軽く撫でてから、相手は、こちらが脱落タイプであることもとっくに見抜いているんだろう、と思った。

「最近の教育には、誇りという観念が欠けている。」

ほら来たぞ、とソノダヤスオは思う。こいつ、わざとやってるんだ。こちらは、飛んで火に入る夏の虫じゃないぞ。火になんぞ飛び込んでたまるか。

「そうですかね。誇りについては、生徒にちゃんと教えているつもりですけれどね。」

「ほお、あなたは学校の先生でいらっしゃいますか。それはちょうどいい。今の若い人に誇りを教えてやってください。」

「はい、できる限り、教えるようにしてます。女の子には女の子としての誇りを持つようにと、女性の目から見た日本史の本などを読んで、研究発表させたりしているんですがね、なかなか社会状況が、誇りを持つことを許してくれないんです。それから、東南アジアから来た子供もうちの学年にはいるんでね、誇りをちゃんと持てるようにね、貧乏は植民地化の結果であって、人間が怠け者だからではないということをちゃんと教えているんですけれどね。いや、なかなか難しいですよ。まわりが協力してくれないんで。」

ざまあ見ろ、トリックとレトリックで勝負だ、とソノダヤスオは内心にんまりする。相手は、どうやら、それほど知能犯ではないらしい。どんより曇った目をヤスオに向けて、黙っている。

「誇りですよ、誇り。いろんな子供達が、誇りを持てるようにしないといけないですよ。」

ヤスオがそう言うと、相手は、やっと安心したように、

「ええ、実際、最近は男の子が自信を失って、弱くなりましたな。」

と、まるでソノダヤスオがそう言ったので、賛成したのだとでも言うように言った。ソノダヤスオはレバーを舌の上で溶かした。相手は、ぐっとビールを飲み干し、勢いづいて、

「やっぱり、誇りがなければ、いけない。誇りを砕くようなことばかり言って、元気をなくさせるのはよくない。若い時は少しくらい乱暴でもいい。国だって同じだ。他の国の言いなりになるのではなくて、自分の意志を通せるようでないといけない。そのためには強くならないといかんですよ。やっぱり、軍備です。日本人としての誇りが持てなければ、仕事でも勉強でも頑張ることができんですよ。」

こいつ、俺のこと知っていて、わざと喧嘩を売ってるんだろうか。それとも、単純な奴で、

俺が本当に賛成すると思っているんだろうか。ソノダヤスオは顔をそむけたまま、試すように言ってみた。

「そうですよ。日本人としての誇りを持つためには、どうしても日本の歴史を知る必要があります。日本がどういう過ちを犯したかを勉強しないといけません。自分の過ちを知らないで、ただ得意になっているんでは、それは本当の誇りではなくて、単なる馬鹿ですからね。」

相手は、空になったビール瓶に左手をかけて、ソノダヤスオを睨んだ。馬鹿というはっきりした言葉を使ったので、やっと何か感じたらしい。

「しかし、過ちはどの国でも犯すものです。自分の過ちばかり強調するのは自虐的ですよ。」

「いや、過ちは誰でも犯すと言ってもね、やはり犯した過ちの量は均等ではないですよ。いくら人間は生きていくために必ず他人を傷つけると言っても、保険金目当てで妻を殺した男と、子供の時にビスケットの取り合いで一度兄さんをひっぱたいてしまった男と比べた時、やっぱり犯した罪の質は全然違っています。国についても同じことですよ。日本はひどいことをたくさんしてきました。それを自覚するところから始めないと、誇りも持てません。」

「そらあね、あんた、喧嘩があれば、弱い方が怪我して被害者になって、強い方がいつも罪を被ることになる。しかし、強いということは悪いことですか。」

「喧嘩が強い弱いの問題じゃないですよ。強くても弱くても、一方的に襲いかかっていった方が悪い。自分から襲いかかって行くのはね、金を奪うためか、権力を伸ばすためか、どちらかですよ。」

「しかしね、人類は戦争がなければ、進歩しませんよ。いくら強くても死ぬ気で頑張るから、新しいアイデアも生まれてくる。」

「それじゃ、こんなところで酒飲んでいないで、今すぐにでも軍服着て、コソボでもチェチェンでもアフガニスタンでもお出掛けになったらいかがです。そうすれば、新しいアイデアが浮かぶというのならば。若い人を戦場に送って、自分は酒飲んで待ってるなんて最低ですよ。」

相手はむっつり黙ってヤスオを睨んでいる。白目に血管が蜘蛛の巣のように張りはじめた。沈黙が恐ろしくなって、ヤスオは付け加えた。

「政治家は、自分は行かないでいいから、あんなこと言ってる。人に戦争させて、自分は金と権力が欲しいだけ。あんまりですよ。だまされちゃ、いけません。」

「あんたは、なんだ、いい年して。過激派か。」

ヤスオは、がっとテーブルをひっくり返したいような気分になってきた。このまま気持ちが高ぶっていけば、相手に闘牛のように突きかかって行きそうだ。店の人が空の瓶と皿を片付けに来た。相手の男がビールをもう一本注文しようと口を開きかけたのを見て、ヤスオはあわてて立ち上がり、財布を尻のポケットから出した。

「あんたみたいな偏向教育のへそ曲がり教師がいるからね、純粋な子供の心が汚れて、自己嫌悪に陥って、自殺してしまうんですよ。どうやって責任を取ってくれるんだ。」

「子供が自殺するのはね、あんたみたいな人たちがいるせいですよ。戦争の過ちをあんたたちがちゃんと自覚してないから、三途の川を渡りきれない犠牲者の霊が子供達にとりついて死なせるんだよ。」

ソノダヤスオは、そう叫びながら、相手に殴り掛かりたくなる衝動を抑え、自分で自分に拘束服でも着せたように腕組みし、逃げるように焼き鳥屋を出た。まぶたが引きつっていた。あの男を突き飛ばしたいという衝動はまだ腕の肉の中に残っていた。暴力はどこから来る。まるで、悪い霊にでもとりつかれたみたいに、自分の意志ではないところから、ふいに襲ってくる。それを制御できない自分は、生徒を殴ってしまうかもしれない。恋人を、我子を、殴ってしまうかもしれない。そのくらいなら、どこかの山に登って、全身を松の樹木に縛り付けて、鳥に食われてしまいたい。これこそ本当のチョウバツだ、はっはっは。ヤスオはわざと声を上げて笑った。


カツオはそれからしばらく、コンドウに会えなかった。放課後、アパートに行ってもいない。夜に散歩に出てコンドウのアパートの前を通っても、窓は暗い。一週間ほどたって、夜八時頃、やっと窓に明かりがついていたので、ブザーを鳴らすと、新しいポロシャツを身につけたコンドウが出てきて、

「なんだ、おまえか。」

と言った。

「なんだ、なんてひどいですねえ。新しい服なんか着てどうしたんです？　あがっていいですか。」

「いや、ちょっと、これから、来客があるんで、困る。」

「え、こんな遅く来客って、誰ですか?」

「まあ、そんなことは、おまえには、どうでもいいだろう。帰って勉強でもしろ。」

カツオは腹を立ててアパートを出た。なんだ、あの態度は。芋虫が急にさなぎになって、気が大きくなったみたいに。こちらが半分同情してつき合ってやっているのに断るなんて、失礼な奴だ。癪に障るから、その来客とやらの顔を拝んでいってやろうと思って、アパートの斜前の電信柱の陰にしばらく立っていると、明るい色のワンピースを着た髪の長い女性がふいに角を曲がって現われ、アパートに入っていった。へえ、コンドウさんとつき合う女性もいるんだ。信じられない。まあ、異性愛では、どんなに魅力のない人間でも、性欲さえあれば、相手が見つからないことは絶対にないって「レインボー」に書いてあったからな。そういうことなんだろう。あれが、いつか言っていたヤスコさんって人なんだろうか。コンドウの窓の明かりに何の変化も起こらないことを見極めると、カツオは夜道を一人、家に向かって歩き始めたが、その時、ふいに、女性の脇の下の甘酸っぱいにおいが、記憶の中から蘇ってきたので、歩く方向を九十度変えた。カツオは、暗い公園に入って、ベンチに腰を下ろした。

そうだ、あれは、母の伯母の法事の日だった。一人で留守番をしていると、夕方、母の昔の親友だという女が訪ねてきた。その夜は母も父も大阪に泊まるから帰らないとカツオが言ったのに、マタムネという名前のその女は疑わしそうにカツオの目を覗き込んで、少し待たせてもらうと言って、上がり込んだ。カツオは仕方なく、お茶をいれた。母はその人に借金があるのだと言う。借金と言われて、カツオは急に、その人に引け目を感じた。母には昔、浪費癖があって、結婚する時には自分が母の借金を全部清算して払ってやった、と昔父が話していたことがあった。それでも、まだ残っている借金があるのか。

「返してもらわないとね、あたしのほうもすごく困るんで、こんなこと言いたくないんだけれどね。」

変にねばねばした手を胸に突っ込まれたような気がして、それを振払うように、カツオは金額を聞いた。自分に払える額なら貯金の中から返してしまいたい。しかし、マタムネさんは、額は教えてくれなかった。

「坊やには無理よ。そんな簡単な額じゃないの。それとも、どうにかして、頑張って、返してみる?」

と言って、薄ら笑いを浮かべて、ジーパンの腰にからみついてくる海草のような手があった。それから、胸板や腹や性器のまわりを順繰りに、ぐるぐると時計の針の方向に愛撫していくのだった。その時にはいていたジーパンの布は特別に硬くて、しかも鉄道線路のように頑丈なジッパーがついていた。わざと細すぎるサイズを選んでいたので、金属のボタンが腹に食い込んでいた。それでも、白いワイシャツはおかしいくらい、するするとジーンズの中からめくり出されて、カツオは、すぐにてるてる坊主になってしまった。白粉と汗の混ざった濃いにおいがした。立ちすくんだカツオの腰にまとわりつく、形のはっきりしないものに、なぶられ、まわされ、肌のここそこが唾液に濡れて、いつの間にか、くわえられている。もう我慢ができないっと思った瞬間、束縛は解けて、まとわりついているものが離れた。離れられたことが苦痛で、目を開くと、その場で、相手は脱衣している。女の膝が黒ずんでいるように見えた。それを見て、気持ちが冷え、中止したいと思った瞬間、女は膝の高さにカツオを引きおろして、カツオの後方の小さな穴を探り当てて、指を二本、乱暴に差し入れた。その途端、カツオは、呻くような声を出した自分に赤面しながら、ぴんと全身に針金を入れられたように斜前方に向かって硬直化し、笑いながら被いかぶさってきた熱い肉に包まれてからは、向こうの誘うままに導かれ、活動させられ、くしゃくしゃになった。

コンドウは、本当にヤスコさんとデートを重ねているらしく、その週も次の週も、カツオの誘いに乗らなかったが、秋晴れの休日、カツオはついに、コンドウを駅前ビルの三階にあるファーストフードの店に誘うことに成功した。コンドウは、その日、カツオが訪ねていくと、休日なのにうつろな目をして、アパートの部屋の隅に膝を抱えてすわっていた。

「そんな座り方しないでくださいよ、小学校の運動会じゃあるまいし。どうしたんですか。」

「なんでもない。」

「まさか、愛の終わり?」

「馬鹿。」

コンドウの下宿には何も食べるものがなかった。カツオが、

「昨日、たくさん小遣いをもらったから御馳走したいんですけど。」

と言うと、コンドウは力なく頷いた。カツオは、どこか他のところへ行こうと言われるのを恐れて、急いで立ち上がり、どんどん先に立って歩いていった。ビルの階段を駆け昇り、中に飛び込み、上機嫌で窓際の席を占めた。見える、見える、何枚も、はたはたとはためいている。自分達がこれからリトマス試験紙として使われようとしていることも知らないで、嬉しそうに風に泳いでいる、あわれな旗たちよ。

トレイ一杯に脂切ったフライを山盛りにのせて、カツオは、コンドウが座っているテーブルに運んでいった。魚なのか肉なのか分からない。脂の沁みた衣に包まれた白い塊であるというだけだ。二人は無言で食べた。コンドウは食欲がなかった。しばらくして、空腹がある程度おさまると、カツオは窓の外に目をやって、さりげなく言った。

「随分、ヒノマルが揚がってるなあ。」

コンドウは関心なさそうに窓の外の風景を視線で一嘗めすると、

「くだらんデザインだ。」

と言った。

「くだらん？　どうしてですか？」

釣り竿がしなって、ぴくぴく震えている。かかった、かかった。

「くだらん、全く、くだらん。」

「だから、どうしてですか。」

「男らしくないからだ。」

「え？」

「あのデザインは男らしくない。」

「そうかなあ、僕には、男らしがっているように見えるけど。」

「お前、結婚式の後、初夜の床に真っ白な布を敷く習慣があるって話、聞いたことないのか。」

「え？　それ何県の風習ですか？」

「外国だよ。カソリックの国とか、儒教の国とか。丸い赤いシミができれば、花嫁は、その夜が初めてということになって、バンバンザイだ。シミがつかなければ離婚だ。あの模様は、その赤いシミだよ。」

カツオは答えに困って、もう一度、赤い円を眺めた。コンドウは、鼻から荒く息を出しながら、付け加えた。

「あんなデザインはだめだ。女もだめだが、経験のない女なんか、もっとだめだ。考えただけで、気分が悪くなってくる。寝床に血のしみができるなんてことは。」

「いったい、どうしたんですか。」

「あの時のシーツ、あのまま取ってあるのよ、あたしたちの永遠の結合の印に、なんて、おまえ言われたことあるか？　俺は、それを聞いて、本当に吐いてしまった。」

カツオは、急に食欲が萎えてしまったが、それをコンドウに気づかれるのが恥ずかしいので、わざと大きな口を開けて、形ばかりは、無茶食いを真似た。

「でも、それは、何ていうか、相手を喜ばそうとして言ったりしたんじゃないですか。」

「俺はそれからは何度、風呂に入っても、気分が晴れない。」

カツオは、母の親友だと言う女の訪ねてきた夜のにおいを思い出した。フライの不純な脂が喉に閊えて、胃の中に入っていたものが、全部口の中にもどってこようとするのを感じた。これ以上食べてはいけない。そうとは分かっていても、コンドウがさり気なく、カツオの様子を観察しているように思えて、無理して、もう一切れフライを口に入れると、胃がぶるぶるっと震えて、ついに昇ってきた。げっぷが出て、胃液の苦さが舌一面に広がる。これはまずい。カツオはあわてて席を立ち、ダブリュ－シ－と書かれたピンクのドアに突進して、個室に飛び込み、ドアを乱暴に後ろ手に閉めて、便器に向かって口をまるく開いた。そのうち、口が顔よりも大きく開いて、喉がぐいっと狭くなったかと思うと、腹に普段は使われない筋肉が突然もりもりと現われ、全身を締め上げた。

嘔吐の数秒には、暴力に打ちのめされたみじめな被害者の心をひしひしと感じる。それから、甘い感傷が広がる。口の中に残っている網状のねばねばした不純物をぺっぺと吐き出して、水を流す。

すると、流れる水のざわめきが静まる前に、その水の中から、囁き声が聞こえてきた。妖精たちが集まって、おしゃべりしている泉、森の中の。吸い込む空気が突然、秋晴れの日の森林のおいしい空気に変った。水洗便所の中から妖精達が湧いてくる。なんて素敵な休日だろう。自分が閉じこもってしゃがんでいるのが女性用トイレの個室などではなく、森の木陰だったら、どんなにいいだろう。木陰にしゃがんで、妖精達の声を聞きながら、そうだ、自分はファーストフードのフライなんか食べなかったし、嘔吐の必要もなかった。ただ、一種の排泄あるいは出産を目的に、清らかな泉に来た。しゃがんで、お尻からひねり出す。転がり出てくるのは、丸い真っ赤なゴム鞠のような太陽のミニチュア。眩しい球。そうだ、俺はしゃがんだ姿勢で、太陽を出産するんだ。

カツオは、はっと我に返った。妖精ではなく、女の子のだみ声、けたけたと笑う声。どうやらここは、本当に女性用トイレらしい。入る時に表示をよく見なかったのがいけなかった。個室のドアの隙間からそっと覗いて見ると、鏡の前に女の子が一人立って、髪をとかしている。両側から、別の女の子が二人いっしょに入って来て、カツオの左右の個室に入っていった。外から、尿が陶器を打つ音が聞こえ始める。カツオは脱走のチャンスを探して、もう一度、ドアの隙間から外を覗いた。髪をとかしている女の子が、鏡に向かって、キスをするような形に唇を突き出していた。カツオの両脇で、尿の音は果てしなく続いていた。女の子は尿の量が多いんだ。それから、トイレットペーパーを引く音、それをくしゃくしゃと丸める音、それが、かしゅっと肌に触れる音、下着が腿と擦れる音、その時、左の個室で不思議な音がした。猫科の動物の唸るような低い音。カツオは全身を硬くした。

脇にプラスチック製の汚物入れが置いてあった。中身を見るのは御免だが、見たくないからこそ、蓋を開けてしまいそうになる。さっきのコンドウのゆがんだ表情が浮かんだ。

右で水を流す音、左で水を流す音、ドアの開く音、その時、外から又一人、女の子が入って来た。女の子というのはよくトイレに行くものだから、これからも、どんどん入ってくるだろう。このままでは、閉店まで外に出られないかもしれない。いや、それよりも前に、自分がここに入るのを誰かが見ていたかもしれない。その人が店員に、覗き魔がいる、と訴えたらどうなる。俺は女の子なんか関心ないんだ、と言っても、信じてもらえないだろう。ヘンタイ。そう呼ばれる前に、自分から出て行った方がまだましだ。もし咎められたら、吐き気に襲われて、気持ちが動転していたから間違えました、と正直に言おう。その方が、ヘンタイのスタンプを押されるよりも、ずっとましだ。又、新しい女の子が入って来た。最初の二人は、手を洗ってから、化粧を直している。これでは、いつまでたっても、女の子の途切れることはなさそうだ。カツオは思いきってドアを開けて、精一杯、平静を装って、個室の外に出た。女の子の叫び声を覚悟して、首筋を硬くして、うつむき加減に蛇口を探り当て、手を洗った。顔をあげる勇気はない。手を洗って、乾かさないまま、肩をまるめて外に出る。隣で化粧を直していた女の子たちのうち一人が、

「ちょっと、」

と厳しい声でカツオを呼び止めた。カツオが首を縮めて振り返ると、

「びしょびしょの手で、ドアの取っ手とか触らないで、ちゃんと乾かしていってよね。人が迷惑するじゃない。」

という言葉を顔に投げ付けられた。カツオがあわてて、乾燥機の下に手を伸ばすと、女の子たちは安心したのか、又、化粧に専念し始めた。

席に戻ると、もう随分時間がたっているはずなのに、コンドウは平然として、正面を見てす

わっていた。カツオは脂汗で額を濡らしたまま、なぜ、女の子たちが自分を見ても驚かなかったのか理解できず、ぼんやりしていた。

「おまえ、吐いたのか。」

コンドウがあからさまに尋ねた。カツオは頷いて、恥ずかしさを隠すように、

「でも、あれは、血じゃなくて、太陽じゃないんですか。」

とさっきの話題に戻った。

「え？　何の事だ？」

「あの旗のデザインですよ。あの赤いまんまるは、ええと、太陽神とかじゃないんですか……」

「太陽は、みみっちいシンボルにされるようなものじゃない。お前、太陽がどのくらい大きいか、知っているのか。あんな赤いしみ、みみっちいだろ。処女のイメージなんて、どうして持ってきたんだろう。世間を知らぬ箱入り娘が外に出ました、大国と接しました、出血しました、そういうめめしさが、俺には耐えられない。太陽は、もっとでかいんだよ。あまりにでかくて、もし近くで見ることができれば、丸いのかどうなのか輪郭が見えないくらいでかい。ものすごく遠くにあるから、丸くおさまって見えるだけだ。心で太陽に近づいてみろ。目の前が全部、真っ赤になるだろう。」

「でも、だからって、急に処女なんて言葉が出てくるの、ついていけないなあ。それって、差別用語ですよ。処女が処女なのは、彼女らが悪いわけじゃなくって、生まれつきなんだから、

そんなに嫌ったら可哀想なんじゃないですか。」

「別に嫌っているわけじゃない。みみっちいことで非難されるのが嫌なだけだ。」

カツオは混乱してきた。天文学部のマックンのお尻からは、毎回、ほんのちょっとずつ血が出た。初めはカツオも心配して、平気か、と声をかけたが、マックンはにこにこして、これでいいんだ、と答えた。これでいいんだ、ではなく、これがいいんだ、と言ったことも一度あった。だから、必ずしも血が出ることがいけないわけじゃない。マックンの小さくて引き締まったつるつる臀部。出血する男の子は、毎回、処女に戻ることができるけれど、女の子は人生のうち、たった一度だけ処女になるんだ。いや、でも、女の子には生理がある。だから、やっぱり同じようなものだ。人間はみんな、ちびちび出血しながら、ちびちび生きていくものらしい。だから、人間はみみっちくて嫌だと、コンドウさんは思うんだろうか。コンドウさんは、あんなに、ちびちびとみみっちいことを嫌っているけれど、自分だけは一度にどっと気前よく出血するつもりなんだろうか。真ん中に赤いシミを作る程度では駄目だと言うからには、一度で布一面をぐっしょりと濡らし、真っ赤な旗が出来上がるくらい大量出血するつもりなんだろうか。出血大サービスして、すみずみまで真っ赤に染まった旗をかざして歩く青ざめたコンドウの顔が思い浮かぶ。カツオは不安になって、コンドウの顔を見た。コンドウは眉をしかめて、紙皿に残ったフライの衣を親指で押しつぶしていた。

「陸上部の祭典が迫っているというのに、相変わらず、俺にはいい案が浮かばない。今日もみんな、汗流して練習しているんだろうな。俺はこれからちょっと、練習を見てくる。」

「僕も連れていってください。今日はどうせ暇だから。」

　コンドウは嫌だとは言わなかった。カツオは運動部の練習になど興味がなかったが、コンドウの言う陸上部が本当に存在するのかどうか、自分の目で確かめてみたいと思った。

　大学のグラウンドは、灰色のコンクリートの塀に隠れて、バス通りからは見えない。裏に廻ると、塀が一ヶ所途切れていて、プレハブ更衣室の隣から、グラウンドに入れるようになっている。グラウンドには、身体がたくさんあった。カツオの目には少しずつ、個々の身体のやっていることが見えてきた。四つん這いになって尻を上げ、砂埃を巻き上げて、スタートの練習をしている人たち。グラウンドを大回りに走っている人たち。すわって柔軟運動をしている人たち。コンドウは、木の下で一人、アキレス腱を伸ばしている背の高い男に近づいていって、おう、と声をかけた。男は困ったように目を宙に漂わせて、早口で尋ねた。

「何してんだ、こんなとこで。」

「おまえたちが、どうしてるか、様子を見に来たんだ。」

「病気の方は、もう平気なのか。」

　そう言いながら、その男は、何か聞きたそうに、カツオを見た。

「平気だ。祭典の準備はどうだ。」

「そんなことは、気にしないで、まず身体を休めろ。」

「でも、俺が祭典の演出をするって言った限り、責任がある。」

「そのことなら、もう忘れろ。俺たちだけでやるよ。芝居がかったことはしないで、応援団といっしょに、簡素にやることにしたから。」

その時、グラウンドを大回りで走っていた数人のグループが、ぐいぐいと近づいてきて、コンドウの目の前を駆け抜けた。遠くから見ているよりも、ずっと早い速度で、地面を蹴散らす音も激しかった。カツオは思わず身を引いた。コンドウは右手を耳の少し上まで挙げて、ようっと挨拶したが、走っている連中は見向きもしなかった。カツオは、ひやっとした。

「もう帰りましょうか。」

カツオがそう言った瞬間、更衣室から、詰め襟を着て、白いはちまきをした学生が三人、出てきた。

「ありゃ、何ですか。」

「応援団だ。彼らが祝典の中心になるなら、俺は彼らと話をしておかないといけないなあ。」

コンドウは嬉しそうに言った。

「やめた方がいいですよ、ああいう人たちに近づくのは。」

コンドウは、カツオの言うことになど耳を貸さずに、応援団に近づいていって、話し掛けた。カツオは、離れたところに立って待っていた。応援団の一人が、硬い表情を崩して、唇を残酷に歪めて苦笑するのが見えた。コンドウは電話番号を聞いているのか、メモ帳をポケットから出して何か書き付けて、カツオのところに戻ってきた。

帰りの電車の中で、カツオは不安になって、

「ああいう人たちには、近づかない方がいいんじゃないですか?」

と言ってみた。

「あの人たちが祭典を仕切ると言うんだから、近づかないわけには行かないだろう。」

「でも、ああいう人たちは、ちょっと、ファナで、ユーモア精神ゼロで、危ないんじゃないですか。」

「おまえは、偏見があるな。」

「こういうのは、偏見とは言わないんじゃないかなあ。つまり、彼らは、危険な思い込みをしている連中じゃないですか。自分と違う意見を聞かされたら、暴力ふるったりするんじゃないですか。」

「心配するな。彼らは、暴力など振るったことは一度もない。」


カツオは、その夜、何度も寝返りを打って目を覚ましながら、浅い眠りを波乗りしていた。血、にじみ出る時には薔薇の花びらのようで、布にしみて時間がたてば茶色く濁って。でも、濁った色は、多少、安心感を与えてくれる。この茶色なら、もう、大丈夫、傷口は乾いた、という感じ。きれいな色をしていれば、まだ流れ続けているから危ないということなのだろう。コンドウさんが白いはちまきをしたら顔がしまるからいいなどと考えた無責任な自分が悪かったのか。コンドウさんのはちまきには、実際、額のところに血が滲んでいる。血で描いた太陽だ、ちょっと刺してみたんだ、と苦しそうにコンドウさんが言う。やめてくださいよ、そんなことするの。隣にはなぜかマックンもいる。マックンもはちまきをしている。マックンがしめると、優雅で、はちまきには見えない。包帯だ。そこにも血が滲んでいる。額から出血しているのか。まさか、応援団に殴られたんじゃないだろうな。マックン、どうして学校に来ないんだよ、と聞いてみる。弁当の時間が嫌なんだよ、とマックンが答える。うちのおふくろ、僕の弁当には必ず梅干しを入れるんだ、御飯の真ん中に。自分では梅干しなんか大嫌いなくせに、僕にだけは、この国の人間になれって言ってさ。それが嫌なんだ。カツオは思わず笑ってしまった。心配するな、梅干しなんか僕が代わりに食べてやるよ。カツオにそう励まされても、マックンはうつむいたままで、それだけじゃないんだ、もっともっとある、と悲しそうに言った。たとえば、数学の答案に正しい答えを書くと赤丸がついているのが嫌なんだ、どうしてああいうことするんだろう。正しいのにどうして赤で囲むんだろう。答えを赤く囲まれると、これを見ろ、なんてことだ、こんなことで恥ずかしくないのか、と非難されているようで、気が沈むんだ。カツオはだんだん心配になってきたが、わざと陽気に笑って、優等生はそういう贅沢を言うもんじゃない、僕は数学でマルもらったことなんかないから、うらやましいよ、と答えた。すると、マックンは急にズボンの裾を下からめくって、僕、実は病気なんだ、ほら、こんな赤い輪ができてる、と臑を出して見せた。カツオは、それを見た瞬間、ぎょっとして目を覚ました。赤い光が壁に映っている。留守電のランプが、白い壁に反射し、点滅していた。寝る前には、気が付かなかったが、三回も電話が入っている。ボタンを押すと、録音されていたのは、黙って電話を切る音だけで、メッセージは入っていない。

今日も登校していないんだろうか、と気になって、カツオは、マックンのクラスの前でさりげなく靴の紐を結び直しながら、教室の中の様子をうかがった。すると、隣で、大きな運動靴が止まった。見上げると、顔だけは知っているサッカー部員が立っている。

「お前の恋人のマックントッシュなら、今日も又お休みだぜ。」

そう言うと、大男は、しゃがんでいるカツオの脇腹を軽く蹴った。カツオは靴の紐を結ぼうとして不安定な姿勢をしていたので、脇にころげてしまった。

「何するんだ、この蹴鞠オタクが。おまえたちは、毛臑に白のハイソックスはいて、鞠蹴ってればいいんだよ。俺を蹴るな。」

とわざとおどけて罵りながらカツオがゆっくり立ち上がろうとすると、今度は向こうは、カツオの脚を前に切るように払ったので、カツオは尻餅をついた。

「お前のような変態は、廊下を這い回っていればいいんだ。」

ヘンタイという言葉を聞いて、カツオはほんの二秒ほど、こめかみがかっと熱くなった勢いで、相手の片足に抱きついて思いきり後ろに引いた。相手がバランスを失って倒れたので、立ち上がって、相手の胸を片足で踏み付けた。きゃあっと近くで悲鳴が聞こえたので、はっとして、まわりを見回すと、斜後ろでナミコが怯えた目で、こちらを見ていた。その後ろには数人、別のクラスの男子が黙って立っていた。カツオは静かに足を引いた。

「おまえのような変態がいるから、みんな安心して学校も来られなくなるんだよ。」

と言い残して、大男は去った。カツオは黙って教室へ向かったが、廊下にいた生徒たちはみんな、ひゅっと身を引いて、カツオに道を譲った。

カツオは、教室に入って席に着くと、すぐに、斜前にいるサヤの肩を鉛筆で叩いて、

「おい、お前、今日、暇か。」

と声をかけた。サヤはカツオが又自分をからかおうとしているのだと思って、答える代わりに、カツオを睨んだ。

「映画の券、余ってるんだけど、いっしょに行かないか。」

何か落とし穴があるのだろうと思ってサヤが黙っていると、その時、席に戻って来たナミコが、カツオの言ったことが耳に入ったのか、足をとめた。

「おい、今日、放課後、校門のところで、五時に待ってるからさ。」

サヤはカツオの顔をまじまじと見た。どうしてそんなことあたしに聞くのよ、と言いかけたが、もし本当に誘っているのだとしたら、という思いが点滅したので、そうねえ、どうかしら、と曖昧な答えをしておいた。

休み時間にサヤがトイレに行くと、後を追うようにしてナミコが入って来て、サヤの顔を覗き込み、

「あの人、注意した方がいいわよ。」

と言った。

「なんのこと?」

「カツオよ。他の男の子を誘ったり、殴ったり、ひどいことする子よ。何されるか分からないから、関わり合わない方がいいわよ。」

無口なナミコがわざわざ自分からそんな忠告をしに来たので、サヤは驚いた。

「分かってるわよ。あたしが、あいつのいたずらに本気で引っかかると思ってんの？」

「ああいう人は、本当はこの世から、いなくなった方がいいんだけれど。」

とナミコが言った。サヤはナミコの声の厳しさに驚いた。ナミコは自分で自分の言葉に勢いづいて、話し続けた。

「ねえ、ああいう人は、ただ無視するだけではつまらないから、懲らしめてやってもいいかもしれない。そう思わない？」

サヤは答えにつまった。

「あなたは約束通りに校門のところで待っていて。それで、ええっと、そうね、缶コーヒーを飲んでるふりして、残りをあいつにも勧める。それから二人は歩いていって、途中の公園のところ通り過ぎる時に、ベンチで五分だけ待っていてって言って、あいつをベンチに残して、あなたは姿を消してしまう。」

「それで？」

「缶には睡眠薬を入れておく。そしたら、あいつ、多分、ベンチで眠り込んでしまうでしょう。あとは、あたしにまかせておいて。あなたは、翌日、あいつと顔を合わせたら、待っている間に眠ってしまうなんてひどいって言って非難すればいいのよ。」

「でも、公園で寝ていて平気かしら。」

「だから、そこが狙いなの。浮浪者にでもいたずらされればいい気味よ。ああいう汚い男は、一度でもひどい目に遭った方がいいの。」

「悪いけれど、その計画、ちょっとシンドイから、遠慮させていただくわ。」

「あいつ、あたしを殴ろうとしたのよ。」

「え、いつ？」

「先週、それからその前の週、それから、その又前の週。あたしが一人でいると必ず近づいてきて、急に殴るの。あんな澄ました顔して、結構、先生にも気に入られているけれど、陰では、暴力衝動の抑えられない人なの。不潔な奴よ。本当に一度くらいひどい目に遭えばいい。そうすれば、被害者の気持ちが少しは分かるかもしれない。」

サヤは、ナミコの湿った憎しみの中に巻き込まれていくのがいやだった。放課後、廊下に出たカツオの後を追って、呼び止めて、

「映画のことだけど、今日はだめなの。」

と自分でも驚くほど素直に断った。そうしておかなければ、気がつかないうちにナミコの陰謀の一部になってしまいそうだった。

「ああ、そう。じゃあ、今度な。」

とカツオはむしろ嬉しそうに答えた。サヤがほっとして肩の力を抜いた瞬間、予期していなかったことが起こった。カツオがいきなり、サヤの頬を両手で押さえ、その肉の厚い唇をサヤ

の唇に押しつけた。カツオの唇は乾いていて、ひんやり冷たかった。サヤは頭の中がからっぽになった。カツオはゆっくりと顔を離すと、目撃者がいたかどうか確かめるように、まわりを見回したが、誰もいなかった。サヤがやっと我に返って、

「どうしたのよ。」

と半分怒ったように尋ねると、カツオは今度はサヤの肩を抱いて、自分の胸に引き寄せた。頬と頬が押し付けられて、熱を生んだ。サヤは、カツオの首筋に、香水入り石鹸のにおいをかいだ。軽いせせらぎのようなおしゃべりが近づいてくる、それがふいに止んだ。見られたらしい。サヤはあわてたが、カツオはわざとしばらく待ってから、ゆっくり身体の力を抜いてサヤを離し、それから何も言わずに、背を向けて去っていった。

ナミコは、思いつめたように額に皺を寄せ、考え事をしている。時々、にやっと笑う。今日はナミコの様子が無気味だ、とソノダヤスオは思った。神経が負担に耐えられなくなって、勝手に震え出し、可笑しいことなど何もないのに、ゆがんだ笑いが漏れてしまうのか。

担任のソノダヤスオにとって、ナミコは、無気味な存在だった。自分の生徒を気味悪がるなんて滑稽だ。それでも、ナミコの顔を見ていると、ひやっとすることがある。教室に並んだ顔を次々と目で追っていく時、その目立たない一点に視線が凍り付くことがある。伏せられた目が、存在しない一点を睨みつけている。それだけのことだ。それだけなのに、ひやっとさせられる。

面接で会ったナミコの母親は、無邪気な陽気さを残した、明るい色のスーツを着た女性だった。声も華やかだが、同時に、暗記した台詞を口にしているだけのようにも聞こえる。ナミコの進路について尋ねても、母親は、なるべく安全な短大がいい、と答えるだけだった。安全と言うのは入試に落ちないという意味ですか、と尋ねると、そうではなくて間違えさえ起こしてくれなければいいのだ、と言う。最近の社会は乱れているから、いつ取り返しのつかないことになるか分からない、危険な事件に巻き込まれるかもしれないし、変な団体に勧誘されてしまうかもしれないし、悪い男に夢中になってしまうかもしれない、最近は、家畜の蹄とか炭とかモヤシとか昔は考えられなかったようなところにも恐ろしい病気が発生することがあるし、とにかく、何事もなければいいのだけれども、と言う。

「それは、心配のし過ぎではないですか。」

「そんなことはありません。実際、わたくしの従兄弟の子供の学校では、女の子が行方不明になって山の中で死体で見つかった事件がありました。」

「それはそうかもしれませんが、僕はナミコさんについてはそういう心配は一切していません。心配なのは、発言が少ないことや、友達があまりいないように見えることなどです。」

「友達なんて、たくさんいない方がいいですよ。たくさんいれば、悪いのもいるでしょうから。だいたい、最近の子はね、友達の数が多すぎます。二十人もの友達とメールの交換をしているなんて、一種のノイローゼじゃないですか。昔は、友達というのは一人か二人に限られていたものです。友達は、数は少なくていいんです。その方がいいんです。」

カツオはその日、差出人の名前のない手紙を受け取った。左手で書いたような字で、ひらがなで、「おまえみたいなよごれたやつは、ねているあいだに、うえきやのはさみで、あそこをきりとってやるよ。たのしみにしていな。」と書いてある。目の玉の中がぐるぐる廻った。こんなことを書くのは誰だ。サッカー部のあいつだろうか。あいつの父親は実際、植木屋らしい。でも、それでは話ができすぎている、それに、あいつは、手紙を書くなんて面倒臭いことをしそうもない。直接、けちを付けてくる方だ。それとも、他にも仮面を被った敵がいるんだろうか。そう思い始めると、カツオはまわりの友達がみんな疑わしく思われ、軽い冗談でからみついて、ふざける勇気がなくなってきた。どの顔を見ても、こいつも実は自分のことを陰でヘンタイと呼んで笑っているのかも知れない、という気が急にしてくる。不特定多数の目鼻のはっきりしない顔が、どの顔にも、重なって見える。こいつらみんな、自分にとっては、交換可能なアメーバなんだ。そういう無数のアメーバに囲まれて、くにゃくにゃと気持ちの悪い感じがしている。

サヤは、カツオと目が合うのを避けているが、怒っているようには見えない。自分を少し恋し始めているかもしれない。乙女心の逆説ってやつ。もしそうだとすれば都合がいい。あまり、続けて攻めない方がいいのかもしれない。教室にいると息苦しいので、休み時間には、用があるふりをして、廊下をうろついたりしてみた。

「この頃、ぼんやりしているな。インターネットのやり過ぎじゃないのか。」

半分からかうような口調で斜め後ろから声をかけられ、振り向くと、担任教師のソノダヤスオが立っていた。その顔を見ると、いつもの無邪気な自分を演じられる気がした。

「え？　インターネットですか？　俺、インターネットなんて、自分で開けて見たこともないんですよ。第一、自分のピュータも持っていないし。」

ソノダヤスオは意外な答えに、すぐには受け答えができなかった。カツオは少し得意になって付け加えた。

「うちのおやじは保守的だからね、インターネット禁止。あれはアヘン戦争と同じで、植民地の人間を中毒にして、金を儲けようという企みだって。」

「ふうむ、なるほど。」

「あれ、センセ、まじで感心してるの？」

「別に感心しているわけではないが、そういう考え方もあるいは当たっているかもしれないと思っていたところだ。」

始業のチャイムが鳴った。サヤが東校舎の方から、教室に向かって廊下を駆けてくる。スカートの襞が、急に重力を失ったように、ふわっと浮き上がる。廊下を走るな、という貼り紙の脇を走り抜けて。

教室の前方では、日本史の教師が出席簿を開きながら、一番前の席の子と何かしゃべっている。サヤは、席について、肩で息をしながら、教科書を鞄から出して、音をたててめくった。

めくられる中で、文字たちがとろけて混ざり合い、言葉の切れ端が次々と浮かび上がっては消える。いるか、大化、改新、お犬様、改革、維新、ざんぎり頭、革命。サヤは、ぼんやりと夢見ごこちになる。ねえ、と誰かのかすれた声が風にまぎれて聞こえてくる。ねえ。サヤははっとして、まわりを見回した。誰もこちらを見ていない。それぞれが自分の考えに浸っている。

授業が終わると、ナミコがサヤの耳元で、

「悪いけど、ちょっとつき合ってくれない？」

と囁いて、先に立って歩き出した。図書室の前まで来ると、廊下に置かれた古い棚の陰に身を隠すようにして、

「カツオのやつ、女の子をデートに誘うふりして、金巻き上げているの、知ってた？」

と言う。サヤは驚いて、ナミコの顔を見た。血管が青くうっすらと、こめかみに浮き上がっている。端正な顔。

「また、あいつの話？　どうしてそんなに、あいつにこだわるの？」

「だって、いやらしいじゃない。」

「そうかしら。」

「あら、かばうの？」

「別にかばうわけじゃないけれど、」

「じゃあ、二人であいつを潰してみない？」

「そんなこと。」

「ちょっと、指を切って血を出させるくらいのことよ。心配しないで。あたしだって、本物の犯罪なんかは御免なんだから。」

そこでナミコを突き放せば、ナミコは一人で危険ないやがらせをカツオに仕掛けるかもしれない。カツオを守るためにも、ナミコの陰謀を内側から知っていた方がいい、とサヤは思った。それで、ナミコの家に行く約束をして別れた。

カツオは、家に帰り、部屋に鞄を置いた。トイレに行く途中、父親の書斎の戸が少しだけ開いていた。原稿を書いているらしい父親の背中が、変に四角くかさばって見えた。キーを打つかすかな音が、家全体がひっかかれているようで耳につく。薄いポロシャツを着ていても、まな板みたいに見える背中、肩甲骨がないんだろうか。マックンならば、真っ白なワイシャツを通して優雅な肩甲骨が飛び出してみえるその場所、翼が生えてきそうなあの場所。この父親には、そういう場所は、少年の頃からなかったんだろうか。

台所に入ると、母親が鍋の中で何か煮ながら、かき混ぜていた。あいかわらず空ろな目をしてる。

「何つくってんの?」

とわざと無邪気な声で尋ねて、覗き込むと、熱湯の中で、何かが踊っていた。

「何さ、これ。」

黄楊の櫛。

「どうして？　どうして、そんなもの煮ているの？」

と、やっとそれだけ声になったが、母親の目を見ると、その目がガラス玉に見えた。カツオはそのまま、よろめくように台所を出て、家を飛び出した。

そのまま止まらずに、コンドウのアパートの前まで走っていって、階段を駆け昇って、息を切らしながらブザーを押したが、中からは何の音も聞こえない。カツオはいらだって、ドアを蹴り上げた。もうヤスコさんとかにも捨てられたんじゃなかったのか。他に出かけるところなんかないくせに、こういう肝心な時に限って外出するなんて、と腹が立つ。ゆっくりと階段を降り、仕方なく近くのコンビニの方に歩いていく。

コンドウは大抵、そこで何もかも買ってすませている。コンビニの中には、女の子が二、三人いるだけ。他にコンドウの行くところと言ったら、どこだろう。カツオは、当てもなく商店街を通って、駅の方へ歩いていった。「マリー」という名の喫茶店の前で立ち止まり、中にすわっている人たちをガラス戸を通して見ているうちに、一度、コンドウと待ち合わせた「ドジン」という喫茶店のあったことを思い出した。彼には似合わない雰囲気の場所だった。確か、電車に乗っていった。どこの駅だったっけ？　カツオは急にその喫茶店に行ってみたい衝動に駆られたが、場所が思い出せない。ふいに、あの時のことがずっと昔のことのように思えた。

カツオは、当てもなく、駅のまわりを歩き回った。あたりが暗くなってから、もう一度、コンドウのアパートへ行ってみたが、窓は相変わらず暗い。仕方なく、又、駅の方に歩いていった。ふらっと本屋に入ると、「父は幻の舞踏家であった」という安っぽいオレンジ色の帯のついた文庫本が、新刊コーナーに平積みになっているのが目についた。手に取って、ぺらぺらとめくってみる。後書きを読むと、どうやら今の父親を本当の父だと思って暮らしているさえない予備校生の話らしい。ひょんなことから、母親が昔バーで働いていたこと、父と結婚した時に、母はすでに妊娠していたことなどを知る。そのバーに出向いていって、昔そこで働いていた人たちの今の仕事場を聞き出し、訪ねていって、自分の本当の父親がバーの常連であったことを知る。そこまで読んで、カツオはレジに行った。本なら家に腐るほどたくさんあるので、わざわざこづかいを減らしてまで本を買ったことはなかったが、この時、父がつまらない本と言いそうな本を自分の金で買ったことで、気分が浮き立った。文庫本の薄い身体を守るようにポケットに隠して、家に帰った。母はまだ台所にいるようだった。父は、相変わらず、書斎に隠《こも》っているのだろう。カツオは部屋に入って、部屋に中から鍵をかけて、続きを読んだ。

主人公は安っぽくて、汗臭くて、軽くて、成績が悪くて、でも、何か気になることがあると、徹底的に調べる十八歳。自分の出生の秘密を調べあげるために市役所へ行ったり、図書館へ行ったり、知らない人を訪ねて、札幌までもでかけていって、本当の父親だったと思われる男のことを調べ上げる。そして、その男が、旅の舞踏家で、土地によっては乞食のように差別されながら、踊っていたことをついに突き止める。だらしない、当てにならない、現われてはみんなを興奮の渦に巻き込んでは消えてしまう男、家もなく、金もなく、家族もなく、バーの女に焦がれ、溺れて、一時は定住しようか会社に勤めようかとさえ思ったけれども、結局、誰にも雇ってもらえずに、また旅に出てしまった。バーの女は膨らんでいく腹を見ながら、一人で生んで育てる決心をして、店で馴染みの客であった有名塾の講師を引っ掛けて、結婚に漕ぎ着け、カツヒコを生んだ。これが、この本の主人公である。落ち着きのない、字の下手な、本を読まない子だと、父親に軽蔑されながらも、ある日、授業をさぼって入った映画館で映画に魅せられ、通っているうちに、額に傷のある映画監督と知り合い、映画の道に入っていく。

カツオは、文庫本の中に吸い込まれていった。台所も父の書斎もぐっと遠のいていって、どこにあるのか分からない空間に自分一人、ぽつんとすわって、読んで読んで読み続ける。

翌日学校がひけてから、カツオはすぐにコンドウのアパートに出かけた。コンドウは、顔が蠟の色に近づいていて、頰がこけ、目だけぎらぎらしている。

「やっと見つかった。昨日はどうしたんです？　又、ヤスコさんとデートですか。」

「あれにはもう会わない。」

「え？　どうしてですか。」

「あれでは、話にならない。」

「どうして？」

「俺は、みみっちいものは嫌いなんだ。めそめそして陰気で。第一、陸上部の祭典の準備で忙しくて、他人のことなど構っている暇はない。」

カツオは「祭典」という言葉にすぐに抗議しなければいけない責任を感じ、それができないで視線をそらし、そらした視線は弧を描いて、コンドウの机の上に止まった。真っ赤な布がハンカチのようにたたんで置いてある。近づいて、手に取って、広げてみる。旗、真っ赤な旗、真ん中に色合いの少し違った赤い丸が浮かび上がる、赤を背景に浮かんだ赤い球。赤の太書きマジックが机の上に置いてある。

「これ、どうしたんですか。」

コンドウはカツオの方を振り返ると、関心なさそうに机の上に視線を移して、

「ああそれか。旗だよ。」

と答えた。

「でも、いやに真っ赤じゃないですか。」

「塗りつぶした。処女のシンボルはみみっちくて嫌だと言ったろう。太陽にどんどん近づいていったら、太陽がどんどん大きくなっていって、光がすべてを包んで燃え上がって、すべてが赤くなるだろう。そういうイメージを捕らえてみたいと思って、塗っていったら、真っ赤になっちまった。」

「じゃあ、これはつまりアートですね。」

冗談のつもりでカツオは軽くそう言ってみたが、コンドウは、いつものことながら笑わなかった。部屋の隅に投げ出してあったスポーツバッグを開けて、中の衣類を引き出し、やっと見つけたランニングシャツを目の前に掲げて、ぼんやりしている。

「どうしたんですか。」

「今日から俺も走ることにした。」

「え？　健康派に転向？　やめてくださいよ。筋肉なんて、美しくないですよ。」

「ほんのちょっとだよ。俺はどうせ喘息持ちだからたくさんは無理だ。おまえもいっしょに来い。」

コンドウの背中は、なまじろい。よく見ると、ところどころに、たらこのような赤い斑点が浮き上がって見える。背骨のぼこぼこも痛々しい。細く筋張った脚はあおざめ、太い、まばらな体毛が憂鬱に生えている。コンドウが、ランニングシャツをかぶり、ジャージをはくと、肌がやっと隠れたので、カツオはほっとした。男の身体と言ってもいろいろあるものだ。マックンの身体には、柔軟性のある肉が適度に付いていて、表面はこんがり小麦色に焼け、触るとつるつるしている。細菌の割り込む余地もないくらいキメがこまかい。二十を超えたら、マックンも自分も、コンドウみたいになってしまうんだろうか。年を取るのは恐い。

「明日からは、夕方だけではなくてな、朝も五時に起きて、冷水摩擦してから走ろうと思っている。そうやって、頭をすっきりさせて、歴史の勉強に励むつもりだ。」

と言うと、コンドウは曇ったコップに水道の水を無造作に汲んで、ぐいぐいと飲み干した。コンドウの「喉仏」が上下する。突き出し過ぎている。切り取ってやりたいくらいだ、とカツオは思う。あのでっぱり、みっともない。なぜ、喉仏なんて名前を付けたんだ。喉に仏様が宿ってるってことか。それならキリスト教の人は、喉に十字架が宿っているのか。ノドチンコっていうのもあるな。でも、もし本当に、あんなところから男性器が突き出していたら、恥ずかしくてたまらないだろうな。とにかく、コンドウの身体は、喉でも、すねでも、背中でも、露出している場所はすべて目も当てられない、布で包みこんでしまいたい。顎まで立った黒い詰め襟で喉を隠して、長袖のワイシャツの袖もなるべく手の甲を半分隠すくらい長くして、そうだ、白い手袋でもはめさせたらどうだろう。どこも出ていなければ、けっこうウルウルシイかもしれない。顔はいびつで色気がないが、それでも必死になって、目を凝らして遠方を睨み、汗でもうっすら額に浮かべれば絵になるかもしれない。おっと、こりゃあ、まずいぞ、それじゃあ、俺の苦手な応援団そっくりじゃないか。

「まだ自分でも焦点は定まっていないんだが、」

とコンドウはもったいをつけて言うが、どうしても言葉を操ることに慣れているようには聞こえない。難しい言葉をすらすらと繋げてしゃべる大学院生を見慣れているカツオは、コンドウの喋り方はどこか中学生のようだと感じてしまう。

「火の神話について調べたい。」

と、そこまでは胸を張って言ったものの、そこでコンドウは急に自信なさそうな声になって、

「そのために一度、国会図書館というところへ行ってみようと思うのだが。」

と付け加え、それから、不安そうにカツオの方を見た。ああ、まだ行ったことがないんで不安なんだな、図書館へ行くのに怖気づくなんて、やっぱりコンドウさんは本物の学生じゃないのかもしれない、とカツオは思う。

「ひとまず、インターネットで調べた方が簡単なんじゃないですか。」

カツオは自分が生意気なことを考えているのを悟られるのが嫌なので、無邪気な声で言う。コンドウはカツオにすがるように、

「おまえ、インターネットできるのか?」

と尋ねた。カツオは恥ずかしそうに首を横に振った。サヤの顔が浮かんだ。サヤに頼んでみようか。あれは、インターネット女王蜂だって、カワムラが言ってたっけ。「あの女、本当にあれにかけては、すげえらしいぜ。ホームページなんかコピーライト付きのゲームになってて、自分でロムまで作ってるんだって。」あの言い方、誉めているつもりだったんだろうが、なんだか、思わせぶりな、いやらしい言い方だったな。

女王蜂、優雅に膨れ上がったお尻をゆっくりと振っている。それを取り囲むようにして、痩せ細った働き蜂達が、せかせかと働いている。俺もその中の一人、蜜をいれたバケツを両手に提げて、汗にまみれて、巣と花の間をせわしなく行き来している。蜂も汗をかくんだろうか。息が苦しくなって休んでいる奴がいる。女王蜂がゆっくりと近づいて来て、太い針で、怠け者の柔らかい腹をずぶっと刺す。

ぶしゅっという音に、はっと我に返ると、コンドウが、ガスの切れかけたライターをしゅっしゅと何度も付けたり消したりしている。煙草を口にくわえているわけではないから、煙草に火を付けるつもりがあるわけではないらしい。

「おまえ、火は本当に熱いと思うか?」

又、妙なことを言い出した。カツオはちょっと気味が悪くなる。まさか、ライターの火に指

を突っ込んでみろ、などと言い出すんじゃないだろうな。

「そりゃあ、火は熱いでしょう。でも、熱くないヒもありますよ。勤労感謝のヒとか、敬老のヒとか。炎の火と、お日さまの日と、同じヒなのかなあ。違うヒなのかなあ。」

カツオは、おどけて、わざとテレビのコマーシャルのようなリズムを付けて、そう言ってみたが、コンドウはまじめくさった顔をしたまま、こんなことを言った。

「自分の国が火の元だっていうのは、かなり良くないことかもしれない。火は離れていれば、暖かくて明るいが、中に入ったら、焼け死ぬ。太陽だって同じだ。太陽が遠くに昇ってくれるのはありがたいが、もし自分の家から太陽が昇ったら、俺は焼けて死んでしまう。」

コンドウは憂鬱そうに床に視線を落とした。カツオは、窓越しに、隣のビルの壁を睨んでいた。日が昇るのがどこだって、そんなこと、本当にどうだっていいじゃないか。

「どうなんだ、おまえは、どう思うんだ。言え。」

「言えって言われても。日の昇る国より、月の昇る国の方がロマンチックでいいような気はするけど。」

コンドウは、カツオの顔を眩しそうに眺めた。

「そうか、月か。おまえは、そう言えば、どちらかと言うと、月だな。でも、俺はだめだ。月では心が冷えて、寂しくなってしまう。月は、冷たくて、怠慢で、自閉的で、ちょっとエリートぶっている感じがするな。」

「そうですねえ、月は、まあ、せいぜい三、四人、できれば二人で、ひっそりと眺めるものです。」

「そういうところがいやなんだ。大勢で、みんなで、全力注ぎ込んで、大きく、華々しくやりたい。それが俺の夢だ。」

「大きくって、大きく何をやるんですか。」

「祭典だよ。」

カツオの頭の中で又、火災報知器がピピピと鳴った。やっぱりこの人は危ないところに立っているのではないか、と思う。でも、そこから、どうやって引き戻したらいいのか、見当もつかない。


そうだ、俺は月の昇る国の住人である。カツオは数時間後、家に帰って、満月を窓から眺めながら、そんなことを思った。机の上にあったメモ帳に、俺は月の昇る国の住人、と誇らしきものを書いてみたが、すぐに恥ずかしくなって、ページを細かく破って捨てた。空はまだらに暗い。月を見ていると、犬のように吠えてみたくなる。電話を手に取って、そらで番号を押す。

「もしもし、」

と元気のない声がする。

「マックン、」

向こうは黙ってしまう。

「マックン、聞こえるだろ。どうしてる？　どうして学校に来ないんだい？　本当に病気なのかい？」

かすかに呼吸だけが聞こえる。それは、どこかで電線がきしんでいるだけで、呼吸でさえないかもしれない。誰もいないかもしれない向こう側に向かって、カツオは話し続ける。

「もう、ずっと会ってないよな。これから、お前の家の前の公園のベンチで待っているから出てこいよ。話、しよう。」

そう言って、カツオは電話を切った。鏡の前に立つ。ぶかぶかとした室内用の服を剝かれて、心細そうに立っているパンツ一枚の自分。細いジーンズに下半身を押し込んでみる。緑色の染料を上からかけて染めてみたらトパーズ色になったジーンズだ。上は、水兵服のイミテーションを着る。半袖。腕がなんだか頼りない。少しは筋肉があった方がいい。明日から腕立て伏せでもしようか、と思う。

公園は、銀杏の木ばかりが十何本も棒立ちになっていて、猫一匹歩いていない。闇が樹皮の模様を滑らかにし、街灯のまわりを埃のような羽虫が飛び回っている。三十分待っても、マックンは姿を現わさなかった。公園の隣の道を少し入れば、マックンの家がある。二階の勉強部屋の窓は、あかりが消えていた。わざと明かりを消して、眠っているふりをしているんだろうか。眠っているふりをしても、音楽をかけても、俺がここで待っていることは一時も忘れられないはずだ。眠れるはずがない、俺は今、涙を流そうと思えば流せそうだ、とカツオは他人事のように思う。しかし、流さなくても同じだという気がする。流さないでも平気ならば流さないで節水に協力しましょう。涙は流さないまま、ベンチに横になって、目を閉じた。母親のうつろな目、父親の四角い背中、サヤの乾いた唇、ソノダ先生のたぬきのような顔、映像が走馬灯のように、まぶたの裏を流れていく。

突然、背後で、おいっと声がした。冷水でもかけられたようにびっくりして、はねおきると、マックンが立っていた。

「なんだ、来てたのか。どっから来た?」

マックンの顔に影が出来て、京劇の女形スターの顔のように見えた。

「おまえが学校に来なくなったから、心配していたんだぞ。おまえがいないと、学校に行く気がしない。」

マックンは答えない。疑いを拭い切れない恨めしそうな目つき。

「何か言えよ。どうして学校に来ないんだ? 誰かに嫌味なこと言われたのか?」

「僕のことは、もう、どうでもいいんだろう。」

「なんで、そんなこと言うんだ?」

「クラスの女の子が好きになって、つき合っているんだろう。わざわざ匿名の手紙で教えてくれた奴がいたよ。」

カツオは、ぽかんとしていたが、そのうち急にサヤのことを思い出した。

「待てよ、それは違う。それは誤解だよ。誰かが勘違いしたんだ。ちょっと、事情があって、ある女の子を映画に誘ったりしたんだ。でも、それは、本心じゃない。」

「お前、嘘ついているだろう。」

「嘘じゃないよ。」

「じゃあ、証拠を見せろよ。」

　カツオは待ってましたというように、両手を伸ばして、マックンの胴を抱き取ろうとした。

マックンは、後ろに飛び退いて、厳しい声で言った。

「聖者ウダンカの尿の疑いというのを知ってるか。」

「え？　ウガンダの何だ？」

「ウダンカだよ。ヴィシュヌの神様が、ウダンカに尊い甘い露をくださろうとした時、その露が狩人に化けたインドラの身体からおしっことして出ていたというだけの理由で、ウダンカは疑って、飲まなかったんだ。馬鹿な奴だ。お前も同じだ。」

「そんなことはないよ。」

「じゃあ、証拠を見せろ。」

マックンの声が、いつもより低くなった。おろおろしているカツオの首に、両手で首輪をかけて、ぐっと引き降ろした。背後から街灯に照らされたマックンの立ち姿が目の前にそびえている。カツオは大人しく跪いた。膝が安定しないのを、尻の筋肉を硬くして固定しようとする。マックンのなま白いぐったりとしたネズミが鼻先に浮き上がって見える。カツオがそれをそっとくわえて、しばらくすると、前触れもなく、突然、激しい黄色の放出があった。カツオが目を硬くつむって、無理に喉を鳴らして飲もうとしたが、ほとばしる液体は、勢いがあり過ぎて、顔を濡らして飛び散るばかりで、ほとんど喉に入ってこない。マウスが、口から外へはみ出してしまった。あわてて手で掬い上げたが、香り立つしぶきを正面から食らうと、どうしても反射的に顔をそらしてしまう。なまけるな、とマックンが小声で叱咤したのが聞こえたような気がしたが、耳の穴は、濡れた髪に塞がれて、よく聞こえない。もうすぐ終わるだろうと思うが、まだまだ終わりそうにない。思いきって一度ごくんとやるが、後が続かない。いったい、いつになったら終わるんだ。こんなに長いのは、どこか壊れたんじゃないのか。普通の人間なら、こんなことはないはずだ。カツオは、目をつぶったまま震え始めた。地下水道の闇の中に一人取り残されて、誰も迎えに来てくれない。いつまでも、それでよし、と言ってくれる声がない。ずっと、このまま、夜の中に濡れて留まり続けるんだろうか。初めは、綺麗なマックンという一人の友達だった。今はそれはもう、マックンではないのかもしれない。ただの闇なのかもしれない。都市の地下、真っ暗なトンネルの中で、下水に顔を打たれ続けて、自分は、たった一人、修行している。流れ出るものの音がざあざあと言葉をかきけして、言い訳も、慰めも何も聞こえない。あまり途切れなく大きな音が続いているので、静けさと同じくらい寂しい。いつの間にか、本当に静けさに包まれていた。違う時間に身体ごと持ち運ばれたような感じだった。聞こえているのは、自分の呼吸だけだった。髪の毛もシャツもべたべたに濡れて、一塊の汚物になっている。搾りかすのように力を失った身体の中で、性器だけが空の方向に這い上がろうとしている。右手の中のマックンも、同じ硬さをしている。もっと飲め、とマックンの赤い目が言っている。カツオはゆっくりと立ち上がって、ふたつを両手でしっかりと上向きに合わせて束ねた。火打ち石。長くは続かなかった。たった八まで数えただけで、しゅっと白い火が出て、水遊びは火遊びで終わってしまった。

明日から絶対に学校に出てくるようにとマックンに約束させて家に帰ったカツオだが、サヤとの関係を単なる誤解だと言い張った行き掛り上、自分でもサヤに気のあるふりをするのはやめなければいけない。そうすると、サッカー部のガキが又、ヘンタイだなんだと因縁を付けてくる可能性もある。そうして、変な噂が波のように広がって、今までは子犬のように後をついてきた家来たちが遠のいていく可能性もある。あんな家来たちは本当は別にいなくてもいいのだが、いなくなると、身体のまわりの力のバランスが崩れて、どうも教室を横切るだけでも背中に不安を感じる。みんなに陰で笑われているような気さえしてくる。そういうどうでもいいことに、こんなに煩わされて、ああ、つまらねえ。こんなピョロピョロ世界は早く捨てて、アムステルダムにでも行っちまいたい。あそこでは、何でもありだそうだ。カツオが紅茶を飲みながら、そんなことを考えていると、父親が急に新聞から顔を上げて、

「来月は、アムステルダムで学会があるんで、二週間ほど行ってくるよ。」

と言った。カツオは自分の心の中を覗かれたようで、どきっとしたが、どういうわけか、母親が急に目を輝かせて、

「まあ、すばらしい。あそこは、水路がきれいよねえ。わたしもいっしょに行きます。」

と言ったので、ますます驚いた。父親もおどろいたらしく、せわしなく瞬きした。

「おまえ、急にどうしたんだ。この間、大阪でカヨちゃんの結婚式があった時は、遠いから嫌だって言って、行かなかったじゃないか。」

「アムステルダムは別よ。素敵だもの。ずっと行きたいと思っていたの。ちょうど良かった。」

カツオは、母親が自分の気持ちを代弁してしゃべってくれているようで、気味が悪かった。

「信じられないな。本当に行きたいのか。」

そう聞く父親の声にはどこか刺が隠されているのが感じられた。母親はひるんだ。そんな母親を励ますようにカツオが言った。

「アムステルダムなら、本当は僕も行きたいんだけれど。」

父親は更に目を大きく見開いた。

「カツオは学校があるだろう。いったい、みんな、どうしたんだ、急に。こっちは、仕事で行くんだぞ。家族旅行と間違えてくれるな。」


サヤが自分の方を問うように見ているのが、カツオには分かる。無視するには、誰かと話をするのがいいのだろうが、誰も側にいない。マンガを読んでいるふりでもしようかと思うが、手許にはマンガもない。どこかに逃げようと、休み時間に逃げるように廊下を歩いていくと、図書室に突き当たる。すると、サヤが後を追って入ってきたので、あわてて、男子用トイレに入った。マックンは登校しているだろうか。それが気になって、トイレを出て、マックンの教室の前を通ってみる。中から男女数人のざわめきが聞こえてくる。ふざけて、叫んで、笑っている声、声、自分が笑われているように聞こえる。あわてて小走りに去る。どこへ行こう。校舎は、がさつなガキたちと、湿ったオンナに満ちあふれていて、息がつまりそうだ。行き場がない。放課後が待ち遠しい。放課後まで待つ必要があるのか。最後の時間の日本史なんて、出席しても仕方がないからさぼってやろう。


校門を抜けて、カツオはコンドウのアパートに向かう。ドアは鍵がかけてなかった。コンドウは、カツオが図書館にいっしょに行ってくれるというので喜んだ。

「国会図書館まで行かなくても、区民図書館にも結構、本ありますよ。」

カツオは、コンドウを励ますように言ってみた。昨日そのことを思いつかなかったのが不思議なくらいだ。コンドウはそれを聞いてほっとしたようだった。

「区民図書館なら、場所分かりますよね。」

「大体はな。でも、自信はない。」

「それじゃ、これから、いっしょに行きましょう。」

「それは助かるなあ。」

「歴史って書いてある本棚のところへ行ったら、たくさん本があるから。」

サヤは区民図書館に入るのは、久しぶりだった。中学三年の夏休みに、隣の家が二階の建て増しをしていてうるさかったので、午前中、図書館で受験勉強していた時期があった。冷房がきつく効いているわりに、水飲み機の水が妙に生温かったのを覚えている。当時は肩まで伸ばしていた髪を濡れないように左手で束ねて押さえて飲んだ。あれ以来、ここにはほとんど来ていない。初めはもちろん、イザベラさんのことを図書館で調べるつもりなどなかった。喫茶店にイザベラさんが姿を現わさなくなってから、本のことが気にかかってはいたが、本よりもインターネットの方が速いし、簡単だし、情報が新しいと思った。ところが、インターネットでイザベラさんの名前を調べるのは、ほとんど不可能に近いことが分かった。イザベラという名前の出てくる七千以上もあるサイトのうち、どれがあのイザベラさんと関係あるのか分からない。彼女がイギリス人で旅行が好きだということしか分からないのでは、探索のしようがない。その他、「ダバー」や「レディ」など、思い付くままに耳に残っているキーワードを追加してみたが、全く助けにならない。本を書いたと言っていたけれども、題名が分からないし、イザベラさんの名字も分からない。それで最後には仕方なく図書館に行ってみることにした。学校の図書室でまず調べて見ようか、とも思ったが、休み時間に覗いてみると、本の数の少なさに改めて驚いた。これではイザベラさんの本があるはずがない、イザベラさんは特殊世界なんだ、だから学校の中にあるはずがない、と思った。そこで、久しぶりで、区民図書館へ行くことにした。

区民図書館は、家から自転車で五分しか離れていなかった。本を探しはじめると、図書館というところも不便なところだとサヤは思った。分野別に棚が分かれているのはいいが、本は作者の名字順に並んでいる。作者の名字が分からない場合はどうすればいいのか。「旅行」の棚は恐ろしく長くて、国別に並んでいる部分もあるが、イザベラさんの旅行した不思議な国の名前が分からないので、助けにならない。受け付けに、若い男の図書館員がすわっていた。黒々とした縁の眼鏡をかけ、ペンキ塗りの刷毛のように前髪を立てている。あの人に聞いてみようか。でも、コンピューターにも分からないことが、人間に分かるんだろうか。聞いてみようか、やめようか。サヤが迷っていると、受け付けの斜向こうにある出入り口から、カツオが入ってきた。サヤは驚いて、棚の後ろに身を隠した。あいつ、図書館になんか来るんだろうか。年上の男がその後について入ってきた。なんだ、兄さんのお伴か。あいつ、甘えているところがあるから、絶対に一人っ子だろうと思っていたら、兄さんがいるんだ。顔は全然似ていないけれど。サヤは本棚の陰からカツオを観察し続けた。別に恥ずかしいことをしているわけではないけれども、カツオは自惚れたところがあるから、あたしを見れば、自分の後をつけて図書館に来たのだろうと思うに違いない。サヤは本棚の後ろにまわって、コンドウとカツオの動きを見守った。

カツオは、日本史の棚のところへ行って、すぐに「火の神話」、「火と生活」などという題名の付いた本を見つけて、コンドウに手渡した。少し得意でもあった。自分では滅多に本を読まないが、小学生の頃は父親に連れられて、本屋や大学や図書館へ行って、本を見て育った。小学校の社会科発表では、特に気を入れて調べたわけでもないのに、研究成果を先生に随分誉められたこともあった。だから、本になじみがないわけではない。でも、父親がうっとうしくなるのと並行して、本というものからも心が離れてしまった。それでもまだ、コンドウみたいな人間から見たら、自分は図書館という迷宮の案内役になれるのかもしれない。そう思うと妙に自信が出てきて、又、本を読んでやってもいいという気にさえなってきた。コンドウは一言も口をきかずに、その場に立ったまま、食い付くように本を読み始めた。手続きをすれば、本を家に持ち帰ることもできるのだ、とカツオが教えてやると、ちょっと心を動かされたようだったが、健康保険証か何か身分を証明するものがいると聞くと怖じけづいて、

「いや、ここで読むからいい。おまえは、退屈なら、もう家に帰れ。」

と言った。カツオは、帰れと言われても、一人で家に帰る気もせず、仕方なく本棚の間をうろうろしていた。何を探すわけでもないので、棚から棚へ、足の向くままに歩いていくと、棚の向こうの端に、さっと隠れた人影があった。おやっと思って、後を追うように、そちらに歩いていくと、又、隠れた。今度は、わざと隠れているらしいことが分かった。おかしいぞ、どうして逃げるんだ、泥棒か、そうだ、何か盗んだところを俺に偶然見られそうになったから隠れたんだな。面白いじゃないか、追い駆けてやろう、と棚から棚へ逃げ隠れる人影を追った。おや、女の子だな、あれ、サヤじゃないか。

「おまえ、こんなところで何してるんだよ。」

「あんたこそ、本なんか読む柄じゃないでしょ。」

サヤは接吻事件などなかったかのように、いつもの陽気につっぱねた調子でしゃべるようにした。

「なんでだよ。俺の親父、大学教授って知らなかった? 俺もそのうち大学勤め、プロレタリアートの君とは違うんだよ。」

カツオらしい口先ばかりの冗談と分かっていながら、サヤは唾を呑んだ。こいつの家はインテリの家なんだ。成績はよくないけど、多分、図書館が幼児の頃から遊び場代わりで、本なんか当たり前の顔してマンガ読むみたいにいつも読んでるんだ。サヤは引け目を感じた。それに比べると自分は、試験勉強は熱心にするけれど、それはテストでいい点数を取ることを狙っているだけで、それ以外のことは何も知らないし、学術書なんか触ったこともないし、暇があれば雑貨屋の手伝いをする庶民の子、やっぱり階級が違う。妬ましさとも眩しさともつかない焼けつきを肌に感じた。

「あんた、どういう本読むわけ?」

「おまえは、知らないだろうけどさ。」

カツオは急に話がしたくなって、この間買った、旅芸人の落とし子の自伝の話をした。誰にもしていなかった話だ。

「へえ、面白いじゃない。」

そう言われて、カツオは、ますます得意になった。

「でも今日は、友達が、火の神話について調べたいから、付き合ってくれって頼まれてさ。」

これを聞くと、サヤはますます感心してしまった。それじゃあ、あの兄さんみたいに見える大学生は、友人なんだ。あんな大人の友人がいるんだ。サヤの目の中に尊敬と似たものを見つ

けると、カツオはますます調子が出てきて、

「あさってさあ、映画、行かない？　券、あまってんだけど。」

と言ってみた。サヤの頰がかすかに赤くなったように思え、満足感を覚えた。しかし、その時、急に、マックンのことを思い出し、唇を嚙んだ。

「おっと、今週は、俺、全然、だめなんだ。ごめん、ごめん。又、来月な。」

サヤはうつむいたまま、うなずいた。よっ色男、とカツオは心の中で自分自身に掛け声をかけて笑った。女の子に全然関心がないだけ、やることがスマートだな。本気で惚れてドジばかり踏んでふられて潰れていくみじめなヘテ男たちとは大違いだ。

その週は、カツオは帰宅してから家を出なかった。ずっとたまっていた試験勉強をして、家で大人しくして、マックンの誤解を解くつもりだった。

翌週になって、コンドウのアパートに行ってみると、変に沈み込んでいるように見える。毎日、図書館に通っているうちに、何か嫌な考えにでもとりつかれたのか。顔の肌の色が土色で、目が濁っている。ラーメンを奢ってやるよ、とカツオに向かって言う時の声にはまだ勢いがあるが、ラーメンが来ても、割箸を割ろうともしないでぼんやりしている。

「どうしたんですか。」

「ん？　なんでもない。」

「図書館での調査は進んでいるんですか。」

「まあな。進んでいるが、どうも訳がわからなくなるばかりで、あまり、かんばしくはない

が。」

「かんばしくないって？」

「本にはどうも気の萎えるようなことばかり出ていて困る。」

「たとえば？」

「たとえばと言っても、そう簡単には言えない。いろいろだ。太陽も、俺の思ったほど、明るくは照らしてくれないということが分かった。たとえば、日本は日の昇る国だと言うだろう。それは、自分でそう自覚したのではなく、大陸から見て、そう呼んだとしか考えられないそうだ。確かにそうだよな。自分の足下を、日の昇る場所と呼ぶ奴はいない。それじゃあ、熱くて、焼け死んじゃうものなあ。つまり、これは遠くから見て、そう呼んだってことだ。」

「へえ。でもどうして、それで気が萎えるんですか？」

「人の目に自分がどう映るかで、自分を知るなんて、情けないと思わないか。たとえば、ヤスコさんに、あなたは胸板の薄い人だと言われて、それで、自分でもそう信じ込んで、胸がどんどん痩せていってしまうなんて、そんな馬鹿な話があると思うか。」

「なんか、そのヤスコさんって人のこと、やっぱ、相当、気になってるみたいですねえ。どこで知り合ったんです？」

「ヤスコさんとは、茨城の高校でいっしょだった。別に仲がよかったわけではないが、一度、クラス会の帰りがいっしょになって、それから、いつの間にか、つきあってた。別に深い意味はなかったのに、いつの間にかそういう関係にされていた。」

カツオは思わず噴き出して笑ってしまったが、コンドウが少しも笑っていないので、笑いを途中で無理に飲み込んだ。

「しかも脅迫されるようなことになってしまった。このまま見捨てる気なら、こちらにも覚悟があるって。」

「え、一生しがみつかれそうで恐いんですか。まさか。平気ですよ。女の子は忘れっぽいんだ。」

「でも、できたかもしれない、なんて言われたんだぞ。」

コンドウは、顔を上気させている。

「それはね、できたかも、も、できないかも、も、みんないいカモにしようとしているだけなんだから、そういう相手はカモに食われろ、ですよ。平気、平気。第一、ちゃんと検査してみたんですか。」

「おまえは、変に大人びたことを言うな。」

「だって、当然のことじゃないですか。精神的ショックで生理が一時的に止まっているだけですよ、きっと。」

コンドウは、呆れたようにカツオの顔を見たまま、黙っていた。カツオは、言い過ぎたかな、と思いながら、ラーメンの表面に浮いた脂の玉を箸で突いていた。大きなものは、つつくとゆがんで、ふたつになる。小さなものは、そのまま、ぷりっと箸の先から逃げていく。

カツオがラーメンを食べているちょうどその時、サヤもラーメンを食べていた。どうしても自分といっしょにこれからインスタントラーメンを食べてほしいと、電話の向こうで、ナミコに懇願されたのだ。でも、もう八時よ、これから、うちも夕御飯なのよ、と言っても、きかない。今日は親が外出していて一人なの、寂しくてつまらないから、どうしても来てちょうだい、と電話の向こうでしつこくねばる。ねばねばと頼まれると、サヤはますます行きたくなくなった。が、断るには、きっぱり厳しい言葉を吐くしかない。厳しくつっぱねれば、ひどく恨まれそうな気がする。ずるずると承知してしまった。母親にはこう説明した。

「友達が他にいない子だから、こういう時、断ると落ち込んだりしそうだし。」

「それはそうだね、そういう子なら。行ってやりなさい。」

と母親はすぐに賛成した。

ナミコはサヤの来るのをずっと待っていたようで、ブザーを鳴らすと、ほとんど同時にドアが内側から開いた。サヤは息苦しく思った。

ナミコはサヤの手を引くようにして、自分の部屋に案内し、後ろ手にドアを閉めて、しっとりと笑った。

「いいお部屋ね。」

サヤは目をうわずらせて、お世辞を言う。実際は、何か、不吉なものが部屋全体に漂っているようで、それを振払うように、首を振ってみても、振るい落とせない。花は飾ってないのに、ユリのにおいが時々毒々しく鼻を刺す。ふと、机の上に何か、パッチワークのようなものが置いてあるのが目にとまった。コラージュか何か、作っているところらしい。この顔、おや、カツオの顔。カツオの顔写真の白黒コピー、下半身は鉛筆で描かれている。むき出しの裸で、水彩絵の具の赤色で、下腹部から血が飛び散るように描いてある。これは、と言いかけると、ナミコは冷たく笑って答えた。

「セップクを命じたの。」

「あなた、家でそんなことしてるの？」

「そうよ。写真、見たい？」

ナミコは引き出しを開けて、中からトランプの大きさに切った、いろいろな人の写真を出して見せた。ほとんどはサヤの見たことのない顔だったが、中にはソノダヤスオ先生の写真なども混ざっていた。

「むかつく奴がいたら、破いて、血まみれよ。」

サヤはぎょっとしているところを見られたくないので、顔をそむけて、

「ソノダ先生のコラージュも作ったの？」

と言ってみた。

「まだよ。先生の恋人の写真を手に入れてから作ろうと思っているの。二人がくっついてるとことか。」

ソノダ先生に恋人がいるなどということさえ考えたことのなかったサヤはあせりを隠すように、

「どうやって、恋人の写真なんか、手に入れるの？」

「そうねえ、財布とかに入れてないかしら。」

「まさか、財布を盗むつもりじゃないでしょうね。」

「返すわよ、お金の方は後で。」

ナミコは台所へ行って、二人分のインスタントラーメンを作った。サヤは、それを食べ終わるとすぐに、立ち上がって言った。

「わるいけど、母には、十五分だけおしゃべりして帰るって言ってあるから、もう帰るわね。」

「今、帰らないで。ラーメン二人分作って食べてあるのを見たら、ママはあたしが男の子を呼んだと思って、逆上するかもしれないから。ママに顔を見せてから帰ってちょうだい。」

サヤは仕方なく、又、腰を下ろした。ナミコの母親はなかなか帰らなかった。

「あなたさ、眉毛、何日に一回くらい、剃るの？」

「え？」

「随分、伸びてる。」

「そうかしら。」

サヤは話題を変えようと思ったが、適当な話題が思い浮かばない。

「脇の下は？」

「え？」

「いつ剃った？」

「さあ。」

「伸びてるでしょ。」

「かもね。」

「半袖だと、手あげた時、見えるわよ。」

「そんなこと。」

「剃ってあげよっか？」

「いいわよ。」

「人のが見えると、ぞっとしない？　ミカとか、サエキさんとか、時々、伸びてるでしょ。」

サヤは、ナミコのあおざめた顔をまじまじと見つめた。半透明の肌に、細かい皺が無数に見える。

「剃ってあげるからさ、お風呂場、行こう。」

「いいわよ。」

「恥ずかしがってんの？」

「まさか。」

「あたし、汚いの、耐えられないからさあ。不潔なの、嫌なの。」

「神経質に考え過ぎるんじゃない？　お母さんが厳しいの？」

ナミコはそう言われてちょっと驚いたようだった。

「ママなんか、関係ないわよ。汚いのは、誰でも嫌でしょう？」

「でも、汚いと言っても、いろいろあるし。わるいけど、もう家に帰るから。」

「あしたも、うち、来ない？　すごいエステのセット買ってもらったの。脚の脱毛とか。」

「明日は、用があるの。」

「デート？」

「違うわよ。図書館で調べもの、あるの。」

「誰といっしょに調べるの？」

「一人よ。」

「しっかり受験生やってるのねえ、隠れたところで。」

「受験じゃなくて、知り合いの年寄に頼まれたの。」

　サヤは、ナミコの顔を見ないで、そう答えた。その時、やっと玄関の方から人の帰ってくる音が聞こえたので、サヤはほっとした。ナミコの母親は、こめかみに青いミミズを浮き上がらせたような神経質な女性ではなく、むしろ子供っぽい表情の残った、丸い印象の人だった。特に厳しいという感じもしない。ナミコの方を見ようともしないで、テーブルの上に散らかっているものを手早く片付けながら、あなたは全く又頼んでおいた買い物もしておいてくれなかったのね、だめよ、インスタントラーメンばかり食べているとB型肝炎になるわよ云々と、どうでもいいことのように次々と小言を並べてから、サヤに愛想良く挨拶して、そのまま、奥の部屋にはいってしまった。

授業が終わるのがいつも以上に待ち遠しい一日だった。この間は急にカツオが現われたりして、イザベラさんの本を探すことができなかった。サヤはなぜか、トマトジュースが無性に飲みたくなった。電車に乗ると、オキナワの空が頭上の広告の中で輝いている。隣の人の読んでいる雑誌に、駱駝を引いて砂漠を行く人の写真が印刷されている。皺の模様に飾られた老人の顔、見たこともないような目と鼻の描く曲線。イザベラさんがこの電車に乗っているところは想像できない。電車に乗っているのは、日本人ばっかりだ。外国人が増えたと近所のおばさんが言っていたけれど、実際は一人もいない。あのおばさんは教養がないから、テレビで言っていることは何でもすぐに信じてしまうんだ。だから、外国人が増えたと言われると、そうだと思い込んでしまう。実際は、外国人なんてめったにいない。つまらない。イザベラさんみたいに遠くの国へ行きたい。いったいどこの国なんだろう、イザベラさんの旅行したのは。多分、アジアの国なんだろう。あたしも、そういう遠くの国へ行きたい。飛行機に乗ったら、何もない真空の時間を通り抜けて、突然、遠くの、全く違った世界に到着して戸惑うんだ、ってソノダ先生が言っていた。それは、きっと、自動改札機の中を通る切符のような気持ちなんだろう。切符はいつも機械の中に入っていく時には、そろそろとためらいがちだが、中を恐ろしいスピードでぴっと通過して、気が付くともう、向こう側から顔を出している。中を通っている時間は存在しないに等しいほど短いし、中は真っ暗で、何も分からないうちに、向こう側に着いてしまう。この平凡な町だって、どこか遠い外国から旅の人が来て見たら、随分変な町かもしれない。そうだ、もし、自分が遠くから来た旅人で、この駅に今降りたばかりだとしたら。

駅前には焼き芋屋が出ていて、その隣で、発展途上国に送る募金を集めている人がいるけれども、もし外国から来た人が見たら、そこの焼き芋屋も、野蛮に見えるかもしれない。電気がないから石で焼いているのだと思うかも知れない。じゃがいもがないから、さつまいもを食べていると思うかもしれない。サツマイモという単語がよく分からなくて、サツはお札のこと、マイは米、モは藻かと思ってしまうかもしれない。手で焼き芋を食べるのは野蛮だと言って、焼き芋をナイフとフォークで食べるかもしれない。日本では何でも箸で食べるのだと思って、箸で焼き芋を食べるかもしれない。

自動販売機にトマトジュースはなかった。サヤは仕方なく、十六茶を買った。もしも、日本語の読めない人がこれを見たら、アルファベットで自動販売機の上にコカコーラとだけ書いてあるから、販売機から出てくる飲み物はみんなコカコーラだと思ってしまうかもしれない。緑色や黄色のコカコーラも日本にはあるのだと思ってしまうかも知れない。サヤは半分お茶を飲み終わってから、自動販売機の隣に立って、しばらくぼんやりしていた。すると、あら、サヤちゃん、と言って、近所に住んでいるハイダさんという人が近付いてきた。

「今、お帰り？　もうすぐ受験で、大変ね。」

サヤは自分の洋服や髪の毛や肌の上をハイダさんの視線が嘗め回すのを感じたが、優等生の姿勢で平然と立っていた。

「あなた、十六茶がお気に入り？　うちの店の前にもね、ずっと自動販売機、置いていたんだけれどね、最近、壊されたんで、もうやめたの。」

ハイダさんのやっている小さな洋品店は、商店街から少し離れたところにぽつんと建っている。それでも商店街もみじ会には入っていて、お祭りなんかの時も大変積極的だ、と母親が言っていたことを思い出した。そう言えば、あの洋品店の前に自動販売機があったっけ。店はプレハブ建築を連想させるようなかよわい造りで、それが頼りなく見えるせいか、夜は自動販売機だけがぎらぎらと立派そうに光って見えたっけ。

「最近、犯罪が増えたでしょう。最近の若い人とか、外国人とか、もういったい何考えているのか。うちの販売機もね、壊されちゃって、こりごりして、もうやめちゃったのよ。」

　サヤが何も言わないので、あわてて、

「最近の若い人はねえ。サヤちゃんみたいにいい子もいるのに、なんで、あんなにたくさんおかしい子がいるんでしょうねえ。良いことと悪いことの区別が全然つかないでね、つかまっても、謝らないし、平気でいるんですって。外国では自動販売機を壊してお金を取るのは常識だっていうでしょう。だから、外国人ならまあ仕方ないのかもしれないけれど、最近は日本人も、若い人はそうなんですって。どうして、そうなってしまったんでしょうねえ。本当にひどい損害で。」

　損害っていくら損したんだろ。サヤはいったいいくら儲かっていたんですか、いったいいくら損したんですか、と聞いてみたい衝動に駆られる。お金の額のことなど興味はないけれども、何か曖昧なつかみにくい感じ、妙に余計な泡を立てられ、ごまかされて、不満をぶつける対象にされてしまったような感じがして、気持ち悪かった。はっきりした数字を言ってもらえば、切り返すこともできそうな気がした。

「でも、昔の若い人たちって、本当にそんなに、いい人ばっかりだったんですか？　戦争中とか、日本人は、人をたくさん殺したって、先生が言ってたけれど。その時に殺した数と比べたら、今の若い人の殺した人間の数なんか、ゼロに等しいんじゃないですか。」

サヤがそう言うと、ハイダさんの目が一瞬、恐れるように大きく見開かれ、それから、又しょぼしょぼとしぼんだ。

ハイダさんと別れてから、重苦しい嫌な気分で、できることなら、今すぐにイザベラさんに会って、話がしたいと思ったが、イザベラさんがもう「ドジン」には来ないということは分かっていた。あたしが、図書館へ行くしかない。

サヤは、図書館のドアを開いて、吸い寄せられるように、「旅行」と書かれた棚の方へ近づいていった。いろいろな旅をした人たちがいる。貧乏旅行、車椅子旅行、脱サラ旅行、家出、豪華船エリザベス女王号の旅、シベリア自転車横断、ヨーロッパ一周スケートボードの旅。でも、どこか、イザベラさんの旅の雰囲気には繋がらない。どこが違うのか分からないが、見当違いの棚に来ているような予感がする。サヤは、裏側の「歴史」と書かれた列に入っていった。こちらの棚の方が、背表紙にもちょっと古めかしい色が使ってある本が多くて、イザベラさんの雰囲気に似合っている。古代人の衣食住についてのイラスト入りの本を、つい手に取ってしまう。古代をテーマにしたマンガ、描いてみたいなあ、とサヤは思う。まだ、ストーリーのあるマンガを描いてみたことはないけれど。サヤは適当にページをめくる。埴輪、土器、焼き畑農業。草原を燃やすと、灰が肥料になって植物がめきめき伸びてくることに当時の人たちは気がついていた、と書いてある。なるほどねえ、それじゃあ、学校のあの萎れた花壇にも一度、火をつけてやれば、少しは花が咲くのかしら。「近代史の中の旅」、あ、この表紙、イザベラさんの服と同じ色。手に取って、ぺらぺらめくってみる。古風な服を着て、馬に乗っている人の絵が表紙に書いてある。イギリス人かしら。この人は男だけれど、イザベラさんも乗馬ズボンをはいたら似合いそう。カイコク？　それじゃあ、この人、アメリカ人ってこと。カイコクしろって言ったのは、確かイギリス人じゃなくて、アメリカ人たちだったわよねえ。世界史の勉強をそろそろ始めないと。私立の文系を受けるつもりなら、国語と英語の他に、世界史がかなりできないとだめだって、ソノダ先生が言ってた。でも、歴史は苦手。カイコクの年さえ忘れてしまったあたし。ひどいもんね。それに、歴史用語って、苦手だわ。開国の逆がどうして、閉国じゃなくて、鎖国なのよ。サコクって聞くと、左国とか砂国とかいう漢字が思い浮かんじゃうけれど、あれって、鎖なのよねえ。駐車場じゃあるまいし、国を閉ざす時、チェーンで閉ざすわけ？　それとも、犬を鎖で繋ぐみたいに幕府が人を鎖で繋いで勝手に外を歩かせなかったってこと？　チェーン店っていうのはあるけれど、チェーン国ってあるのかな。大きな国が、田舎にたくさん小さな国を支店みたいに出すの、それが本当の鎖国、チェーン・カントリーじゃないの。なんだか、そういうの、ありそうね。

あ、ここに一八七二年って書いてある。これが開国の年だったっけ？　真っ裸で、数人の男女がいっしょに温泉に入っている。あら、やだ、女も男もいっしょなのに、少しも隠そうとしないで、並んでしゃがんで、平気で身体、洗ってる。一八七二年、混浴が禁止されたって書いてある。公共の場での混浴は、この時、一種の軽犯罪法の対象になった。なんだ、東京でもそれまでは、普通、混浴だったの？　男と女が別々になったの、結構、最近のことじゃない。あたしの好きな古代から見れば。それなのに、あたしたちなんか、更衣室を男の子にのぞかれただけで、まるでそれが大事みたいに、すごく騒いじゃうんだから、人の意識って、変化するのが速い。

その時、すぐ隣に学生風の若い男が来て立ったので、サヤはあわてて混浴の絵を隠すためにページを一枚めくって、説明を読んだ。西洋の風俗が絶対とされて、裸体や混浴が禁止された、同性愛も禁止された、と書いてある。ああ、なんだか、そんなようなこと、ソノダ先生が言ってたっけ。裸でいて平気だと野蛮人だと思われる、そうすると、馬鹿にされて、アメリカに不利な条約押し付けられるからって話。そうそう、ウンチングスタイルの話が出た日に。

ふっと目をあげると、隣に立った男も、厚い本を広げて、夢中で読んでいる。その顔に見覚えがある。本を横目で盗み見ると、帆船の挿し絵が見える。この人、あんな真剣な顔して、船のこと、調べているのかなあ。あ、分かった、この人、カツオと来ていた人じゃないの。じゃあ、カツオももうすぐ来るのかもしれない。サヤは胸がどきどきしてきた。男は急に何を思い付いたのか、本をあわてて棚に戻して、ハンカチで口を押さえ、サヤが目で後を追うと、首を垂れて足早にトイレに入っていくのが見えた。何か吐き気を催させるようなことが本に書いてあったのかなあ。サヤは、彼の戻していった本を手に取って、ぺらぺらとページをめくってみた。「開国までは、日の丸は、外国では、赤い蠟で封をした白い封筒を思わせるような、閉塞のイメージで捕らえられていた。」と書いてある。サヤはページを逆方向に繰っていった。「やがて、幕府は、アメリカを真似して同じ形の軍艦を造ったが、船印として、旗を揚げる必要が出てきた。国籍を明示しない船は、海賊と思われて攻撃されないとも限らないからだ。つまり、国旗は、海賊船ではないことを示したのがその最初の目的であったのだ。」なんだ、つまんない。あの学生、日の丸の歴史かなんか調べてるんだ。カツオの友人だけあって、変わってる。

サヤは、本の中でイザベラさんに再会したかったが、どうすればイザベラさんの本が見つかるのか、見当もつかなかった。見上げるほどの本棚にぎっしり並んだ書物を見渡すと、降参の溜め息が漏れた。受け付けには、あの若い男の図書館員がすわっていた。

「すみません、探している本があるんですけれど。」

「どういう本ですか。」

「イザベラさんって人の書いた旅行の本なんですけど、名字は分からないんです。昔、辺鄙なところを一人で馬に乗ったりして旅した女性で、イギリス人なんです。」

「ああ、イザベラ・バードですね。」

図書館員が、その名前をすらすらと口にしたので、サヤはびっくりして、

「え、あなたも、お知り合いなんですか⁉」

と尋ねると、図書館員は、笑いを嚙み殺して、

「僕がそんな年寄に見えますか。バードは、十九世紀の人間ですよ。」

と言って、一度姿を消したが、すぐに、深緑色の本を一冊持って、戻ってきた。「日本奥地紀行」という題名がサヤの目に飛び込んで来た。中をめくると、なつかしいイザベラさんの写真が載っていた。

「ええ、確かに、この人です。」

サヤは、貸し出し手続きをするのも忘れて、その場に立ったまま読み始めた。頭の中がくらくらした。なんてことだろう、この人、一八三一年に生まれてる。病気がちだったんで、健康回復のために旅に出ることにした、と書いてある。中をせっせとめくって拾い読みしてみる。頭にシラミのいる行儀のいい子供たちの話、扱いにくい馬「ダバー（駄馬）」の話、全部、話してくれた通りだ。昔の日本だったんだ、イザベラさんの旅した国は。だから、あんなに寂しそうに、わたしといっしょにもう一度あの土地を旅することはできないなんて言ったんだ。サヤは、新聞雑誌閲覧コーナーへ入って、へなへなとソファーにすわりこんだ。

その時、カツオが図書館に入ってきたが、その姿は、サヤのすわっている位置からは見えなかった。カツオは館内をきょろきょろと見回して、ちょうどトイレから出てきたコンドウが目に入ると、そちらに駆け寄った。

「やっぱり、ここにいたんですか。アパートにいなかったから。毎日、調べもの、熱心ですねえ。そのうち、研究論文でも発表するんじゃないですか。」

「俺は学問は苦手だ。でも、調べているうちに、いろんなことが、少しずつ分かってきたよ。

自分がこれまで考えていたような演出はだめだってことも。いいか、天に火を捧げる場面なんかは、それほど重要じゃない。重要なのは、火の生まれてくる場面だ。そこを演出しないと、だめだ。そこが、一番、大切なんだから。俺は、そのことを考えるのがずっと嫌だった。でも、本当は、胸の奥で、そこにすごくこだわっていたんだ。」

「祝典のことは取りあえず忘れて、トムヤムクン・ラーメンでも食べにいきませんか。」

「そこで、俺は考えたんだが、まず、秋の収穫に感謝しつつ、藁を束ねて、それに泥を塗って固めて、鳥居を建てる。その鳥居を、陸上部の女性部員の陰毛を集めて藁といっしょに縒り合わせたしめ縄で飾る。これは嫌らしいことを考えているわけではない。母なるものを象徴するのだ。それから、同じ藁で藁人形を作る。祭典の当日には虫眼鏡で太陽の光を集めて、藁人形にその火をつけ、それを乗せた神輿を担ぎ出す。鳥居をくぐる時に、しめ縄に火が付いて、鳥居が燃え始める。」

「ちょっと待ってくださいよ。熱があるんじゃないですか。」

カツオは、コンドウの潤んだ目、赤い顔と汗の浮かんだ額に心配そうに目をやった。

「熱なんかない。たった今、こういう卓抜なるアイデアが浮かんだから、興奮しているだけだ。これから、グラウンドへ行って、陸上部の連中に伝えてくる。今日は練習が八時まであるって言ってた。」

「ちょっと、ちょっと、それはやめた方がいいですよ。」

「どうして。」

「あの人たちには、そんな理屈は難しすぎて、分かりませんよ。こっちが変人扱いされて、笑われるだけです。」

「そんなことはない。そりゃあ、すぐには飲み込めない奴もいるかもしれない。でも、少なくとも、応援団の人なら、分かるはずだ。」

「だから、つまり、あの連中が、特に鈍いんですよ。それに、あの人たち、どっちかっていうと、ミギムキクンでしょ。そしたら、どうするんですか。殴られちゃいますよ。」

「それなら、当然、古事記は熟読しているだろうから、ますます好都合だ。イザナミがカグツチノカミを出産するところを見せるんだと言えば、それで一発で分かるだろう。」

「分かんないですよ、そんなの。」

「それが分からないような奴は、右として認めない。俺は本物の右になるつもりだ。初夜の血痕みたいな、みじめったらしい丸印ではなくて、大きな、純粋な、本当の、真っ赤な旗を揚げたいんだ。」

カツオはあわてて言った。

「だから、その真っ赤な旗っていうのがヤバインですよ。真っ赤だと、もう右じゃなくって、反転しちゃうんですよ。分かんないかなあ。とにかく、その汗、ひどいじゃないですか。まさか肺炎とかじゃないでしょうね。ちょっと休んだ方がいいですよ、顔色、本当に変です。そこの、ソファーにすわって、休みましょう。ね。それから、どうするか、考えましょう。」

カツオが看護夫を演じ、小刻みに震えるコンドウの身体を支えるようにして、新聞閲覧コーナーに連れて行くと、ソファーはすでに占領されている。そこにすわっている女の顔を睨みつけると、なんとサヤだった。

「なんだ、おまえか。」

「どうしたのよ?」

「ちょっと、コンドウさんが気分悪いみたいなんで、すわった方がいいかと思って。」

「あら、それは、大変。」

サヤはあわてて立ち上がり、コンドウに場所を譲った。コンドウの額から噴き出している大粒の汗の数は、普通ではない。

「お医者さん、呼ぶ?」

「そうだな。」

サヤが受付で、さっきの図書館員に事情を話すと、通りを挟んですぐ向いが医者だから、そこまで歩いて行くのが一番早いだろうということだった。サヤはそのことをカツオに話し、二人はコンドウを支えるようにして、図書館を出ようとした。出口のすぐ手前まで来たところで、コンドウがうっと唸って、

「ちょっと、ここで待ってろ。吐き気がする。」

と言い残すと、ふたりの腕を振払って、トイレに飛び込んだ。付き添ってトイレの中に入ろうとするカツオにも、外で待っているよう、厳しい手振りで合図した。カツオとサヤは、その場に取り残されて、顔を見合わせた。サヤは、イザベラさんの正体が分かった興奮に、コンド

ウの発作に巻き込まれた興奮が重なって、急に目から涙が溢れてきた。カツオは驚いて、

「どうしたの。泣かなくたって、平気だよ。」

と言うと、サヤの腕に真横から手を当てて、軽く叩いた。サヤは頷いて、ポケットからハンカチを出して、涙を拭った。ちょうどその時、入り口からナミコが入ってきた。二人を見ると、その顔がひきつり、凍りついた。あら、とサヤが声をかけようとすると、

「図書館へ行くって言うから、何読んでるのかと思ったら、そういうことだったの。まさか、そんな人だとは思わなかったわ。」

と言い捨てて、ナミコはくるっと背中を向けて、元来た道を小走りに戻っていった。

「なんだ、あれは。」

カツオは顔をしかめた。サヤは嫌な予感がしたが、今はナミコなどにかまっている場合ではなかった。ぶるぶる震えているコンドウの身体を左右から支えるようにして、図書館の向いにあるハシモト医院に連れていった。待ち合い室で待っている間、サヤとカツオは一言も口をきかなかった。やがて診療室から出てきたコンドウは、震えは止まり、額も乾き、開き切った瞳孔も元に戻っていた。今日は注射を打ってもらっただけだが、翌日、大病院で見てもらうように言われた、ということだった。

病院から出て、サヤと別れてから、カツオはおとなしく家に帰った。じゃあな、とだけ言って、サヤと別れるのは、あっけなさすぎる感じもしたが、変にぐずぐずしているところをマックンにでも見られたら面倒なことになる、と思った。受験勉強でもするか、とカツオは他人事

のように思った。そう思うと、気が楽になった。

受験勉強でもしよう、とサヤも思った。受験勉強というものが気を静めるためにあるのかどうか知らないけれど、参考書に付いている練習問題に目を当てて、これを一番から最後まで順番に解いていくんだ、と思うと、気が楽になった。参考書は表紙がつるつるしてカラフルで、紅茶やジュースをこぼしても、拭き取れば、すぐにきれいになりそうだった。ちょっと毛羽立ったあのイザベラさんの本の表紙、誰がいつ付けたのか、しみが付いていたっけ。その時、あまりあわてていたんで、イザベラさんの本を図書館に置いてきてしまったことに気が付いた。今日はもう図書館は閉まっている。明日は休館日。あさって、借りに行こうか。すぐにでも本を手にしたいあせりもあったし、同時に、もう一度あの本を開いてみるのが恐いような気もした。一八三一年生まれ、と書いてあったイザベラさんの年譜を最後まで読みたくない。


翌日、クラスの卒業記念アルバム委員のカワムラが、休み時間にカツオの席に来て、

「君、悪いけどさ、一人で校庭で逆立ちしている写真、卒業アルバムに入れるつもりで、もらったのがあったろ。あれをもう一枚、焼いて、持って来てくれないか。」

とすまなそうに言った。カツオは怪訝に思って、

「どうしたんだよ、この間、渡したやつは。まさか女の子たちに高い値段で売りつけたんじゃないだろうな。」

「まさか。それがさ、放課後一人で編集してたらさ、俺がトイレに行っている間に、誰かが悪

戯して、だめにしちまったんだよ。」

カワムラは何か言いにくそうにしている。

「悪戯って、誰がしたんだよ。」

「そんなの、分からないよ。」

「俺の写真だけ、駄目になったのかよ。」

カワムラはすまなそうに頷いた。

「どんな風に駄目になったんだよ。」

「鋏で切られて。」

「まっぷたつか。」

「いや、細かく。」

カツオは細かく切り刻まれた自分の写真を思い浮かべて、ぞっとした。

「俺、誰かに恨まれているのかなあ。」

カツオはとぼけてそう言ってみたが、胸の中は不安に騒ぎたった。筋肉の盛り上がったふくらはぎを包んだ厚いサッカー・ソックスが思い浮かんだ。


カツオが家に帰ると、めずらしく父親が玄関に出てきて、

「おまえを訪ねて、遠くからわざわざいらした方がいるから、客間で待っていただいている。」

と言う。いったい誰だろう、と不思議に思って、カツオが客間に入ると、六十代の男性が、

質素なねずみ色の背広を着て、すわっていた。見たことのない人だった。カツオを見ると、腰をゆっくり伸ばしながら立ち上がって、頭を下げた。

「コンドウタカシの父です。息子がお世話になっています。」

カツオは驚いて、すがるようにドアの方を見たが、後からついてきたはずの父親の姿は、もうそこにはなかった。

「息子は去年、神経を痛めて、一年、大学を休学することにすると聞いていたのですが、このところずっと連絡がないんで、心配してました。」

カツオは唾を呑んだ。

「今日、病院から連絡があって、又、少し、落ち着くまで、入院した方がいいということなので、お知らせに参りました。」

「そんなに悪いんですか。ずっと、元気そうでしたが。」

「いいえ、身体は健康なんですが、ちょっと神経がまいってしまったことがあったというだけの話です。」

「それは、いつ頃のことですか？」

「高校の時に悪い友達ができて、クラスの女の子の家に火をつけたという罪を着せられて、それがショックだったようです。幸い、ぼやで済んだんで、執行猶予で。でも、無実は証明できませんでした。友達が無理にやらせたというようなことだったかもしれません。でも、又、元気になって、受験勉強もして、大学に入ったんで、すっかり安心していたんですが。」

カツオは立ったまま、絨毯の花模様を睨んで聞いていた。

「その時に、家内が、おまえは道を外れて不良になったのだから、少しくらい罰を受けた方がいいと言って、あいつの無実を信じなかったのも、今、思えば、いけなかったと思います。その頃は悪い友達にそそのかされて家の物を持ち出したりして、わたしらも苦労させられていたんで、家内も腹をたてていたんでしょう。でも、根の悪い子ではありません。」

「いえ、まじめすぎるくらいまじめな方だと思ってます。」

「ありがとう。でも、どこか弱いところのある奴です。これが、病院の住所です。受験勉強でお忙しいでしょうが、たまには、見舞ってやってください。」

「明日、さっそく行ってみます。」

「いや、一週間くらい、落ち着くのを待たれて、それから行かれた方がいいでしょう。」

コンドウの父親は帰っていった。カツオは台所に入って、洗ってないコップで水道の水を一気に飲んだ。

「誰だ?」

父親が珍しく好奇心に目を潤まして、書斎から出てきて尋ねた。カツオは、コンドウのことを、手短に説明した。カツオの話は長いだけで要点を得ず、まどろっこしいことが多いので、いつも父親はいらいらして、要点を言え、となじる癖があった。それを恐れて、カツオの話し方は最近、連載小説の前回までの粗筋を紹介するコラムと似た文体になっていた。しかし、父親は、今回に限って、もっとくわしく知りたいらしく、細かいことまでつっこんで聞いた。コンドウとはどこで知り合ったのか、どういう会話を交わしたのか、なぜ一緒に図書館へ行ったのか、など。カツオは、いちいち丁寧に質問に答えた。祭典の話などは、あまりにばかばかしいので笑われるかも知れないと思ったが、これを隠すと、説明のつかないことがいろいろ出てくるので、一応話した。ひとしきり話が終わって、カツオが自分の部屋に引っ込もうとすると、父親は独り言のように言った。

「そうか。それは懐かしいな。」

「え？　何が懐かしいの？」

「俺も、高校の時には、悪い友達に誘われて、ひどいことをしたもんだ。法律的に見ても衛生学的に見ても、随分、危なかったな、あれは。それが見つかったら自分の一生は終わりだ、もう結婚も就職もできないだろう、と大袈裟に考えて、大学の一年生の時にノイローゼにかかって入院した。今思えば、悩む必要などなかったのだが、あの年齢ではそう気楽には考えられないことがいろいろあるのだ。そのコンドウ君とやらも、きっと、同じような時期にあるんだろう。」

そんな話は初耳だった。カツオは、父親の薄い唇が、意外に湿っていることに気がついた。

ほんの数秒後のことだったと思う。父親の唇の湿り気が、急に土色に陰った。ウールの部屋着に上品に包み込まれていた身体が、腹と膝で折り畳み式の椅子のように、かくんかくんと畳まれて、カツオが支えの手を差し出す暇もなく、父親は床に跪いていた。

「どうしたの。」

カツオが驚いて覗き込んだ父親の黒目の中で、くるくると渦が巻いた。唇から言葉は出ず、顎だけがしきりとカツオの背後をさすので、振り返って見ると、窓の外に顔が二つ並んでいる。ナミコだ。ナミコが、カツオの母親と並んで外に立っている。カツオが窓に近づいていくと、ナミコがガラス越しに、植木屋のハサミをちょきちょきと動かしてみせ、にやにや笑っている。母親は、ナミコに肩を組まれ、うっすら嬉しそうな表情を唇に浮かべている。母親の目はカツオの方向に向けられているが、焦点が全く合っていない。ハサミは、開いたり、閉じたり、閉じたり、開いたり、思わせぶりで、いらいらさせられる。

「いったい、それ、どういうつもりなんだよ。」

と叫んでみたが、声が変にくぐもって、外に聞こえている様子はない。

「何だよ、何の用だよ。」

カツオは窓ガラスを乱暴に三回、平手打ちしてみたが、ガラスの向こうにあるナミコの顔も母親の顔も少しも動揺する気配がないので、部屋を飛び出し、台所にある裏口から外に出た。家のまわりを一周してみる。ナミコも母親もいなかった。仕方なく、家に戻ろうとすると、前のバス通りを自分の母親がナミコに手を引かれて去っていくのが見えた。

「おおい、ちょっと待てよ。どういうつもりだよ。」

カツオはそんなことを叫びながら走り出したが、数メートル走ると、足の裏に小石が食い込んで、痛さに飛び上がった。はだしだった。あわてて家の玄関に戻って、運動靴をはく。なんだか、小学生みたいな運動靴だな。こんなの、まだ持っていたんだ。それから、バス通りに飛び出すと、二人の姿はもう見えなかった。最初の十字路まで走っていって、右と左を見る。いない。次の横道まで駆けていって、又、立ち止まる。人影はない。

随分、探したが、見つからなかった。近所の知っている道はすべて歩いてみたような気がする。どこにも、いなかった。そして、最後には、こんなに寂しい空き地に行き着いてしまった。小学校の時に、この空き地にいろいろゴミが捨ててあったことを思い出した。脇を通ると、ゴミの山が、きらきらと光って、とても綺麗に見えて、「ここに入ってはいけません」という看板が立っていたのに、いつも我慢できなくなって、入って、ごみをあさった。ネジやゼンマイやアルミ板など、金属が特に魅惑的だった。外国製のめずらしい空缶を拾おうとして、手を切ったこともあった。あの缶、ホウレンソウの絵がラベルに描いてあったっけ。ぬっくりした血が、切れた指の腹から出てきた。あれは変な感じだったな。特に不器用な摑み方をしたわけではないのに、缶の方から、急に嚙み付いてきたような感じだった。とにかく、不思議な場所だった。でも、今はもう、ごみひとつ落ちていない寂しさだ。雑草も勢いを失って、まばらに生えているばかり。遊んでいる子供もいない。奥に、使われていない倉庫がある。まだ、建っているんだな、あのボロ倉庫。みんなに忘れられて十年の年月が流れても、同じ姿で立ち続けているんだ。あの時も、扉の蝶番が錆びていたけれど、今もおなじように錆びている。一度、中に入ってみたことがあったっけ。俺は、倉庫のようなものを見ると、中に入らないではいられないたちなんだ。ぎいっと扉を開いて、中に身体を忍び込ませたのはいいが、とぐろを巻いて昼寝していた蛇を踏んでしまって、おったまげて、あわてて外に飛び出そうとして、扉に頭をごっちんとぶつけた。あれ以来、懲りてしまって、もう中へは入らなかった。そう言えば、あの時も変だったな。どじで頭をぶつけたと言うよりは、扉の方が急に見えない腕を伸ばして、俺の頭にパンチを食らわしたような感じだった。それに、あの時、耳元で声が聞こえたんだ。かすれた、ぞっとするような声。入るな、今、入ると、切られるぞ。まわりには誰もいなかった。

でも、今はもう子供ではないのだから、中に入っても平気なのだろうと思う。カツオは、扉を押し開けた。ビロードの闇が、外から流れ込む光に、すうっと染まっていった。しんとしている。壁四面に積み上げられた棺桶サイズの木箱は黒ずんで、壁のようにそびえ立ち、そのせいで、あるのかないのかよく分からない窓もみんな塞がれている。カツオが手を離すと、扉は背後できしみながら閉まった。暗闇が視界を包み、一筋だけ窓から淡い光が漏れていることに気がついた。その光の筋は、空間を横切って、蜘蛛の巣を貫いて、奥の床に四角く空いた穴を照らし出している。近づいてみると、地下から、声が聞こえてくる。

「どうしたら抜けるのか、教えてほしいのよ。」

サヤの声だ。誰と、しゃべっているんだろう。

「抜けなくなっちゃったのよ。抜いて、ほしいのよ。」

カツオは、両手を床につき、地下室に頭をつっこむようにして、のぞきこんでみた。下から木の梯子が掛けてあって、降りていかれるようになっている。地下室の全貌は見えない。見えない一角から、荒い呼吸が聞こえている。

カツオは用心深く梯子を降りていった。木の梯子の表面は、ビロードのように柔らかく、湿って冷たかった。腐りかけているのかもしれない。地下室は、体育倉庫のにおいがした。真ん中で、とぐろを巻いているのは何だ。縄だ。小学校の運動会の綱引きに使った縄の臭いがする。とぐろを巻いている縄の他にも、うねうねと身体を伸ばしている縄が数本ある。隅に、サヤが立っている。カツオの方を見て、泣きそうな顔をしている。

「どうしたんだよ、こんなところで。」

サヤは答えるかわりに、顎で自分の右腕をさした。腕は、肘のところまで、壁に埋まっている。壁は、泥でねりあげた昔の倉を思い出させるが、カツオが触ってみると、コンクリートの頑固な冷淡さ。

「どうして、そういうことになってしまったんだよ。」

「腕が抜けないの。」

「それは分かってるよ。どうして、そうなったのかと聞いているんだよ。」

腹立たしさを自分でも抑えられなくなって、カツオは怒鳴りつけた。

「あたしが、こんな目に遭っているのに。」

「だから、どうして、いつ、そうなったんだよ。」

サヤの目が丸く見開かれたので、泣き出すかと思ったら、急に笑い出して、

「これから、どうするかってことでしょ。切っちゃっていいわよ。いらないから。切って。」

サヤが左手で指差す床の一角を見ると、出刃包丁が一本落ちている。カツオは、ますます腹が立ち、肩に震えが走りそうに感じた。

「何言ってるんだよ。切れるわけないだろう。」

それを聞いて、風船から空気が抜けるように、サヤの身体からすっと空気が抜けていった。そして、灰色の壁がほんのり明るくなって、みるみる透き通ってきた。壁の奥に、何か、しみのようなものがある。カツオが目を凝らすと、うっすらとハート型に浮かび上がっているのは、マックンのお尻である。マックンはもうこんなに深く、壁の中に埋め込まれてしまったのか。カツオは、壁をぱんぱんと平手で叩いてみた。浮かび上がってみえる肌は、実際は、目に見えるよりもずっと深いところにあるようだ。もうあんなに深いところまで、埋め込まれてしまったのか。電気のこぎりで、切って出すか。そうだ、四角いブロックを切り出して、それから、丹念にハンマーで叩いて壊していけば、解放できるかもしれない。上の階に電気のこぎりが置いてあったような気がする。

「上に行って、道具を取ってくるよ。壁を切るんだ。」

「でも、あたしとマックンとどちらを先に助けてくれるわけ?」

「両方だよ。」

「それは、嘘でしょう。両方、同時ということはありえないわ。」

「だったら、一人助けてから、もう一人を助けるよ。」

「あたしが後でしょう。」

「そんな湿った声、君には似合わないよ。」

「ずいぶん、いろいろ嘘を上塗りしたわね。」

「へ？　それ、どういうこと？」

「ごまかさないでよ。」

「そんなテレビドラマみたいで、みっともないわよ。」

「あなたこそ、少年マンガの主人公の真似しているみたいな話し方、するなよ。」

カツオは逃げるように梯子を昇り始めた。足をかけて五段ほど昇ると、めりっと音がして、腐った木が折れ、カツオは折れた梯子にはさまれるようにして、下に落ちた。膝を打ったが、たいしたことはない。

「なんだ、木がこんなに腐ってるよ。今どき、なんで、木の梯子なんか、使うんだろう。」

膝を摩りながら、上を見上げる。ひやっとする。梯子の残りを掛けなおそうとするが、短すぎてもう掛からない。どうやって、上に出ればいいんだろう。ここには木箱も何もない。太い縄があるだけだ。

鉄格子のはまった窓が一つ、そこから外の光が漏れている。外の雑草が見える。どうやら、それが、地上の高さらしい。誰か通るかもしれない。でも、助けてくれえ、と叫ぶのは、なんだか大袈裟で恥ずかしい。

「すいません、誰か通ったら、警察に電話してくださーい、閉じ込められてます！」

とカツオは怒鳴ってみた。外を車の通る音がした。誰か歩行者が通らないだろうか、そのうちに通るだろう。

「すいませーん。」

でも、腕の埋まってしまったサヤや、壁に埋め込まれてしまったマックンのことをどうやって説明したらいいんだろう。彼らといっしょくたにされたり、犯人にされたりするのはごめんだ。とりあえず、他人のふりをしておけばいいだろう。後で説明すればいい。家に無事に帰れたら、そこから消防署に電話して、助けてもらえばいい。消防署の番号は何だっけ。思い出せない。ヒャクトオバンするって言い方があるな。警察でもいいか。でも、警察には、梯子があるだろうか。とにかく、俺がここから出ることが第一だ。

外光が人影に塞がれ、窓が急に暗くなった。誰かの背中が見える。学生服の黒。

「すいません、そこにいる方、助けてください。」

背中がくるっとまわって、顔が格子窓に押し付けられた。コンドウではないか。

「コンドウさん、僕です。梯子が折れて出られなくなってしまったんです。助けてください。」

「そうか、ここに閉じ込められているというのは、本当だったんだな。」

なんだか、声がロボットのようでもある。コンドウの声の低さとかすれ方は聞こえるのだが、なんだか一度録音し、分析し、再構成したように聞こえるのである。

「みんな、わたしの言ったとおりでしょう。」

ナミコの声だ。

「なるほど、あなたの言うことは正しい。」

「そうよ。わたしの言うことはみんな本当よ。他の人たちは、うまく世渡りしたいからって、お世辞や嫌がらせや嘘ばっかり口にする。でも、わたしは本当の言葉しか言いません。本当の言葉を聞けば、あなたは強くなれる。とても強くなれる。さあ、このマッチを摺って、紙に火をつけて、中にどんどん投げ込んでみなさい。」

ナミコの声がコンドウに命令している。

「コンドウさん、僕ですよ、聞こえますか。」

「どんどん投げ込めば、いつかは火がつくはずよ。それは、あなたが触っても火傷しない火。恐くはないわ。本当のことだから。それは、不浄な嘘を焼きつくしてしまう火。後は、清らかな身体になって、生まれ変わることができるのだから。一度、そうやって生まれ変われば、あなたは、どこも弱いところのない、強くて明るい完璧な身体になるのよ。」

カツオは、あわてて叫んだ。

「コンドウさん、そいつの言うこと、聞いたらだめですよ。その女、危険な奴なんです。暗示にかかっちゃいけません。」

必死でカツオは言うのだが、自分の言葉にはコンドウを動かす力がないのを感じる。「暗示」なんて言葉を使うのは生まれて初めてかもしれない。全然、説得力ないじゃないか。

「俺、死にたくない。分かりますか？　コンドウさん、俺、生きていた方がいいでしょう？」

コンドウの鼓膜にはカツオの声は届かないらしく、不器用な指先は、マッチを摺り続ける。

うまく擦れない。指先の第一関節にも第二関節にも、鳥居が無数に重なったみたいな皺が寄っている。一本目のマッチがぽきんと折れる。二本目のマッチがしゅっと一度火を吐いて風に吹き消されてしまう。三本目のマッチが濃密な炎を生み、それを両手がかばう。炎は紙切れに乗り移って、めらめらと大きく安っぽく燃え上がる。あれをこれから窓の格子の間から投げ込むつもりだな。

あたしは人に騙されやすい。この人だけは信用できると思って心を開くと、必ずその人に騙されることになる。人を陥れ、苦しめ、自分は密かに喜びを噛み締めるような人間、そういう残酷なところを持つ人はたくさんいる。でも、彼らは、誰に対してもそういういじわるをするわけではなくて、特定の相手に対してだけ、そういう仕打ちをしたくなるものらしい。ふさわしい相手が現われなければ、一生、人を騙すこともないような良い人たちなのかもしれない。彼らの心の腐り切った部分は、あたし以外の誰の目にもとまらない。あたしにだけは、それが頬に付着した泥の汚れのようにはっきり見える。見られることで、汚れは生き返る。活性化して、くさい臭いを放ち、まわりにあるものをも腐敗させ始める。みんなは、あたしが被害妄想に冒されているだけだ、と考えてしまうかもしれない。あたしは自分には全く責任がないと言っているわけではない。少なくとも、あたしは人の悪意を刺激して外に出させる何かを持っているわけだから、それがいけないのかもしれない。でも、それは生まれつきで、直そうとしても直すことはできない。あたしは、人に汚い言葉を吐き付けたり、汚いものを見せたりしたことは一度もない。汚い臭いを嗅がせたことさえない。ただ、人の醜さに黙って耐えているだけだ。文句を言うことも愚痴をこぼすこともめったにないのだから、みんなには、あたしがどんなに彼らの汚れに苦しんでいるかは分からないのかもしれない。あたしは、嗅覚が異常に発達している。それが、いけないのかもしれない。学校に行っても、斜め後ろの方から、男の下半身の臭いが漂ってくる。それは、その朝の残りで、ほんの一滴分もないのかもしれない。でも、あたしには、くっきりと嗅ぎ分けることができる。なぜ、きちんと洗ってこないのだろう。男だけではなく、女も臭い。たとえば、隣の女は、太腿にちょっとでも汗をかくと、それといっしょに、女の汁のにおいが立ち上ってくる。それは、朝の残りではなく、授業中、少しずつ漏れているのだ。本人は気がつかないらしい。きっと、先生の顔をじっと見ていても、話を聞いているのではなくて、あの先生の鬚を柔らかい下腹にこすりつけられたらどんな気持ちがするだろう、などという空想に一人でこっそり浸っているのだろう。そのうちに、脇の下からも、甘酸っぱいにおいが漏れてくる。気持ちが悪い。でも、それだけならば、許してやってもよかった。垂れ流しの、不器用な、抜けたところだらけの級友たちだが、あたしの生活の邪魔をしないならば、それほど腹も立たない。あたしが許せないのは、体臭ではない。嘘、裏切り、演技、共謀、嘲笑だ。まず、最初に暴力があった。あたしが、汚い臭いからやっと逃れて水飲み場にたどりついて手を洗っていると、あの汚い男が追ってきて、ズボンをさすりながら、マックン、マックンとたわけたマスタワゴトを言っている。あたしが水道を一杯に捻って、手を洗っているのに、洗う側から、マックン、マックンという言葉を吐きかけてくるので、精液で指がべとべとして、泣き出したくなる。こんな手で授業に出たくない。あたしは、教科書の製本に使ってあるあの清潔な接着剤のにおいが好きで、授業中だけは、心が浄められるような気がするのに、あの男の漏らす溜め息のようなマックンという名前のせいで、手がべたべたする。やめてよ、と叫んだら、眉が釣り上がって、なんだよ、と肩を乱暴に押された。まわりに目撃者がいないか、すばやく見回してから、ぱしんとあたしの頬を叩いた。それほど痛かったわけではないけれど、あんまりひどい侮辱なんで、腹が立って涙が出てきた。こんなこと、打ち明けて相談できる友達もいない。仕方がないので、放課後、勇気を出して、担任教師のところへ行った。教員室には、ほとんど人がいなかった。級友に暴力を振るわれて、と言うと、誰にどんな風に、と聞かれた。できるだけ、冷静に報告したけれど、担任教師は信じていないのか、いつ、どこで、どんな風に、としつこく尋ねる。あたしが夢でも見ていると思っているのか。それとも、あたしが暴行される場面を繰り返し語らせることに快感を感じているのか。あたしは、あまり腹がたったので、帰りにこっそり、担任教師の机の上に置いてあった出席簿と手帳をくずかごの中に落としてやった。

翌日も、こっそり教員室に入って、教頭の机の引き出しの中にあった現金封筒と手帳を担任教師の机の中に入れてやったら、気分がさっぱりした。これで、あたしの方は気がすんだから、もしも、あのことがなかったら、そのまま何事もなく冬を迎えられたのかもしれない。ところが、あの汚い男、今度はあたしの隣の席にいるあの臭い女に言い寄り始めた。男でも女でも、とにかく汗を嘗め取ってくれる相手が見つかればいいと思っているらしい。愛情も貞操もない。体液の流れるままに、地を這いずって、憐れみを乞う奴、踏みつぶしてやりたい。隣の女がこれではあまりにも可哀想なんで、忠告してあげた。あの男は本当は汚れているんだってことを教えてあげた。そしたら、あの女、目を輝かせて、そんなひどい奴なら一緒にやっつけようって言い出した。まさか、そこまで協力してくれるとは思わなかったんで、嬉しくなって思わず心を許したのがいけなかった。実際はあの女はあの時すでに、あの男と密会を重ねていて、あたしのことをベッドの中でサカナにして二人で笑っていたらしい。そのことにすぐに気がつかなかった間抜けなあたし。人を信じやすいあたしをあんな風に騙すなんてあまりにもむごい。もしも、手段があれば、二人いっしょのところに急に現われて、恨みをぶちまけてやりたい。あいつらの家に夜、忍び込んでやろうか。あたしにはそんな勇気がないことくらい、でもよく分かっている。あんまり腹がたってきたんで、引き出しを開けて、盗んだ写真のコレクションをかきまわして、あの汚い男と裏切り者の女の写真を探し出した。ついでに、マックンの写真もあったんで、三枚並べて眺めた。どうやって殺してやろうか。写真を細かく破くのにはもう飽きてしまったので、燃やすことにした。可愛いウサギの絵の付いたブリキの缶が棚に飾ってある。嫌いな叔父さんにイギリスのお土産にもらったもので、紅茶を入れる缶らしい。その中に写真を三枚とも入れて、マッチで火をつけてみた。初めはなかなか火がつかなかったのに、炎が突然めらめら燃え上がって、あたしの顔にまで届きそうになったんで、あたしは思わず声を上げてしまった。あわてて蓋を閉めて、両手で上からきつく押さえ付けた。缶の中は真っ暗なんだろうな。このまま開けないで捨ててしまおう。缶はもう開けられることなく、この世から消えてしまうんだ。そう思ったら、なんだか急に気持ちが少し楽になった。今日は、ママの引き出しから睡眠薬を盗まなくてもすぐに眠れるかもしれない。

サヤは、校舎の屋上の片隅にしゃがんで、デニムの上着で身をくるみ込むようにして、煙草を吸っていた。秋も深まってきて、日ざしは強くても日陰の空気はひんやりしている。遠くに白い煙がほっそり昇っているのが見える。煙突も煙草吸ってるんだな、とサヤは思う。でも、さっき参考書で見た浮世絵の中の女性みたいに、やんわりと着物をひっかけて、おいしそうに、ゆっくりとキセルを吸っているわけじゃない。身体を締め付けてくる服を自分で更にきつく締め付けながら、せわしなく、ぱっぱと吸う。ソノダヤスオ先生が病気で学校を休み始めてから、もう二週間がたった。代わりに来た教師はサヤが授業中ノートに教科書の中の浮世絵を描き写しているのをすぐに見つけて、美術の時間と間違えるな、とどなった。頭にきたんで、今週はさぼって、屋上で時間を潰すことにした。美術の時間と間違えるな、とは何よ。すべては美術の時間なのよ。美術でない時間なんか、あたしにとっては時間じゃない。心の中でそう断言してから、サヤは碧い空に向かって煙草の煙をおもちゃの蒸気機関車のようにぱっぱと吐き出した。

作者から文庫読者のみなさんへ

多和田葉子

「球形時間」を書いた頃にはドイツで暮らし始めてもうかなりの年月がたっていた。日本では、電車の中でしゃがんでいる中高生がいる、ということが問題になっていた。ドイツには、かかとを地に付けてしゃがむ姿勢のできない人がたくさんいる。それとは対照的に、東南アジアなどでは、しゃがんで洗濯したり、煙草を吸ったり、雑談したりしている人たちを見かけることがある。一九世紀後半の日本にも、井戸端や道端にしゃがんで話をしている人たちがたくさんいたのではないか。イザベラ・バードの「日本奥地紀行」を読みながら、わたしはそんなことを考えていた。

公共の場でしゃがむのは昔はごく普通のことだったのに、昭和後期になってもまだしゃがんでいると、「不良」にされてしまう。明治以降の模範的近代日本人を演じるのが優等生だとしたら、不良たちは西洋化される前の日本をちらつかせて、周囲を不安にさせる。たとえば、詰め襟の下から赤い色をちらちらのぞかせるのは、粋な重ね着の文化の伝統を継いでいるのではないか。また、サラリーマンも中学生もまっすぐなズボンをはいている中で、不良のズボンは大工さんのはいているズボンみたいにかっこよく太かった。しかも帯のようにバンドをお臍より下にしめていた。女の子は鞄にお守りをたくさんぶらさげ、ハイヒール文化を嘲笑うかのように、ぺちゃんこの靴を踏みつぶしてはいていた。しかも廊下の隅や電車の中でしゃがんで話をしているのだから、彼らのやることは日本の西洋化を否定する反植民地運動みたいな面を持っているのかもしれない。だとすると応援したくもなるが、わたしは「ザ・西洋」というものが存在するとは思わないし、「ザ・日本」に至ってはもっと苦手で、魅力的な面もある不良のファッションがすぐに嫌になってしまうのは、右翼的なにおいのせいだった。上着の腕に日の丸が縫い付けてあったりするのを見るとげっそりした。「それは軍国ナショナリズムの象徴だからやめようね」などと注意しても仕方ない。彼らは無意識に日の丸しているのだ。それならばこちらも説明抜きで、日の丸の真っ赤な太陽の部分をどんどん大きく塗り広げていってやろうということを思いついた。そうすれば、日の丸は赤旗に変貌する。因みに二〇一一年以降は、日の丸は太陽エネルギーを象徴する旗だと思うことにしている。

「変身のためのオピウム」を書いた二〇〇〇年は、わたしにとってはドイツの永住権とチューリッヒ大学の博士号が取れた記念すべき年で、これからヨーロッパで暮らしていくぞ、と張りきっていた。ユーロが導入された頃でもあり、「ヨーロッパとは何か」がしきりと討論されていた。その頃、岩波文庫でオウィディウスの「変身物語」を読んだ。古代ローマを無視しては今のヨーロッパは理解できないと人に言われたが、最盛期にはイギリスから北アフリカまでの巨大な領地を支配し、四百年も続いた大帝国は、そのわりに文学に煌めきがないので、なかなか関心が持てずにいた。それが初めて、オウィディウスという作家に出逢い、小さなドアが一つ開いた。

膨大なギリシャ文化の遺産を受け継いで、それをラテン語の韻文で織り上げたオウィディウスの「変身物語」をわたしはカタログのように読み、興味を感じた女神だけを選び出してみた。そして、彼女らがもし自分の身のまわりに生きているとしたら、どんな生活を送っているだろうか、と想像してみた。当時のわたしはハンブルクに住んでいて、交際範囲も広かった。ドイツ人だけでなく、出身国が様々な女性たちを観察しながら、「この人がレダかな」とか「スキラはこの人かな」と密かに当てはめていった。彼女らの生き様をじめじめした小説ではなく、近くて遠い神話の断片のように語ってみたかったのだ。

最新作「地球にちりばめられて」には、古代ローマ時代の遺跡の残るトリアやアルルなどの都市が出てくるが、古代ローマを意識したのは、「変身のためのオピウム」が初めてだったのではないかと思う。一方、変身というモチーフへのこだわりはもっと古くて、一九九二年の「犬婿入り」にはもうそれが現れている。今の自分の姿にしがみつかずに変身できるのは強さだと思っていた。ところが、「変身物語」を読むと、個々人が自分の意志で次々姿を変える明るい変身のイメージはすぐに壊されてしまった。たとえばイオが白い牛に姿を変えるのは、ユピテルが無理に情婦にしたイオを自分の妻の目から隠すためにやったことだった。また、ダフネの樹木への変身も、アポロンに強姦されそうになった娘を守るためにダフネの父親ペネイオスがしたことだった。また泉で遊んでいた少年の場合は、泉の妖精サルマキスに一方的に恋され、二人で一つの身体を共有する生き物に姿を変えられて、逃げられなくなる。

わたしたちは、複数の他者の欲望の力関係の中で揉まれ、姿を変えさせられて生きている。「これが本当のわたしだ」と今信じている姿も実はそういう変身の結果に過ぎないのかもしれない。二〇一五年にカフカの「変身」を訳させてもらったが、この小説に即して言えば、ある朝目が醒めたら別の生き物に変身していたわけはなく、むしろ毎朝目を覚ます度に引き受けるしかない今の姿こそが、変身の結果なのかもしれない。

二〇一七年九月

多和田葉子

著者

多和田葉子の聖と俗——到来する言葉を待つということ

解説 阿部公彦

将来、国立あたりに《多和田葉子記念館》が設立される日のことを考える。

建物を入ってすぐのメインホールは、ドイツパン風の酸っぱいような茶色いような色合いが基調で、装飾はとりあえず控えめだ。その先には矢印に導かれた順路があり、時代順に作品の部屋がならぶ。それぞれデザイナーが腕によりをかけて壁紙や照明に工夫を凝らし、ちょっとしたアイテムが作品の持ち味をじんわりと浮かび上がらせる。部屋によっては作品の登場人物たちがたむろしていたりもするだろう。「『容疑者の夜行列車』の間」などたいへんだ。目つきの悪いあやしげな人がうじゃうじゃいて、お互い口もきかずに鋭い視線を送り合っている。「『雲をつかむ話』の間」では、何でも紙でつつむのが癖だという主人公がつつみまくった皿だのコップだのが所狭しと陳列されている。「『百年の散歩』の間」の天井には巨大なベルリンの地図が貼られ、へんてこりんなバナナ・パンとショウガ入りジャムがお土産として売られている。

果たして、『変身のためのオピウム』と『球形時間』は、この《多和田葉子記念館》ではどんな部屋をわりあてられるだろう。両作が発表されたのは、ごく近い時期である。『変身のためのオピウム』は「群像」の二〇〇〇年七月号から二〇〇一年六月号まで連載された。単行本は二〇〇一年十月刊。『球形時間』は「新潮」二〇〇二年三月号に発表され、同年六月に刊行されている。多和田が群像新人文学賞を受賞したのが一九九一年だから、それからほぼ十年。だが作風は対照的だ。いや、近い時期に書かれたからこそ、異なった書きぶりになったのかもしれない。多和田葉子はそういう作家なのだ。デビュー以来、たえず細かく寝返りを打つように作品の面立ちをかえてきた。それでいて、どの作品にも、まごうかたなき「多和田印」が刻まれている。

『変身のためのオピウム』は二十二の短編からなる連作で、ギリシャやローマなどの神話に登場する人物を連想させる女性が各章で主人公となる。冒頭の章はレダ。神話では、レダは白鳥に化けたゼウスに陵辱されるが、この章でも羽根のイメージがちりばめられ、下敷きになった神話との類縁がほのめかされる。ダフネの章では、アポロンに求愛されて月桂樹に変身してしまったダフネの神話を呼び起こすかのように樹木が話題になるが、そこにはいかにも多和田らしいひねりがある。

ダフネの夫である科学者は家を出て、研究所に向かう。彼は、排気ガスが樹木に及ぼす影響をもう何年も研究しているのだが、いつの間にか、実は排気ガスは樹木に良い影響を及ぼすという結論に近づいてきてしまっていた。

こうした引用からもわかるように、この作品も「多和田葉子度」が濃厚である。日本デビュー作の「かかとを失くして」や芥川賞受賞作の「犬婿入り」以来、読んでいるうちに何を読んでいるのかわからなくなるのは昔から変わらぬ多和田作品の持ち味だが、『変身のためのオピウム』は、一見お洒落で軽妙な妖精小説のように見えるところがくせ者である。おとぎ話のようなやさしい雰囲気に、つい語り手の「ウェルカム！」との囁きを耳にしてしまいそうになるのだが、読者がいざ物語の手綱をつかもうとすると、するするっと逃げられる。ここに書かれているのは、いったい何の話なのか。

いろんな人が出てくる群像劇、というのが体裁ではある。神話風の人物の背後に、その人の背負った物語のかけらがちらりとのぞく。レダの「音楽」、ガランティスの「痛み」……。しかし、これらの種は、するすると物語の蔓を生み出して蝶結びのようにわかりやすいオチをつけたりはしない。語りはあみだくじをたどるように、くいっ、くいっと横に逸れていく。しかも単に逸れていくだけならこちらも飽きてしまうが、あみだくじの通りがかりに急にぱっと花が咲いてびっくりする。第四章「ラトナ」にはこんな一節がある。

「誰かが寝ている間に髪の毛をむしり取ろうとするの。妬みかしら。誰か、あたしに嫉妬している人がいるのかしら。」

> ラトナには誰かを妬むということがなかったが、嫉妬というものに憧れていて、その憧れはほとんど中毒の域に達していた。嫉妬できたらどんなにいいだろう。チベット仏教についての週末セミナーで、ラトナはイウノという人と知り合ったが、この女性は嫉妬という芸術に熟達していた。

「物は言いよう」と言うが、その「言いよう」の飛躍ぶりでは多和田は圧倒的だ。「ラトナには誰かを妬むということがなかったが、嫉妬というものに憧れていて、その憧れはほとんど中毒の域に達していた。嫉妬できたらどんなにいいだろう」と展開されると、え？　え？　と慌ててしまう。なに、なに、どこへ行くの？　と不安になる。にもかかわらず、この記述には妙な迫真性がある。こちらを圧倒するこだわりの芽があるのだ。

『変身のためのオピウム』では、人が人の心の中にいとも簡単に乗り移る。きっとそれが「変身」なのだろう。ときおり「わたし」なる声も出てきて、人物たちとかかわりを持つ。この「わたし」はラトナやらスキラやら、コロニスやらクリメネやらといった人物の心にいちいちまぎれこんで、この人たちが何かを強く思い、しみじみ感じるときに、陰から「そうだ！　そうだ！」と応援する。脱線につぐ脱線の語りに統一感を与えているのは、こうして「そうだ！」と後ろから背中を押す気配ではないかと思う。

「そうだ！」と応援するくらいだから、この小説には憧れや焦燥感があふれている。あちこちに「痛み」も埋め込まれている。吐き気や嫌悪も感じられる。その一方で、「オピウム」（阿片）と呼ばれる幸福の匂いも漂う。何とも言えないブレンドである。何の話だかよくわからないのに、何かについて何かを思うという強烈な心の矢印のようなものがあちこちに突き立っている。第六章の「サルマシス」にはこんな一節がある。

眠りは彼女の恋人である。逆に夢というものには、退屈させられる。夢などというものは、自分で考え出したり、図書館で読んだりすることができる。夢を見るためには、眠る必要さえない。これまで何度も、この話で、他の女たちと喧嘩したことがある。夜見た夢を、まるでニワトリが卵を抱くように大切そうに抱いている女たちがいる。夢は魂の底から来る本物の映像だ、と思い込んでいるのだ。子供なら誰でも持つ賢さを失って精神的に年を取った親が、自分の子供を見て変に感心するのと似ている。サルマシスは夢なんかどうでもいいと思う。

堅固なこだわりに支えられたこういう心の矢印に出会うと、小説の中で人物に出会ったときならではの、強烈な手応えを感じてしまう。そうだ、ここにはたしかに誰かがいる。しかし、他の多和田作品でもしばしばそうなのだが、『変身のためのオピウム』でもこの心の矢印の所有者が誰なのかが、今一つはっきりしない。サルマシスなのか。その裏で糸を引いている「わたし」なのか。あるいは作者なのか。

でも、そういうふうに書かれているのがこの作品なのである。人物が入れ替わり立ち替わりあらわれて話を前に進めようとするが、そそり立つ心の矢印は天から降ってきたかのように所属があいまいなのだ。

楽屋ではテティスが、キメラの役を踊るために着ていたラテックス製の衣装を半分脱ぎかけたところだった。平たい胸に白粉と汗が地図を描いている。目の玉が嘗めたようにつるんとして、睫が言葉のまわりをひらひらと舞い、唇が瞬きを始める。その後、あることが起こった、そのせいで、わたしは本を一冊書く気になった。それが、この本なのか、別の本なのかは分からない。又そんなことはどうでもいいのかもしれない。本という本はお互いに、血管で繋がっているのだから。テティスは、わたしの唇に自分の唇を押し付けた。

「そのせいで、わたしは本を一冊書く気になった。それが、この本なのか、別の本なのかは分からない」とは何と無責任な話だろう。にもかかわらず、「又そんなことはどうでもいいのかもしれない。本という本はお互いに、血管で繋がっているのだから」といった一言には横っ面をはたかれたほどの爽快さを感じてしまう。こういう一言が〝到来〟する瞬間の、何と喜ばしいことか。嬉しいことか。こういうとき、間テクストだの間主観だのという理屈をつけてもほとんど意味がない。この一言は、ここで、このタイミングだからこそ生きる。この作品のこの箇所で、この刹那に、「本という本はお互いに、血管で繋がっているのだから」というつぶやきにぶち当たる衝撃には、とても言い換えでは尽くせない充実した快感がある。
こんな言葉の〝到来〟を呼び起こすためにこそ、この作品は書かれているのではないだろうか。それが誰の声なのかなど、ぼやっと霞んでわからなくてもいっこうに問題はない。正体不明でいい。声そのものが理不尽なほどの強烈さで刺さってくるのだから。誰のものかわからない声に読者が導かれて彷徨ってしまうような世界は遠い昔からあったし、これからも十分あっていい。それが神話的というものだ。多和田葉子という作家が、ときに巫女のようにも神官のようにも見えるのはそのためだろう。

もともとドイツ語で書かれたという『変身のためのオピウム』の神々しい国籍不明性に「聖」の香りが漂うのとは対照的に、『球形時間』は徹底的に「俗」の世界を描いた作品である。舞台となるのは日本の高校。主な登場人物はサヤ、カツオ、ナミコ（いずれも生徒）、ソノダヤスオ（教師）など。名前からしておよそ神々しさがない。ふ、つ、う、さが漂っている。筋書きも明快だ。主人公となるサヤとカツオは、それぞれ日常生活に不満をかかえた同級生だが、もともと距離のあった二人が次第に接近するというのが大枠のストーリー。そこに二人の周辺にいる別の友人たちがからむ。同性愛者のカツオにはマックンという恋人がいて、二人はいつも体育倉庫で行為におよんでいたが、カツオはコンドウという大学生の男とも知り合って、あやしげな太陽信仰の世界に引き込まれる。他方、サヤにはナミコという同級生が近づく。明らかに心のバランスを欠いたナミコは、周囲の人間に対する密かな攻撃性を隠し持っていて、サヤにとってもいささか鬱陶しい存在だ。サヤはむしろカツオに惹かれていく。中心となるカツオやサヤを含め、この作品に登場する人物たちの心は、世界に対する不満と悪意と懐疑に満ちている。だから、いつもイライラしている。とてもさわやかとはいえないそうした内面が、作中、たっぷりと描き出され、しかもそこには、頻繁に下ネタが紛れこむ。たとえば次の場面。女子体育の時間、創作ダンスでテーマを決めて身体表現を行わなくてはならない。サヤは「うずめる」をテーマにしようと提案した。

　サヤは、さっそく、動作を集め始めた。しゃがんで、両手で土を掘り起こす動作、大きな物を持ってきて、穴に横たえる動作、土をかける動作。

「それ、何を埋めてるところ？　死体？」

　ナミコが乾いた声で尋ねた。

「かもね。」

　とサヤが、しゃがんだまま、わざと陽気に答えると、

「あなた、万華鏡よ。」

　とナミコが急に言った。サヤはナミコの言った意味が分からないで、ぽかんとしていた。周りの視線がサヤに集まってきた。ナミコが冷水を浴びせるように付け加えた。

「見えてるのよ。」

　ナミコの視線を追うと、サヤのブルマーの縁から陰毛が一本はみ出している。たった一

本なのに、ナミコの目には見えるらしい。まわりに集まった数人は、決まり悪げに黙って顔をそむけた。サヤは暗い気持ちで立ち上がった。胃のあたりが、むらむらしてきた。

周囲に「あなたって、変わってるわね、やっぱり。」と言われるとかえって悪い気がしないというサヤには、成績がクラストップなだけでは十分に満たされないプライドがあるようだ。みんなとはちがっていたい。しかし、こうした場面を読むと、そんな性格描写の妙をこえたところで、この小説に〝理由なきイライラ〟が蔓延しているのがわかる。そうした内面は周囲に吐露されることもないから、この場面のように「胃のあたりが、むらむらしてきた」という気分ばかりがたまる。「むかつき」の共同体がこうして生まれるのである。

何という悪臭だろう。何という腐乱臭だろう。

しかし、これは小説的には豊穣な場でもある。漫才のつっこみ役は、いつもぴりぴりイライラしていないと機能を果たさない。〝イライラ〟は鋭い洞察力とセットだからだ。考えてみれば、二〇世紀の小説は世界にうんざりし、その醜い部分、ダメな部分、「アホ」な部分をあげつらうことによってこそ活力を得てきた。悪意と毒は、どの程度それを明瞭に顕示するかはともかく――たとえばアイロニーや逆説や不条理といった知的な装いをまといつつも――あきらかに現代文学の肥やしとなってきた。

『球形時間』もまた、漫画チックな設定によって私たちの警戒をときつつも、世界の矛盾を曝《あば》き、徹底的につっこみを入れるという点では果敢に小説的なたくらみを宿した作品だと言えるは、多和田葉子なりの「リアリズム」への接近だと言ってもいい。
そんな「リアリズム」の節々にもまた、例の〝到来〟の瞬間は訪れる。『変身のためのオピウム』にくらべると、作品は「俗」な常識に譲歩し、語りも一定の慣習的なパターンを維持するが、作家の想像力はあいかわらず天衣無縫だ。以下にあげるのは、コンドウをめぐるカツオの夢想である。大学教授である権威主義的な父親にコンドウを紹介するのがどうもためらわれる。しかし、とカツオは思う。コンドウには何かがあるような気もする。そこから出発してカツオはこんなことを考える。

何か人を驚かすようなことをやらかしそうな予感を与える人だけれど、その予感がどこから来るのか、人に説明するのは難しい。無能でも、変な運がこびりついている人というのがいる。たとえば、俺といっしょに、千葉の林の中でも散歩している時に、コンドウさん、地面から突き出している妙な石に蹴躓いて、石で額を打って、怪我して、ころんで、腹立てて、その石を掘り返してみたら、とてつもなく大きいことに気がついて、二人で掘り出してみたら三メートル以上もあるカマキリの像だったとか。それを近くの大学の考古学部に持っていったら、奈良時代以前に作られたものだということが分かって、日本にも今まで知られていなかった昆虫崇拝の自然宗教が存在したことが史上初めて明らかになって、歴史学者たちは腰を抜かして、俺たち、テレビの七時のニュースにゲストとして招かれて、インタビュー受けたりして。テレビを見ていたおやじは、画面に急に俺が現われたのを見てびっくりして、御自慢の輪島塗りの箸を床に落とす。そうしたら、愉快だろうな。

何と馬鹿馬鹿しい「たとえば話」だろう。が、「昆虫崇拝の自然宗教」といったところでは不覚にも笑ってしまいそうになる。この笑いはいったい何なのか。これほど無意味な笑いもないではないか。

しかし、多和田葉子の力の源泉が何の意味もないこの無軌道な笑いにあるのはたしかだ。一見物語風に展開する『球形時間』も結末はおそろしく唐突である。『変身のためのオピウム』と同じように、最後に残るのは何のストーリーにも結末にもつながらない、輝かしく無意味な瞬間である。作品の基調がイライラとむかつきと胃部不快感によって構成されているにもかかわらず、いや、まさにそれゆえにこそ、こうした小気味よい瞬間が生きてくる。悪意と毒は、世界をよみがえらせる薬にもなるのだ。

二〇〇〇年代のはじめに発表された『変身のためのオピウム』と『球形時間』は、いずれも強烈な心の矢印の威力が印象に残る作品である。前者の矢印はどちらかというと上向き。欲望と憧れと「聖なるもの」の予感をはらんでいる。後者の矢印はどちらかというと下向きだが、世界に突き刺さるその鋭い切っ先は魅力的な輝きをたたえている。《多和田葉子記念館》の

「『オピウム』の間」には、天使の羽根など散らしてみたくなりそうだ。「『球形』の間」には、もちろんカマキリの像が欲しい。どんな色の壁紙を貼るかは、未来のお楽しみである。

年譜

多和田葉子

一九六〇年（昭和三五年）
三月二三日、東京都中野区本町通四丁目に生まれる。父栄治、母璃恵子の長女。父は翻訳、出版、書籍輸入等の仕事をしていた。
一九六四年（昭和三九年）　四歳
妹の牧子が生まれる。
一九六六年（昭和四一年）　六歳
小学校入学直前に東京都国立市の富士見台団地に転居。四月、国立市立第五小学校入学。
一九七二年（昭和四七年）　一二歳
三月、国立市立第五小学校卒業。四月、国立市立第一中学校入学。
一九七五年（昭和五〇年）　一五歳
四月、東京都立立川高校入学。第二外国語としてドイツ語を選択。文芸部に入り小説を創作するほか、友人と同人誌「さかさづりあんこう」を発行する。
一九七七年（昭和五二年）　一七歳
秋、立川高校演劇祭で自作の戯曲を上演。
一九七八年（昭和五三年）　一八歳
三月、都立立川高校卒業。四月、早稲田大学第一文学部入学。専攻はロシア文学。在学中、同大学の語学研究所でドイツ語の学習を続けるほか、「落陽街」等の同人誌を発行。
一九七九年（昭和五四年）　一九歳
夏休みに一人で初めての海外旅行に出かけ

る。船でナホトカへ、さらにシベリア鉄道でモスクワへ行き、ワルシャワ、ベルリン、ハンブルク、フランクフルト等を訪れる。

一九八二年（昭和五七年）　二二歳

三月、早稲田大学卒業。卒業論文はロシアの現代女性詩人ベーラ・アフマドゥーリナ論。二月、インドへ旅立つ。ニューデリー、ローマ、ザグレブ、ベオグラード、ミュンヘン等を経て、五月、ハンブルクに到着。以後、同市に在住。父の紹介で同市のドイツ語本の輸出取次会社グロッソハウス・ヴェグナー社に研修社員として就職。夜は語学学校に通う。

一九八五年（昭和六〇年）　二五歳

一月、日本文学研究者ペーター・ペルトナー（当時ハンブルク大学講師、のちミュンヘン大学教授）に出会う。ドイツに来てから日本語で書いた作品が彼によってドイツ語に訳され始める。二月、チュービンゲン市の出版社コンクルスブーフ社の編集者クラウディア・ゲールケに出会う。詩のドイツ語訳を見せ、出版の企画が持ち上がる。以後、ドイツ語での著書はほとんど同出版社から刊行される。

一九八六年（昭和六一年）　二六歳

一〇月、ハンブルク大学ドイツ文学科教授ジークリット・ヴァイゲル（のちチューリッヒ大学を経てベルリン文学研究所所長）のゼミに初めて参加する。

一九八七年（昭和六二年）　二七歳

三月、グロッソハウス・ヴェグナー社を退社。一〇月、初の著書となる詩文集『Nur da wo du bist da ist nichts あなたのいるところだけ何もない』（多和田の日本語作品・ペルトナーの独語訳併記）刊行。この年、ドイツで初めて朗読会を行う。以後、日本、ヨーロッパ各地、アメリカ等で朗読会を続ける。

一九八八年（昭和六三年）　二八歳

二月、初めてドイツ語で短篇小説『Wo Europa

anfängt』（ヨーロッパの始まるところ）を書き、後に「konkursbuch」二一号に発表。この年よりドイツ語の朗読も行う。
一九八九年（昭和六四年・平成元年）二九歳
日本語で書いた短篇小説をペルトナーがドイツ語に訳した作品が『Das Bad』（風呂）として刊行される。
一九九〇年（平成二年）三〇歳
一月、『Wo Europa anfängt』等によりハンブルク市文学奨励賞を受賞。八月、ドイツ語学・文学国際学会（ＩＶＧ）で劇作家ハイナー・ミュラーと能の関係を発表。この時、ミュラー本人に初めて会う。一〇月、オーストリアのグラーツ市で毎年開かれる芸術祭「シュタイエルマルクの秋」に初めて参加。このために『Das Fremde aus der Dose』（缶詰めの中の異質なもの）を執筆。修士論文執筆中の一一月、日本語で小説『偽装結婚』を書く。この作品を群像新人文学賞に応募。
一九九一年（平成三年）三一歳
五月、『かかとを失くして』（受賞発表時に改題）が第三四回群像新人文学賞を受賞。日本でのデビュー作となる。二作目の日本語作品『三人関係』を「群像」一二月号に発表。同作は三島由紀夫賞と野間文芸新人賞の候補になる。この年、ドイツでの三冊目の著書『Wo Europa anfängt』を刊行。
一九九二年（平成四年）三二歳
三月、日本での第一作品集『三人関係』（講談社）刊。『ペルソナ』を「群像」六月号に発表、第一〇七回芥川賞候補になる。『犬婿入り』を同誌一二月号に発表。富岡多恵子の短篇小説『とりかこむ液体』のドイツ語訳『Mitten im Flüssigen』等を「manuskripte」一一五号に発表。この年、ハンブルク大学大学院修士課程修了。修士論文はハイナー・ミュラーの『ハムレット・マシーン』論。
一九九三年（平成五年）三三歳

二月、『犬婿入り』で第一〇八回芥川賞受賞。同月、短篇集『犬婿入り』（講談社）刊。『光とゼラチンのライプチッヒ』を「文學界」三月号に発表。四月、ドイツ語で執筆中の短篇小説『Ein Gast』（客）に対し、ニーダーザクセン基金から奨学金を受ける。九月、『アルファベットの傷口』（河出書房新社）刊（のち文庫化の際に『文字移植』と改題）。一〇月、初の戯曲『Die Kranichmaske, die bei Nacht strahlt』（夜ヒカル鶴の仮面）が「シュタイエルマルクの秋」で初演。

一九九四年（平成六年）　三四歳

『隅田川の皺男』を「文學界」一月号に、戯曲『夜ヒカル鶴の仮面』を「すばる」一月号に発表。『聖女伝説』を「批評空間」四月号から連載開始（一九九六年四月号完結）。エッセイ『モンガマエのツェランとわたし』を「現代詩手帖」五月号に発表。五月、ハンブルク市よりレッシング奨励賞が贈られる。短篇連作『きつね月』を「大航海」一二月号から連載開始（一九九七年一〇月号完結）。『犬婿入り』『かかとを失くして』『隅田川の皺男』のペルトナーの独語訳『Tintenfisch auf Reisen』（旅のイカ）刊。

一九九五年（平成七年）　三五歳

『無精卵』を「群像」一月号に、『ゴットハルト鉄道』を同誌一一月号に発表。後者は川端康成文学賞の候補になる。四月、ヴォルフェンビュッテル市のアカデミーで開かれた作家集会に招待される。以後、九年間に亘って参加し、ペーター・ウォーターハウスら様々な作家と知り合う。『雲を拾う女』を「新潮」一〇月号に発表。一一月、ゲーテ・インスティトゥートの招待でニューヨークに一週間滞在。初めてのアメリカ訪問となる。

一九九六年（平成八年）　三六歳

二月、バイエルン州芸術アカデミーからシャミッソー賞を日本人で初めて受賞。この賞はドイツ語圏以外の出身の作家によるドイツ語での文学活動に贈られる。五月、『ゴットハルト鉄道』（講談社）刊、女流文学賞の候補になる。訳編『ドイツ語圏の現役詩人たち』を「現代詩手帖」九月号から連載開始（一九九七年九月号完結）。ドイツでは作品集『Talisman』（魔除け）刊行。

一九九七年（平成九年）　三七歳

『チャンチィエン橋の手前で』を「群像」一二月号に発表。八月〜一〇月、カリフォルニアにあるユダヤ系亡命作家リオン・フォイヒトヴァンガーの旧宅にライター・イン・レジデンスで招かれる。『ニーダーザクセン物語』（単行本刊行時に『ふたくちおとこ』と改題）を「文藝」秋季号より連載開始（一九九八年夏季号完結）。一〇月〜一一月、『無精卵』をもとにドイツ語で書いた戯曲『Wie der Wind im Ei』（卵の中の風のように）がグラーツとベルリンで上演され、朗読者として出演する。一一月、ベルリン芸術アカデミーのラジオドラマ週間に『Orpheus oder Izanagi』（オルフェウスまたはイザナギ）で参加。この年、詩文集『Aber die Mandarinen müssen heute abend noch geraubt werden』（でもみかんを盗むのは今夜でないといけない）刊行。

一九九八年（平成一〇年）　三八歳

長篇小説『飛魂』を「群像」一月号に発表。一月〜二月、チュービンゲン大学で詩学講座を担当。講義内容は『Verwandlungen』（変身）に収められる。日独二ヵ国語の戯曲『Till』（ティル）が劇団らせん舘とハノーファー演劇工房によって、四月にハノーファーで、一一月に東京等で上演される。エッセイ『ラビと二十七個の点』を「新潮」九月号に発表。この年、戯曲集『Orpheus oder Izanagi/Till』が刊行されたほか、翻訳では、『犬婿入り』『かかとを失くして』『ゴットハルト鉄道』の英訳『The Bridegroom was a Dog』（マーガレット満谷訳、講談社インターナショナル）刊。

一九九九年（平成一一年）三九歳
『枕木』を「新潮」一月号に発表。一月～五月、マサチューセッツ工科大学にライター・イン・レジデンスで招待される。五月、日本での第一エッセイ集『カタコトのうわごと』（青土社）刊。八月、ワイマール市で開かれたゲーテ生誕二五〇年祭で「世界文学」という概念に関するパネル・ディスカッションに参加。八月～九月、ハンブルク・マルセイユ姉妹都市交流でマルセイユに滞在。

二〇〇〇年（平成一二年）四〇歳
一月、ベルリンの日独文化センターでジャズピアニスト高瀬アキと初めての公演。以後、高瀬と組んで朗読と音楽の共演を続け、日本、ドイツ、その他ヨーロッパ各地、アメリカ等で公演する。三月、ドイツの永住権取得。同月、短篇集『ヒナギクのお茶の場合』（新潮社）刊。長篇小説『Opium für Ovid』（オウィディウスのためのオピウム）が刊行され、その日本語版『変身のためのオピウム』を「群像」七月号より連載開始（二〇〇一年六月号完結）。八月、高瀬と下北沢アレイホールで公演。初の日本公演となる。同月、短篇集『光とゼラチンのライプチッヒ』（講談社）刊。戯曲『サンチョ・パンサ』を「すばる」一〇月号に発表。一一月、『ヒナギクのお茶の場合』で第二八回泉鏡花文学賞受賞。この年、博士論文『Spielzeug und Sprachmagie in der europäischen Literatur』（ヨーロッパ文学における玩具と言語魔術）が刊行される。これによりチューリッヒ大学（一九九八年までヴァイゲルが所属）で博士号を取得。またこの年から二年間文藝賞の選考委員をつとめる。

二〇〇一年（平成一三年）四一歳

『容疑者の夜行列車』を「ユリイカ」一月号から連載開始（一二月号完結）。一月、イタリアのサレルノ大学に、二月～三月、ダブリン大学に招かれ、朗読会やワークショップを行う。三月、モスクワでの日露作家会議に出席。同月、ゲーテ・インスティトゥートの招きでソウルを訪問。四月、仏語訳作品集『Narrateurs sans âmes』（魂のない語り手、ベルナール・バヌン訳、ヴェルディエ社）刊。六月～八月、バーゼルの文学館の招待で同市に滞在。九月、北京での日中女性文学シンポジウムに出席。一〇月、『変身のためのオピウム』（講談社）刊。

二〇〇二年（平成一四年）　四二歳

長篇小説『球形時間』を「新潮」三月号に、エッセイ『多言語の網』を「図書」四月号に発表。七月、『容疑者の夜行列車』（青土社）刊。一〇月、『球形時間』（新潮社）で第一二回Bunkamuraドゥマゴ文学賞受賞。一一月、セネガルのダカール市で開かれたシンポジウムに参加し、母語の外に出た状態をさす「エクソフォニー」という言葉と出会う。同月、ベルリンで行われたクライスト学会に出席。この時の発表は年鑑『Kleist-Jahrbuch 2003』に収録された。一二月、チュービンゲン大学で初めて自由創作のワークショップを行う。この年、翻訳、舌などのドイツ語が隠れた題名の作品集『Überseezungen』を刊行したほか、高瀬との共演がCD化（「diagonal」コンクルスブーフ社）される。翻訳では『Opium für Ovid』の仏語訳『Opium pour Ovide』（バヌン訳、ヴェルディエ社）、英訳作品集『Where Europe begins』（スーザン・ベルノフスキー他訳、ニュー・ディレクションズ社）刊。

二〇〇三年（平成一五年）　四三歳

一月、Bunkamuraドゥマゴ文学賞の副賞としてパリのドゥマゴ文学賞授賞式に参加。四月、アメリカを訪れる。コロンビア大学等で朗読と講演。六月、『容疑者の夜行列車』で第一四回伊藤整文学賞を受賞。八月、エッセイ集『エクソフォニー』（岩波書店）刊。一〇月、『容疑者の夜行列車』で第三九回谷崎潤一郎賞を受賞。翻訳では『Das Bad』のイタリア語訳『Il bagno』（ペローネ・カパーノ訳、リポステテス社）刊行。

二〇〇四年（平成一六年）　四四歳

この年で日本での在住期間とドイツでの在住期間が同じ二二年になる。群像新人文学賞の選考委員を務める（二〇〇八年度まで）。長篇小説『旅をする裸の眼』を「群像」二月号に発表。ドイツでは同作と並行して執筆された『Das nackte Auge』（裸の眼）を刊行。二月〜三月、ケンタッキー大学のライター・イン・レジデンスとして招待される。期間中、同大学日本学科の主催で多和田文学をめぐるシンポジウムが開かれる。九月、チェーホフ東京国際フェスティバルにシンポジウムのパネリストとして参加。一一月、ドイツ文学基金の招待でライター・イン・レジデンスとしてニューヨークに滞在（二〇〇五年一月末まで）。一二月、「ユリイカ」増刊号で「総特集多和田葉子」が組まれ、『非道の大陸』の「第一輪　スラムポエットリー」を発表。同月、『旅をする裸の眼』（講談社）を刊行する。

二〇〇五年（平成一七年）　四五歳

三月、ゲーテ・メダル受賞。「現代詩手帖」六月号より連載詩『傘の死体とわたしの妻』を発表（〜同年一一月号、二〇〇六年一月号〜七月号）。七月、スペインのカネット・デ・マール繊維大学で多和田葉子国際ワークショップが開催される。九月、『容疑者の夜行列車』の仏語訳『Train de nuit avec suspects』（バヌン訳、ヴェルディエ社）刊行。一一月、日独現代作家の朗読と討論の会

「出版都市TOKYO」にドイツ側の作家として参加。書き下ろしの小説『シュプレー川のほとりで』を「DeLi」一一月号に発表。

二〇〇六年（平成一八年）四六歳

短篇『時差』を「新潮」一月号に発表。一月七日から「日本経済新聞」朝刊にエッセイ『溶ける街　透ける路』の連載を開始（一二月三〇日まで）。二月、アメリカに滞在し、アリゾナ大学、ワシントン大学（シアトル）、エリオット・ベイ書店で朗読会。同月、戯曲『Pulverschrift Berlin』（粉文字ベルリン）がらせん舘によりベルリンで初演。三月、ベルリンに転居。四月〜六月、ボルドーに滞在。『最終輪　とげと砂の道』を「ユリイカ」八月号に発表して『非道の大陸』の連載完結。『レシート』を「新潮」九月号に発表。一〇月、ノルウェーのトロムソの文学祭に参加。同月、『傘の死体とわたしの妻』（思潮社）を刊行。一一月、作品集『海に落とした名前』（新潮社）、連載に書き下ろしの最終章を加えた『アメリカ　非道の大陸』（青土社）を、それぞれ刊行。

二〇〇七年（平成一九年）四七歳

三月、多和田葉子国際ワークショップが早稲田大学で開催される。同月、作品集『Sprachpolizei und Spielpolyglotte』（言語警察と多言語遊戯人）刊行。在日朝鮮人作家・徐京植との往復書簡『ソウル―ベルリン玉突き書簡』が「世界」四月号から連載（二〇〇八年一月号まで）。「現代詩手帖」五月号が「特集　多和田葉子　物語からの跳躍」を組む。九月、多和田文学をめぐる国際論集『Yōko Tawada : Voices from Everywhere』（ダグ・スレイメイカー編、レキシントン・ブックス社）がアメリカで刊行。

二〇〇八年（平成二〇年）四八歳

短篇『使者』を「新潮」一月号に発表。三月〜四月、セントルイスのワシントン大学にライター・イン・レジデンスで滞在。四月、カリフォルニア大学バークレー校で言語的越境作家とコスモポリタンの想像をテーマにした朗読会とシンポジウムに参加。四月、『犬婿入り』が東京で舞台化。六月末～七月、ストックホルムで開かれた作家と翻訳家の会議に出席。八月、ハノーファーのプロジェクトでヴァルスローデの修道院に滞在。九月、フィンランドに朗読旅行。同月、『Schwager in Bordeaux』（『ボルドーの義兄』ドイツ語版）刊行。

二〇〇九年（平成二一年）　四九歳

長篇『ボルドーの義兄』を「群像」一月号に、短篇『おと・どけ・もの』を「文學界」一月号にそれぞれ発表。二月にスタンフォード大学、三月から四月にかけてコーネル大学に滞在。四月、リンツでハンガリー人作家ラスロー・マルトンと朗読会。五月、トゥール大学で多和田葉子の国際コロキウム開催。同月、『飛魂』のポーランド語訳『Fruwajaca dusza』（バーバラ・スロムカ訳、ヴィダニットファ・カラクテア社）、『旅をする裸の眼』の英訳『The naked eye』（ベルノフスキー訳、ニュー・ディレクションズ社）刊。七月、横浜開港一五〇周年記念企画のパフォーマンス「横浜発—鏡像」を高瀬アキと行う。八月、『ボルドーの義兄』の仏語訳『Le voyage à Bordeaux』（バヌン訳、ヴェルディエ社）刊。一一月、第二回早稲田大学坪内逍遙大賞受賞。同月、トルコ系ドイツ語作家エミーネ・エツダマらと名古屋市立大学の国際シンポジウムに参加。

二〇一〇年（平成二二年）　五〇歳

短篇『てんてんはんそく』を「文學界」二月号に発表。三月～四月、アメリカに滞在し、ミネソタ大学、ブラウン大学等で講義、朗読会、ワークショップを行う。四月～六月、ドイツ、スイス、スウェーデン、フランス、日本で朗読や講義。七月、イギリス・イーストアングリア大学の文芸作品の翻訳に関するワークショップに招かれる。八月、国際論集『Yoko Tawada : Poetik der Transformation』（クリスティーネ・イヴァノヴィッチ編、シュタウフェンベルク社）刊行。『祖母の退化論―雪の練習生（第一部）』を「新潮」一〇月号に発表。以後、第二部『死の接吻』（一一月号）、第三部『北極を想う日』（一二月号）を同誌に発表し、『雪の練習生』完結。一一月、戯曲『さくら　の　その　にっぽん』がイスラエルのルティ・カネルの演出により東京で初演。一一月、詩集『Abenteuer der deutschen Grammatik』（ドイツ語の文法の冒険）刊行。

二〇一一年（平成二三年）　五一歳

『雲をつかむ話』を「群像」一月号より連載開始（二〇一二年一月号まで）。二月、書き下ろしの戯曲『カフカ開国』がらせん館によりベルリンで上演される。三月、ミュンヘンでシャミッソー賞受賞作家の催しに参加。六月、ハンブルクで詩学講座を行う。多和田文学に関するシンポジウムも併せて開かれる。七月、雑誌「TEXT + KRITIK」で多和田特集が組まれる。九月、初めてオーストラリアを訪れ、メルボルン大学やモナシュ大学等で朗読会。同月、東京大学で集中ゼミを担当。一一月、『尼僧とキューピッドの弓』（講談社）で第二一回紫式部文学賞受賞。一二月、『雪の練習生』（新潮社）で第六四回野間文芸賞受賞。

二〇一二年（平成二四年）　五二歳

一月、出演した映画「Unter Schnee」（雪の下で、ウルリケ・オッティンガー監督）がベルリンで上演される。短篇『鼻の虫』を「文學界」二月号に発表。三月、ソルボンヌ大学に滞在。滞在中に開催されたパリ書籍見本市で東日本大震災一年後の日本は特別招待国となり、大江健三郎、島田雅彦らと共に招かれる。四月、ミンスクで朗読会。六月、ゲッティンゲンで多和田文学の多言語性とメディア性をテーマにシンポジウムが開かれる。七月、ミドルベリー大学にライター・イン・レジデンスで滞在。同月、二〇一一年にハンブルクで行われた詩学講座とシンポジウムをまとめた『Yoko Tawada：FremdeWasser』（オルトルート・グートヤール編）刊行。八月末から九月にかけて中国を訪れ、清華大学、東北師範大学、吉林大学、北京の国際ブックフェア等で朗読会やシンポジウムに参加。九月、『雪の練習生』の中国語訳『雪的练习生』（田肖霞訳、吉林文史出版社）が刊行される。一〇月、パリやシュトゥットガルトで朗読会。一一月、香港のゲーテ・インスティトゥート主催セミナーと朗読会に参加。同月、東京、新潟等で高瀬アキとパフォーマンスを行う。

二〇一三年（平成二五年）　五三歳

一月、『容疑者の夜行列車』の中国語訳『嫌疑犯的夜行列车』（田肖霞訳、吉林文史出版社）刊行。『雲をつかむ話』で、二月に第六四回読売文学賞、三月に平成二四年度芸術選奨文部科学大臣賞を受賞。二月、東京大学でロシア文学者の沼野充義と対談。三月、初の戯曲集『Mein kleiner Zeh war ein Wort』（私の小指は言葉だった）がドイツで刊行される。二月から三月、渡米し、フロリダ州立大学等で朗読会やシンポジウムに参加。四月、フランスの国境フェスティバルやベネチアの国際文学祭に参加。八月、戯曲『動物たちのバベル』（「すばる」八月号）が、イスラエルのモニ・ヨセフが提唱する国際バベル・プロジェクトのアジア・バージョンとしてシアターXで上演される。同月、芦屋市谷崎潤一郎記念館で講演。この時、らせん館によって戯曲『夕陽の昇るとき』が上演される。同月、エアランゲン文学賞を受賞。九月、ウクライナの国際詩人祭に参加。同月、デュッセルドルフで高瀬アキとパフォーマンス。一一月、名古屋市立大学でドイツ語圏越境作家のシンポジウムに参加。同月、早稲田大学やシアターXで高瀬アキとパフォーマンス。一二月、『言葉と歩く日記』(岩波書店)刊行。

二〇一四年(平成二六年) 五四歳

一月、クラクフで朗読会等に参加する。『韋駄天どこまでも』を「群像」二月号に発表。『ミス転換の不思議な赤』を「文學界」、『白熊の願いとわたしの翻訳覚え書き』を「新潮」の各三月号に発表。二月から三月、詩と写真の展覧会「"Out of Sight" 多和田葉子、デルフィーヌ・パロディ＝ナガオカ二人展」がベルリン日独センターで開催される。三月、スウェーデンの国際文学祭に参加。四月、ミシガン大学で開催された国際シンポジウム「Sōseki's Diversity」で基調講演を行う。五月、フランクフルトの文学祭で作曲家イザベル・ムンドリーと対談。六月、ヴォルフェンビュッテルのレッシングハウスで朗読会。短篇小説『カント通り』を「新潮」六月号に発表。これ以後、ベルリンの通りをタイトルに据えた連作を同誌に三ヵ月ごとに発表(～二〇一六年一〇月号まで)。七月、ドイツのジュルト島の「海辺のアカデミー」で朗読会。長篇小説『献灯使』を「群像」八月号に発表。九月、パリで開催された国際シンポジウム「川端康成二一世紀再読」で記念基調講演を行う。同月、ソウルの国際詩人祭に参加。エッセイ『カラダだからコトの葉っぱ吸って』を「すばる」九月号に発表。一一月、横浜で小森陽一と福島第一原発事故後の言葉について対談。一二月、インドのヴァドーダラー、プネー、ムンバイで朗読会とワークショップ。この年より群像新人文学賞、野間文芸賞の選考委員を務める。

二〇一五年（平成二七年）　五五歳
一月、ベルリンの自然史博物館で白熊のクヌートの剝製の前で朗読会。ロバート・キャンベルとの対談「やがて〝希望〟は戻る―旅立つ『献灯使』たち」が「群像」一月号に掲載される。二月から三月にかけて、ニューヨーク大学の現代詩学講座でドイツ学術交流会特別教授を務める。アメリカ滞在中、ハーバード大学、コネチカット大学、コーネル大学、コロラド大学で講演やパフォーマンスを行う。四月、台湾の淡江大学で講演会と『不死の島』をめぐる座談会。五月、ウィーン大学で朗読会、ワークショップ。前年の川端康成シンポジウムでの講演「雪の中で踊るたんぽぽ」を「文学」五・六月号に発表。カフカの新訳『変身（かわりみ）』を「すばる」五月号に発表。八月、神田外語大学で開かれた国際中欧・東欧研究協議会第九回世界大会記念特別企画・国際シンポジウム「スラヴ文学は国境を越えて」で討論者を務める。九月、コペンハーゲンの国際詩人祭に参加。一〇月、アテネのフェスティバル「（ポスト）ヨーロッパへの恋文」に参加。同月、『変身』等の訳を収める新訳集『カフカ』（集英社）を編纂して刊行。一一月、国際文化会館で「母語の内へ、外へ」のテーマで川上未映子と対談。同月、野間宏生誕百年記念フェスティバルのシンポジウムに参加。同月、香港の国際詩人祭に参加。一二月、ヴィアドリナ欧州大学、ハンブルク大学で朗読会。

二〇一六年（平成二八年）　五六歳
一月、インドの文学祭に参加。リービ英雄との対談「危機の時代と『言葉の病』」が「世界」一月号に掲載される。三月、アメリカに滞在。シカゴ大学、スタンフォード大学、カリフォルニア大学で朗読会やパフォーマンス。鴻巣友季子との対談「手さぐりで言葉と取り組む」が「すばる」三月号に掲載される。『ヘンゼルとグレーテル』を「群像」五月号の特集「絵本グリム童話」に発表（絵・牧野千穂）。四月、名古屋、京都で朗読会。五月、フランスのナンシー、ランスで朗読会。七月、ヨハネス・グーテンベルク大学でワークショップと公開講義。八月、ベルリンで高瀬アキと共演。九月、城西大学国際現代詩センターのシンポジウム、東京大学で開催された国際シンポジウム「日本という壁」で特別講演。一〇月、パリ、ボルドー、アルルで『Etüden im Schnee』の仏語訳（ベルナール・バヌン訳）刊行記念の催し。一一月、さいたまトリエンナーレ二〇一六に招聘され、文学インスタレーションや朗読パフォーマンスを行う。同月、クライスト賞を受賞。授賞式はベルリナー・アンサンブル劇場で開催された。詩の連載『シュタイネ』を「ユリイカ」一一月号より開始（二〇一七年八月号まで）。一二月、ニューヨークの文学フェスティバル「ヨーロッパからの新しい文学」に参加。長篇小説『地球にちりばめられて』を「群像」一二月号から連載開始（二〇一七年九月号まで）。この年、『Etüden im Schnee』の英訳（スーザン・ベルノフスキー訳）が刊行される。都留文科大学の特任教授に就任。

二〇一七年（平成二九年）　五七歳

一月、「日本経済新聞」夕刊コラム「プロムナード」月曜欄を担当（同年六月まで）。二月、チューリッヒで多和田の散文詩の朗読と管弦楽と笙の演奏の共演。同月、ドイツ学術交流会のライター・イン・レジデンスでオクスフォード大学に滞在。三月、香港城市大学でワークショップ。四月、東京で松永美穂と『百年の散歩』（新潮社）刊行記念の対談「街を歩くと、物語が立ちあがる」。同月、台湾の淡江大学、輔仁大学、文藻外語大学で朗読会、台湾の国立政治大学、国立台湾文学館で開かれた台湾・日本・韓国の現代作家シンポジウムに参加。五月、ドレスデンのドイツ衛生博物館で講演。同月より、「朝日新聞」でコラム「ベルリン通信」を随時掲載。堀江敏幸との対談「ベルリンの奇異茶店から世界へ」が「新潮」七月号に掲載される。七月、ジュルト島の「海辺のアカデミー」で詩学講座を担当。同月、戯曲『Ein Schmetterling fliegt übers Meer』(蝶が海を渡る)がらせん館によってベルリンで上演される。八月、都留文科大学で国際文学祭「つるの音がえし」を企画し、田原、ジェフリー・アングルスと鼎談。同月、福島県立図書館で和合亮一、開沼博と鼎談。

〈参考資料〉
多和田葉子「年譜」(『芥川賞全集16』平14・6　文藝春秋)
「多和田葉子自筆年譜」(「ユリイカ」36巻14号)
多和田葉子公式ウェブサイト
http://yokotawada.de/?page_id=22

(谷口幸代編)

著書目録

多和田葉子

【単行本】

Nur da wo du bist da ist nichts あなたのいるところだけ何もない　昭62　Konkursbuchverlag
Das Bad　平元　Konkursbuchverlag
Wo Europa anfängt　平3　Konkursbuchverlag
三人関係　平4・3　講談社
Das Fremde aus der Dose　平4　Literaturverlag Droschl
犬婿入り　平5・2　講談社
アルファベットの傷口　平5・9　河出書房新社
Ein Gast　平5　Konkursbuchverlag
Die Kranichmaske, die bei Nacht strahlt　平5　Konkursbuchverlag
Tintenfisch auf Reisen　平6　Konkursbuchverlag
Tabula rasa　平6　Steffen Barth
ゴットハルト鉄道　平8・5　講談社
聖女伝説　平8・7　太田出版
Talisman　平8　Konkursbuchverlag

Aber die Mandarinen müssen heute abend noch geraubt werden	平9	Konkursbuchverlag
Wie der Wind im Ei	平9	Konkursbuchverlag
きつね月	平10・2	新書館
飛魂	平10・5	講談社
ふたくちおとこ	平10・10	河出書房新社
Orpheus oder Izanagi/Till	平10	Konkursbuchverlag
Verwandlungen（講義録）	平10	Konkursbuchverlag
カタコトのうわごと	平11・5	青土社
ヒナギクのお茶の場合	平12・3	新潮社
光とゼラチンのライプチッヒ	平12・8	講談社
Opium für Ovid	平12	Konkursbuchverlag
Spielzeug und Sprachmagie in der europäischen Literatur（博士論文）	平12	Konkursbuchverlag
変身のためのオピウム	平13・10	講談社
球形時間	平14・6	新潮社
容疑者の夜行列車	平14・7	青土社
Überseezungen	平14	Konkursbuchverlag
エクソフォニー	平15・8	岩波書店
旅をする裸の眼	平16・12	講談社
Das nackte Auge	平16	Konkursbuchverlag
Was ändert der Regen an unserem Leben? oder ein Libretto	平17	Konkursbuchverlag
傘の死体とわたしの妻	平18・10	思潮社

海に落とした名前　平18・11　新潮社
アメリカ　非道の大陸　平18・11　青土社
溶ける街　透ける路　平19・5　日本経済新聞社
Sprachpolizei und Spielpolyglotte　平19　Konkursbuchverlag
ソウル―ベルリン玉突き書簡＊　平20・4　岩波書店
Schwager in Bordeaux　平20　Konkursbuchverlag
ボルドーの義兄　平21・3　講談社
尼僧とキューピッドの弓　平22・7　講談社
Abenteuer der deutschen Grammatik　平22　Konkursbuchverlag
うろこもち *Das Bad*　平22　Konkursbuchverlag
（新装版）
雪の練習生　平23・1　新潮社
雲をつかむ話　平24・4　講談社
Yoko Tawada : Fremde Wasser＊　平24　Konkursbuchverlag
言葉と歩く日記　平25・12　岩波書店
Mein kleiner Zeh war ein Wort　平25　Konkursbuchverlag
献灯使　平26・10　講談社
Etüden im Schnee　平26　Konkursbuchverlag
カフカ＊　平27・10　集英社
akzentfrei　平28　Konkursbuchverlag
Ein Balkonplatz für flüchtige Abende　平28　Konkursbuchverlag
百年の散歩　平29・3　新潮社

【文庫】

犬婿入り（解＝与那覇恵子）　平10・10　講談社文庫

文字移植（解＝陣野俊史）　平11・7　河出文庫
ゴットハルト鉄道（解＝室井光広　年・著＝谷口幸代）　平17・4　講談社文芸文庫
旅をする裸の眼（解＝中川成美）　平20・1　講談社文庫
エクソフォニー　母語の外へ出る旅（解＝リービ英雄）　平24・10　岩波現代文庫
飛魂（解＝沼野充義　年・著＝谷口幸代）　平24・11　講談社文芸文庫
尼僧とキューピッドの弓（解＝松永美穂）　平25・7　講談社文庫
雪の練習生（解＝佐々木敦）　平25・12　新潮文庫
かかとを失くして・三人関係・文字移植（解・年・著＝谷口幸代）　平26・4　講談社文芸文庫
聖女伝説（解＝福永信）　平28・3　ちくま文庫
献灯使（解＝ロバート・キャンベル）　平29・8　講談社文庫

＊は共著を示す。【文庫】の（　）内の略号は、解＝解説、年＝年譜、著＝著書目録を示す。

（作成・谷口幸代）

【初出】
変身のためのオピウム　「群像」二〇〇〇年七月号〜二〇〇一年六月号
球形時間　「新潮」二〇〇二年三月号

【底本】
変身のためのオピウム　『変身のためのオピウム』二〇〇一年十月　講談社刊
球形時間　『球形時間』二〇〇二年六月　新潮社刊

変身《へんしん》のためのオピウム／球形時間《きゅうけいじかん》

多和田葉子《たわだようこ》

二〇一七年一〇月一〇日第一刷発行
二〇二二年一一月一五日第三刷発行

発行者――鈴木章一
発行所――株式会社　講談社
東京都文京区音羽2・12・21　〒112-8001
電話　編集（03）5395・3513
　　　販売（03）5395・5817
　　　業務（03）5395・3615

デザイン―菊地信義
印刷――株式会社KPSプロダクツ
製本――株式会社国宝社
本文データ制作―講談社デジタル製作

定価はカバーに表示してあります。

講談社
文芸文庫

ISBN978-4-06-290361-5

田中英光	空吹く風|暗黒天使と小悪魔|愛と憎しみの傷に 田中英光デカダン作品集 道籏泰三編	道籏泰三——解／道籏泰三——年
谷崎潤一郎	金色の死 谷崎潤一郎大正期短篇集	清水良典——解／千葉俊二——年
種田山頭火	山頭火随筆集	村上 護——解／村上 護——年
田村隆一	腐敗性物質	平出 隆——人／建畠 晢——年
多和田葉子	ゴットハルト鉄道	室井光広——解／谷口幸代——年
多和田葉子	飛魂	沼野充義——解／谷口幸代——年
多和田葉子	かかとを失くして|三人関係|文字移植	谷口幸代——解／谷口幸代——年
多和田葉子	変身のためのオピウム|球形時間	阿部公彦——解／谷口幸代——年
多和田葉子	雲をつかむ話|ボルドーの義兄	岩川ありさ-解／谷口幸代——年
多和田葉子	ヒナギクのお茶の場合|海に落とした名前	木村朗子——解／谷口幸代——年
多和田葉子	溶ける街 透ける路	鴻巣友季子-解／谷口幸代——年
近松秋江	黒髪|別れたる妻に送る手紙	勝又 浩——解／柳沢孝子——案
塚本邦雄	定家百首|雪月花(抄)	島内景二——解／島内景二——年
塚本邦雄	百句燦燦 現代俳諧頌	橋本 治——解／島内景二——年
塚本邦雄	王朝百首	橋本 治——解／島内景二——年
塚本邦雄	西行百首	島内景二——解／島内景二——年
塚本邦雄	秀吟百趣	島内景二——解
塚本邦雄	珠玉百歌仙	島内景二——解
塚本邦雄	新撰 小倉百人一首	島内景二——解
塚本邦雄	詞華美術館	島内景二——解
塚本邦雄	百花遊歴	島内景二——解
塚本邦雄	茂吉秀歌『赤光』百首	島内景二——解
塚本邦雄	新古今の惑星群	島内景二——解／島内景二——年
つげ義春	つげ義春日記	松田哲夫——解
辻 邦生	黄金の時刻の滴り	中条省平——解／井上明久——年
津島美知子	回想の太宰治	伊藤比呂美-解／編集部——年
津島佑子	光の領分	川村 湊——解／柳沢孝子——案
津島佑子	寵児	石原千秋——解／与那覇恵子-年
津島佑子	山を走る女	星野智幸——解／与那覇恵子-年
津島佑子	あまりに野蛮な 上・下	堀江敏幸——解／与那覇恵子-年
津島佑子	ヤマネコ・ドーム	安藤礼二——解／与那覇恵子-年

▶解=解説 案=作家案内 人=人と作品 年=年譜を示す。 2022年11月現在

講談社文芸文庫

坪内祐三	慶応三年生まれ　七人の旋毛曲り　漱石・外骨・熊楠・露伴・子規・紅葉・緑雨とその時代	森山裕之——解／佐久間文子—年
鶴見俊輔	埴谷雄高	加藤典洋——解／編集部——年
寺田寅彦	寺田寅彦セレクション Ⅰ 千葉俊二・細川光洋選	千葉俊二——解／永橋禎子——年
寺田寅彦	寺田寅彦セレクション Ⅱ 千葉俊二・細川光洋選	細川光洋——解
寺山修司	私という謎 寺山修司エッセイ選	川本三郎——解／白石 征——年
寺山修司	戦後詩 ユリシーズの不在	小嵐九八郎-解
十返肇	「文壇」の崩壊 坪内祐三編	坪内祐三——解／編集部——年
徳田球一 志賀義雄	獄中十八年	鳥羽耕史——解
徳田秋声	あらくれ	大杉重男——解／松本 徹——年
徳田秋声	黴｜爛	宗像和重——解／松本 徹——年
富岡幸一郎	使徒的人間 —カール・バルト—	佐藤 優——解／著者——年
富岡多惠子	表現の風景	秋山 駿——解／木谷喜美枝-案
富岡多惠子編	大阪文学名作選	富岡多惠子-解
土門拳	風貌｜私の美学 土門拳エッセイ選 酒井忠康編	酒井忠康——解／酒井忠康——年
永井荷風	日和下駄 一名 東京散策記	川本三郎——解／竹盛天雄——年
永井荷風	[ワイド版]日和下駄 一名 東京散策記	川本三郎——解／竹盛天雄——年
永井龍男	一個｜秋その他	中野孝次——解／勝又 浩——案
永井龍男	カレンダーの余白	石原八束——人／森本昭三郎-年
永井龍男	東京の横丁	川本三郎——解／編集部——年
中上健次	熊野集	川村二郎——解／関井光男——案
中上健次	蛇淫	井口時男——解／藤本寿彦——年
中上健次	水の女	前田 塁——解／藤本寿彦——年
中上健次	地の果て 至上の時	辻原 登——解
中川一政	画にもかけない	高橋玄洋——人／山田幸男——年
中沢けい	海を感じる時｜水平線上にて	勝又 浩——解／近藤裕子——案
中沢新一	虹の理論	島田雅彦——解／安藤礼二——年
中島敦	光と風と夢｜わが西遊記	川村 湊——解／鷺 只雄——案
中島敦	斗南先生｜南島譚	勝又 浩——解／木村一信——案
中野重治	村の家｜おじさんの話｜歌のわかれ	川西政明——解／松下 裕——案
中野重治	斎藤茂吉ノート	小高 賢——解
中野好夫	シェイクスピアの面白さ	河合祥一郎-解／編集部——年
中原中也	中原中也全詩歌集 上・下 吉田凞生編	吉田凞生——解／青木 健——案

中村真一郎	この百年の小説 人生と文学と	紅野謙介──解
中村光夫	二葉亭四迷伝 ある先駆者の生涯	絓 秀実──解／十川信介──案
中村光夫選	私小説名作選 上・下 日本ペンクラブ編	
中村武羅夫	現代文士廿八人	齋藤秀昭──解
夏目漱石	思い出す事など|私の個人主義|硝子戸の中	石﨑 等──年
成瀬櫻桃子	久保田万太郎の俳句	齋藤礎英──解／編集部──年
西脇順三郎	*ambarvalia*|旅人かへらず	新倉俊一──人／新倉俊一──年
丹羽文雄	小説作法	青木淳悟──解／中島国彦──年
野口冨士男	なぎの葉考|少女 野口冨士男短篇集	勝又 浩──解／編集部──年
野口冨士男	感触的昭和文壇史	川村 湊──解／平井一麥──年
野坂昭如	人称代名詞	秋山 駿──解／鈴木貞美──案
野坂昭如	東京小説	町田 康──解／村上玄一──年
野崎 歓	異邦の香り ネルヴァル『東方紀行』論	阿部公彦──解
野間 宏	暗い絵|顔の中の赤い月	紅野謙介──解／紅野謙介──年
野呂邦暢	[ワイド版]草のつるぎ|一滴の夏 野呂邦暢作品集	川西政明──解／中野章子──年
橋川文三	日本浪曼派批判序説	井口時男──解／赤藤了勇──年
蓮實重彥	夏目漱石論	松浦理英子─解／著者──年
蓮實重彥	「私小説」を読む	小野正嗣──解／著者──年
蓮實重彥	凡庸な芸術家の肖像 上 マクシム・デュ・カン論	
蓮實重彥	凡庸な芸術家の肖像 下 マクシム・デュ・カン論	工藤庸子──解
蓮實重彥	物語批判序説	磯﨑憲一郎─解
蓮實重彥	フーコー・ドゥルーズ・デリダ	郷原佳以──解
花田清輝	復興期の精神	池内 紀──解／日高昭二──年
埴谷雄高	死霊 I II III	鶴見俊輔──解／立石 伯──年
埴谷雄高	埴谷雄高政治論集 埴谷雄高評論選書1 立石伯編	
埴谷雄高	酒と戦後派 人物随想集	
濱田庄司	無盡蔵	水尾比呂志─解／水尾比呂志─年
林 京子	祭りの場|ギヤマン ビードロ	川西政明──解／金井景子──案
林 京子	長い時間をかけた人間の経験	川西政明──解／金井景子──年
林 京子	やすらかに今はねむり給え|道	青来有一──解／金井景子──年
林 京子	谷間|再びルイへ。	黒古一夫──解／金井景子──年
林 芙美子	晩菊|水仙|白鷺	中沢けい──解／熊坂敦子──案
林原耕三	漱石山房の人々	山崎光夫──解
原 民喜	原民喜戦後全小説	関川夏央──解／島田昭男──年

堀江敏幸—書かれる手	朝吹真理子—解／著者——年
堀口大學—月下の一群（翻訳）	窪田般彌—解／柳沢通博—年
正宗白鳥—何処へ|入江のほとり	千石英世—解／中島河太郎—年
正宗白鳥—白鳥随筆 坪内祐三選	坪内祐三—解／中島河太郎—年
正宗白鳥—白鳥評論 坪内祐三選	坪内祐三—解
町田康——残響 中原中也の詩によせる言葉	日和聡子—解／吉田凞生・著者—年
松浦寿輝—青天有月 エセー	三浦雅士—解／著者——年
松浦寿輝—幽|花腐し	三浦雅士—解／著者——年
松浦寿輝—半島	三浦雅士—解／著者——年
松岡正剛—外は、良寛。	水原紫苑—解／太田香保—年
松下竜一—豆腐屋の四季 ある青春の記録	小嵐九八郎—解／新木安利他—年
松下竜一—ルイズ 父に貰いし名は	鎌田 慧——解／新木安利他—年
松下竜一—底ぬけビンボー暮らし	松田哲夫—解／新木安利他—年
丸谷才一—忠臣藏とは何か	野口武彦—解
丸谷才一—横しぐれ	池内 紀—解
丸谷才一—たった一人の反乱	三浦雅士—解／編集部——年
丸谷才一—日本文学史早わかり	大岡 信—解／編集部——年
丸谷才一編—丸谷才一編・花柳小説傑作選	杉本秀太郎—解
丸谷才一—恋と日本文学と本居宣長|女の救はれ	張 競——解／編集部——年
丸谷才一—七十句|八十八句	編集部——年
丸山健二—夏の流れ 丸山健二初期作品集	茂木健一郎—解／佐藤清文—年
三浦哲郎—野	秋山 駿——解／栗坪良樹—案
三木清——読書と人生	鷲田清一—解／柿谷浩一—年
三木清——三木清教養論集 大澤聡編	大澤 聡——解／柿谷浩一—年
三木清——三木清大学論集 大澤聡編	大澤 聡——解／柿谷浩一—年
三木清——三木清文芸批評集 大澤聡編	大澤 聡——解／柿谷浩一—年
三木卓——震える舌	石黒達昌—解／若杉美智子—年
三木卓——K	永田和宏—解／若杉美智子—年
水上勉——才市|蓑笠の人	川村 湊——解／祖田浩一—案
水原秋櫻子—高濱虚子 並に周囲の作者達	秋尾 敏——解／編集部——年
道簱泰三編—昭和期デカダン短篇集	道簱泰三—解
宮本徳蔵—力士漂泊 相撲のアルケオロジー	坪内祐三—解／著者——年
三好達治—測量船	北川 透——人／安藤靖彦—年
三好達治—諷詠十二月	高橋順子—解／安藤靖彦—年

講談社文芸文庫

村山槐多——槐多の歌へる 村山槐多詩文集 酒井忠康編　酒井忠康——解／酒井忠康——年
室生犀星——蜜のあわれ|われはうたえどもやぶれかぶれ　久保忠夫——解／本多 浩——案
室生犀星——加賀金沢|故郷を辞す　星野晃一——人／星野晃一——年
室生犀星——深夜の人|結婚者の手記　髙瀬真理子-解／星野晃一——年
室生犀星——かげろうの日記遺文　佐々木幹郎-解／星野晃一——解
室生犀星——我が愛する詩人の伝記　鹿島 茂——解／星野晃一——年
森敦————われ逝くもののごとく　川村二郎——解／富岡幸一郎-案
森茉莉——父の帽子　小島千加子-人／小島千加子-年
森茉莉——贅沢貧乏　小島千加子-人／小島千加子-年
森茉莉——薔薇くい姫|枯葉の寝床　小島千加子-解／小島千加子-年
安岡章太郎-走れトマホーク　佐伯彰一——解／鳥居邦朗——案
安岡章太郎-ガラスの靴|悪い仲間　加藤典洋——解／勝又 浩——案
安岡章太郎-幕が下りてから　秋山 駿——解／紅野敏郎——案
安岡章太郎-流離譚 上・下　勝又 浩——解／鳥居邦朗——年
安岡章太郎-果てもない道中記 上・下　千本健一郎-解／鳥居邦朗——年
安岡章太郎-[ワイド版]月は東に　日野啓三——解／栗坪良樹——案
安岡章太郎-僕の昭和史　加藤典洋——解／鳥居邦朗——年
安原喜弘——中原中也の手紙　秋山 駿——解／安原喜秀——年
矢田津世子-[ワイド版]神楽坂|茶粥の記 矢田津世子作品集　川村 湊——解／高橋秀晴——年
柳宗悦——木喰上人　岡本勝人——解／水尾比呂志他-年
山川方夫——[ワイド版]愛のごとく　坂上 弘——解／坂上 弘——年
山川方夫——春の華客|旅恋い 山川方夫名作選　川本三郎——解／坂上 弘—案・年
山城むつみ-文学のプログラム　著者——年
山城むつみ-ドストエフスキー　著者——年
山之口貘——山之口貘詩文集　荒川洋治——解／松下博文——年
湯川秀樹——湯川秀樹歌文集 細川光洋選　細川光洋——解
横光利一——上海　菅野昭正——解／保昌正夫——案
横光利一——旅愁 上・下　樋口 覚——解／保昌正夫——年
吉田健一——金沢|酒宴　四方田犬彦-解／近藤信行——案
吉田健一——絵空ごと|百鬼の会　高橋英夫——解／勝又 浩——案
吉田健一——英語と英国と英国人　柳瀬尚紀——人／藤本寿彦——年
吉田健一——英国の文学の横道　金井美恵子-人／藤本寿彦——年
吉田健一——思い出すままに　粟津則雄——人／藤本寿彦——年
吉田健一——時間　高橋英夫——解／藤本寿彦——年

吉田健一──旅の時間　清水 徹──解／藤本寿彦──年
吉田健一──ロンドンの味 吉田健一未収録エッセイ 島内裕子編　島内裕子──解／藤本寿彦──年
吉田健一──文学概論　清水 徹──解／藤本寿彦──年
吉田健一──文学の楽しみ　長谷川郁夫-解／藤本寿彦──年
吉田健一──交遊録　池内 紀──解／藤本寿彦──年
吉田健一──おたのしみ弁当 吉田健一未収録エッセイ 島内裕子編　島内裕子──解／藤本寿彦──年
吉田健一──[ワイド版]絵空ごと|百鬼の会　高橋英夫──解／勝又 浩──案
吉田健一──昔話　島内裕子──解／藤本寿彦──年
吉田健一訳-ラフォルグ抄　森 茂太郎──解
吉田知子──お供え　荒川洋治──解／津久井 隆──年
吉田秀和──ソロモンの歌|一本の木　大久保喬樹-解
吉田 満──戦艦大和ノ最期　鶴見俊輔──解／古山高麗雄-案
吉田 満──[ワイド版]戦艦大和ノ最期　鶴見俊輔──解／古山高麗雄-案
吉本隆明──西行論　月村敏行──解／佐藤泰正──案
吉本隆明──マチウ書試論|転向論　月村敏行──解／梶木 剛──案
吉本隆明──吉本隆明初期詩集　著者──解／川上春雄──案
吉本隆明──マス・イメージ論　鹿島 茂──解／高橋忠義──年
吉本隆明──写生の物語　田中和生──解／高橋忠義──年
吉本隆明──追悼私記 完全版　高橋源一郎-解
吉本隆明──憂国の文学者たちに 60年安保・全共闘論集　鹿島 茂──解／高橋忠義──年
吉屋信子──自伝的女流文壇史　与那覇恵子-解／武藤康史──年
吉行淳之介-暗室　川村二郎──解／青山 毅──案
吉行淳之介-星と月は天の穴　川村二郎──解／荻久保泰幸-案
吉行淳之介-やわらかい話 吉行淳之介対談集 丸谷才一編　久米 勲──年
吉行淳之介-やわらかい話2 吉行淳之介対談集 丸谷才一編　久米 勲──年
吉行淳之介-街角の煙草屋までの旅 吉行淳之介エッセイ選　久米 勲──解／久米 勲──年
吉行淳之介-[ワイド版]私の文学放浪　長部日出雄-解／久米 勲──年
吉行淳之介-わが文学生活　徳島高義──解／久米 勲──年
渡辺一夫──ヒューマニズム考 人間であること　野崎 歓──解／布袋敏博──年